KB265686

〈홍길동전〉의 서사구조와 문화 콘텐츠화

〈홍길동전〉의 서사구조와 문화 콘텐츠화

역락

⟨홍길동전⟩의 서사구조와 문화 콘텐츠화

강 현 모

역락

<홍길동전>은 대학에 들어오기 전부터 들어왔던 고소설의 제목이다. 그럼에도 불구하고 <홍길동전>에 대한 관심은 별로 없었다. 왜냐하면 <홍길동전>에 대한 연구 업적이 너무 많아, 이것을 모두 펼쳐보는 것이 난해한 것으로 여겨진 까닭이다.

그러다가 반란의 비극적 영웅담의 소설적 변용을 검토하는 과정에서 <홍길동전>을 손에 잡게 되었다. <홍길동전> 구조상의 문제에서 율도국에 관하여 부정적인 견해를 살면서 율도국 부분은 <홍길동전>에 없어서는 안 될 중요 부분으로 여겨져 서사 구조와 의미를 분석하면서 <홍길동전>의 연구에 발을 들여놓게 되었다.

처음에는 <홍길동전>에 관한 일반적인 몇 편의 연구논문을 보고서 <홍길동전>의 구조에 대해 검토하기 시작하였다. 그렇게 시작한 연구가 참고하지도 않은 김일렬 교수의 구조적 연구와 거의 일치하는 결론을 도출하는 결과를 낳았다. 이 사실에서 인간에게는 어떤 보편적인 심성이 존재하는 것이라는 생각을 하게 되었다. 이처럼 문학이 인간의 보편적 심성을 담아내고 있다는 점에서 좀 더 친근하게 접근하게 된 배경이 되지 않았나 생각된다. 어떠하든 이것이 인연이 되어 오늘 이 책을 발간하게 되었다.

이 책은 크게 4부분으로 나뉜다. 4부분 11개 항목 중에 중간 부분 3항목만 논문집에 발표하였던 것을 오자만 수정하여 다시 수록한 것이고, 다른 부분은 이번에 새롭게 작성한 것이다.

맨 앞부분은 연구사적 검토에 해당하는 것으로 <홍길동전>의 저자에 대한 것, <홍길동전>의 이본들에 관한 것이다.

둘째 부분은 작품의 분석에 관한 것으로 <홍길동전>에 등장하는 인물들의 갈등, 특히 가정이라는 구조 안에서 각 등장인물의 성격, 인물 간의 갈등양상을 살펴보았고, 서사구조가 확대되는 구조를 가지고 있으면서 율도국 부분에 이르러 완전한 결말을 이루는 구조로 되어 있다는 것을 밝혔다. 그리고 작품의 구조가 자아실현을 위한 과정으로 가정적 자아와 사회적 자아, 국가적(율도국) 자아로 변모에 따른 그 실현과정을 제시한다는 것도 찾아냈다. 이런 결과 홍길동의 영웅적 성격은 신화적 영웅과 비극적인 영웅의 중간적 특성을 가지고 있음을 파악할 수 있었다. 율도국이란 이상적 공간으로의 형상화 과정과 모습, 의미 등도 검토하였다. 이처럼 중간부분은 <홍길동전>의 작품적 특성을 파악하는 부분이라고 하겠다.

셋째 부분은 <홍길동전>의 실용화 방식으로 문화콘텐츠의 양상에 관한 것이다. 하나는 드라마 <쾌도 홍길동>에 관한 것이고, 다른 하나는 영화 <홍길동의 후예>에 관한 것이다. 여기서는 문자 매체인 고소설이 영상 매체인 드라마나 영화로 변모될 때의 인물과 서사가 어떻게 변용되고 창조되는지에 관해 검토하였다.

그리고 마지막 부분에는 <경판 24장본>을 교주하여 수록하였다. 본 연구는 <경판 24장본>을 중심으로 분석하였는데, 아직도 <야동본 : 경판 30장본>보다 20장까지는 앞선 어떤 저본을 대상으로 저작되었을 것이란 추측에서 그리한 것이다.

이 책이 나올 수 있기까지는 학부와 대학원에서 많은 교수님들의 도움과 격려가 있었기에 가능한 일이었다. 많은 교수님들께 머리 숙여 고 마음과 감사를 드린다. 자료를 수집하여 준 학생들에게 고마움을 전하며, 처음부터 끝까지 꼼꼼하게 교정을 보아준 박병동 선생에게도 감사의 마음을 전한다. 그리고 힘들 때 용기를 북돋아 준 아내와 자식들에게도 고마움의 뜻을 적어 가슴 깊이 간직하고자 한다. 이밖에도 도움을 주신 많은 분들께 감사의 뜻을 전한다. 마지막으로 책을 엮는데 기꺼이 도와주신 도서출판 역락의 이대현 사장님과 직원 여러 분들께도 고마움과 감사를 전한다.

2013년 9월

강 현 모

● 머리말

◎ 작가의 진실 … 11

◎ 이본의 상관 관계 … 21

◎ 홍길동과 주변 인물들의 갈등 … 37
 ─가정구조 내의 인물 성격을 중심으로

◎ 서사구조의 특징과 양상 … 57

작가의 진실

1. 작가에 대한 이설

<홍길동전>의 작가에 대해 김태준이 『조선소설사』에서 『택당집』을 인용하여 허균으로 단언한[1] 이후 연구자들은 작가를 허균이라고 보는데 의심치 않았다.

이러한 허균 작가론에 대해 회의와 부정을 처음 시작한 사람이 이능우이다. 이능우는 <홍길동전>의 작가로서 허균에 관한 문헌기록을 정리하는 과정에서, 허균이 혁명적 인물도 아니고 서얼에게 동정적인 휴머니스트도 아니며, 더욱이 사회개혁을 위한 사상가나 실천가도 아닌 반복적인 소인이란 부정적인 평가를 내렸다. 그는 '엄청난 소인인 허균과 위대한 작품인 <홍길동전>을 연결하기가 어려울 것'[2]이라며 허균이 <홍길동전>의 작가란 것에 회의를 표시하였다. 그는 만일 허균이

---

1) 『澤堂集』, 許筠又作 洪吉童傳 以擬水滸.(김태준, 『증보 조선소설사』, 학예사, 1939.)
2) 이능우, 「허균론」, 『숙대논문집』 5, 숙명여자대학교, 1965.

<홍길동전>을 지었다면 그것은 연산군 때 실제로 있었던 홍길동(洪吉同)에 관한 전을 썼을 것이며, 허균이 괴벽이 있어 그 강도 전을 지음직도 하다3)며 결론을 내리지 않았다.

김진세도 이런 추상적 회의론에 대해 구체적인 논증을 시도하여 <홍길동전>의 작가에 대해 본격적인 논쟁거리로 만들었다. 그는 <홍길동전>의 작가가 허균이 아닐 것이라는 이유로 다음을 들어 주장하였다.

> 첫째, 허균이 <홍길동전>의 작가라는 주장이 되는 <택당집 별집>은 송시열이 택당 사후 27년이 지난 뒤 교정 편찬한 것이라 믿을 수 없다. 둘째, 택당이 <광해군일기>와 <선조수정실록>에 관여하였음에도 허균이 <홍길동전>을 지었다는 기록을 남기지 않았다. 셋째, 기자헌(奇自獻)이 폐모론을 반대하다가 친자식처럼 아끼던 허균에 의해 원찬될 지경에 이르렀을 때, 그 아들이 비밀 상소를 올려 허균의 죄상을 일일이 폭로하였을 때도 <홍길동전>을 지었다는 죄목이 언급되지 않았다. 넷째, 허균이 이이첨에게 처형될 때도 언급되지 않았다. 다섯째, 허균의 실제 생활은 문란한 처첩관계와 호불 태도에서 <홍길동전>과 일치하지 않는다.4)

김진세가 <홍길동전>의 작가로 허균을 부정하자, 차용주는 김진세의 작가 허균에 대한 연구 방법을 문제점으로 지적하면서 반론을 제기하였다. 즉 허균에 대한 지나친 긍정적 격찬을 수정 없이 답습해 오는 후속 연구도 시정되어야 하겠지만, 지나치게 부정적인 평가도 가혹한 바 없지 않다고 하면서 허균의 불교관, 인간성, 칠서사건 등 자료를 치밀하게 실증적으로 논증하여, <홍길동전> 저작설을 부정하는 추론을 일축하였다.

---

3) 이능우, 「홍길동과 허균의 관계」, 『국어국문학』42 · 43, 국어국문학회, 1969.
4) 김진세, 「홍길동의 작자고」, 『어문론집』1, 서울대 교양과정부, 1969.4.

이들 추론이 논리상으로는 비록 긍정이 가는 점이 있다 할지라도 택당의 기록을 부정할만한 확연성이 희박하다고 보기 때문에, 이들 추론을 뒷받침할 만한 확고한 고증자료가 나타나기 전에는 <홍길동전> 저작의 영광은 계속 허균에게 있다고 믿는다.[5]

차용주가 <홍길동전>의 작가로 허균을 주장하자, 이에 동조하는 연구논문들로, 이문규는 허균과 <홍길동전>의 상관성을 추정해 보고자[6] 하였고, 조동일도 '<호민론>이나 <유재론> 같은 데서 허균이 편 주장이 <홍길동전>과 깊이 상통하는 바 있으며, 그런 주장을 하고 그런 소설을 쓸 사람이 허균이 아니고서는 좀처럼 있을 것 같지 않다'[7]고 하였다. 그리고 서대석도 허균의 생애와 사상은 <홍길동전>과 부합되는 점이 많다고 하였다.

허균이 서얼들과 친했던 사실과 홍길동이 비첩 출생이라는 것이 일치하고, 허균이 본능 천애설과 길동이 잉태된 과정이 같은 성격을 가지며, 길동의 반항이 허균의 반항과 상통하고, 길동이 왕이 된다는 점이 허균의 역모와 결부된다. 또 허균이 <호민론>이나 <유재론>에서 주장한 바도 <홍길동전>의 작품적 의미와 일치됨을 알 수 있다. 허균과 홍길동은 모두 신분보다 능력을 중요하게 여겼고 인신으로 만족할 수 없었던 인물이었다.[8]

이에 대해 김진세는 허균 작가설에 회의론을 재확인하였으며,[9] 김광순도 최근에 <홍길동전>의 작가로 허균 설에 대한 논의를 종합하는 글을 쓰면서 반론을 제기하였다.[10]

---

5) 차용주, 「허균론 재고」, 『아세아연구』48, 고려대 아시아문제연구소, 1972.12.
6) 이문규, 「작가와 작품의 상관성 추정시고」, 『국어교육』37, 국어교육학회, 1980.
7) 조동일, 「영웅의 일생과 홍길동전」, 『허균연구』, 새문사, 1981.
8) 서대석, 「허균문학의 연구사적 비판」, 『허균연구』, 새문사, 1981.
9) 김진세, 「홍길동전의 작자는 허균인가?」, 『문학사상』86, 문학과 사상, 1980.1.

이상에서 <홍길동전>의 작가에 대한 논쟁은 실증할 수 있는 확실한 자료가 나타나지 않는 한 계속해서 논란의 여지가 남아 있을 것이다. 그렇다고 <홍길동전>의 작가에 대해 영원한 논란으로 남길 수는 없다. 작가 논란을 극복하기 위해서는 새로운 접근 방법이 필요할 것으로 보인다. 그 하나로 허균의 실제적 인간상의 실체와 저작물에 나타난 이상을 냉정하게 검토하는 방법이 있다. 또 <홍길동전>과 허균의 다른 작품들과의 상관요인을 밝히는 심도 있는 검토도 상기의 방법을 보완할 것이다.

2. 작가에 대한 견해

<홍길동전>은 우리나라 고전소설 가운데 당대의 현실 문제를 가장 강력하게 제기한 사회 소설 중의 하나이다. 이 작품에서 제기한 가장 중요한 문제는 적서차별이라고 하겠다. 즉 홍길동은 뛰어난 재주를 지녔지만 시비 춘섬의 몸에서 태어난 서얼 출신이었기 때문에 호부호형(呼父呼兄)을 할 수가 없었다.

가정 내에서도 천대를 받아야 했던 길동은 출가하여 도적의 괴수가 되었다. 그는 활빈당의 무리를 이끌고 합천 해인사와 함경도 감영을 공략하였으며, 초인으로 여덟 길동을 만들어 전국을 소란하게 만들었다. 홍길동의 반항적 행동은 자신이 뛰어난 인재라는 것을 널리 알리기 위한 방편이기도 하다. 즉 홍길동은 뛰어난 재주를 지녔는데도, 신분이 미천하다 하여 인재를 버리는 당시 사회의 불합리에 대해 불만을 표출

---

10) 김광순, 「홍길동전의 한자표기와 작자시비」, 『한국고소설사와 론』, 새문사, 1990.

한 것이고, 이의 부당성을 강력히 제기한 것이라 하겠다.11)

이런 사실은 허균이 <유재론(遺才論)>에서 재주 있는 자를 버리는 사회 제도를 강력히 비판했던 것과 상관되는 점이다. <홍길동전>에서도 적서차별로 인재마저 버리는 당시 신분제도의 모순을 문제 삼았을 뿐만 아니라, 불의와 비리가 판치는 사회의 모순에 대해 문제를 제기하였다. 이는 허균이 <호민론(豪民論)>에서 목민자(牧民者)가 정치를 잘못하면 호민이 틈을 노려 무도(無道)한 자를 죽이게 된다는 주장과 일맥상통한다. 홍길동은 부당성을 자각한 뛰어난 재주를 지닌 인물로, 이를 시정해 보려는 행동력까지 갖추었다. 이와 같은 것들이 작품의 홍길동에 투사되어 호민으로서 위상을 지니게 되었다.

특히 홍길동은 활빈당의 무리를 이끌고 수령 가운데 탐관오리들만을 골라 징치하는데, 이는 호민이 한 번 소리치면 원민과 항민이 모여들어 무도한 자를 징치한다는 내용과 통한다. 이처럼 <홍길동전>에서 홍길동은 일반 백성들의 재물을 추호도 건드리지 않고, 각 읍 수령의 준민고택(浚民膏澤)하는 재물만 빼앗아 먹었다. 완판본에서는 불의지사(不義之事)를 일삼는 불도(佛徒)들에 대한 비판과 강한 응징하고 있다. 천총(天寵)을 가리는 조정의 소인배들에 대한 증오심이 드러나 있고, 불의와 비리가 판치던 당대 사회의 문제를 나름대로 강력히 제기하고 있다.

<홍길동전>은 이상사회의 실현이라는 동경 의식이 짙게 배어 있다. 홍길동은 임금으로부터 병조판서를 제수 받고 조선사회를 떠난다. 홍길동이 병조판서를 제수 받고 조선사회를 떠나는 것은 그가 제기한 문제의 해결한 결과라기보다 실현 불가능한 암울한 역사의식이 배태한

---

11) 이렇게 사회 소설로 보았을 때 주제의 불일치를 이르게 된다. 홍길동은 자아를 실현할 수 있는 시공간적 확보를 위한 노력, 즉 자아를 실현하기 위한 수단으로 보는 것이 올바른 해석으로 보인다.

결과라는 느낌이 강하다. 그래서 홍길동은 조선을 떠나 율도국이란 새로운 사회를 건설한다. 홍길동의 위상은 옥야(沃野) 수천 리의 천부지국(天府之國)인 율도국을 정벌하여 나라의 왕이 되면서 조선왕과 다름이 없다. 그리고 홍길동은 나라를 다스린 지 삼 년 만에 산무도적(山無盜賊)하고 도불습유(道不拾遺)하는 태평세계를 건설한다.

율도국과 같은 이상세계는 조선사회가 지녔던 모든 문제점이 해결된 사회라는 의미를 지닌다. 이상사회의 실현은 홍길동과 같은 뛰어난 인재가 통치했기 때문에 가능하다. <홍길동전>은 인재를 버리는 당시 사회의 모순을 제기한 작품이면서 뛰어난 인재가 나라를 다스려야만 이상세계의 실현이 가능함을 나타내고 있다. <홍길동전>은 영웅형 소설의 대표적 작품으로, 후대 영웅형 소설의 출현이나 성장에 직 간접적으로 커다란 영향을 미쳤다.

앞으로 <홍길동전> 작가에 대한 심도 있는 새로운 연구를 기대하며, 현재까지 밝혀진 바에 의해 작가를 허균으로 보고, 그에 대한 생애를 검토하여 보기로 하자.

3. 작가 허균의 생애

허균(1569~1618)은 양천 허 씨로 고려 말 충렬왕 때 충직하고 청렴한 허공(許珙)의 후손이다. 자는 단보(端甫), 호는 교산(蛟山), 성옹(惺翁), 성수(惺叟) 등으로, 당대의 명망 있는 집안에서 태어났다. 그는 문장 실력이 뛰어나 문재가 걸출한 인물로 인정을 받았다. 그는 5세에 글을 배우기 시작하여 9세에 이미 시를 지을 줄 알았다.

그는 비교적 개방적인 집안 분위기에서 예술적인 기질이 길러졌으며, 당시의 유교의 테두리를 넘어 불교와 도교까지 이어지는 폭넓은 사상을 수용하게 되었다. 그런 학문적 분위기 탓에 인간을 차별하지 않는 성향이 강하며, 서자들을 포함한 소외 계층들도 동등하게 인정하는 성격이 길러졌다.

허균의 집안은 허균에게 든든한 정치적 배경으로 작용하였다. 아버지 허엽은 동인의 영수로 문장가, 외교관, 정치가로 이름이 높았으나, 허균이 12세 때 객사하였다. 아버지보다 오히려 더 든든한 정치적 배경이 되어 준 것은 21세 위의 배다른 형인 허성이었다. 허성은 선조가 무척 아끼는 신하 중 하나이었고, 선조의 아들 의창군을 사위로 맞았다.

허균은 12세에 서울로 올라와 어머니의 애정 속에 자유스럽게 자랐다. 그리고 이때 누나 허난설헌과 함께 이달(李達)의 문하에서 본격적으로 시를 배우기 시작하였다. 이달은 삼당시인으로 이름이 높았으나, 서자로 태어나 벼슬길이 막혀 통탄과 방랑의 세월을 보냈다. 이런 이달에게 시를 배우면서 인생관이나 문학관 등에서 많은 영향을 받았다. 허균은 이달에게 시를 배울 때가 가장 행복하였다고 한다.

허균은 25세 때 문과에 급제할 때까지 벼슬이나 생활에 얽매이지 않는 삶을 살았다. 그는 17세에 결혼을 했다. 그런데 20세와 21세 때, 문학적 재능이 뛰어나고 허균과 기질이 비슷했던 둘째 형 허봉과 누나 허난설헌의 죽음을 맞이하여 크나큰 슬픔에 빠졌다. 24세 때 임진왜란이 일어나 피난을 가던 도중에 부인이 아이를 낳다가 죽었고, 아이도 곧 죽고 마는 불행을 당하였다. 그는 고향인 강릉에서 피난살이를 하다가, 그곳에 있는 산의 이름을 따서 호를 교산(蛟山)이라 하였다.

허균은 26세 때에 처음 벼슬을 시작하여 50세에 처형을 당할 때까지 여러 차례 파직을 당하였다. 즉 그는 기생과 놀아나거나 불교를 숭상한다는 등의 이유로 여러 차례 탄핵을 받아 파직되곤 하였으나 곧바로 새로운 벼슬을 받았다. 뛰어난 문장 실력과 영민함으로 중국에 다녀오거나 중국 사신을 맞는 일 등 중국과 관계된 일에 관여하였다. 그는 29세에 재혼을 하였다. 허균은 33세 때 공무로 전라도 부안에 갔다가 당대의 명기인 매창(梅窓)을 만나 사귀게 된다. 이들은 육체적 관계없이 끝까지 우정을 나누게 되었다.

허균이 '여색을 밝히는' 성품이었다는 것은 그의 자유분방함이 어떠한 것이었는지 생각하게 하는 대목이다. 그는 남의 눈을 의식하지 않고 행동을 하여 성품이 부박(浮薄)하다는 소리를 많이 들었다. 그런데 뛰어난 글 솜씨와 형 허성의 배경으로 선조의 신임을 받을 수 있었고, 선조가 돌아가실 때 허균은 공주목사로 있었다.

광해군은 선조의 서자로서 미움을 받았으나 가까스로 왕위에 올랐다. 광해군 때는 그를 밀었던 이이첨을 중심으로 한 대북파가 득세하게 되었다. 허균은 40세 때인 1608년에 서얼들과 가까이 한다는 등의 이유로 공주목사에서 파직을 당하였으나, 얼마 후 정3품 벼슬로 복귀하였다. 허균은 광해군 때에 들어와서도 중국과 관계된 일을 계속 맡았고, 뛰어난 문재로 광해군의 눈에 들게 되었다. 그런데 그는 계속하여 다른 사람들의 배척을 받았고 탄핵이 많이 이어졌다. 주로 '사람이 경망스럽다'는 이유이었다. 이는 허균이 유교적 신분질서가 확립된 사회체재에서 정통에 벗어나는 행동을 거리낌 없이 행하였다는 반증이 될 수 있다.

허균은 42세 때인 광해군 2년(1610) 가을에 실시된 과거 시험에서 시험 관리들의 친척들이 대거 붙는 사건이 발생한다. 이는 의혹이 불거진 과거 부정 사건이었다. 허균보다 더 심한 경우가 있었는데도, 허균은 허성의 아들 허보와 사위를 붙여주었다는 혐의로 귀양을 가게 된다. 당시에 다른 관리들은 왕과 외척 관계에 있었기 때문에, 그 권세에 눌려 허균만 잡아냈다는 소문이 돌았다. 이로 인하여 허균은 전라도 함열에서 약 1년 동안 유배 생활을 하게 되는데, 자신의 문집인 『성소부부고』를 이곳에서 엮어내게 된다. 이 책은 지금도 허균 사상을 알아보는 귀중한 자료가 된다.

44세 때인 광해군 4년(1612)에 형 허성이 죽게 되자, 허균은 호남 지방을 두루 다녔다. 이때 아마도 <홍길동전>을 쓴 것으로 추정된다. <홍길동전>은 혁명적 소설이라 부를 수 있는 것이 아니지만, 사람을 신분적 태생이 아니라 그 재능의 유무를 기준으로 써야 한다는 내용을 담고 있다. 이는 허균이 갖고 있던 일종의 평등사상을 예시한 것으로, 시대를 뛰어넘은 소설이라는 면에서는 가히 혁명적이다.

허균은 비판적 지식인으로서 서얼 차별이라는 신분제도의 모순을 간과할 수 없었다. <명종실록>을 보면, 당시 조정에서는 서얼에 대한 관직 허용 문제를 놓고 논란을 벌였다. 허균은 이러한 예민한 사안에 대해 신분차별을 철폐하라는 의식을 지닌 문제적 작가의 면모를 보여주었다.

허균은 신분적 질서에 대한 문제의식은 <유재론>, <호민론>을 통해 직접적으로 표출되기도 하였고, 또 <홍길동전>을 통해 간접적으로 형상화되기도 하였다. 그는 그 밖에 <남궁선생전>, <장산인전>, <손곡산인전>, <엄처사전> 등 한문으로 전을 지었다. 이들 작품에 등장하는 인물들은 비범한 능력을 지녔으면서도 세상과 화합하지 못하였다는 공통점을 지니고 있다. 또한 이들 작품에서는 현실적 제약을 초극하려는 의지를 드러내고 있는데, 여기에 현실을 강하게 비판하고 이상세계를 추구하는 작가 허균의 의식이 깃들인 것으로 볼 수 있다.[12]

---

12) 이상택 외, 『한국 고전소설의 세계』, 돌베개, 2005, p.90.

이본의 상관 관계

1. 이본 연구사

<홍길동전>에 관한 연구는 상당히 많은 양의 성과가 축적되어 연구 논문만도 수백 편이 넘는다. 그런데 그 가운데 순수한 이본에 관한 연구는 불과 얼마 되지 않는다.

<홍길동전>의 연구에서 허균이 한글로 소설을 지을 수 있었는가, 있다면 한글소설이 나올 수 있는 조건은 무엇인가, <홍길동전>의 이본은 어떤 것이 있는가, <홍길동전>이 갖고 있는 의미는 무엇인가 등의 측면에서 깊이 있게 논의가 진행되지 못하였다. 최초의 한글소설이란 점만 강조하여 <홍길동전>의 연구가 텍스트에 집중되었다.

따라서 지금까지 <홍길동전> 연구는 작자가 허균이라는 전제 아래 이루어졌다. 그런데 현재 <홍길동전>의 작자를 허균이라고 하였을 때 올바른 해석이 불가능하다.[1] 그 이유는 첫째 허균이 지은 원본을 찾을

---

1) 여세주, 「홍길동전 연구의 현황과 쟁점」, 『계명어문학』6집, 계명대학교 국어국문학

수 없기 때문이다. 현재 남아있는 <홍길동전> 이본들은 기본적인 이야기 진행이 같은데, 세부적인 내용에서 약간의 차이를 보이고 있다. 이들 가운데 허균의 시대에 쓰여 진 이본은 없고, 그나마 허균 시대로부터 계보를 추정해 볼 수 있는 이본도 없다. 17세기나 18세기에 창작되었을 것으로 추정되는 이본도 없고, 현재 이본들은 거의 19세기 후반 이후에 만들어졌다. 그래서 허균이 지었다는 <홍길동전>과 연관성을 이들 이본 가운데 찾기란 거의 불가능하다.

둘째는 <홍길동전>이 갖고 있는 성격을 해명해 내는데 어려움 있다. <홍길동전>의 성격에 대해 많은 연구가 있었지만, 작자를 허균이라고 전제하여 <홍길동전>에 대한 해석이 한정될 수밖에 없었다. 사실 오늘날의 많은 연구자들이 허균이 갖고 있던 이상에 대해 설명하지만, 작품의 주제는 중세의 이상을 넘어선 허균이 살았던 시대에 상상할 수 없는 내용이라 하겠다. <홍길동전>이 추구하는 이상은 뚜렷하지 않지만, 명백하게 중세를 거부한 것 같다. 왕이나 부형을 농락하는 것처럼 보이고, 가부장적인 유교 윤리를 깨뜨리는 듯한 모습을 보여주고 있다.[2]

이런 점에서 <홍길동전> 이본에 대한 연구사적 검토를 다시 해 보면 다음과 같다.

초기 <홍길동전> 이본 연구에서 중요한 관심사였던 것은 허균이 지은 것이 한문본인가 아니면 한글본인가 하는 문제이다. <홍길동전>의 이본에 대한 최초의 언급은 정주동에서 비롯되었다. 정주동은 <홍길동전>이 허균이 지은 한글소설이라는데 대해 한문본으로 창작되었을 가

회, 1991.

2) <홍길동전>의 내용을 자세하게 보면, 지배집권세력에 대해 비판하지만, 부형이나 왕을 농락하는 것을 찾아볼 수 있다. 즉 가정에서 아버지를, 사회체재에서 왕이 정점이 되어 갈등요소를 해결해야 주체자로 설정되어 있다고 하겠다.

능성을 조심스럽게 비추면서 이본에 대한 자료를 단순 소개하는데 그쳤다.3) 그 이후에 개별 논문으로는 박노춘의 연구가 있었으나 완판본을 소개하는데 그쳤고,4) 본격적으로 <홍길동전> 이본의 연구를 시작한 사람은 정규복이다.

정규복은 경판본, 완판본, 필사본, 신활자본 등 여러 가지 이본에 대해 검토와 내용 대비를 바탕으로 <홍길동전>이 한글로 창작된 것이고, 남아 있는 이본 가운데 가장 원본에 가까운 본으로 '경판 24장본'인 한남본이라는 결론을 내렸다.5) 이러한 견해는 이후 학계에서 별다른 비판 없이 받아들여, <홍길동전> 작품론을 연구한 많은 학자들은 '경판 24장본'을 작품 분석의 텍스트로 사용하였다.

그 이후에 김동욱이 ≪고소설판각본전집≫을 간행하였고, 또 '완판 36장본'이 따로 영인본으로 발간되는 등 <홍길동전> 이본을 구해 보기가 쉬워졌다. 그러자 '경판 24장본'인 한남본 <홍길동전>이 원본에 가장 가까운 본이라는 설에 의문이 제기되기 시작했다. 이러한 의문은 본격적인 이본 연구를 통해서가 아니라 작품론의 중간에 조금씩 언급되는 정도였다.6)

이종주가 서강대학교 도서관에 소장되어 있는 '한문본(서강대30장본)'을 소개하면서 <홍길동전> 이본 연구가 새롭게 주목을 끌게 되었다.7)

---

3) 정주동, 『홍길동전 연구』, 문호사, 1961.
4) 박노춘, 「홍길동전 목판본고」, 『가람 이병기 박사 송수논문집』, 삼화출판사, 1966.
5) 정규복, 「홍길동전이본고」, 『국어국문학』48·51호, 국어국문학회, 1970·1971.
6) 임형택은 「홍길동전의 신고찰」, 『창작과 비평』42, 43호(창작과 비평사, 1976, 1977)에서 경판30장본에 대해서 언급 하였고, 서종문은 「홍길동전에 나타난 현실 인식 문제」, 『허균의 문학과 혁신사상』(새문사, 1981)에서 김동욱 89장본에 관해서 말했으며, 김열규는 「홍길동전의 시간론적인 몇 가지 문제」, 『허균의 문학과 혁신사상』(새문사, 1981)에서 서강대 한문본에 대해서 얘기하였다.
7) 이종주, 「한문본홍길동전검토」, 『국어국문학』99호, 국어국문학회, 1988;「한문본 홍

한문본의 발견은 <홍길동전>의 작자로 허균이라 사실을 확고부동하게 받아들이는 학계에서, 애초에 한문으로 쓰여 진 것이냐 아니냐를 재조명하는 쪽으로 진행되었다. 한문본에 대한 논의는 전체 이본에 대한 검토 없이 이루어져, 한문본이 <홍길동전> 이본에서 차지하는 위치를 정확하게 파악하지 못하였다. 학계에 한문본을 영인하여 보고한 이종주도 '한문 30장본'의 내용을 '경판 24장본'과 '완판 36장본'과 비교하는 데만 초점을 맞췄을 뿐이다. 한문본과 같은 내용을 갖고 있는 이본을 염두에 두지 않았다.

송성욱은 한남본, 야동본, 어청교본, 송동본 등의 경판 4종과 안성판 2종, 완판 등 7종의 판각본 내용을 비교하여 학계에서 최고 최선본에 가까운 본으로 보고 있던 '경판 24장본'인 한남본 대신 '경판 30장본'인 야동본8)을 선행하는 본으로 파악하였다. 그리고 안성동문이본 23장본과 어청교본의 대비에서 23장본이 선행한 것으로 파악하였고, 경판의 한남본과 어청교본이 전라도의 로칼니즘(지역주의)의 의해 재구되었다는 완판과 경판의 연계성에 대한 정규복의 논의를 제기하며 별개의 이본으로 추정하였다.9) 이윤석은 <홍길동전> 이본들의 내용을 비교하는 과정에서 '경판 24장본'인 한남본의 후반부가 축약된 축약본임을 밝히고, <홍길동전> 연구에서 '경판 24장본'을 대본으로 쓰는 것이 적절치 못하다는 것을 지적했다.10)

길동전 해제를 위한 토론」, 『서강어문』6집, 서강대학교 서강어문학회, 1988.
8) 경판 30장본은 프랑스 파리의 동양어학교에 소장되어 있는 본으로 김동욱 교수가 편찬한 『영인고소설판각본전집』제5권에 실려 있다. 그런데 복사과정에서 제27장의 뒷면과 제28장의 앞면이 빠진 채 29장만이 실려 그 동안은 29장본으로 통용되었다. 임성래 교수가 프랑스 현지에서 27장 뒷면과 28장 앞면을 복사해 전모를 볼 수 있게 되었다.
9) 송성욱, 「홍길동전 이본 신고」, 『관악어문연구』13집, 서울대학교국어국문학과, 1989.

1980년대 후반부터 <홍길동전> 이본에 대한 연구자들의 견해가 발표되고, 또 경판 24장본인 한남본이 원본 또는 최선본의 위치에 문제가 제기되자, 정규복은 그 동안의 <홍길동전> 이본 연구에 대한 자신의 견해를 정리하여 발표하였다. <홍길동전> 이본 가운데 원본의 위치를 갖는 이본은 여전히 '경판 24장본'인 한남본이고, 새로 발굴된 한문본은 경판과 완판본을 적당히 조립해서 만든 후대의 번역본이라는 것이다.[11] 정규복의 견해에 대해 조용호는 '정교수가 의도적으로 한문본을 평가절하 한다고 비판하며, 한문본은 현존하는 <홍길동전>의 이본 가운데 최고본이며 최선본이라는 의견을 제시했다.[12]

　그 이후에 이윤석은 필사본에 관심을 가지고 <홍길동전> 이본의 연구를 계속하였는데, 일련의 연구를 통해 <홍길동전>의 중요한 이본계열로 완판 계열, 경판 계열 이외 필사본 계열이란 또 다른 하나의 계열을 설정했다. 필사본 계열이란 완판이나 경판 <홍길동전>에서는 전혀 볼 수 없는 내용을 갖고 있는 이본들을 가리킨다. 이 필사본 계열의 이본은 완판이나 경판보다 분량도 훨씬 많고 내용도 풍부할 뿐만 아니라 완판과 경판이 다른 내용을 포함하고 있다. 필사본 계열의 연구를 통해 완판과 경판의 관계, 완판과 경판의 형성과정, <홍길동전>의 원작 문제, <홍길동전>의 의미와 가치를 제대로 파악해 낼 수 있다고 생각하였다. 그 이후에 이윤석은 <홍길동전> 이본에 관한 몇 편의 논문을 발

---

10) 이윤석, 「<홍길동전> 이본의 성격에 관한 고찰」, 『국문학연구』12집, 효성여자대학교 국어국문학과, 1989.

11) 정규복, 「홍길동전 한문본의 텍스트 문제」, 『동방학지』68집, 연세대학교 국학연구원, 1990; 정규복, 「홍길동전 텍스트의 문제」, 『정신문화연구』14-3호, 정신문화연구원, 1991.

12) 조용호, 「홍길동전 이본의 한 연구」, 『서강어문』9집, 서강대학교 국어국문학과, 1993.

표하면서 필사본 계열 작품을 현대 활자로 옮기는 작업을 진행하였는데, 이런 과정에서 <홍길동전>은 19세기 중반 이후에 창작된 소설이고, 김동욱 89장본이 원형에 가장 가깝다는 견해를 발표하였다.[13]

이와 같은 이본 연구에도 불구하고 아직까지 허균이 직접 지었거나 가까운 시기에 생겨난 이본을 찾아볼 수 없다는 한계를 가지고 있다. 따라서 어떤 특정 이본만을 최고 최선본을 고집할 것이 아니라, 각 이본을 종합적으로 검토하여 <홍길동전> 소설군의 주제를 파악하고, 이를 통하여 각 이본 특성을 파악하는 쪽으로 연구가 진행되어야 할 것으로 보인다.

판각본 전체에 대한 연구의 한 부분으로 <홍길동전>의 서지적인 연구가 이루어진 것으로는, 유탁일과 이창헌의 연구를 들 수 있다. 유탁일은 완판 방각본 전체를 대상으로 연구하면서 <홍길동전>의 판목을 다른 완판 소설의 판목과 비교하여 <홍길동전>의 판각 연대를 밝혔고,[14] 이창헌은 경판 판각본 소설 전체를 다루면서 그 일환으로 경판 <홍길동전>의 계통을 밝혔다.[15]

2. 이본에 대한 해설

<홍길동전> 이본은 목판본, 활자본, 필사본 등 3가지 계열로 나누어진다. 목판본으로 한남본, 야동본, 어청교본, 송동본 등 경판 4종과 완

---

13) 이윤석, 『홍길동전 연구』, 계명대학교 출판부, 1997; 「동양문고분 '홍길동전' 연구」, 『동방학지』99집, 연세대학교 국학연구원, 1998.
14) 유탁일, 『완판 방각본 소설의 문헌학적 연구』, 학문사, 1981.
15) 이창헌, 「경판 방각소설 판본 연구」, 서울대 박사학위논문, 1995.

판본 1종, 안성본과 안성동문이본 등 7종이 있다. 활자본으로는 신문관본, 덕흥본, 한역본, 세창서관본 등 4종이 있다. 그리고 필사본으로 김동욱 소장본 5종, 강전섭, 조종업, 박순호 소장본 각 2종, 이재수, 이가원, 하동호, 정규복 소장본 등 4종, 정신문화연구원 소장본 2종, 국립중앙도서관, 연세대도서관, 숭실대기독박물관, 서강대도서관(한문본) 소장본 등 4종을 합하여 총 21종이 있다. 현재 <홍길동전>의 이본으로 목판본, 활자본, 필사본을 합하여 총 32종이 전하고 있다.

1) 한남본(翰南本)

한남본은 1905년 경성 한남서림에서 출간된 목판본으로 서울대, 연세대, 중앙국립도서관, 김근수 등이 소장하고 있다. 체재는 단권으로 24장이며, 크기는 25.8×20.2cm이다. 매 면의 행수와 자수는 1장에서 20장까지 14행이고, 21장부터 24장까지 14~15행으로 되어 있다. 그리고 2장까지 매 행 20자(첫 줄은 19자)이며, 3장부터 20장까지 1행이 20자~22자이고, 21장부터 24장까지 22~27자로 되어 있다. 서체는 필사 행서체로 21장부터 전반부와 아주 다른 행서체이다. 판심은 상화문 어미이고 판각 연도는 미상이나 간기는 대정 9년(1920) 8월 30일으로 되어 있다.

2) 어청교본(漁靑橋本)

어청교본은 경판 목판본으로 오한근이 소장하고 있다. 체재는 단권으로 크기는 23.5×18.5cm인 23장이다. 판각의 크기는 21×16.5cm로 면마다 행수가 15행으로, 1행이 22~24자가 쓰여 있다. 판심은 <홍>자 상흑

어미로 되어 있고, 간기는 '어청교신간'으로 되어 있으며 출간 연대는
미상이다.

3) 안성본(安城本)

안성본은 경판본의 일종으로 국립중앙도서관에 소장되어 있다. 한권
으로 된 이 책은 19장으로 크기는 24.5×19cm이다. 판각은 21×17.5cm로
14장까지 면마다 14행으로 되어 있고 15장부터 16행으로 되어 있다. 글
자 수는 2장까지 20자이고, 3장부터 <야동본>과 동일하게 24~27자로
되어 있으며, 15장부터 30~33자로 되어 있다. 서체는 2장까지 행서체
로, 3장부터 반초서체로 되어 있다. 간기는 대정 6년(1917) 11월 21일이
고 박성칠서점 간으로 경기도 안성군 보개면 기좌리 461번지로 기록되
어 있다.

4) 안성동문이신판본

안성동문이신판본은 안성판본의 하나로 일본 국회도서관 동양문고
에 소장되어 있다. 체재는 1권 23장으로 되어 있고, <어청교본>과 동
일하나 자체와 간기가 '안성동문이신판'으로 되어 있으며, 판심이 상화
문 어미로 되어 있는 것이 다를 뿐이다.

5) 완판본(完板本)

완판본은 목토혼판본의 일종으로 1권 36장으로 되어 있다. 크기는

26×18.5cm이고, 판각은 21.5×17cm이다. 각 면은 15행이 되어 있고, 각 행은 23~26자로 되어 있으며, 서체는 18장까지는 해서체이고, 19장부터 반초서체이다. 판심은 18장까지 <홍>자 상흑 어미와 <홍>자 하흑 어미가 혼용되었고, 19장부터 <홍>자 아래에 화문 어미로 다양하게 나타나고 있다. 판각 연도는 미상이나 간기는 대정 5년(1916)으로 되어 있다.

6) 송동본(宋洞本)

송동본은 경판본의 일종으로 하동호가 소장하고 있다. 단권 20장본으로 판각은 일정하지 않다. 각 장은 15행으로 1행에 25~33자로 되어 있고, 글자체는 행서체이다. 판심은 <홍>자 아래에 화문어미로 되어 있는데, 판각 연도는 정확하게 알 수가 없다.

7) 야동본(冶洞本)

야동본은 경판의 일종으로 프랑스 파리 동양어학교에서 소장하고 있다. 체재는 1권으로 원래 30장이나 27장 후면부터 28장 전면이 낙장 일실되어 현재 29장으로 전하고 있다.[16] 서체는 필사행서체로 매 면마다 14행으로 되어 있고, 2장까지 1행이 20자로 되어 있으나 3장부터 매 행이 23~27자로 되어 있는데, 이중에 24자가 가장 많다. 판심은 상화문 어미로 되어 있으며 판각 연도는 미상인데, 간기에는 <야동신간(冶洞新

---

16) 위의 각주 8참조. 즉 임성래 교수가 프랑스 현지에서 27장 뒷면과 28장 앞면을 복사해 전모를 볼 수 있게 되었다.

刊》)이라 쓰여 있다.

8) 필사본(筆寫本)

필사본은 이가원 소장본, 일본 국립도서관 동양문고 소장본, 국립중앙도서관 소장본, 김동욱 소장본, 이재수 소장본, 이명선 소장본, 하동호 소장본 등이 있었다. 그런데 이명선 소장본은 일실되어 현재 6가지의 필사본이 존재하고 있다. 이밖에도 많은 필사본이 있는데, 이들은 경판본 계열과 완판본 계열, 그리고 경판과 완판의 내용이 결합되어 있는 필사본 계열로 나누어진다. 이 중에 숭실대 소장본은 그 내용이 안성판본과 거의 비슷한 필사본으로 보인다.[17]

현재 전해지는 <홍길동전>의 방각본 이본 중에 대표적인 것으로는 김동욱(金東旭) 편 ≪경인고소설판각본전집(景印古小說板刻本全集)≫ 소재의 한남본(翰南本), 야동교본(冶洞橋本), 어청교본(漁靑橋本), 송동교본(宋洞橋本), 안성(安城) 23장본, 안성 19장본, 완판본(完板本) 등을 들 수 있다. 일반적으로 경판본 계열인 한남본이 최고본(最古本), 혹은 최선본(最先本)으로 평가되어 왔으나, 야동본이 보다 앞선 시대에 이루어진 것으로 보는 견해도 있다.[18]

이처럼 <홍길동전>은 많은 이본을 지니고 있으나 크게 경판본 계열과 완판본 계열로 대별해 볼 수 있다. 대부분의 고전소설 이본의 경우와 같이 <홍길동전>의 경우도 완판본이 경판본에 비해 보다 많은 내

---

17) 소재영, 「홍길동전 해제(숭실대본)」, 『숭실어문』7집, 숭실어문학회, 1990.
18) 송성욱, 「홍길동전 이본신고」, 『관악어문연구』13집, 서울대학교 국어국문학과, 1988.

용이 첨가되어 있어 내용상 무시하지 못할 편차를 지닌다. 특히 완판본의 경우는 경판본 계열에 비해 배불의식(排佛意識)이 강하고 탐관오리나 소인배에 대한 징치의식을 첨예하게 드러내어 홍길동의 영웅적 면모를 더 부각시키고 있다. 특히 홍길동이 율도국을 정벌하는 과정이나 죽어 신선이 되는 장면을 묘사한 대목 등에서 완판본이 후대 영웅소설의 영향을 받아 흥미 본위로 변질되었음을 알 수 있다.

3. 이본의 상관 관계

경판계열 판각본은 '경판 30장본(야동본)', '경판 24장본(한남본)', '경판 23장본(어청교본)', '안성 23장본(안성동문이신판본)', '경판 21장본(송동본)', '안성 19장본(안성본)' 등 6종류가 있다. 이 가운데 '경판 23장본'과 '안성 23장본' 두 본은 완전히 자구가 일치하는 본이므로 사실상 5종류의 이본이 있는 셈이다.

기존에 최고본으로 인정되어 온 <한남본>의 경우는 20장을 경계로 하여 판목의 교체를 보여 주고 있다. 이 판본이 다른 판본에 비해 심한 축약과 변개를 보이는 대목이 바로 이 판목의 교체 부분부터이다. 만약 <한남본>의 후반부가 <홍길동전>의 원래적 모습이라면, 전반부가 후대에 개작된 것으로 생각된다.[19) 현존 판본 중 <한남본> 후반부의 흔적이 보여야 하는데 <야동교본>, <어청교본>, <안성본> 등에서 확인

---

19) 반대로 생각할 수도 있다. 전반부가 홍길동전의 원래적인 모습이고, 후반부가 개작되었다고 볼 수 있다. 왜냐하면 전반부의 표기법에서 다른 이본에 비하여 앞선 시기로 보이는 것이 많다.

되지 않고 있다. 오늘날 <야동교본>을 다른 판본들이 모본으로 삼았다고 본다. 방각본의 생리상 축약[20]은 후대 본에서 일어나는 만큼 <한남본>을 최고본으로는 볼 수 없다는 것이다. 다만 <한남본>의 20장까지는 다른 판본보다 더 완전한 모습을 보이고 있어[21] 이 부분의 출처가 문제된다 하겠다.

서지적으로 면밀하게 비교해 보면 <한남본>은 내용상의 부주의한 첨귈로 인한 문리의 불비와 서지적 대교로 보았을 때 <야동본>에서 좀 차이가 있는 분기한 이본으로 보인다. 즉 '경판 30장본'이 가장 선행하는 본이고 나머지 종류는 '경판 30장본'보다 후기에 나온 본이라는 것을 알 수 있다. 다만 '경판 24장본'은 제20장까지 '경판 30장본'과 거의 자구가 일치하지만 제21장부터 마지막까지의 분량은 '경판 30장본' 같은 대목의 약 3분의1 정도 밖에 되지 않을 정도로 후반부가 대폭 축약된 이본이다.

<어청교본>는 철자 표기나 서지적 대교 등으로 보았을 때 <야동본>을 대본으로 한 동일계 이본으로 보인다. <어청교본>은 <야동본>과 자구가 동일하나 몇 군데 다르게 판각된 곳이 산견되고 있지만, 전체적인 줄거리에 무리가 없다. 즉 <어청교본>은 문맥이 바뀌지 않는 한도 내에서 어절의 누락 혹은 축약을 통해 약간의 변개를 보이면서 30장본의 내용을 조금씩 빼내어 분량을 23장으로 줄인 이본이다.

<송동교본>은 <야동교본>을 모본으로 삼은 <어청교본>을 모본으

---

20) 정규복, 앞의 논문, <완판본>을 제외한다면 후대로 내려갈수록 장수가 축약되는 경향을 보이고 있어 방각본 자체의 상업적 속성을 여실히 보여준다 하였으나, 필사본이나 완판본의 예를 들어 반박하고 있다.
21) 정규복 교수가 주장하는 선본으로 위치는 아마도 이 부분이라고 본다. 즉 부분은 다른 판본에 비하여 철자 표기 등에서 선본으로 위치를 점하고 있다.

로 삼아 판각한 이본이다. <송동본>은 다른 이본과 내용이 서로 다르
나 <어청교본>과 것의 동일하다. 양본의 선후 관계는 <송동본>이 후
반부 상단까지 <어청교본>과 자구가 동일하나, 하단부에 가서 수식어
를 거의 생략하여 판각한 것이라든가 철자 표기 등으로 미루어 후대
본으로 여겨진다. 따라서 <송동본>은 <어청교본>을 바탕으로 좀 더
축약하여 장수를 21장으로 줄인 것으로 보인다.

앞에서 언급하였지만 <안성 23장본(안성동문이신판본)>의 경우는 <어청
교본>과 판목 자체가 동일하면서, 끝부분의 간기와 간지 판심만 다시
인각되어 있어, 서울과 안성 사이에서 판목의 거래가 있었다고 추정되
었다. 그리고 출간소명을 인각하는 기술 문제로 미루어 보아 아무래도
안성에서 서울로의 판목 거래가 있었다고 보인다.[22]

한편 안성에서는 <23장본>이 없는 자리에 <19장본>을 다시 인각하
여 자리매김을 했을 가능성이 있다. <안성 19장본>의 경우는 <야동
본>의 제14장까지와 완전히 일치하고 15장부터 자체와 체재가 달라지
고, 내용면에서 상이한 곳이 산견되고 있다. <야동교본>을 모본으로
삼아 인각되었음을 알 수 있다.[23] 그런데 15장부터는 대화 대목들이 많
이 생략되는 현상이 나타나고 내용이 축약되어 있으며, 율도국 정벌 대
목부터 끝까지 완전히 잘라 내버린 본이다.

<완판본>은 <한남본>과 <야동본>에 없는 내용의 삽화와 단락, 그
리고 독특한 주제성, 문체와 구성의 독자성으로 미루어 볼 때, 다른 이
본과 전혀 다른 독자성을 지닌 이본이라고 생각된다.

---

22) 이윤석, 앞의 논문, 일부에서는 지리적 여건을 감안할 때 경판인 <어청교본>이 안
　　성으로 들어가 대본이 되어 간기만 바꿔 넣고 그대로 복간한 것으로 보기도 한다.
23) 이문규, 「홍길동전」, 『한국 고전소설 작품론』, 집문당, 1979; 김일열, 「허균과 홍길
　　동전」, 『고전소설 신론』, 새문사, 2003.

이러한 이본들의 관계를 내용면에서 살펴보면 다음과 같이 정리된다. <야동교본> 및 <어청교본>, <송동교본>, <안성 23장본>은 길동의 죽음이 백일 승천으로 처리되어 있고, 그 죽음 직전에 무상가가 들어 있다. 그리고 군담적 부분이 비교적 상세히 서술되어 있다. 그런데 <한남본>은 정조 일천 석의 요구가 없으면 길동의 죽음이 예사롭게 처리되어 있고, 후반부가 심하게 축약되어 있다.24)

<완판본>은 첫대목에서 홍 판서의 국가 공적이 구체적으로 열거되며, 길동에 대한 태몽 역시 화려하고 길게 서술되어 있다. 또 길동의 함경감영 습격의 목적이 인군을 보좌하기 위한 병법의 수단이었으며, 대부인 유 씨의 죽음이 길동이 죽은 후로 처리되어 있고, 무상가 대신에 진취적 기상의 노래가 대신 삽입되어 있다. 그리고 이 판본 역시 길동의 죽음은 백일 승천으로 되어 있다.

<안성 19장본>은 길동의 병조판서 제수 요구 대목이 없다. 그러나 <한남본>과 달리 군담적 부분에서 심한 축약이 보이지 않으나, 특이하게 율도국 수립 대목이 완전히 삭제되어 있다.25)

이상과 같은 고찰을 통해 볼 때 방각본 <홍길동전>의 주요 이본계열은 <야동교본>, <한남본>, <완판본>, <안성 19장본>의 4갈래로 볼 수 있다. 그리고 작품의 원본은 다른 자료의 발견을 기다릴 수밖에 없겠으나, 현재 방각본 자료 중에서 <야동교본>이 가장 앞선 시기에 위치하는 판본으로 판단되고 있다. 한편 방각본 소설의 이본 출현은 후대

---

24) 정규복, 앞의 논문.
25) 이종주, 앞의 논문. 경판 19장본은 율도국 부분이 완전하게 삭제가 되었다. 그럼에도 불구하고 제보 부분을 존재하고 있는 이 제도에 관한 부분에 그대로 남아 있다. 이는 제도부분 만으로 서사적 완성이 가능하다고 판단한 독자의 생각으로 보인다.

로 갈수록 각 면의 행수가 늘어나면서 장수가 축소되는 경향을 보이고 있음을 알 수 있다. 이상으로 볼 때 방각본 계열 이본의 상호 영향 관계를 도표로 나타나면 다음과 같다.[26]

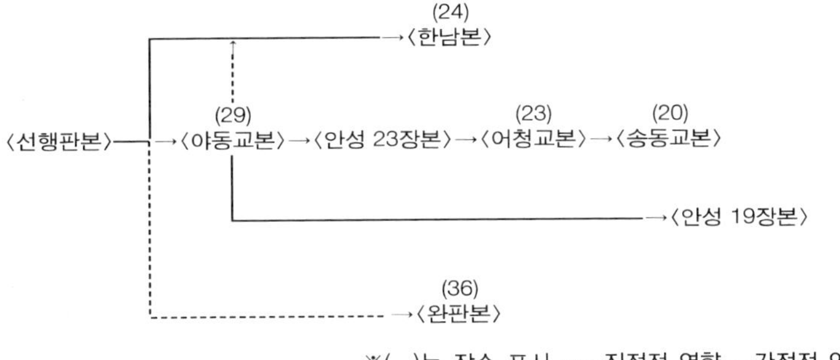

　19세기에 성행하였던 방각본 <홍길동전>은 원가 절감, 최대 이윤 추구라는 상업적 성격을 고려할 때 가장 장수가 많았던 <야동본>이 가장 앞선 시기의 이본으로 보여 진다. <야동본>이 <한남본>보다 유기적이고 긴밀하게 처리되어 있어 현존하는 이본 중 <야동본>이 원본에 가장 근접한 최선본(最先本)이라 하겠다.[27]

---

26) 송동욱, 앞의 논문. 결론적으로 이렇게 도식화 하였다. 그리고 밑에 그림은 정규복이 주장하였던 이본의 선후 본을 다음과 같이 전승의 계보를 작성하였다.

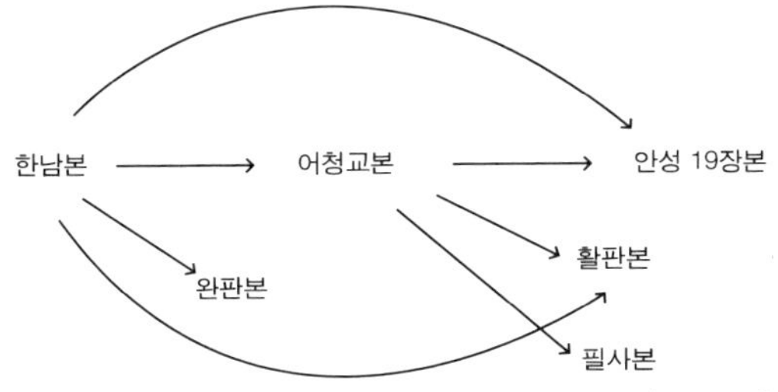

27) 그럼에도 불구하고 본 책에서 경판 24장본인 <한남본>을 교주하여 놓았다. 이것

4. 〈홍길동전〉의 최선본

　초기의 〈홍길동전〉 이본 연구에서 중요한 관심사였던 것은 허균이
지은 것이 한문본인가 아니면 한글본인가 하는 문제였는데 이 문제는
대체로 한글본이라는 쪽으로 결론이 났다. 다음으로는 경판본과 완판
본 가운데 어떤 본을 허균의 원작에 가장 가까운 것으로 볼 것인가 하
는 문제가 일반적인 추세였다. 그러나 '경판 24장본'은 후반부가 축약
된 축약본이고, 경판 가운데는 '경판 30장본'이 가장 선행하는 선본으
로 여겨진다. 다만 '경판 24장본'는 20장까지 다른 이본보다 앞선 저본
을 활용한 것으로 보인다.

　1980년대 후반부터 시작된 서강대 소장 '한문 30장본'에 대한 논의는
〈홍길동전〉 이본의 논쟁을 새로운 국면으로 끌고 갔다. 그러나 한문본
에 대한 학계의 논의가 허균이 지은 〈홍길동전〉의 원본이 한문본일
것이라는 시각으로 접근한다든가 또는 이 한문본이 완판과 경판을 합
성한 것이라는 식으로 진행된 것은 초점이 잘 맞지 않는 논의였다. 왜
냐하면 이 한문본은 명백히 한글본을 번역한 것이고 또 이 한문본과
같은 내용을 가진 이본이 여러 종류가 있기 때문이다.

　지금까지 알려진 〈홍길동전〉 이본으로 완판 계열이나 경판 계열과
전혀 다른 이본의 계열을 '필사본 계열'이라고 이름 붙이고, 이 필사본
계열이 〈홍길동전〉의 원형에 가까운 텍스트라고 판단하고 있다. 이는
앞으로 더 많은 논의를 거쳐야 할 것으로 보인다.

　은 〈한남본〉의 20장까지는 다른 판본보다 앞선 시기에 쓰였을 것이란 점이다.

홍길동과 주변 인물들의 갈등
—가정구조 내의 인물 성격을 중심으로

1. 서론

<홍길동전>에는 인물들이 등장해 '홍길동'이 스스로 고뇌하는 내부적 갈등에서부터 그를 둘러싼 다양한 외적 갈등을 드러내고 있다. 홍길동에게 일어나는 내적, 외적 갈등들은 이야기를 전개시키는 데 중요한 역할을 하고 있다. 이런 인물들의 관계를 분석하였을 때 인간관계의 중요성과 인간상에 대해 알아볼 수 있다.

근대 사회로의 이행기에 쓰인 <홍길동전>은 유교의 도리에 얽매어 사는 인간상을 부정하고, 그에 맞서 저항하고 투쟁하는 모습들을 드러내고 있다. 즉 <홍길동전>은 봉건 사회적인 인간상을 부정하고, 새롭게 이행되는 사회에 필요로 하는 인간상이 무엇이며, 또 이런 인물을 통해 꿈꾸는 이상적 사회가 어떠한 것인지 제시하고 있다. 이런 점에서 <홍길동전>의 등장인물들에 대해 분석하고자 한다.

2. 주인공과 주변 인물들

1) 홍길동

<홍길동전>은 홍길동이란 인물의 영웅적 일대기를 다룬 작품이다. 홍길동은 조선 세종 조에 당대 권문세가인 홍승상의 서자로 태어났다. 서자에 대한 대우는 신분적인 차이에 따라 다양하게 나타나겠지만, 집권 양반 가문의 서얼은 애매한 위치에 있었다. 서자들은 적자에 비해 심한 차별 대우를 받았지만, 피지배 계급과 확고하게 다른 위치에 있는 지배층의 일부이었다. 반면에 관직 진출에 한계가 있다는 점에서 소외받는 계층이었다. 이처럼 서자인 길동의 사회 신분적 위치는 피지배층인 민중과 지배층 사이에 있을 수밖에 없다.

서자인 어린 길동은 유교적 입신양명의 꿈을 키우지만 서얼이라는 한계로 가로막히게 된다. 서얼차별 제도는 승상 가문의 아들이란 좋은 조건 속에서도 길동에게 장애가 되었다. 그는 성장 과정을 거치면서 가정에서 호부호형을 할 수 없고,[1] 사회적으로 벼슬에 진출할 수 없다는 현실의 벽을 절망적으로 인식하고 자신의 처지를 비관한다.[2]

길동은 자신이 서얼이란 것 때문에 벼슬을 못한다는 것이 지배층 내부만의 문제가 아니라 신분제도의 문제로 인식하게 된다. 길동은 서자

---

1) "쇼인이 평싱(平生) 셜온 바는 대감 졍긔(精氣)로 당〃(堂堂)ᄒ온 남지 되여ᄉ오미 부싱모휵지은(父生母育之恩)이 깁ᄉ거늘 그 부친을 부친이라 못ᄒ옵고 그 형을 형이라 못ᄒ오니 엇지 사ᄅᆷ이라 ᄒ오리잇가?"(2장: 이후 경판24장본 경우 장수만 표기)

2) "대쟝뷔(大丈夫) 셰상의 나미 공밍(孔孟)을 본밧지 못ᄒ면 찰아리 병법(兵法)을 외와 대쟝닌(大將印)을 요하(腰下)의 빗기ᄎ고 동졍셔벌(東征西伐)ᄒ여 국가의 디공(大功)을 셰우고 일홈을 만디(萬代)의 빗ᄂ미 쟝부의 쾌ᄉ(快事)라. 나는 엇지ᄒ여 일신(一身)이 젹막(寂寞)ᄒ고, 부형이 〃시되 호부호형(呼父呼兄)을 못ᄒ니 심쟝이 터질지라, 엇지 통한(痛恨)치 아니리오!"(2장)

로서 출세의 길이 막혀 있는 현실적 신분 구조의 모순을 인식하고 이로부터 탈출하기 위해 집에서 가출한다. 서얼인 길동의 탈출은 비범한 재주를 가졌다는 이유로 가족까지도 죽이려 드는 비정한 현실로부터의 도피이다. 가출이 가정적 모순을 인식하는 과정이라면, 조선을 떠나는 사회적 탈출은 봉건 왕조와 유교 질서의 모순을 인식하는 과정이라 하겠다. 길동은 절망적 현실에 고개 숙이거나 침잠하지 않고, 오히려 '왕후장상이 어찌 씨가 따로 있는가' 하며 도약의 계기로 삼았다.

길동은 이러한 단계의 과정을 거치면서 자신의 욕망에 충실하였다. 가정에서 탈출하기 전에 호부호형을 인정받았고, 사회에서 탈출하기 전에 병조판서를 제수 받았다. 그런데 이러한 인정이 진정으로 완성되기 위해 새로운 사회를 건설할 필요가 있다. 이를 자아실현이라고 할 때, 길동은 자아실현의 욕망을 이루기 위해 주어지는 제약들을 뛰어넘어 끊임없이 도전하는 인물로 그려져 있다.

2) 춘섬

춘섬은 홍길동의 어머니이다. 춘섬은 길동의 협조자이지만 아무런 도움도 줄 수 없는 존재이며, 조선시대에 신분적 사회 질서의 또 다른 피해자이다.

그녀는 홍 승상의 차를 나르는 어린 종이었다. 그런 춘섬이 홍 승상과 결합하게 된 것은, 용꿈을 꾸고 낮에 부인에게 들어갔다가 잠자리를 거부당하고 방으로 되돌아 나와 있던 홍 승상에게 차를 들고 들어갔다가 협실로 끌려 들어가 결합하게 된다. 그래서 시비 춘섬은 홍 승상과 합방하여 길동을 낳게 되었다.

춘섬은 홍 승상과 결합된 뒤에 유가적 열녀들의 삶을 본뜬 생활로 처신하게 된다.3) 즉 그녀는 승상과 잠자리를 이룬 뒤에는 다른 부정적인 일이나 정숙하지 않은 일을 거부하고 오로지 조선조의 유가적 열녀 상의 모습을 드러낸다.

춘섬은 자신의 신분적 한계를 명백히 인식하고 있었다. 그러므로 그녀는 길동이 서자로서 울분을 토할 때마다 길동을 달래며 신분적 질서에 충실하기를 바란다. 춘섬은 조선의 양반적 열녀 상을 지니고 있으나, 그 신분이 비천한 종이었다는 점에서 차별적인 고통을 감내하고 있다. 길동의 어머니인 춘섬은 길동이 서얼이란 신분으로 괴로워할 때도, 길을 떠날 때도 슬퍼할 수밖에 다른 방법이 없는 처지였다.4) 춘섬이 지고지순한 인간상을 보여주는 것처럼 보이지만, 엄격한 신분 사회에서 자신의 생존을 유지하기 위한 처세술이라 하겠다.

춘섬은 신분제와 가부장적 사회가 낳은 피해자였다. 노비로서 고통스러운 삶을 충분히 겪었고, 자신의 아들이 피해 받는 것까지 지켜보았다. 춘섬은 용기가 없다. 춘섬은 길동을 데리고 도망갈 용기조차 없을 뿐만 아니라, 아들이 도망가자고 할 때도 따라 나설 용기조차 없다. 춘섬은 자신과 길동을 해치려는 초란에 대해서 한없는 관대함을 보인다. 이는 그녀가 신분제 질서에 그만큼 길들여져 있다고 보인다. 이런 춘섬은 사회 제도에 맞추어 살아갈 수밖에 없던 민중들의 삶을 대변하고 있다. 춘섬의 이런 모습은 사회적 역경을 극복하고자 당당하게 맞서기

---

3) 호 번 몸을 허(許)호 후로 문외(文外)의 나지 아니호고, 타인(他人)을 취홀 뜻이 업스니 공이 긔특(奇特)이 녁여 인호여 잉첩(孕妾)을 삼아더니,(1장)

4) "지샹가(宰相家) 쳔싱(賤生)이 너뿐이 아니여든 엇지 협(峽)호 마음을 발호여 어미 간장(肝腸)을 살오느요?"(2-3장)
   "네 어디로 향(向)코져 호는다. 호 집의 이셔도 쳐쇠쵸간(處所草間)호여 미양 연〃호더니 이제 너롤 졍쳐업(7장)시 보니고 엇지 이즈리오. 너는 슈이 도라와 모지상봉(母子相逢)호믈 바라노라."(7-8장)

위해 집을 뛰쳐나가는 길동의 모습을 대조적으로 강조하는 방법이라고 도 볼 수 있다.

<홍길동전>에서 춘심이 마지막 부분에 등장하는데 큰 의미가 없다. 춘심은 후반부에 등장하여 길동의 재주를 탄복하고, 성장함을 칭찬하 는 것이 전부라 하겠다. 첩첩의 갈등에서 이야기 전개상 선-악의 대립 구도가 필요한데, 이를 위해 춘섬을 선하게, 초란을 악하게 설정하였다 고 보인다.

3) 초란과 무녀

초란, 관상녀, 무녀, 자객들은 길동을 죽이려다 실패하는 적대적인 인물이다. 이들은 등장하여 길동의 탁월한 능력을 돋보이게 하는 역할 을 맡고 있다. 사실 이들도 양반 지배층의 하수인에 지나지 않는다.

곡산모 초란은 원래 곡산 지방의 기생이었다. 이런 기생이 상공의 총 애를 받아 첩이 되었는데, 마음이 교만 방자하여 제 마음과 일치하지 않으면 승상에게 참소하여 집안에서 여러 가지 폐단이 일어났다고 한 다.[5]

천생인 길동의 뛰어난 자질은 봉건적 질서에 위배될 수 있으므로 제 거되어야만 한다. 길동을 없애는 일은 봉건 지배층의 손에서 이루어지 는 것이 아니라 하수인의 손에 의해 시도된다. 이런 모습의 부각은 가 정 내의 첩첩간의 갈등으로 변모되었다. 곡산모가 길동을 제거해야 할 이유는 승상의 총애를 빼앗기지 않기 위해서이다. 초란은 같은 첩인 춘

---

5) 원니 곡산모는 본디 곡산 기싱(妓生)으로 샹공의 총첩(寵妾)이 되여시니 일홈은 쵸 난이라. 가쟝 교만방즈(驕慢放恣)ᄒ여 졔 심즁(心中)의 불합(不合)ᄒ면 공의게 춤쇼 (讒訴)ᄒ니, 이러므로 가즁폐단(家中弊端)이 무슈(無數)ᄒ 즁.(3장)

섬이 영웅의 기상을 가진 길동을 낳으면서 승상의 애정을 빼앗기었다고 느꼈다.

작가는 초란을 천성적으로 질투심이 많은 인물로 설정하고 있다. 이런 초란에게는 자식이 없는데, 뒤늦게 나타난 춘섬은 유가적 여인상의 행동을 할뿐만 아니라 재주가 있는 아들을 낳아 상공의 사랑(귀히 여김)을 차지하게 된다. 초란은 승상의 총애를 잃고 자신의 위치에 불안함을 느끼자, 이를 해결하기 위해 길동을 없애려는 흉계를 무녀와 꾸미게 된다. 흉계를 꾸민 초란은 천성적으로 악한 인물이 아니라, 자신의 존재에 대한 불확실성에서 비롯된 성격의 변모로 보인다.

아들이 없던 초란은 홍 승상의 사랑을 독차지하는 길동과 그의 어머니 춘섬이 시기와 질투의 대상일 수밖에 없다. 즉 첩이었던 초란이 남자의 대를 이을 아들이 낳지 못한다는 것은 자신의 자리를 지킬 수 없는 처지에 이르게 될 수 있다. 이러한 상황에서 길동이란 존재는 초란에게 큰 위기감을 심어준다. 초란의 위계는 가부장제 사회에서 아들을 낳지 못한 여성이 살아남기 위한 처절함에 기인한다. 이런 초란의 행동은 악한 존재로 비추어지게 되었다. 초란의 악한 행동은 남성 중심 사회에서 살아남기 위해 경쟁하는 여성들의 처절하리만큼 안타까운 심정을 보여주고 있다.

무녀는 이런 잘못된 사회 제도의 모순을 이용하여 경제적 부를 획득하려는 속물적 근성을 가진 인물이다. 그는 초란의 사정을 인식하고 초란의 심사에 뇌화 부동하여 음모를 꾸미게 된다. 무녀는 초란이 아들이 없어 불안한 것을 이용하여 춘섬의 아들 길동을 죽이는 방책을 마련하고 이를 초란에게 건의한다. 그런데 무녀의 계획은 상공에 의해서 무산된다.[6]

초란과 무녀는 계획을 위해 새로운 방법으로 승상의 부인에게 접근하게 된다. 이들은 상공이 정신적 심려로 아파하자,[7] 이를 기회로 길동을 제거하는 작업에 착수한다. 무녀와 초란은 상자를 통하여 자객 특재를 구한 뒤에 홍 승상의 정실부인과 큰 아들 인형에게 길동의 제거가 상공의 병환이 쾌차하게 하고 문호를 보존하는 방법이라고 설득한다. 이런 초란과 무녀의 계교는 특재가 홍길동에게 사실을 말하면서 밝혀지고 만다.

악의 화신으로 보이는 초란도 사실은 가부장적 사회 구조와 신분적 사회 질서에 의한 피해자이다. 초란은 부정적인 방법으로 자신의 삶을 지키려고 노력하였다. 그렇지만 자신의 부정적 계획이 탄로 나면서, 그렇게 지키려고 노력하였던 삶의 자리를 잃고 오히려 쫓겨나게 된다. 이들은 이야기 전개상 악인이기는 하나, 모두 신분제 질서 아래에서 비인간적인 대우를 받는 피해자들이다.[8]

4) 정실부인과 아들 인형

홍 승상의 정실부인 유 씨는 낮에 들어온 남편의 잠자리 요구를 거절할 수 있는 사람이다.[9] 정실부인은 낮에 잠자리를 요구하자, 사람이란 자존심에 의해 이를 거부한다. 정승 부인의 행동은 경직된 유가적

---

6) "사름의 팔즈(八字)눈 도망(逃亡)키 어렵거니와 너는 이런 말을 누셜(漏泄)치 말나."
7) 이는 홍승상이 서자 아들 홍길동에 대한 연민으로 인하여 생긴 병으로 볼 수 있다.
8) 정교주, 「홍길동전 연구」, 연세대 교육대학원 석사학위논문, 1991.
9) 심즁(心中)의 디희(大喜)ᄒ여 싱각ᄒ되 '니 이졔 룡몽(龍夢)을 어더시니 반두시 귀(貴)ᄒᆫ 즈식을 나흐리라' ᄒ고 즉시 니당(內堂)으로 드러가니 부인 뉴시 니러 맛거늘 공이 흔연(欣然)이 그 옥슈(玉手)를 닛그러 졍(正)이 친압(親壓)고져 ᄒ거늘 부인이 졍식(正色) 왈 "샹공이 쳬위죤즁(體位尊重)ᄒ시거늘 년쇼경박즈(年小輕薄子)의 비루(鄙陋)ᄒ물 힝(行)코져 ᄒ시니, 쳡은 봉힝(奉行)치 아니 ᄒ리로쇼이다." ᄒ고 언파(言罷)의 손을 썰치고 나가거늘(1장)

여인상을 보여준다고 할 수 있겠지만, 정숙한 여인으로 행할 수 있는 당연한 도리이고, 인간적 존재의 자존심이라 하겠다. 정승 부인은 남편이 신분에 따라 행동해야 했음을 부각시키는 동시에, 여성으로 당당하게 자신의 입장을 주장하는 면을 보여주고 있다.

정실부인과 아들 인형은 홍 승상과 마찬가지로 봉건시대 지배층으로서 기득권을 누리는 계층이다. 인간적 자존심을 가지고 있던 정승 부인은 길동의 문제로 남편이 병에 들자 초란과 무녀의 계획을 따르는 한계를 보여주고 있다. 이는 신분적 질서의 한계를 설명하고 있는 것 같다.10) 즉 길동을 죽이려는 흉계의 주도자는 초란과 무녀이지만, 승상의 정실부인과 큰 아들 인형 역시 동의하였다. 이들 행동은 가문 이기주의로 가문 내에서 기득권을 지키려는 행동이다. 가문의 이익을 위해 사람을 죽이는 일까지도 동조할 수 있는 인물이다. 이처럼 정실부인은 고지식한 인물로 묘사되고, 인형도 조선시대 봉건 윤리에 매어 있다. 당대 사회의 윤리에 철저히 젖어 있는 정실부인과 인형은 가문의 이익을 위한 일이라면 무슨 일이든지 할 수 있는 비인간적인 모습을 보여주고 있다.

정실부인은 자객이 길동에 의해 죽임을 당했다는 소식을 전해 듣고 큰 아들 인형을 불러 알린다. 수습할 방안이 궁색한 이들은 홍 승상에게 자초지종을 털어놓았다. 그러자 홍 승상은 초란만을 집에서 쫓아낸다. 그리고 정실부인과 인형은 가부장제 유지라는 명분으로 용서를 받았다. 정실부인은 흉계를 함께 도모하였음에도 용서가 되고, 첩인 초란은 버림받도록 그려져 있다. 허균이 초란을 악한 존재로 형상화하여 죄

---

10) "이는 참아 못홀 비로더 첫지는 나라을 위흐미오. 둘지는 샹공을 위흐미오, 셋지는 홍문(洪門)을 보죤(保存)흐미라. 너의 게괴(計巧)디로 힝흐라."(5장)

값을 치르게 한 것은 남성 위주의 가부장적 사회의식을 반영하고 있다. 이런 시각은 선과 악을 가르는 이분법적 사고가 투영된 결과라고 하겠다.11)

정실부인은 그 이후 홍길동의 활동에 관한 이야기 부분이기 때문에 등장하지 않다가, 홍 승상이 죽었을 때 소설에 등장하지만 어떤 행동을 보여주고 있지 않다. 정실부인은 스님 복장을 하고 나타난 홍길동의 인사를 받았으며, 남편의 장례를 치룬 다음에 아들의 전후사를 듣고 신기하게 여겼다. 이런 정실부인은 홍길동이 율도국왕이 된 이후에 아들 인형이 위유사가 되어 율도국에 들어갈 때 따라 들어갔다가 그곳에서 죽음을 맞이하여 남편 곁에 묻히게 된다.

형 인형은 초란의 계획에 가담하였을 때는 그의 성격을 찾아볼 수 없다. 그런 인형은 길동이 활빈당 괴수가 되어 나라를 혼란스럽게 할 때 아버지와 함께 잡혀 친국을 당하게 된다. 이때 인형이 임금에게 청하는 것은 길동으로 인한 성상의 근심을 걱정하고, 아버지의 조병을 걱정하는 모습이다. 유자적인 사유로12) 보았을 때 전형적인 효자의 모습이다. 인형이 이런 사유를 임금에게 고한 뒤 경상감사가 되어 길동 잡기에 전력하고자 하였다.

그런데 경상감사가 된 인형이 길동 잡기를 위하여 하는 일이란 능력의 한계로 길동을 직접 나서 잡기보다 달래는 방을 붙여 자수하도록

---

11) 홍학희, 『한문학사의 여성인식』, 집문사, 2003, pp.205~206.

12) "신의 천혼 아이 〃셔 일즉 사룸을 죽이고 망명도쥬(亡命逃走) 호온지 슈년(數年)이 지나오되 그 존망(存亡) 아옵지 못호와 신의 늙은 아비 일노 인호여 신병이 위즁호와 병지죠셕(病者朝夕)이온 중 길동의 모도불측(無道不測) 호므로 성상의 근심을 씨치오니 신의 죄 만亽무셕 (萬死無惜)이오니 북망젼하는 주비지틱(慈悲恩澤)을 드리옵셔 신의 아비 죄룰 샤호샤 집의 도라가 죠병(調病)케 호시면 신이 죽기로뻐 길동을 줍아 신의(8상) 부즈의 죄룰 속호올가 호ᄂ이다."(15장)

권하고 있다. 인형이 붙인 방문의 기록에서 길동을 아우라고 칭한 것으로 보아 아버지가 인정한 호부호형이 가정에서 통용되고 있음을 짐작할 수 있다. 인형은 기다리던 길동이 나타나자 손을 잡고 오열 유체하면서 그간의 사정을 이야기한다. 길동도 '원래 가정에서 호부호형을 인정하였다면 이런 일이 없었을 것이라'며 부형을 구하기 위해 자수한다. 그러자 인형은 동생 길동을 항쇄 족쇄하고 함거에 실어 경사(서울)로 보낸다. 인형이 길동을 잡아 경사로 보내는 것은 두 번이나 일어난다. 한 번은 초인을 잡아 보낸 것이고, 다른 하나는 정 홍길동을 잡아 바쳤다.13) 이처럼 인형은 자신의 능력보다 가족적인 인간애를 중심으로 길동의 자수를 바라고 있을 뿐이다.

인형은 길동의 정체에 대해 잘 모르는 인물이다. 서제인 길동을 동생이라고 하였지만 두 번째 자수하였을 때도 제대로 알아보지 못하였고, 아버지가 죽었을 때 스님 복장을 하고 나타난 홍길동을 제대로 알아보지 못하였다.14) 이처럼 인형이 길동을 알아보지 못한 것은 신분적 질서에 의한 가부장적 사회의 어느 특징을 보여주고 있는 것 같다. 이는 미천하고 배다른 서얼 동생에 대한 적자들의 무관심을 잘 드러내고 있다.

5) 홍 승상

홍 승상은 성급한 성격의 인물로 보인다. 용꿈을 꾸었을 때의 모습을

---

13) 길동의 자수는 재주를 드러내기 위한 수단으로 보인다.
14) "형쟝이 엇지 쇼졔(少弟)을 몰나보시ᄂ잇가?" ᄒ거늘 상인(喪人)이 ᄌ셔히 보니 이곳 길동이라. 붓들고 통곡(慟哭) 왈, "현졔 나츠니 어더 ᄀ든뇨? 부공(父公)이 싱시(生時)의 유언(遺言)이 ᄀ졀(懇切)ᄒ시민 엇지 인ᄌ의 도리 〃요." ᄒ고, 손을 잇글고 ᄂ당(內堂)의 드러ᄀ 모부인(母夫人)을 뵈옵고, 춘냥을 상면(相面)홀시 일쟝통곡ᄒ 후 문 왈,(23장)

보면, 유학자이었던 홍 승상은 용꿈을 얻은 시간이 대낮인데도 즉시 부인에게 달려가 친압하고자 하였다.[15] 부인이 거부하자 부인의 지식 없음을 한탄하며 분기를 참지 못하였다. 그는 용꿈을 이루겠다고 차를 나르는 종인 춘섬과 관계를 가지면서, 탁월한 능력을 가진 반쪽자리 양반을 만들어 내어 갈등이 시작된다. 홍 승상은 영웅호걸의 기상을 지닌 길동이 태어나자 정실부인에게 나지 못함을 원망하였다.

홍 승상은 다른 사람을 배려하는 마음을 가진 인물이기도 하다. 홍 승상은 길동이 서자이기 때문에 출세할 수 없다는 봉건적 윤리를 따르면서도, 아버지로서의 애정 때문에 번민하는 인간적인 면모를 보인다. 그는 홍길동이 서얼로 태어나 호부호형하면 혼냈지만, 마음 한 구석에 애련한 마음을 항상 가지고 있었다. 또 길동이 문보다 무로써 성공을 꿈꾸며 칼을 가지고 훈련하고 있을 때의 홍 승상 모습에서도 엿볼 수 있다.[16] 즉 길동이 자신의 신세를 한탄하면서 눈물을 흘리자, 홍 승상은 이를 측은히 생각하였다. 그리고 특재와 상자를 죽인 이후에 길동이 집을 떠날 수밖에 없을 때, 홍 승상은 길동이 눈물을 흘리면 말을 잇지 못하자 그 형상을 측은(惻隱)하게 여겨 호부호형을 인정하게 된다.[17] 그런데 홍 승상도 호부호형의 인정이 집을 떠날 수밖에 없는 길동에게 큰 위안이 될 수 없다는 알고 있는 듯하다. 그는 길동이 결심에 따라 떠난 뒤에도 무사하기만 바라고 있었다.[18]

---

15) ‘너 이제 룡몽(龍夢)을 어더시니 반듯시 귀(貴)훈 주식을 나흐리라’ 흐고 즉시 뉘당(內堂)으로 드러가니 부인 뉴시 니러 맛거눌 공이 흔연(欣然)이 그 옥슈(玉手)롤 닛그러 정(正)이 친압(親壓)고져 흐거눌(1장)

16) 공이 쳥파(聽罷)의 비록 측은(惻隱)흐나 만일 그 쓷을 위로흐면 모음이 방주(放恣)홀가 져(猪)어(4장)

17) “너 너의 품은 한(恨)을 짐작흐느니, 금일노붓허 호부호형(呼父呼兄)흐믈 허(許)흐노라.”(7장)

홍 승상은 용꿈 실현을 은근하게 바라던 인물이다. 왕권에 도전하여 멸문지화를 시킬 수 있다는 상자의 말을 듣고,[19] '쳥파(聽罷)의 경♀(驚訝)ᄒ여 묵〃반향(默默反響)의 ᄆ음을 정ᄒ고 왈, "사롬의 팔즈(八字)ᄂ 도망(逃亡)키 어렵거니와 너는 이런 말을 누셜(漏泄)치 말나."(4장)며 무마하였다. 그는 길동을 산정에 보내 머물게 하고 그의 행동을 엄숙하게 살피게 하는 것이 전부였다. 이런 홍 승상의 내면은 새로운 세상에 대한 기대가 잠재되어 있다고 하겠다. 즉 길동의 생존으로 일어날 멸문지화를 막고자 초란이 계교를 말하는 자리에서도, 홍 승상은 "이 일은 너 쟝즁(臟中)의 이시니 너는 번거이 구지 말나." 하고 물리친다. 이런 홍 승상의 마음은 "심시(心思) 즈연 산난(散亂)ᄒ여 밤이면 줌을 닐우지 못ᄒ고 인ᄒ여 병이 된지라.(4장)"처럼 병이 들게 되었다.[20]

홍 승상은 길동이 활빈당의 우두머리가 되어 봉건 왕조와 긴장 관계를 이룰 때이다. 즉 홍 승상이 아들 인형과 함께 잡혀가 취조를 받기 위해서 등장한다. 그렇지만 아들 인형의 효성 때문에 집에서 병을 조리할 기회를 얻었다. 그런 홍 승상이 각지에서 잡혀온 길동 중에 정 홍길동을 확인하기 위해 또 등장한다. 그는 서자인 아들의 다리에 혈점이 있는 것[21]을 알 정도의 자상함과 애정을 가지고 있다. 이런 자상함을 가지고 있는 데도 겉으로 당시의 신분적 가부장적 구조에 벗어날 수 없는 한계를 가진 인물이었다. 그렇기 때문에 잡혀온 여덟 길동에게 말

---

18) 홍승상이 길동을 자식으로 애정을 보인 것은 길동이 집안에 있을 때이다.

19) "공즈의 상을 보온즉, 흉즁(胸中)의 죠홰무궁(造化無窮)ᄒ고 미간(眉間)의 산쳔졍긔(山川精氣) 영농(영농)ᄒ오니 진짓 왕후(王侯)의 긔상(氣像)이라. 쟝셩(長成)ᄒ면 쟝ᄎᆞ(將次) 멸문지화(滅門之禍)ᄅᆞᆯ 당ᄒ오리니, 샹공은 살피쇼셔."(4장)

20) 길동을 죽이려던 계교를 확인한 홍승상은 정실부인과 아들에게 아무런 견책하지 않고, 첩인 곡산모 초란만 집안에서 내치는 것으로 끝냈다.

21) "신(臣)의 쳔셩 길동은 좌(左)편 다리의 볼근 혈졈이 잇스오니, 일노 죠ᄎᆞ 알니로쇼이다."(17장)

하기를 "'네 지척(咫尺)의 님군이 계시고 아리로 네 아비 잇거눌, 이럿틋 쳔고(千古)의 업는 죄롤 지어시니 죽기롤 앗기지 말나." 하며 피롤 토ㅎ 며 업더져 긔졀 기졀(氣絕)ㅎ니,'(17장)라고 말하는 인물이다. 이때의 홍 승상은 애정을 보이지 않고 냉혹하게만 대한다. 홍 승상의 이러한 태도 는 봉건왕조의 지배층 윤리 때문이지만, 그보다 근본적인 것은 길동 때 문에 집안이 화를 입는다는 것을 두려워하는 가문 이기주의 때문이다. 사람들은 개인적 성향이 어떻든 지배적 사회구조에 속하게 되면 맹목 적으로 그 구조를 따르는 봉건적 인간형의 전형적인 모습을 보여 준 다22)고 한다. 홍 승상은 자상하지만 결국 가부장적 권위에서 살아온 인 물이라고 하겠다.

한편 홍 승상이 나이가 들고 병세가 깊어지자 그는 부인과 큰 아들 인형을 불러 유언을 한다.23) 그 유언에 의하면, 홍 승상은 죽음에 임하 여 길동의 생사에 대한 관심을 보이고 있다. 그리고 구체적으로 적서를 분별하지 말라고 유언을 한다. 뿐만 아니라 길동의 어머니를 잘 대접할 것을 부탁하였다. 이처럼 홍 승상은 죽으면서 유언으로 가정적 문제를 완전하게 해결시켜 주었다.

그렇지만 홍 승상은 자신이 꾼 용꿈의 실현을 보지 못하였다. 다만 그는 죽어서 국왕릉과 같은 곳에 묻히게 되는 용꿈의 은택을 받게 된 다. 이와 같은 은택은 홍 승상이 길동을 제어하지 않은 결과이다. 그리고 율도국은 홍 승상이 생각했던 실제적인 이상세계였을 것으로 보인다.

---

22) 송현호, 『한국 고전문학의 해설』, 관동출판사, 1995.

23) "니 죽으나 무한(無恨)이로되, 길동의 스싱(死生)을 으지 못ㅎ니 유한(有恨)이라. 졔 싱존(生存)ㅎ엿스면 ᄎᄌ 울거시니 젹셔(嫡庶)을 분변(分辨)치 말고 졔 어미을 디졉 (待接)ㅎ라."(22장)

3. 인물 간의 갈등 구조

<홍길동전>에는 인물 간의 다양한 갈등 구조가 나타난다. 홍길동이 서얼의 한계를 느끼는 스스로의 내적 갈등도 물론 중요하다. 하지만 그를 둘러싼 주변 인물들과의 갈등 구조는 그의 참담함을 더해 주며, 그의 영웅적 모습을 더욱 부각시켜 준다. 이러한 점으로 보았을 때, <홍길동전> 속 등장인물들 간의 갈등이 무엇을 말하고자 하는지 알아볼 필요가 있다.

1) 길동과 홍 승상

홍길동과 홍 승상은 많은 갈등이 있는 것처럼 보인다. 그런데 이들 사이에는 거의 갈등이 보이지 않는다. 갈등이 아니라 길동이 아버지 홍 승상을 일방적으로 잘 모시고 있다고 하겠다. 길동은 신분적 사회에 갈등을 수반하지만, 아버지 홍 승상의 말에는 거부하지 않고, 시종일관 극진하게 대한다.

길동은 어릴 때부터 서얼로 호부호형을 하고자 하면, 아버지의 엄명에 아무런 토를 달지 않았다. 또 생활 속에서 아버지와 의견 차이를 보일 때 아버지를 마음으로 따르기 때문에 갈등이 존재하지 않았다. 길동은 자신을 모해한 주동자 '초란'을 죽이려고 하다가, 아버지가 사랑하는 인물임을 생각하고서 칼을 던졌고 가정을 뛰쳐나갔다.

길동은 사회적인 투쟁의 과정에서 과감하게 도전하여 뛰어난 능력을 보여주었다. 그러다가도 아버지가 인질로 잡히고, 인형이 경상감사로 부임하자 자수하였다.[24] 그리고 초인으로 된 여덟 길동이 잡혀왔을 때 아버지가 임금 앞에서 피를 토하고 쓰러지자, 약을 구해주고 짚 인형으로 돌아갔다. 그리고 해외로 출국한 후에 홍 승상이 임종하자 마치 국릉과 같이 호화롭게 능묘를 꾸미고 장례를 치른다.

홍 승상은 길동이 서얼로 태어나게 한 장본인이며, 그 때문에 길동이 고초를 겪을 때에도 아무 것도 해준 것이 없는 아버지이다. 이런 아버지에 대해 비난을 할 법도 하나, <홍길동전>에는 아버지에 대한 비난은 찾아볼 수 없다. 이처럼 길동은 아버지에 대해 포용적이고 수용적이며 관대한 모습을 보여주고 있다. 뿐만 아니라 홍 승상은 길동이 개인적, 사회적 성공을 거둔 후에 그 성과를 온전히 누리고 있다.[25] 이것은 홍길동의 과도기적인 영웅의 모습, 즉 윤리적 제약에 따른 것[26]이라고 이해할 수 있다.

홍길동은 아버지나 왕에게 포용적, 수용적 태도로 일관하고 있다. 이를 작품 전개상의 결점이라고 지적을 한다. 그런데 이것은 <홍길동전>을 사회적 혁명 소설로만 보았을 때 생기는 문제이다. 작품의 주제를 자아실현을 위한 과정으로 언급하게 되면, 가정에서 자아실현을 인정해 줄 사람이 필요하다. 즉 가정에서 정점인 아버지를 부정하면서 가정에서 자아실현인 호부호형을 인정받을 수 없게 된다. 호부호형을 인정할 수 있는 아버지의 존재를 인정할 때 가능하다. 따라서 아버지를 부정하면 자아의 근본적인 바탕을 부정하게 되는 것이다.

길동은 그렇기 때문에 아버지를 극진하게 대접하고 있다. 길동이 특재와 상녀를 죽이고 떠나기 전에 아버지에게 호부호형을 인정받았지만, 이것이 실제적으로 사회에서 인정을 받을 수 없다. 길동이 호부호형을

---

24) 김일렬, 『고전소설신론』, 새문사, 2003, p.169.
25) 홍학희, 앞의 책, p.205.
26) 김일렬, 앞의 책, p.169.

완성할 수 있는 것은 사회적 인정이 가능한 시점, 병조판서를 제수 받았을 때 가정에서의 호부호형이 사회적으로 완전히 인정받게 된다.

자아실현의 단계로 보면, 가정에서의 호부호형이 사회적으로 적서차별이 없는 사회가 되었을 때 자아실현이 성립된 단계라고 하겠다. 사회적 자아실현을 공인 또는 승인해 줄 사람이 왕이다. 따라서 <홍길동전>에서 길동은 아버지와 마찬가지로 왕에 대해서도 절대적이고 일방적인 관계로 나타난다. 왕은 아버지의 확대 형으로 보면 된다.

2) 홍 승상의 부인들과 홍길동의 부인들

<홍길동전>은 적서차별의 타파는 주장했지만 일부다처제를 비판하지 않았다.[27] 여성 차별은 소설을 쓸 당시에 제도와 사회구조의 흐름에서 당연한 것으로 여겼기 때문에, 작가인 허균이 급진적 개혁론자였지만 이에 대한 별다른 문제의식을 가지고 있지 않았다.[28] 소설에 나타난 여성의 수난은 이러한 사회적 분위기에서 시작되었다고 한다.

<홍길동전>에서 여성 차별의 주축을 이룬 것은 일부다처제이다. 이 제도로 인해 길동 어미의 비극도, 초란의 살인극도, 길동이 서얼로 고통 받는 일도 일어났다. 하지만 <홍길동전>에서 허균이 이러한 문제를 문제로 인식하고 있는 흔적이 나타나지 않았다.

<홍길동전>을 보면, 홍 승상도 세 명의 부인이 있고, 홍길동도 율도국 건설 후 부인 둘을 두게 된다. 적서차별이나 신분적 갈등이 이 축첩

---

27) 홍학희, 앞의 책, p.199.

28) 김일렬, 앞의 책, p.170. 허균은 이런 문제에 의식을 생각하지 못하였던 것 같다. 성차별 혹 양성성의 문제는 이 당시에서 허균 같은 지식인조차 넘을 수 없었던 개인의 한계이자, 시대적 한계였다.

제도에서 비롯된다는 문제점을 인식하지 못하였던 것 같다.

홍 승상의 부인들은 정실부인 유 씨와 곡산모 초란 그리고 길동의 어머니 시비 춘섬이다. 시비 춘섬이 등장하기 이전에는 곡산모 초란이 총애를 받았다는 점에서 정실부인 유 씨와 갈등이 설정될 수 있을 것으로 보인다. 그런데 <홍길동전>에 이들 간의 갈등이 구체적으로 나타나지 않아 찾아볼 수 없다.

용꿈을 꾼 홍 승상이 시비 춘섬과 관계를 갖고 탁월한 재주를 가진 길동을 낳아, 홍 승상의 총애가 춘섬으로 옮겨가게 되자, 지금까지 총애를 받던 곡산모 초란이 시기와 질투를 하게 된다. 곡산모 초란의 시기와 질투는 단순하게 총애의 문제가 아닌 삶의 자리를 지속할 수 있느냐의 문제로 연결될 수 있다. 대를 이어줄 아들도 없는 곡산모 초란은 마음이 더욱 조급할 수밖에 없다. 그래서 자신의 총애를 되찾기 위해 길동과 춘섬을 제거하는 음모를 꾸민다.

여기에서 홍 승상의 부인들 간의 갈등은 처첩 갈등이 아니라 첩첩 갈등으로 나타나고 있다. 가부장적 사회 구조에서 아들까지 낳아 장성시킨 정실부인은 갈등의 대상이 될 수 없다. 따라서 홍 승상의 사랑을 얻고자 하는 첩첩 간의 갈등이 등장하게 된다. 길동의 어머니 춘섬은 곡산모 초란의 질투와 시기를 너그럽게 받아 넘김으로써 갈등의 축에서 벗어나 있다. 그렇게 때문에 갈등을 조장하는 곡산모 초란만 악의 화신으로 부각되고 있다.

곡산모 초란이 갈등을 조장하는 내용은 홍 승상이 용꿈의 실현에 문제를 제기하고 있다. 그는 길동의 탁월한 능력을 멸문지화의 가능성을 제시하며 제거하려고 하지만, 홍 승상의 은밀한 지원과 길동의 탁월한 능력으로 시시때때로 좌절된다. 이런 때에 홍 승상이 마음의 병이 들자, 곡산모 초란은 정실부인인 유 씨와 큰아들이 인형을 끌어들여 용꿈의 실현을 제거하여 총애를 되찾고자 한다. 하지만 천부적인 능력을 지닌 길동이 신분 사회구조 속에서 곡산모 초란을 돕던 사회적 이익에 충실한 약자들을 제거한다. 이로써 곡산모 초란은 첩첩 갈등에서 완전하게 패배하여 쫓겨나게 된다.

한편 길동의 부인들에게서는 이런 갈등을 볼 수가 없다. 이들은 이름도 없이 길동에게 의존적인 성향을 보인다. 길동의 부인들은 2명인데[29] 그들에 대해 살펴보면 다음과 같다.

먼저 한 명은 망당산 근처의 낙천현에 사는 백용의 무남독녀 딸로 나타난다.[30] 백용의 딸은 재질이 비상하여 부모가 애지중지하였는데, '율동'이라는 요괴에게 잡혀가게 되었다. 길동은 우연히 제도의 한 굴에 들어가 이 율동이란 동물을 처치하면서 딸을 구하게 된다.

> 모든 요괴(妖怪) 일시의 드라들거늘 길동이 신통(神通)을 너여 모든 요괴을 즈치든니, 믄득 두 쇼년(少年) 녀지(女子) 이걸(哀乞) 왈, "첩 등은 요괴 아니라 인죠 스롭으로셔 잡히여 왓스오니 잔명(殘命)을 구흐여 셰상(世上)으로 느가게 하쇼셔."(22장)

길동은 동굴에 들어오기 전에 백용이 딸을 구해주면 사위를 삼고 재산의 절반을 나누어 주겠다는 말을 들었다. 그런데 그것이 길동에게 여인들을 구하는 동기가 되지 않았다. 길동은 여인에 관한 이야기를 들었지만 관심이 없다가, 율동과 그 부하 요괴들을 처치 과정에서 우연히 여인 2명을 구하게 된다. 길동이 여인들을 구한 것은 길동에게 부인이

---

29) 완판본에서는 부인이 3명으로 나타나기도 한다.

30) 일즉 한 쏠을 두어시되 지질(才質)이 비상(飛上)흐미 부뫼(父母) 이즁(愛重)흐더니, 일〃은 광풍(狂風)이 더작(大作)흐며 쏠이 간더 업는지라 빅뇽 부뷔(夫婦) 슬허흐며 쳔금(千金)을 훗터 亽방(四方)으로 츠즈되 죵젹 죵젹(蹤迹)이 업는지라 (21장)

생기게 하기 위한 필연적 과정으로 만들어진 장치일 뿐이었다.[31]

길동의 부인들은 일방적으로 구해지고, 부모의 말에 순종하는 인물들로 길동에게 의존적일 수밖에 없다. 더욱이 작품에 정확하게 나타나지는 않았지만, 이들 부인들은 같은 요괴 밑에서 고통을 받다가 구해졌기 때문에 동료 의식을 가지고 있을 것으로 보인다. 이들은 절박한 상황에서 길동에게 구해졌고, 결혼하여 구해 준 길동에게 감사할 따름이다.

한편으로 작자는 적서차별을 철폐할 계기를 마련할 필요가 있다. 이때 여인들 사이에 대립이나 갈등이 생긴다면 이의 실현이 불가능할 것이다. 2처의 자식들을 능력에 따라 공평하게 인정하는 자리가 주어진다면 적서차별을 철폐한 효과를 극대화할 수 있다. 오히려 적서차별의 철폐를 강조하기 위한 수단으로 보인다고 하겠다.

4. 소결

지금까지 <홍길동전> 속 인물을 중심으로 소설 안에 이루어지는 갈등을 보고 그것이 말하고자 하는 것이 무엇인지를 살펴보았다. 여기서는 소설 안의 주인공인 홍길동의 행적을 다루면서, 그를 둘러싼 가족과 주변 인물을 통해 당시의 제도적 문제점을 분석하였다. 또한 작가 허균이 살아온 과정을 살펴보면서 당시 사람들이 갖고 있던 사상적 배경,

---

31) 경제적 측면과 군사적 측면에서 고려할 때, 율동이 사는 공간은 동굴의 의미를 가지고 있다. 이 동굴을 통하여 길동에게 국가를 건설할 수 있는 물적 인적 자원의 확보라는 의미를 가지게 된다.

사회적 배경의 모순이 혼재된 시대의 분위기를 알 수 있었다. 앞서 언급한 내용을 살피면서 홍길동이라는 인물과 그를 둘러싼 갈등 양상이 어떻게 진행되는지도 파악할 수 있다.

이상에서 소설 안 세계는 소설 밖 세계를 대변하고 있다. <홍길동전>이라는 작품 안에서 빚어지는 갈등 양상을 통해 당시 사람들이 겪었던 시대적 고통을 간접적으로 체험할 수 있고, 고통 받는 이유가 되는 제도적 모순을 느끼며 현재를 돌아보고 반성할 수 있는 계기를 찾을 수 있다. 고전을 통해, 현재의 우리도 은연중에 차별을 하거나 받고 있지 않은지 생각해 볼 수 있는 계기가 된다. 그리고 그러한 차별을 없애기 위한 노력은 능동적으로 해야 한다는 느낌을 가질 필요가 있다.

서사구조의 특징과 양상

1. 서론

<홍길동전>은 최초의 국문소설이란 점에서 많이 논의되어 왔다.[1] 이 작품은 16세기라는 시대적 상황에서는 생각할 수도 없었던 사회개혁 소설이란 점과 작자가 명문거족 출신인 허균이란 점에서 논자들의 관심을 끌어왔다. 이런 점에서 지금까지 <홍길동전>의 연구는 창작되었던 시대적 배경과 작품의 구성, 작자 문제 등 다양한 관심에서 이루어져 왔다. 크게 말해 <홍길동전>은 서지적 측면, 작가론적 측면, 작품론적 측면 등 다양한 방법론의 접근으로 많은 업적을 이루어 왔다.[2]

---

1) 황패강, 『한국서사문학의 연구』, 단국대출판부, 1972, p.267; 사재동, 「「목연경」의 유전관계」, 『한국언어문학』22집, 한국언어문학회, 1983, pp.73~89. 논자는 이 논문 이후에 국문고전소설의 시초를 불경계 번역소설이 될 것이라고 주장하였다(「불교계 국문소설의 형성 경위」, 『한국고전소설연구』, 새문사, 1983.)

2) 황패강·정진영, 『홍길동전』, 시인사, 1984, pp.123~161; 이능우, 「홍길동전의 현황과 문제점」, 『한국학보』8권, 일지사, 1977; 서대석, 「허균문학의 연구사적 비판」, 『허균의 문학과 혁신사상』, 새문사, 1981; 이문규, 「홍길동전의 성격」, 『한국문학사의 쟁

그럼에도 불구하고 <홍길동전>을 규명하는데 있어서는 아직도 미약한 부분이 많이 있다. 특히 <홍길동전>의 서사구조에서 영웅적 성격을 규명하는 작업은 더욱 그러하다. 지금까지의 <홍길동전>의 영웅적 성격을 규명하는 작업은 크게 두 가지로 나눌 수 있다.

하나는 <홍길동전>이 신화적 영웅담의 성격에 영향을 받아서 서사구조를 이룬 영웅 소설이라는 관점이다.[3] 이는 <홍길동전>의 서사구조가 신화의 구조와 유사하다는 데서 착안한 것이라 하겠다. 길동의 태몽에서 비롯된 신이한 탄생과 기아 모티프 현상에 의한 시련, 그리고 그 시련을 자기의 노력으로 극복하고 마지막에 율도국 국왕이 된다는 점에서는 신화적 성격을 지닌 영웅담으로 보는 관점이다. 그런데 <홍길동전>의 태몽의 실현 과정이 정상적이지 못한 점, 특수한 성격을 지닌 기아 모티프란 점, 시련 극복 과정에서의 성취가 기만적이란 점, 그리고 마지막의 율도국 국왕이 되었다는 점에서 보면 재검토되어야 할 것이다.

다른 하나는 <홍길동전>이 민중들 사이에 전래되어 오던 임꺽정, 길동, 이몽학, 순석, 막동 등 초적이나 의적 전설에서 유래[4]된 민중적 소설이라는 관점이다.[5] 이는 <홍길동전>의 서사구조가 민중들 사이에

점』, 집문당, 1986, pp.368~376.

3) 김열규, 『한국민속과 문학연구』, 일조각, 1971, pp.95~96; 조동일, 『한국소설의 이론』, 지식산업사, 1981, pp.288~315; 조동일, 「영웅의 일생, 그 문학사적 전개」, 『동아문화』10집, 서울대 동아문화연구소, 1971.

4) 김동욱, 「홍길동전의 비교문학적 고찰」, 『한국고전소설연구』, 새문사, 1983, pp.268~271; 이능우, 「홍길동전과 허균의 관계」, 『국어국문학』42·43합집, 국어국문학회, 1969; 임형택, 「홍길동전의 신고찰」, 『한국고전소설연구』, 이우출판사, 1983, pp.320~337.

5) 김재용, 「갈등중재 이론으로 본 <홍길동전>의 구조와 의미」, 『한국언어문학』21집, 한국언어문학회, 1983, pp.26~46; 황패강·정진영, 앞의 책, pp.6~27.

널리 전파되어 구전된 전설의 구조와 유사하다는 점이다. 또한 <홍길
동전>의 서사구조에서 보이고 있는 호부호형의 인정이나 병조판서의
제수는 허위적이고 기만적인 술책이란 점에서 구성이나 내용이 전설적.
민중적 성격을 지닌 좌절한 영웅담으로 보았다. 이런 관점에서 홍길동
이 끝까지 비극적이지 않다는 점, 호부호형이나 병조판서 제수가 율도
국왕이 된 이후에 확인된다는 점, 기아 모티프의 특이성 등에서 보완되
어야 할 것이다.

　<홍길동전>의 서사구조에 나타난 영웅적인 성격은 이와 같은 이분
법적인 분류로 설명되지 않는다. 이처럼 <홍길동전>에 나타난 영웅적
성격을 두 가지 관점에서 보는 것은 서사구조에 결합된 요소들이 양면
성을 띠고 있기 때문이라 하겠다. <홍길동전>은 전설적 인물담의 제재
를 차용하였다는 점에서 평민적이고 좌절한 영웅담의 성격을 보여 주
고 있지만, 그런 제재를 허균6)이 지닌 양반적 사고 체계에 입각하여 소
설로 재구하는 과정에서 신화적 영웅담의 성격을 보여주게 되었을 가
능성이 많다.

　한편 <홍길동전>은 주제도 일관성이 없다고 주장하기도 한다. 홍길
동이 처음에는 호부호형을 요구하다가, 중간에는 적서차별이 없는 사
회를 추구하였는데, 율도국이란 이상국가에서 처첩을 거느렸다는 점에
서 이런 주장이 비롯된다. 그런데 이는 <홍길동전> 서사구조의 양상과
의미를 제대로 파악하지 못한 결과라고 할 수 있다.

　본장은 <홍길동전>에 나타난 영웅적 성격을 규명하는 작업을 뒤로

---

6) <홍길동전>의 작자 문제에 대해 논란이 많으나 이 글에서는 작자가 허균이라는 이
　문규교수의 주장에 따르고자 한다.(「허균의 산문문학연구」, 서울대 박사학위논문,
　1986, pp.100~110). 그러나 작자가 꼭 허균이 아니라 해도 양반적 사고체계를 가진
　계층에서 기술되었다고 보는 것이다.

미루고, 작품을 이루고 있는 서사구조의 특징과 양상을 검토하고자 한
다. 이를 위하여 <홍길동전>의 순차적 구성의 특징을 단락소로 나누어
살펴보고, 서사구조를 이루고 있는 기본 요소들의 변화 양상과 의미를
검토하겠다. 그리하여 서사구조를 나름대로 설정하여 설명하고자 한다.
이런 과정을 통해 <홍길동전>의 서사구조가 일관성을 가지고 있는지
를 밝혀내고자 한다. 이 검토를 위한 자료로는 <홍길동전> 저자의 의
도와 밀접한 관계가 있다[7]는 경판 24장본을 텍스트로 삼겠다.

2. 구성의 특징

1) 구성 단계

≪홍길동전≫의 서사구조를 파악하기 위해서는 이미 알고 있는 내용
이지만, 먼저 작품의 구성을 살펴보아야 할 것이다. 작품을 구성하고
있는 서사 단락을 순차적으로 제시하면 다음과 같다.[8]

---

7) 정규복, 「홍길동전의 이본고」, 『국어국문학』48,51호, 국어국문학회, 1970, 1971; 이문
  규, 전게논문, pp.117~120; 이병원, 「홍길동전의 문체론적연구」, 『국어국문학』99호,
  국어국문학회, 1988.6, p.63.
  한편 임형택 교수는 전게논문(pp. 322-323)에서 정규복 교수의 주장에 이의를 제기
  하였다. 즉 한남본이 원본 그대로가 아니고 축약형이란 점과 완판본이 한남본의 방
  계본이 아니란 점을 제기하면서 <홍길동전>을 연구할 때 완판본을 저본으로 선택
  하였다. 황패강교수도 전게논문에서 <홍길동전> 중에 완판본이 현실인식을 가장
  선명하게 드러난다며 연구대상으로 삼았고, 서종문 교수도(「홍길동전에 나타난 현
  실인식 문제」, 『허균의 문학과 혁신사상』, 새문사, 1971) 완판본을 대상으로 하였다.
  한편 이종주 교수(「한문본 홍길동전의 검토, 『국어국문학』99호)는 한문본 <홍길동
  전>이 완판본이나 경판본에 포함되어 있지 않은 부분이 많다고 하여 한문본 선행
  설을 주장하고 있다.

1. 홍길동은 홍 판서의 아들이다.(가계)

2. 홍 판서가 꿈에 청룡을 보다.(태몽 : 낮 시간으로 추정됨)

3. 홍 판서는 정부인에게 거절당하고 시비 춘섬과 동침하다.

4. 영웅호걸의 기상을 지닌 길동을 낳다.

5. 길동은 총명과인하나 천비소생이라 호부호형을 못하고 천대를 받았다. 서얼로 공맹(글)을 본받지 못할 것을 알고 무과공부(검술)를 배우다.

6. 곡산모 초란이 길동을 죽이려고 위계를 꾸미다.(기아 모티프 현상)

7. 길동은 도술로 곡산모가 보낸 자객과 상자를 죽이다.

8. 공(홍 판서)께 하직하다.(호부호형 인정받음)

9. 길동은 집을 나와 적굴에 들어가 들독(큰독)을 들고 적당의 행수 되다.

10. 적당들에게 무예를 익히고 군법을 시행한 후, 해인사를 습격하다.(괴수 임을 증명함)

11. 탐관오리의 재물을 탈취하여 가난한 자들에게 나누어주다.(활빈당)

12. 길동은 재주로 초인(집 인형)으로 8명의 길동을 만드는 재주를 보이다.

13. 길동은 자기를 잡으러 나온 우포장 이흡을 사로잡다.

14. 조정에서는 길동을 잡기 위하여 홍 판서 부자를 잡아들이고 형 인형을 경상감사로 제수하다.(잡혀온 길동이 8명이라 정 홍길동을 분간 못함)

15. 길동은 병조판서의 제수를 요구하였으나 거절당하다.

16. 정 홍길동이 형 인형에게 철삭으로 포박 당하여 경성에 도착하나 포박 을 끊고 도망가다.

17. 조정에서는 길동을 주살하기 위해 거짓으로 병조판서를 제수하다.

18. 조선을 떠나 제도에 가다.

19. 율동을 퇴치하다.(지하도적퇴치설화)

20. 부모(홍 판서)의 장례를 치루다.

21. 점령한 율도국에서 왕에 취임하여 태평세계를 구가하다.

---

8) 서사단락의 구분은 연구자 나름의 분류방식에 의하여 다양할 수 있다. 이 글에서는 사건에 따른 주인공의 활동 장소의 이동을 중심으로 단락소를 구분하였다. 단 마지막 부분은 한 사건에 대한 기술의 양이 적어 한 단락에 단락소가 중첩되게 구분하였다. 단락소의 중요성에 대해 김일렬 교수(「홍길동전의 구조와 의미」, 『국어국문학』99호, p.90.)는 <홍길동전>에서 출생이나 사망을 포함한 어느 시기의 어느 행적이든 원칙적으로 다 중요하다고 보았다.

22. 길동은 율도국의 왕으로 영화롭게 살다 죽다.(두 처를 거느림)

위와 같이 22단락으로 구분할 수 있다. 위 서사 단락에서 보면, 1단락은 길동의 가계를 나타내는 도입부이다. 2~4단락은 길동의 탄생 과정을 기술한 탄생담이고, 5~8단락은 가정에서의 갈등과 기아 모티프 현상을 통해 영웅화되는 성장 과정을 그린 성장담이다. 그리고 9~17단락은 영웅적인 능력을 마음껏 발휘하는 활동담에 해당한다. 마지막 18~22단락은 이상세계인 율도국 국왕이 되어 행복하게 살다가 죽었다는 최후담이라고 하겠다.9)

위에서 볼 때 1~17단락은 조선사회에서 실제로 일어날 가능성이 있는 현실의 세계이고, 18단락 이후는 현실 세계인 조선을 넘어선 율도국이란 이상적이고 전설적인 세계이다. 이와 같이 <홍길동전>은 조선이란 현실 세계와 율도국이란 비현실적 이상세계의 이중적 공간을 배경으로 구성되어 있다. 작자는 이중적 공간의 구성을 통해 구상하는 이상세계를 제시하고 있다.

2) 구성의 특징

도입부인 1단락은 길동의 가계를 기술하고 있다. 이런 수법은 전(傳)

---

9) 황패강, 「홍길동전의 사회의식」, 『홍길동전』(시인사, 1984)에서는 단락에 대한 뚜렷한 구분의식은 가지고 있지 않았지만, 대체로 출생. 출가. 활빈당. 율도국 경영으로 나누어서 고찰하고 있다.
   김일렬, 앞의 논문(pp.92~100)에서는 이 글에서 탄생담과 성장담 부분을 가정에서 일어난 사건, 활동담 부분을 사회(국내)에서 일어난 사건, 최후담 부분을 해외에서 일어난 사건이라고 하였다. 이들이 서로 반복적 구성을 이루고 있다고 하였는데, 그 이유에 해당하는 가정에서의 사건 중에 탄생담을 독립시킴으로 반복적 구성이 어떻게 이루어지게 되었는지 확연하게 들어날 수 있을 것이다.

을 기술하는 상투적 수법을 받아들인 것이다.[10] 이 단락은 서사의 갈등을 직접 보여주고 있지 않지만, 2~4단락에 나타나는 결핍 요소를 통해 사건의 발단을 예시하고 있다.

탄생담인 2~4단락은 도입의 가계에 대해 구체적으로 설명하고 있다. 2단락은 태몽으로 탄생할 아이의 능력이 청룡에 해당함을 보여주고 있지만, 낮으로 예상되는 시간에 얻은 태몽이기 때문에 밤에 승천하는 용에게 결핍 요소로 작용한다. 낮 시간에 얻은 태몽은 고난을 상징한다.[11] 이런 고난의 처음 단계가 3단락이다. 3단락은 2단락의 결핍 요소를 예시한 것이다. 홍 판서는 유교적 이념의 세계에서 낮이라는 시간의 제약 때문에 정부인에게 잠자리를 거절당하자, 조급하게 태몽을 실현하기 위해 시비인 춘섬과 동침한다. 시비 춘섬을 통해 4단락과 같이 태몽이 실현되었다고 하여도 서얼차대법이 심한 사회적 구조 안에서 고난이 예상된다.

탄생담에서의 결핍 요소는 5~21단락 사이에 영향을 미친다. 즉 5~8단락은 가정에서, 9~17단락은 조선의 사회에서, 18~21단락은 율도국이란 국가적 차원에서 시련과 극복이 반복적으로 나타난다.

우선 성장 과정인 가정에서의 시련과 극복을 살펴보자. 5~8단락은 춘섬이 어머니이기 때문에 겪는 길동의 시련기에 해당한다. 만약 3단락에서 정부인이 홍 판서의 요구를 들어주었다면 후기의 군담 소설의 주

---

10) 김균태, 「전의 장르적 고찰」, 『우전 신호열선생 고희기념논문집』, 창작과 비평사, 1983, p.204.

11) 낮에 얻은 태몽이라고 해서 모두 결핍되고 고난이 예상되는 것은 아니다. 이율곡의 탄생 태몽도 낮에 이루어졌고 그 이외도 군담소설의 주인공들을 보면 낮에 이루어지는 경우가 많다. 이로 볼 때 그 태몽을 이루는 방법 여하에 따라서 결핍요소로 작용될 수 있다고 하겠다. 그리고 임시발복 형 민담에서는 시간이나 장소, 태몽의 성취 방법에 아무런 결핍요소를 보여주지 않는다.

인공과 같이 서술되었을 것이다. 그렇지 못한 길동은 서얼로 천대받으며 이의 극복을 위하여 무과 공부에 열중하였다. 그러던 중 길동은 초란의 질투에 의한 위계로 고난에 처하고, 산중으로 쫓겨 가는 기아 모티프 현상이 일어나게 된다.12) 길동을 산중으로 쫓은 것에 만족하지 못한 초란이 자객을 보내는 것이 7단락이다. 그런데 기아 모티프 현상으로 산정에 간 길동은 오히려 도술을 습득하여 자객을 처치하고, 공(부모)에게 하직하고 집을 떠나게 된다. 이때 길동은 홍 판서에게서 호부호형을 허락 받는다. 호부호형의 허락은 길동이 떠날 수밖에 없는 상황에서 이루어졌고, 그 인정이 사회에서 통용될 수 없는 것이기 때문에 사회 문제로 부각되는 것이다.

서얼 문제를 사회 문제로 제기한 것이 9~17단락이다. 길동은 서얼이기 때문에 사회에서 그의 존재적 가치를 인정받을 수 없다. 그런 길동은 가정에서 홍 판서에게 호부호형을 허락받았지만, 자신의 존재가치를 사회적으로 확인받고자 9단락과 같이 집을 떠나 적당이 모인 적굴에 들어가 행수가 된다. 길동이 적당의 행수가 되었지만, 완전한 것이 되기 위해 지혜·용기·재치를 보여줄 필요가 있었다. 그것이 해인사를 습격하는 10단락이다.13) 이를 통해 길동은 인정받은 도적의 괴수로서 11~16단락에서 능력을 유감없이 발휘한다. 이 부분은 단락 간에 병렬적인 관계를 유지하면서 2단락의 태몽과 같은 길동의 능력을 보여주고 있다.14) 그런 능력에도 불구하고 당시 조선의 조정에서는 형식 논리

---

12) 기아 모티프가 성장한 다음에 이루어진다는 점이 비극적 장수설화와 비슷하다. 그런데 비극적 장수설화에서는 기아 현상을 당하면서 무사적인 성장만 보이고 지적인 성장이 멈춰, 기형적으로 발전하여 최후에 비극적인 종말을 고한다. 이에 반하여 <홍길동전>은 기아 현상을 당하면서도 군담소설과 같이 신이성이 부각되는 쪽으로 발전하였다.

13) 임형택, 앞의 논문, p.339.

에 빠져 길동의 능력을 인정하지 않다가 대항할 수 없자, 17단락과 같이 기만적인 술책을 벌인다. 길동은 자신을 주살하려는 지배층의 위선을 간파하고 도술로 파괴시켜 부분적으로 인정받게 된다.

길동이 조선국에서 병조판서를 제수 받았지만 완전한 것은 아니었다. 병조판서 제수 자체가 위선적이고 기만적이었기 때문에 조선국을 떠나는 것이 18단락이다. 즉 지배층의 위선을 간파한 길동은 조선사회를 떠나 새로운 이상국가를 건설하지 않고서 자신의 존재가치를 인정받을 수 없음을 깨닫고 인간적 존재로서 활동할 수 있는 새로운 공간으로 섬을 물색하였다.

길동이 제도로 간 이후의 활동 서술은 민담적 세계를 도입하였고, 길동의 국가 건설과 최후를 기술하였기에 최후담이라 하겠다. 특히 이 부분은 국가 건설을 통해 문제를 해결하려 하고 있다. 18단락에서 제도라는 이상세계를 건설하였지만 완전한 것은 아니다. 그래서 완전한 국가적 차원에서의 존재가치를 인정받기 위한 시련이 필요하다. 이것은 망당산 요괴 율동을 처치하는 19단락이다. 율동이란 요괴를 처치하면 국가적 차원의 두목(왕)의 존재로 인정받을 수 있다. 그런 길동이 예비 통치자로 활동하는 것이 20단락이다. 이 단락은 국가의 통치 이념을 효에 두었음을 나타내는데, 이를 통해 8단락에서 허락하였던 호부호형이 진실로 이루어짐이 확인되고 있다. 그 뒤 21단락에 율도국을 점령하도록 결구한 것은 효를 통해 인간으로서 최고의 지위인 왕이 되어 이상을 이루고 자아를 실현하는 과정을 보여준 것이다.[15] 그리고 서얼차대가 없는 이상국가를 건설하게 된다. 또 길동은 율도국왕이 된 후에 조선국

---

14) 길동의 능력이 뛰어나고 훌륭하지만 그가 서얼이란 점, 즉 어머니가 시비였다는 점이 결핍요소로 작용하여 조정에 쓰여 지지 못하였다.

15) 최래옥, 「심청전의 총체적 분석」, 『한국학논집』5집, 한양대 한국학연구소, 1984. 2.

왕에 표문을 올려 조선국에서의 병조판서가 확고한 것임을 보여주도록 결구시켜 놓았다.[16] 마지막 단락은 서얼차대가 없는 이상세계를 만든 길동이 영화롭게 살다 죽은 것으로 장식하고 있다.

이상 <홍길동전>의 서사 단락을 구성단위로 도식화하면 다음과 같다.

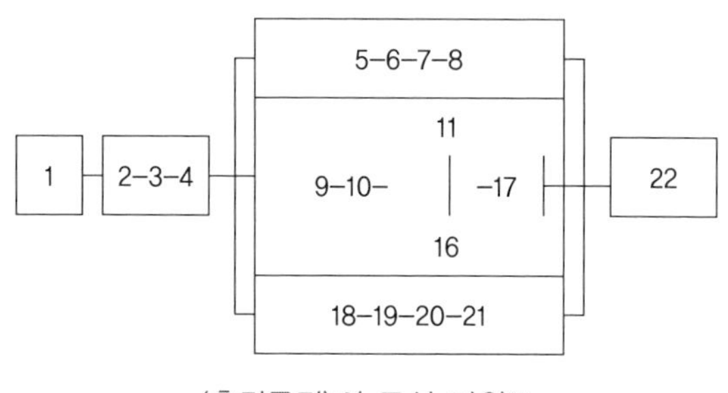

<홍길동전>의 구성 단위도

위 도식을 보면 2~4 단락이 한 그룹을 형성하고 있다. 이는 홍길동이 탄생하게 된 배경을 설명하는 부분이다. 여기에서 2단락은 어떤 결핍 요소를 가지고 있지만 그 자체가 결핍된 것이 아니다. 2단락의 잠재된 결핍 요소는 3단락의 실행 과정에서 나타나게 된다. 2, 3단락을 통해 4단락과 같이 실현되지만, 서얼이란 결핍 요소가 직접적으로 드러난다. 이와 같은 결핍 요소는 뒤의 성장담(5~8단락), 활동담(9~17단락), 최후담(18~22단락)에 반복 중첩하여 영향을 미치고 있다. <홍길동전>의 구성단위들은 공간적 측면에서 보면 성장담은 가정적 측면에서, 활동담은 사회적 측면에서, 최후담은 국가적 측면에서 일어난 일이다.

---

16) 황패강, 전게논문. 이런 행위를 홍길동 성격의 이중성으로 보고 있으나, 이는 표면적인 의미이고 내면적인 의미로 볼 때 조선국에서의 병조판서 제수가 사실임을 확인받고 싶은 욕망의 표출이라 하겠다.

각 구성단위의 공간들은 4단계로 나누어지며, 각 공간의 처음 단계
는 도입의 역할을 한다. 그리고 둘째 단계는 각 소속 사회의 정당한 일
원이 되기 위한 입사식 모티프의 의미를 가지고 있다. 그 다음 셋째 단
계는 그의 능력을 과시하는 단계이다. 그래서 넷째 단계에서는 불완전
하게나마 그 사회의 정당한 일원으로서의 자격을 획득하게 된다. 이런
구성 방식은 <홍길동전>의 전체 구성에서도 적용되고 있다.

앞 공간에서 인정은 뒤 공간에 존재하는 보다 강력한 힘에 의해 통
용되지 못한다. <홍길동전>은 통용되지 못하는 길동의 존재가치를 획
득하기 위하여 뒤의 공간으로 확대하는 구성을 반복하고 있다. 이때 구
성은 단순한 반복이 아니라 저항 세력의 확대로 공간의 확대, 이에 따
라 신분의 변화를 수반하게 되는 것이다. 그런데 위 반복적 구성에서 3
번째인 국가 측면의 공간은 앞의 가정이나 사회에서 불완전하게 인정
되었던 홍길동에 대한 존재가치를 사실적이고 확실한 것임을 확인하는
작업을 수행하고 있다. 마지막 22단락에서는 길동이 서얼이지만 태몽
을 실현한 존재로서 서얼을 철폐하는 것으로 대단원의 종결을 맺고 있
다.17)

3. 구성 요소의 변이 양상

1) 공간 변이의 확장 양상

<홍길동전>의 구성 요소 변화 양상을 파악하기 위하여 우선 공간의

---

17) 김재용, 전게논문, pp.38~45. 율도국에 관한 기술 참조.

확대를 살펴볼 필요가 있다.

첫째 공간은 가정이며, 길동과 대항하는 세력도 가족원이다. 가족원 간의 대립은 대립하는 인원수가 적고 보다 직접적이다. 첫째 공간의 대립 상황은 길동이 훌륭하기 때문에 길동을 낳은 춘섬에게 홍 판서의 총애를 빼앗길 것이 두려운 곡산모 초란의 질투에서 비롯된다. 초란의 위계는 길동이 서얼이기 때문에 가능한 일이다. 길동이 적자였다면 초란은 상자와 꾸며 자객 특재를 끌어들이거나[18] 길동의 상대자로서의 위치를 가지지 못한다. 가장인 홍 판서는 가정에서의 대립 원인을 제공하지만, 중재자 또는 해결자의 역할도 한다. <홍길동전>에서 길동이 사회개혁을 시도하면서도 아버지에게 효나 임금에게 충을 하는 것은 그들이 각각의 공간에서 중재자이며 자신의 존재가치를 인정하는 자들이기 때문이다.[19] 길동은 곡산모 초란의 위계에서 자객 특재와 상자를 죽이고 어머니 춘섬과 홍 판서에게 하직하면서 호부호형을 허락받는다. 이로써 길동은 가정이란 공간에서 호부호형을 인정받아 불완전하나마 자신의 존재가치를 인정받게 된다.

길동에게는 홍 판서가 인정한 호부호형을 사회적 통념으로도 인정받을 수 있는 공간의 확대가 필요하다. 확대된 공간은 조선이란 사회 공간이다. 그런데 그 사회 공간은 적서차별의 신분제 사회이다. 불행한 일로 집을 떠난 길동은 사회적 공간이 인간으로서의 존재가치가 인정되는 사회이기를 바랐지만, 기만과 위선만이 가득한 조선의 지배층은 가정에서 인정한 적서차별 폐지를 받아들이고 길동의 입신양명의 꿈을 이루게 놔두지 않는다. 길동이 지배 계층 사회를 혼란시킨 것은 자신의

---

18) 고대소설 중 군담류에는 첩이 적자의 자식을 괴롭히는 삽화가 있다.
19) 이것은 작자의 사회인식의 한계가 아니라, 그의 능력을 인정하는 자가 필요하기 때문으로 보인다.

능력을 과시해서 사회적으로 존재가치를 인정받고자 하는 욕구에서였다. 길동은 정당한 방법으로 조선사회에서 자신의 존재가치를 완전하게 인정받는 것이 어렵다는 것을 알고 비정상적인 방법이라도 얻고자 한 것이다. 이런 반사회적 행동으로 길동은 불완전하게나마 병조판서라는 직위에 오르게 된다. 그렇지만 병조판서라는 직위는 지배 계층이 스스로 인정한 것이 아니라 서얼이라고 천대받던 길동의 능력으로 인정받은 것이다.

가정(홍판서집) —— 사회(조선) —— 국가(율도국) <장소 변이>

길동은 확고한 자신의 존재가치를 확인받고자 하였다. 그런 욕구가 비현실적인 민담적 세계인 율도국이란 국가적 차원의 공간으로 확대되어 나타난다. 조선은 지위를 확보한 지배 계층의 아집으로 개선될 수 없는 고루한 사회였다. 길동은 국가적 차원에서 적서차별이 없이 능력에 따라 인간의 존재가치가 인정되는 이상세계를 설정한다. 그곳이 바로 율도국이다. 이상을 도식화 하면 위와 같다. 이처럼 <홍길동전>의 공간 변이는 점점 확대되는 양상을 보여주고 있다.

2) 인물과 사건 변이의 확대 양상

위의 공간 변이에 따른 인물 변이를 살펴보자. 인물 변이는 <홍길동전>의 서사전개를 볼 때 길동의 성격 변모를 중심으로 검토되어야 하지만, 두 가지 측면에서 검토해야 한다. 하나는 길동의 성격 변모의 측면이고, 다른 하나는 대항 세력 내 인물의 성격이다. 이 점에서 인물 변이는 길동의 성격을 변모시키는 대항 세력의 성격과 사건 변이의 검토를 병행할 것이다.

길동이 가정에서 겪는 가족원과의 대립은 길동의 능력으로 해결이 충분하였다. <홍길동전>은 가정에서의 대립이 처첩 간의 애정 쟁탈전이 아닌 첩첩 간의 애정 갈등으로 나타난다. 첩첩 간의 갈등은 뛰어난 아들을 둔 춘섬에게 홍 판서의 총애를 빼앗길까 두려워 길동을 제거하려는 곡산모 초란 사이에 설정되어 있다. 초란의 위계는 공의 애정을 잃지 않기 위한 개인적인 소수의 세력이다. 개인적 소수의 힘에 대항하는 길동의 성격도 역시 개인적이고 가정 내의 힘인 서얼로서 존재한다. 서얼의 존재로 천대와 멸시를 받던 길동이 울분을 폭발시키는 계기가 초란의 위계였다. 이와 같이 가정에서 길동의 적대세력은 곡산모 초란이고, 길동의 인물성격은 가정적이고 적의 힘은 개인적 차원인 서얼로 나타난다.

길동은 개인적 차원의 대립에서 승리하였지만 완전한 것이 아닌 까닭에 가정을 떠난다. 길동이 가정을 떠나 영역을 사회 공간으로 확대 전환시키면서 적대세력 역시 확대된 합당한 대응 세력으로 성격의 변이가 필요해진다. 길동은 사회에 존재하는 하나의 구성원이다. 사회의 한 구성원이 그 자체로 사회에 대항하기에는 너무 미약하다. 사회라는 다수의 힘이 결집된 집단에 대항하기 위해 길동에게도 다수적인 개념과 힘의 확대가 요구된다. <홍길동전>에서는 이를 길동이 가출함과 동시에 적당에 들어가도록 결구시키고 있다. 길동과 적당의 구성원은 당대의 불합리한 사회에서 상실한 자신의 존재가치를 요구하는 무리들이다[20]. 확대된 사회에서 길동의 성격은 상징적 의미를 가진 적당의 횟수

---

20) 길동이 찾아간 적굴에 모인 모든 구성원이 다 자신의 존재가치를 인식하고 있었

라는 두목으로 변모된다. 길동이 적당의 두목이 된 것은 다수적이고 힘의 확대를 의미한다. 확대된 공간에서 적당의 횡수로 변신한 길동의 적대세력은 조선사회의 대표자가 아니라 사회를 지배하는 계층으로 설정되었다.

사회는 개인의 힘이 지배하는 곳이 아니라 모든 구성원이 존재가치를 구현할 수 있는 세계이어야 한다. 계층의 극단적인 이기심만이 판을 치는 조선사회의 지배 계층은 서얼 등 신분을 계급별로 차별하기 때문에 적당을 적대세력으로 간주되고 있다. 길동이 자아실현을 위해 활빈당을 조직하여 탐관오리를 척결하고 가난한 백성을 구제한 일은 사회 조직의 관리가 해야 할 일이다. 조선의 관리 지배 계층은 길동이 서얼이기 때문에 그런 그의 능력을 거부하고 있다. 심지어 '길동이 병조판서를 제수하면 조선을 떠나가겠다'는 것조차 인정하지 못한다. 지배 계층은 길동의 능력을 감당하지 못하고, 술책의 하나로 길동에게 거짓 병조판서를 제수하게 된다. 이런 지배 계층의 기만과 위선은 길동을 조선사회에서 등 돌리게 만든다.

길동이 서얼차대가 없이 스스로의 능력으로 존재가치를 구현할 새로운 확대된 공간으로 이동한 것이 율도국이다. 율도국이란 공간 이동은 조선 국왕의 사회적 모순을 척결하고자 하는 의지의 한계와 조선사회를 개선하지 못할 공간으로 인식한 데서 비롯된다. 조선국과 대등한 국가 공간으로의 확대는 이상국가의 실현에 있으므로 길동의 성격에도 적당의 괴수나 조선의 병조판서를 능가하는 힘의 확대가 요구된다. 또

다고는 볼 수 없다. 다만 이곳에 모인 사람들이 평화 시 임에도 불구하고 일상적인 일에 종사하지 못하고 군도가 되었다는 점에서 말하는 것이다. 자신이 할 일이 있음에도 군도가 되었다는 것은 현실사회에서 자신이 쓰이지 못함을 의미한다고 하겠다.

국가의 공간은 수적인 면에서 적당의 세력보다도 확대된 수를 요구하게 된다. 이런 힘과 수의 확대를 위해 길동에게 제도에 머물면서 민심 획득과 물자와 인적 자원을 비축하게 만든다. 길동의 성격을 국가 공간의 우두머리로 필요 요건을 갖춘 능력으로 변화시켜 군량과 군사를 다스리는 능력자로 설정한다. 이러한 결과로 서얼차대가 없는 이상국가 건설을 위해서 한 국가를 점령하게 된다. 이때 우두머리는 적당의 횡수처럼 부정적인 개념이 아니라 긍정적인 개념이다. 국가 공간의 적대세력은 무능한 율도국왕이다.

이상에서 말한 인물 변이를 도식화 하면 아래와 같다.

《홍길동전》의 인물 변이와 사건 변이

〈길동의 성격〉 서얼 ── 두목(횡수)── 우두머리(불완전 왕)
〈적대자 변이〉 초란 ── 지배층(조선) ──── 율도국왕
(사건 변이) (초란의 위계) (지배층의 위선) (율도국왕의 무능)

<홍길동전>은 공간이 변모하면서 홍길동이란 인물의 성격과 그의 적대세력 역시 확대되어 나타난다. 적대세력의 변화는 사건 변이를 일으켜 그 결과 홍길동에게 신분의 변화를 초래하고 있다.

3) 신분 변이의 상승 양상

홍길동이 사건을 처리하면서 어떻게 신분의 상승을 이루고 있는지 살펴보자.

먼저 가정의 공간에서 길동은 서얼로서 적대세력인 초란과 대립하게

된다. 이때 초란의 위계는 자객 특재를 시켜 길동을 죽이는 것이다. 길동은 자신의 개인적인 능력을 발휘하여 자객 특재와 상자까지 죽이고 이 위기를 해결한다. 그렇지만 길동은 홍 판서와 관련을 가진 초란을 죽이지 못한다. 이 과정에서 초란의 위계를 벗어난 길동은 홍 판서에게 하직함으로 호부호형을 인정받게 된다. 길동은 집안에서 호부호형의 인정이 통용될 수 있을지 모르지만 집을 떠날 수밖에 없는 상황이다. 그리고 길동에게 인정된 호부호형은 사회에서 통용될 수 없는 불완전한 것이기 때문에 자아실현을 위해 떠날 수밖에 없다.

길동은 자신의 활동 영역을 넓히면서 부패한 탐관오리를 척결하고 가난한 백성을 구제하는 역할을 수행하는 능력을 과시하여 자아실현을 시도하였다. 그렇지만 집권층은 집단의 이익을 위해 능력에 의한 사회로의 개혁을 바라지 않았다. 길동이 적당의 괴수로 활동한 활빈당의 역할은 정직하고 올바른 관리가 해야 할 일이다. 그럼에도 불구하고 그 역할을 길동이 수행한 이유는 집권층의 위선과 무능을 풍자하고 길동의 능력을 과시하기 위한 것이다.

길동의 능력으로 볼 때, 높은 지위인 병조판서의 제수 요구가 부당하다 할 수 없고, 병조판서의 제수 이후에 조선을 떠날 것을 약속한 뒤에도 이 요구는 거부된다. 길동을 잡아들일 수 없었던 집권층은 결국 끝까지 그를 죽이기 위해서 거짓으로 병조판서를 제수하는 기만과 위선을 행한다. 길동은 하늘을 날 수 있는 신이한 능력으로 그와 같은 위계를 벗어나 병조판서를 제수 받는다. 이로써 길동은 조선의 집권층의 무능, 위선, 기만을 폭로하고 병조판서라는 신분 상승을 이루게 된다. 그러나 길동은 병조판서를 제수 받았지만 조선사회에서 통용될 수 없으며, 조선사회의 개선에도 한계를 인식하고 조선을 떠나게 된다.

길동은 능력으로 조선사회에서 자아실현의 상징인 병조판서를 받았으나 인정되지 못하였다. 그래서 길동은 전단계의 호부호형의 허락이나 병조판서의 제수가 사실임을 증명하기 위하여 능력의 과시가 필요하였다. 조선을 떠난 길동은 국가 공간에서 우두머리로 성격이 변모되고, 적대세력은 율도국왕이 된다. <홍길동전>은 비현실적인 민담 세계의 공간을 도입하여 길동에게 무능한 율도국왕을 물리쳐 서얼차대를 철폐하고 태평을 누리는 이상국가를 건설하여 왕이 되게 하였다. 그리하여 길동은 국가적 공간의 우두머리에서 이상국가를 건설한 명실상부한 왕이 되었다.

길동이 각 공간에서 사건을 해결하고 신분 상승을 이를 변이 과정을 도식화 하면 아래와 같다.

<신분 변이>　　호부호형———병조판서———————왕
(의미 변이)　　(아들)　　　　(관료)　　　　(이상국가 건설)

4. 소결

<홍길동전>의 서사구조를 22개의 구성 단락으로 나누고 이를 도입, 탄생담, 성장담, 활동담, 최후담으로 크게 4단계로 분류하였다. 그런데 이 작품은 현실적 세계와 비현실 세계를 대립적으로 구성시켜 놓아, 현실에서 제기한 문제를 비현실적인 세계에서 해결하도록 하고 있다. 이 작품은 도입부-탄생담-성장담, 활동담, 최후담-결론이란 순차적으로 이루어진 구성 단계를 보이고 있다. 그런데 탄생담에 결핍 요소를 제기한 것이 작품의 구성에 영향을 미치게 되고 성장, 활동, 최후에 관

한 삽화가 반복적으로 이루어지도록 구성되고 있다.

이런 반복 구성은 각 단계별로 장소, 인물, 사건, 신분이 변화되고 있었다. 길동의 활동 공간인 장소의 변화에 따라 서사구조의 다른 기본축도 확대 변화하였다. 이때 장소, 인물, 사건, 신분의 변화는 각 구성 단계에서 각기 인과적인 관계를 가지며 일련의 한 축을 이루는 사각 구조도를 만들고 있다.

성장담에서 기본 축은 서얼인 길동이 가정이란 공간에서 적대세력인 초란의 음모를 극복하고 호부호형을 이루었다는 사각 구조를 이루게 된다. 그리고 활동담에서는 도적의 두목이 된 서얼 길동이 조선사회란 공간에서 지배층의 위선을 제거하고 병조판서를 제수 받게 된다는 확대된 사각 구조를 형성하게 된다. 그리고 최후담에서 우두머리(가왕)가 된 서얼 길동이 국가적 차원의 공간에서 무능한 율도국왕을 제거하고 앞에서 제기되었던 서얼과 적서차별 등의 문제를 해결하고 능력이 있는 국왕이 된다는 사각 구조를 만들게 된다. 이로써 이 사각 구조의 변이는 처음에 제기하였던 서얼차대가 완전하게 극복되는 서사구조의 완결성을 이루게 된다. 이처럼 <홍길동전>은 장소의 변화, 인물 변이에서의 길동의 성격과 적대세력의 변이, 인물 변화에 따른 사건 변화, 그리고 사건을 해결한 결과에 따라 길동의 신분이 변화하고 있다. 이를 도표화 하면 아래와 같다:

아래의 서사구조도에서 보는 바와 같이 <홍길동전>은 반복과 연쇄 구조를 이루고 있다. 가장 가운데 있는 구조도는 가정에서 일어난 길동의 사건을 나타내고 있다. 길동이 호부호형을 인정받았으나, 둘째의 사각 구조에 의해 불완전한 것이 된다. 길동을 다시 호부호형의 완전한 성취를 위해 사회를 대상으로 한 자아실현을 위한 노력을 시도한다. 길동은 조선의 집권층의 위선과 무능을 폭로하면서 병조판서라는 신분적 상승을 가져오지만 이 또한 불완전한 것이다. 그리하여 비현실적 세계를 끌어들이고 길동이 태몽과 같은 능력을 성취하였음을 보여주고 있다.

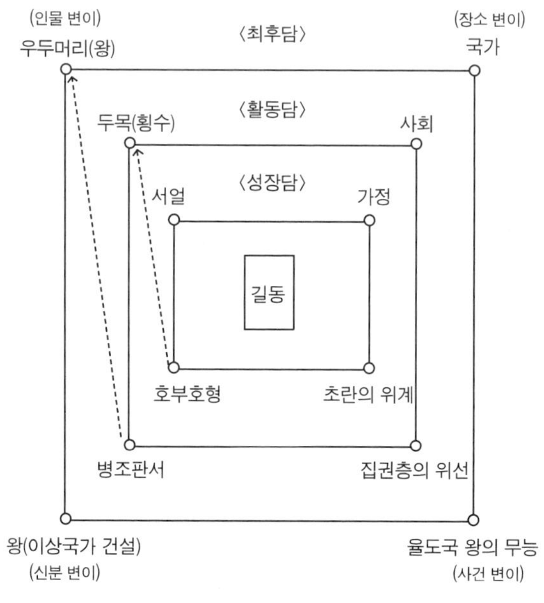

〈홍길동전〉의 서사구조도

그런데 비현실적인 율도국의 부분은 공간의 확대를 통해 조선에서의 보상적인 차원에서 해석되어야 한다. 길동은 조선에서 완전하게 이룬 것이 없다. 길동은 조선사회를 떠나 왕이 됨으로 조선에서 불완전하게 성취한 적서차별의 호부호형, 병조판서 제수가 정당하고 확실한 것으로 인정받게 된다. 이처럼 〈홍길동전〉는 적서차별을 극복하여 자아실현을 이룩하는 과정을 일관성 있게 반복 연쇄의 서사구조를 이루고 있다.

그런데 구조가 확대되는 연쇄 구조의 과정에는 동굴 모티프가 차용되고 있다. 〈홍길동전〉에 나타난 두 번의 동굴 모티프는 홍 판서에게 호부호형을 허락받았지만 집을 나가 들어간 적굴과 조선에서 병조판서를 거짓으로 제수 받고 조선을 떠나 제도에 가서 율동을 퇴치하는 지하도적퇴치 삽화를 수용한 부분이다. 이는 동굴 모티프가 가지고 있는 의미망을 차용하여 인위적으로 설정한 공간의 확대 양상을 자연스럽게 설명하기 위한 방편으로 보인다.

동굴은 제주도 삼성혈, 고구려 수신굿의 굴혈처럼 모성적 생명의 창조와 자궁 구실을 하기도 한다. 또 동명왕이 기린굴에 들어가는 것, 용녀가 개성의 큰 우물에 들어가는 것, 탈해왕의 돌무지 속에 머무르는 것 등은 상징적인 죽음을 의미하지만 그 동굴 속에 들어갔다 나오는 것은 상징적으로 재생, 거듭남, 신생, 부활을 의미한다. 이처럼 동굴은 속(俗)을 성화하는 비밀의 장소이다. 즉 세속적인 것을 거룩한 것으로, 평범한 것을 초월적인 것으로 바꾸는 정신적 재생력을 가진다. 동굴은 어둠과 죽음의 세계이지만 밝음과 새 삶을 창조하는 신비의 장소이기도 하다. 이런 동굴 속을 통과하는 고난을 겪은 주인공만이 비로소 새 생활을 출발할 자격을 가진다. 이것이 바로 엘리아드가 말한 통과의례요 입사식 절차라 하겠다.

<홍길동전> 수용된 첫째 동굴 모티프는 가정에서 사회로 확대되는 시점이다. 주인공은 사회 공간에서 활동성을 보장받기 위한 능력의 확장이 필요했다. <홍길동전>에서는 주인공이 가정에서 인정이 사회적으로 통용되지 못하자, 이런 사회에 대응할 수 있는 능력을 갖춘 인물로의 확대가 요구되었다. 가정이란 개인적 힘에서 사회란 집단적 세력화를 위한 방법으로 적굴에 들어가 적당의 괴수가 되어 수적인 확대를 가져오게 된다.

<홍길동전>에 수용된 둘째 동굴 모티프는 사회에서 국가로 확대되는 시점이다. 국가의 건설은 경제력과 군사력을 함께 획득하여야 한다.

길동이 조선사회의 한계를 인식하고 새로운 이상세계를 건설하려 하였을 때, 율동을 처치하고 백룡의 경제력과 군사력을 얻고 백성들의 인덕을 얻어 율도국을 점령할 수 있는 힘을 얻게 된다.

이처럼 작자는 동굴 모티프를 <홍길동전>의 서사구조가 확대되는 곳에 배치하여 구조의 일관성을 유지하도록 하고 있다.

작품의 구조적 의미

1. 서론

〈홍길동전〉에 대한 연구는 최초의 국문소설, 사회개혁 소설, 작자가 명문거족 출신인 허균이란 점 등에서 많은 논자의 관심을 끌어 왔다.[1] 이런 많은 연구에도 불구하고 홍길동전의 영웅적 성격 규명을 위한 작업은 미약하다고 하겠다.

필자도 〈홍길동전〉의 서사구조의 특징과 양상에 대해 살펴본 바 있다.[2] 〈홍길동전〉의 구성을 순차적인 단락소 배열을 통해 기본 요소들의 변화 양상과 의미를 검토하여 보았다. 그 결과 작품은 도입부―탄생담―성장담, 활동담, 최후담―결과부 등의 4단 구성을 통해 반복과 연

---

1) 황패강·정진영, 『홍길동전』, 시인사, 1984, pp.123~161; 이능우, 「홍길동전의 현황과 문제점」, 『한국학보』8권, 일지사, 1977; 서대석, 「허균문학의 연구사적 비판」, 『허균의 문학과 혁신사상』, 새문사, 1981; 이문규, 「홍길동전의 성격」, 『한국문학사의 쟁점』, 집문당, 1986.
2) 강현모, 「〈홍길동전〉 서사구조의 특징과 양상」, 『한민족 문화 연구』창간호, 한민족문화연구학회, 1996.12.

쇄 구조를 이루고 있다. 이는 단순한 반복 연쇄 구조가 아닌 확대된 반복과 연쇄 구조이다.

한편 일부 논자들은 성장담에서 가정 내 호부호형의 문제, 활동담에서 서얼의 등용 문제, 최후담에서 주장하였던 서얼의 문제를 망각하고 2명의 부인을 얻었다는 점 등으로 주제의 일관성을 상실하였다고도 주장하였다. 또 사회개혁소설로 보고, 아버지나 왕과의 대립에서 소아병적 행동을 보여주는 점을 한계로 설정하기도 하였다. 이것은 <홍길동전>을 너무 과대평가를 하였거나, 아니 작가의 의도를 잘못 해석한 것으로 보인다. <홍길동전>의 구조는 앞 단계의 성공이 뒤 단계에 의해서 불완전한 것이 되기 때문에 새로운 공간인 뒤 단계로 이동하게 된다. 이를 고려한다면 비현실적인 율도국의 설정도 나름대로의 의미와 의의를 가지게 된다.

작품의 구조는 작가에 의해 최상의 길을 선택한다. 그렇다면 <홍길동전>에 나타난 비현실적 세계인 율도국 부분도 작가의 의도를 드러내기 위해서 구성되었고, 작품의 해석하는데 작품의 부분을 생략해서는 아니 될 것이다. 따라서 비현실적인 율도국 부분의 결말 구성은 작가가 독자에게 무엇인가를 제시하고 있으며, 그 나름대로의 의미를 창출하고 있다. 뿐만 아니라 작품의 구성은 작가의 사상을 드러내며 일관성을 보여주고 있다. <홍길동전>의 구조의 특성에 살펴보았듯이, 그 구성 요소의 확장에는 나름대로의 의의와 의미를 내포하고 있었다.

따라서 이 글에서는 <홍길동전>의 순차적 구조가 함축하고 있는 의미를 파악하는 주안점을 두고자 한다. 경판 <홍길동전> 24장3)을 이루

---

3) <홍길동전>는 한국어문학회편, 『고전소설선』(형설출판사, 1984)에 있는 경판 24장 본 작품을 대상으로 하였다. 이후에서 각주 부분에 <홍길동전>은 위의 책을 가리킨다. 예로 '<홍길동전> 1상'이고 하였을 때, 위의 책 1페이지 상단에 있음을 가리

고 있는 탄생담, 성장담, 활동담, 최후담을 중심으로 각 부분이 담고 있는 의미를 화소의 분석 방법[4]을 동원하여 단락소를 중심으로 분석하고자 한다. 그 분석을 통해 <홍길동전>을 이룬 작품의 의미가 일관성을 유지하면서 확대되는 양상을 파악할 수 있을 것이다. 이때 <홍길동전>의 주제는 서얼의 철폐라는 직접적인 용어보다 더 심각한 인간 존재의 가치실현을 이루어가는 과정으로 파악할 수 있었다. 각 부분은 각 공간에 유입하기 위한 입사 모티프의 기능이 있고, 각 단계별로 추구하는 의미의 확대를 보여주고 있다. 이런 <홍길동전>이 추구하는 주제의 변화 양상과 의미를 검토하고자 한다.

2. 결핍된 신이한 탄생

<홍길동전>의 탄생담은 홍 판서가 어느 날 청룡의 태몽을 꾸었다는 점에서 신이성이 있다. 이런 태몽은 고려 왕건이나 이율곡의 태몽과 별 차이가 없다. 홍 판서가 꾼 태몽을 정부인에게 가서 이루었다면 길동은 군담소설의 주인공이 되고, 소설의 구조 또한 군담소설적 구성의 영웅담의 서사구조를 이루게 되었을 것이다.

길동의 태몽 자체에는 결핍요소를 지니고 있지 않지만, 그것을 실현하는 과정이 결핍요소로 작용하고 있다. 이 태몽을 꾼 것은 낮 시간으로 추정된다. 왜냐하면 홍 판서가 태몽을 꾸고 실현하기 위하여 정부인에게 달려갔으나, "샹공이 쳬위 존중ㅎ시거늘 년쇼경박ㅈ의 비루ㅎ물

킨다. 이후에 각주 방법을 이와 같은 방법으로 표기하여 사용할 것이다.
4) 최래옥, 『한국구비전설연구』, 일조각, 1982.

힝코져 ᄒᆞ시니"5)라며 정부인에게 거절당하였다. 이는 남녀 관계를 맺지 못할 시간, 낮에 꿈을 꾼 것으로 추정할 수 있다. 만약 밤에 태몽을 꾸어 곧바로 정부인에게 갔다면 거절하지 않았을 것이다. 그런데 <홍길동전>에서는 홍 판서가 낮으로 추정되는 시간에 태몽을 얻어 길동이 심각한 고난을 받을 영웅으로 서사화 될 것을 암시하고 있다.

홍 판서는 청룡 태몽을 얻고 이를 실현하려다가 거절당한다. 낮으로 추정되는 시간에 태몽을 실현하려는 홍 판서의 행위는 유교 사상을 철저하게 교육받은 시대의 아녀자에게 당연하게 거부되고 비판되어야 할 대상이다. 낮에 얻은 태몽은 정상적인 방법이 아닌 비정상적인 방법, 즉 남녀 간의 애정을 낮에 실현해야 할 것이 당연한 귀결이다.6) 작자는 이런 전설적인 소재를 취하여 태어날 아이의 미래의 운명과 결구시켜 갈등의 대립 양상을 보여주고 있다.

홍 판서는 정부인에게 거절당하고 부인의 지혜가 없음을 한탄하다가 시비 춘섬과 관계를 갖는다. 춘섬과의 관계는 단순한 정분의 상통이 아니라 태몽의 실현이다. 춘섬과 관계를 통해 태몽을 실현하였기 때문에 결핍요소를 가지게 된다. 정승인 홍 판서가 천비 소생에게 청룡의 꿈을 실현하려 하였다. 하지만 당시의 사회는 종모법에 따라 천비 소생에게서 태몽에서 본 청룡과 같은 역할을 수행할 수가 없었다. 만약 홍 판서가 천비 소생에게서 청룡 태몽의 실현이 가능하다고 생각하였다면, 이미 가문에 닥칠 고난을 감내할 의지를 가지고 있거나, 역적 의식을 가졌다고 하겠다.7) 이는 작가가 <홍길동전>에서 홍 판서가 청룡 태몽을

---

5) <홍길동전> 1상.
6) 홍 판서의 조급성을 드러내어, 양반들의 유유자적한 태도의 허위성을 강조하고 있다.
7) 이런 상황의 설정은 홍 판서의 의지가 아니라, 작가가 작품의 구성에 대한 의도를 담고 있다고 하겠다.

얻고 이를 실현 대상을 춘섬으로 설정한 것은 천비 소생이 겪을 설움도 해결하고 극복 과정의 갈등을 예고하는 것이라 하겠다.

홍 판서의 신이한 태몽은 이처럼 그 실행 과정을 통해 절름발이 양반의 영웅호걸을 탄생시키게 된다. 이런 절름발이 양반 길동은 신분적 차대 때문에 조선사회에서 쓰일 가치가 없는 존재로 나타내고, 그의 영웅성과 자질은 가정적 사회적 갈등을 첨예화시킬 요소임을 설정하고 있다고 하겠다.

길동의 탄생담은 서사 전개의 발단 부분으로, 사건을 복선화시키고 있다. 하나는 훌륭한 아들을 낳아 탁월한 능력을 드러내게 될 것이고, 다른 하나는 그 아들이 결핍 요소로 인하여 능력과 현실 사이의 갈등으로 고난이 따르도록 설정되었다. <홍길동전>은 신이한 탄생담을 낮으로 추정되는 시간에 꾸었다는 것, 태몽의 실현하는 방법에서의 양반들의 조급성과 사려 없는 행위를 통해 결핍 요소를 지니도록 설정된 것이다. 이런 탄생담에 나타난 결핍 요소는 정부인 유 씨의 형식주의적인 윤리관과 홍 판서의 무절제한 욕망이 결합된 결과이다.

이런 결핍 요소를 지닌 탄생담을 설정한 것은, 당시의 사회적으로 문제를 야기하는 서얼계층을 형성하는 일면을 보여주고 있다. 뿐만 아니라 비정상적인 결합으로 탄생하여 당대의 사회에 쓰지 못한 많은 서얼들에게 애정을 드러내고 있다. 그 서얼들은 정상적인 능력을 인정받지 못하고 부당한 대우뿐만 아니라, 관리 등용의 길조차 막혀 허릴 없이 음풍명월이나 부르던 사회 계층을 형성하게 된다. 길동의 결핍된 탄생담은 이런 문제점을 폭로하는 동시에, 서얼차대로 신이한 능력을 지닌 서얼 길동이 살아가면서 겪는 고난과 이의 극복을 드러내기 위한 복선화 방법으로 보인다.

3. 특이한 기아 모티프

기아 모티프는 가정이란 공간의 갈등에서 비롯된 것으로, 영웅담의
한 과정이다. 그렇지만 신화에서는 간략하게 기술되고, 아기장수와 같
이 민담 세계에서는 서사전개의 중심이 되기도 한다. <홍길동전>에 나
타난 가정에서의 갈등은 신화적 성격과 민담적 성격의 중간에 놓여 있
다. <홍길동전>에서 신이한 태몽을 얻은 탄생과 고귀한 혈통을 가지고
태어났다는 점은 신화적 요소이고, 조선사회란 점에서 시비 춘섬을 어
머니로 하였다는 점은 전설의 비극적 요소를 가진 민담적 성격이다. 또
홍길동의 성장을 중시할 때 그의 영웅성과 비범성의 과시는 천부적 것
으로 신화적이지만, 아버지와의 대립 갈등에서 허약하고 미약한 자식
으로 나타난 것[8]은 민담적이다.

<홍길동전>에 나타난 기아 모티프는 특이하다. 신화적인 영웅의 기
아 모티프는 어릴 때 부모에게 행해진다. 그런데 홍길동이 곡산모 초란
의 위계로 열세 살에 집에서 홍 씨 문중의 산정으로 쫓겨나게 된다. 길
동이 쫓겨난 것은 부모의 직접적인 의도가 아니며, 생존의 문제에 걸린
것도 아니다. 이런 점에서 <홍길동전>은 좌절한 영웅담의 기아 모티프
와 유사하다.[9] 그런데 좌절한 영웅담에서는 기아 모티프의 결과로 뒤

---

8) 조동일, 『한국소설의 이론』, 지식산업사, 1981, p.254. 아버지와 왕으로 상징되는 낡
   은 질서에서 새로운 질서로 나아가야 하는데, 왜소한 일상적 홍길동은 충효라는 윤
   리의 제약을 벗어나지 못한다고 하였다.
9) 강현모, 「이몽학설화의 연구」, 『한국학논집』13집, 한양대 한국학연구소, 1988.2. 이
   논문에서는 아기장사전설과 같은 영웅담을 좌절한 영웅담으로 설정하고 이몽학과
   같이 어떤 일을 시도하였으나 결실을 거두지 못한 인물을 실패한 영웅담으로 설정
   하였다. 이 글은 이몽학과 같이 결실을 거두지 못한 인물의 영웅담을 좌절한 영웅
   담이라 하고, 아기장사 전설 중에 일을 시도조차 못한 유형의 이야기는 영웅담으로
   취급하지 않기로 하겠다.

의 결구에 결핍요소가 되어 나타나는데 비하여, <홍길동전>에서는 오히려 길동이 일취월장을 성취하는 계기가 된다는 점에서 신화적 영웅담의 요소를 보여주고 있다.

1) 자아실현의 가능성 배태

<홍길동전>에 나타난 우선 1차 기아 모티프 현상이 일어나는 과정과 의미를 살펴보자.

홍 판서의 욕망으로 탄생한 길동은 용의 꿈과 같이 총명과인하나 천비소생으로 태어나 천대와 멸시를 받았다. 길동은 하나를 들으면 백을 아는 총명함이 있어, 자신에게 부여되는 천대가 부당하다고 생각한다. 홍 판서는 총명과인 한 길동을 애지중지하고 싶지만, 서얼이기 때문에 얼싸 안지 못하고 방자해질까 꾸짖기만 한다.

이런 속에서 자란 길동은 입신양명하는데 미천한 말단직으로 만족해야 하므로, 한계가 있는 문관보다 공명을 날릴 수 있는 무관으로 출세하려고 노력한다. 길동은 실현의 가능성을 위해 집을 떠나기를 원하나, 시기의 미숙으로 가정에 기다리고 있었다. 집안에서 멸시와 천대를 참고 있을 때, 길동은 곡산모의 위계로 집안에 더 있지 못하고 산정으로 보내는 기아 모티프의 현상을 나타난다.

곡산모의 가해는 길동이 총명과인 하여 그를 낳은 춘섬에게 홍 판서의 사랑을 잃을까 하는 불안감에서 비롯된다. 만약 길동의 적자였다면 곡산모의 위계가 가능할까? 기생 출신인 곡산모는 사람의 사랑을 잃으면 생존 가치를 상실하는 존재이다. 더욱이 정부인이 아닌 시비와의 사랑 다툼에서 패배는 죽음을 의미할 것이다. 곡산모의 시기와 질투는 길동이 서얼이기 때문에 일어난 가정 내의 갈등이다. 곡산모는 홍 판서의 사랑을 잃지 않고, 위협의 대상인 길동을 제거하기 위하여 무녀와 짜고 관상쟁이를 홍 판서에게 보낸다. 관상쟁이는 길동이 총명과인하고 왕후의 기상을 있어 가문을 멸족시킬 염려가 있다고 한다.

> 공즈의 상을 보니 쳔고영웅이오 일디 호걸이로디 다만 지체부족흐오 다르 넘녀는 업슬가 흐느이다. 흉즁의 죠홰 무궁흐고 미간의 산쳔졍긔 영농흐오니 진짓 왕후의 긔상이라 장셩흐면 장춧 멸문지화롤 당흐오리니[10]

위의 관상쟁이의 말은 길동이 조화무궁하여 가문의 위험이 있을 것이란다. 허균 살던 당시의 사회에서 서얼들은 양반사회의 고답적인 사고의 틀에서 벗어나 있기 때문에 능률적이고 합리적인 사고를 할 수 있다. 서얼들은 자신들의 합리적이고 능률적인 사고가 수용되지 못하자, 반사회적 행위와 의식이 팽배하여 졌다. 곡산모는 무녀와 관상자와 짜고 홍 판서에게 길동이 서얼들의 반사회적 분위기에 불을 댕길 중심인물이 될 수 있다고 아뢴다. 이처럼 당시의 생활상을 <홍길동전>에서는 길동이 총명과인하고 조화무궁하니 서얼들의 반사회적인 상황에 불을 댕기는 반역자의 역할을 수행하여 가문을 멸문시킬 수 있다고 말한다.

홍 판서는 멸문지화란 경악스러운 말에도 불구하고 "사룸의 팔즈는 도망키 어렵거니와"[11]라면서 더 이상 길동에 관해 언급하지 못하게 한다. 홍 판서의 행위는 자신이 저지른 행동의 책임을 나타내는 동시에 태몽에 대한 기대심리인 지도 모른다. 홍 판서의 내면에는 길동이 서얼이지만 태몽과 같이 훌륭한 일을 이룩할 존재자로의 기대심리와 현실

---

10) <홍길동전> 2하.
11) <홍길동전> 2하.

적 상황에서 반역에 대한 불안감으로 갈등이 야기된다. 홍 판서는 이런 심리적 상황으로 마음에 병이 들고, 길동을 산정으로 추방하여 행동을 감시하는 기아 모티프로 나타난다.

<홍길동전>에서 기아 모티프 부분은 기아의 시기와 대상이 일거수일투족 감시를 당한다는 점 등이 특이하다. 신화적 영웅담의 기아 모티프는 주인공이 아주 어릴 때, 즉 자아의 존재를 인식하지 못한 상태에서 일어난다. 반면에 좌절한 영웅담에서는 주인공이 자아의 존재를 인식하기 시작할 때 부모가 아니라 남(선생)에게 버림을 당한다. <홍길동전>에서 길동은 자아를 인식하고 정확한 자신의 진로를 결정하지 못한 상태에서 곡산모의 참소로 아버지에게 추방당한다. <홍길동전>의 기아 모티프가 일어난 상황은 좌절한 영웅담에 가깝고, 추방의 주체가 아버지란 점은 신화적 요소를 가진다.

길동을 산정에 보낸 것은 다른 사람과의 관계를 단절시킴을 의미한다. 기아의 주인공이 완전하게 성숙하지 못한 부족한 부분을 신화적 영웅담에서는 신이한 힘의 도움으로 성취되지만, 좌절한 영웅담에서 제공받을 기회가 제거된다. 다시 말해 좌절한 영웅담은 영웅에게 어떤 능력을 전수해야할 사람(선생)에 의해서 기아 현상이 일어난다. 선생에게 버림을 당한 아이는 영웅이 될 때 배우지 못한 요소로 인하여 좌절하게 된다. 그런데 길동은 기아 모티프의 현상으로 산정으로 쫓겨 와서 한 행동이 특이하다. 길동은 영웅이 되는데 그를 쫓아낸 곡산모나 홍 판서의 도움이 필요하지 않다. 그리고 길동은 산정으로 쫓겨 와서 오히려 무예와 도술(육도삼략, 천문지리, 주역)공부에 주력하여 성취하고 있다. <홍길동전>의 기아 모티프에서는 신이한 힘의 도움이나 보충 요소의 결핍이 아니라, 자아실현의 계기를 마련하였다는 점이 특이하다.

2) 자아의 인식

곡산모는 길동을 쫓아낸 것에 만족하지 못하고 죽이려고 하였다. 길동이 자아실현을 위해 노력하고 있을 때, 홍 판서의 집에서는 곡산모를 중심으로 길동을 제거하려는 음모가 일어난다. 곡산모는 우선 자객을 구해 놓고 홍 판서와 의논하지만 거절당한다.[12] 곡산모는 다시 정부인과 좌랑 인형에게 허락을 받고 자객 특재로 길동을 죽이려고 한다.

길동은 자객 특재의 습격을 받으면서 잠재해 있던 신이성을 드러낸다. 길동의 신이성은 영웅이 되는 비범성과 용감성을 나타내는 통과제의적인 시련극복의 단계에 나타난다. 길동의 신이성은 천부적인 것으로 나타나지만, 그의 노력으로 습득한 것을 과장되게 표현한 것으로 보인다. 이것은 길동이 산정에 가서 육도삼략이나 천문지리를 공부하였다는 점에서 유추할 수 있다. 뿐만 아니라 길동이 자객 특재를 처치할 때의 도술 책으로 여기는 주역을 읽었다는 점에서 확인할 수 있다.[13]

길동은 힘만 믿고 온 자객 특재를 도술로 혼내 준다. 이때 특재는 길동에게 '죽이려고 온 행위가 자신의 의지가 아님을 나타내는데, "너는 죽어도 나롤 원치말나 쵸난이 무녀와 샹즈로 ᄒ여곰 샹공과 의논ᄒ고 너롤 죽이려 ᄒ미니"[14]라며 상공이 허락한 일이라고 하였다. 반면에 길

---

12) 황패강, 앞의 논문, p.10. 완판본 〈홍길동전〉에는 홍판서가 "이 놈이 본릭 범상ᄒ 놈이 아니요. 쏘훈 천싱됨물 즈틍ᄒ여 만일 범남훈 마음을 머그면 누뎌 갈츙보국 ᄒ던 일이 쓸터 업고 티화 일문의 밋치리니 밀이 져을 업세여여 근화을 덜고져 ᄒ 눈 인정의 ᄎ마 못홀 비라" 일가의 장래를 생각하여 길동을 미리 없애어 화근을 끊어버리는 것이 상책이겠으나, 인정에 차마 이렇게 할 수 없었던 것이라 한다.
13) 일상적으로 주역은 도술을 할 수 있는 방법을 습득하는 책으로 인식하여 왔다. 따라서 이 주역을 열심히 읽어다는 것은 길동의 능력은 천부적인 것이 아니라, 그의 노력에 의해서 습득된 것이라 믿도록 하는데 있다고 하겠다.
14) 〈홍길동전〉 3하.

동은 특재의 출현으로 자아실현의 가능성과 자신의 존재가치를 발견하게 된다. 길동은 자신의 존재가치와 탁월한 영웅성과 신이성을 인식하고, 특재와 무녀는 물론이고 곡산모 초란까지 죽이고자 하였으나, 아버지란 끈에 연결되어 포기하는 유교적인 관념에 허약한 이중적 성격을 보여주게 된다.15)

길동은 변란으로 집에서 떠나게 될 때 소원하였던 호부호형을 인정받게 된다. 호부호형의 허락은 홍 씨 가문에서 길동이 한 인간으로 존재가치를 인정받은 것이라 하겠다. 그런데 호부호형의 인정에는 두 가지를 고려해야 한다. 하나는 길동이 집을 떠날 수밖에 없는 상황에서 이루어졌다는 점이고, 다른 하나는 홍문의 안에서만 통용될 수 있는 형식적인 인정이란 점이다. 특히 홍 판서에게 이루어진 호부호형의 인정은 길동이 꿈꾸던 입신양명에 아무 짝에도 쓸모없는 것이다. 때문에 이 호부호형의 인정은 이중적 성격을 가진다. 표면적으로는 홍 씨 가문에서 길동의 존재를 인정하여 그를 무마하고, 이면으로는 호부호형을 가정에서 인정하여도 사회구조 안에서 가치가 없음을 인식시키게 된다. 그렇기 때문에 호부호형의 인정은 집을 떠나는 길동을 붙잡아 둘 조건이 될 수 없고, 다만 길동의 영웅성의 발견으로 가문 안에서 자아실현(존재가치)을 성취하였다는 점이다. 이때 길동이 얻은 자아실현은 완전한 것이 못 된다. 길동은 가문에서의 자아실현이 완전한 것으로 성취하기 위해 가정을 포함하는 사회에서 획득하도록 새로운 도전이 필요하였다.

<홍길동전>에 나타난 기아 모티프는 길동을 인간의 존재가치를 발견하고 그를 실현하도록 도전하는 인물로 성장시키는 통과의례적인 성

---

15) 이런 사고는 <홍길동전>을 사회 반역소설, 또는 개혁소설로 보기 때문이다. <홍길동전>은 유교적 사유 속에서 인간적 존재가치의 실현으로 보면, 효와 충의 문제는 별개로 여겨진다.

격을 지닌다. 그리고 곡산모의 흉계는 우선 1차 기아 모티프 상태의 길동에게 탁월한 능력의 신이성과 비범성 발견하여 영웅적 성격이 드러내는데 목적이 있다. 이 위기를 극복한 결과로 길동은 호부호형을 하도록 허락받아 가정 안에서 자아실현을 이루게 된다. 하지만 이것은 불완전한 것이기에 보다 확고한 자아실현을 획득하기 위해 집을 떠나야 한다. 따라서 소설의 전개는 이처럼 호부호형의 허락이 완전한 것으로 되기 위해서 가정을 포함하는 새로운 집단에서 획득하기 위해서 사건의 확대가 필요할 것이다. 이것은 가정에서 일어난 불편부당성이 자체 안의 문제가 아닌, 가정이란 공간을 포함할 수 있는 보다 확대된 사회적 불편부당성에서 비롯되었기 때문이다. 따라서 곡산모의 위계는 길동에게 특이한 형태이기는 하지만 2차의 기아 모티프 현상이라 하겠다.

4. 존재의 가치실현과 활빈당

홍길동이 자기 존재의 가치실현을 위해 노력한 시기는 적굴에 들어가면서부터 조선을 떠날 때까지이다. 길동이 적굴에 들어가 행한 해인사의 습격은 사회를 상대로 불편부당성을 혁파할 능력을 가진 자인가를 시험하는 입사 모티프의 단계이다. 따라서 길동은 해인사의 습격을 성공하고서 명실상부한 활빈당의 괴수가 되었다. 길동은 인간 존재가치를 실현하기 위해 탐관오리들의 재물탈취, 초인으로 일곱 길동 만들기, 우포장 니흡 잡기, 여덟 길동 잡혀오기, 잡혀오다 철싹 끊고 도망가기 등 신이성, 비범성, 용감성과 지혜를 보여주고 있다. 자기 존재의 가치실현을 위한 행위는 한 번으로 인정받을 수 없기 때문에 일련의 행위들이 반복적인 나열 또는 병렬적인 연결을 통해 가능하였다.

1) 가치실현의 기반 확보

길동은 호부호형의 문제가 가정에서만 해결될 수 없음을 깨닫는다. 길동은 자신의 존재가치가 당대의 현실에서 통용되지 못함을 알고 산수 간에 묻혀 살고자 정처 없이 집을 떠난다. 길동이 간 곳은 별세계로 통할 수 있는 동굴의 입구였다. 동굴 입구는 도교에서 신선들이 사는 세계로 통하는 곳이요, 민담에서 지하세계 또는 별세계의 입구이다. 동굴 입구는 길동이 사회에 들어오거나 활동의 성패를 시험하는 통로의 의미를 가진 통과의례적인 입구인 것이다.16) 동굴 입구의 통과는 길동에게 부여한 호부호형의 문제가 가정문제를 떠나 사회문제로 변화되었음을 상징한다. 이는 동굴 입구에서 만난 도적에게 "나는 경셩 홍판셔의 쳔쳡쇼싱 길동이러니 가즁쳔터롤 밧지 아니려 ᄒ여 사희팔방으로 졍쳐업시 단니더니 우연이 이곳의 드러와 모든 호걸의 동뇨되물 니르시니 불승감사 ᄒ거니와 쟝뷔 엇지 져만훈 돌들기롤 근심ᄒ리오"17)란 말에서 호부호형이 사회에 통용되지 못함을 알 수 있다.

우두머리(괴수)는 힘만으로 되는 것이 아니라 지혜가 있어야 한다. 홍길동이 적굴에 들어가 들독을 들고 괴수가 되었다는 것은 힘만으로 된 것이다. 길동은 괴수가 되어 도적들의 무리를 재조직하고 무예를 연마

---

16) 동굴은 죽음의식을 가진다. 동굴은 무덤과 같이 죽음의 공간에 해당하기도 한다. 하지만 죽음은 기존의 삶의 방식이나 의미를 말하고, 이런 기존의 방식에서 삶의 방식으로 전환될 수 있는 공간으로 이동을 의미하기도 한다.(『문학과 비평』1987년 가을호(총권 3호)참조) 한편 <홍길동전>에서 동굴의 의미에 대해 필자의 앞의 논고에서 간략하게 언급한 바 있다.

17) <홍길동전> 4하.

시키며 군법을 시행하였으나, 적당으로 도적질을 하지 않았다. 길동의 이런 행위는 불편부당한 사회체재에 도전할 기틀을 마련 하고자는 욕망을 나타낸 것이다. 그런데 길동은 괴수가 되었지만, 아직 그의 지혜적인 실력을 확실하게 인정받지 못 하였다. 길동은 적당들에게 괴수로 능력을 완전하게 인정받기 위해 자신의 실력(힘+지혜)을 과시할 필요가 있다. 이것이 해인사 습격이다.

해인사의 재물 탈취의 성공은 홍길동에게 도적의 괴수로서 확고한 입장과 위치를 제공하게 된다. 해인사 습격은 당시의 불교계의 타락상을 풍자하기 위한 것이[18] 아니라, 길동이 사회 집단에 소속할 수 있는 입사 모티프의 성격을 지닌다. 해인사 습격은 평범한 인물이 해결하기 어려운 난제로 생각하였다. 왜냐하면 해인사는 학문과 무예를 익히는 집단이기에 이를 습격하는데 지혜와 용기가 필요한 일이다. 길동은 초적들이 난제로 생각하던 해인사를 습격하여 성공하는 능력을 보여주어야 하였다. 그리고 길동은 초적들이 연마한 무술의 능력을 시험할 필요도 있었다.

길동은 단신으로 해인사에 들어가 밥에 모래를 넣은 뒤에, 이를 기화로 모든 중들을 포박하고 도적들에게 해인사의 재물을 탈취하게 하는 지혜를 발휘한다. 길동이 중을 포박하는 수법은 중들을 천대하던 사회의 풍조를 이용하였다. 길동은 제적들과 함께 해인사의 재물을 탈취하여 산채(소굴)로 안전하게 돌아온 뒤에, "일시의 나와 샤례ᄒ거놀 길동이 쇼왈 쟝뷔 이만 지죠 업스면 엇지 즁인의 괴쉬 되리오"[19]란 말과 같이

---

18) 황패강, 앞의 논문, pp.17~19. 완판본에는 불교에 대해 배타적 비판의식을 보여주고 있으나, 경판본에는 해인사 습격만 있을 뿐이고 불교를 배척하는 의식이 보여주지 않고 있다.

19) <홍길동전> 5하.

지혜와 비범성을 지닌 확고한 도적의 괴수가 되었다.

한편 함경감영의 탈취는 방화로 시작하여 이목을 다른 곳으로 돌리고 감영의 곳간을 털었다. 길동이 국가 재물을 조금도 탈취하지 않았다는데 감영의 방화는 어떻게 해석해야 할까. 함경감영 습격은 해인사 습격과 같이 입사 모티프의 의미를 가진다. 해인사가 민간의 사조직체인데, 함경감영은 국가의 기본조직체로서 국가 권력과 대결의 시도를 의미한다. 방화를 통해 이목을 돌린 것은 길동의 지혜를 드러내기 위한 수단이다. 함경감영의 탈취를 통해 길동은 사조직이든 국가권력 조직이든 대항할 수 있는 능력이 있는 괴수로 활동할 수 있음을 보여주고 있다. 이후 <홍길동전>은 국가 권력과의 대결이 없고, 사회 권력에 대한 저항만 나타내고 있다.

2) 활빈당의 활동과 가치실현

길동은 해인사 습격 뒤에 자기가 인솔하는 집단을 활빈당이라 고치고, 본격적으로 빈민 구제 활동에 돌입한다. 이는 인간 존재의 가치실현이 무엇이고 어떻게 할 것인가를 보여준다. 이는 탐관오리의 재물 탈취에서 조선을 떠날 때까지가 가치실현의 과정이라 하겠다.[20] 길동은 적당들을 활빈당으로 고친 이후에 백성들의 재물을 범하지 않고, 국가의 온당한 재물에도 손을 대지 않았다. 그리고 탐관오리들에게서 탈취한 재물로 가난한 백성을 구제하는데, 이는 길동이 두목으로서 해야 할 당위성과 능력을 보여주어 이상세계를 구현할 가능성을 나타내고 있다.

---

20) 이중에서 병수판서 제수 이전까지만 이 절에서 다루고, 그 이후는 가치실현의 진위의 절에서 다루어야 할 것이다.

그리고 길동이 제수 받은 병조판서는 길동이 성장 과정에서 꿈꾸던 입신양명의 자리이며 가치실현의 의미이다.

활동담에서도 성장담처럼 길동은 기존의 윤리 체계에 얽매인 경우가 많다. 길동은 성장담에서 홍 판서에게 효에 의해 무력한 존재인 것처럼, 활동담에서 왕에게 충에 의해 무력한 소아적 자아 형태의 존재로 나타난다. 길동이 기존 윤리를 초극하려는 개혁 의지가 미약한 것은 자아와 세계의 대결에서 일상적 자아의 존재적 형태로 머물기 때문이[21]라 한다. 그리고 길동이 부모나 임금에게 대해 일상적 자아로 머무는 것은 길동의 내적 세계관이 신화적 존재이기보다는 민중적 존재로 머물러 있기 때문이라 생각된다. 그리하여 길동은 인간적인 생활 습속의 태도에 머물러 타파해야 할 세계의 윤리에 구속되어 있다. 그렇지만 사회개혁이라기보다는 사회 안의 신분 문제의 개혁으로 한정한다면 그의 정점에 있는 아버지와 왕은 타파해야할 대상으로 보지 않아도 된다. 이런 점이 <홍길동전>이 지닌 특수한 성격이라고 하겠다.

좀 더 자세하게 살펴보면, 도적 집단이 탐관오리의 재물을 탈취하여 백성을 구제하는 것은 중요한 의미를 가진다. 빈민의 구제는 지배층이 해야 할 기본적인 행위이다. 태평성세라면 농사나 지을 선량한 백성들이 가난과 굶주림, 탐관오리의 수탈과 학정으로 정든 고향을 떠나 벽진 산속에 모여 들어 군도가 되었다.[22] 군도들이 백성들을 구제한 것은 선량함을 들어내 자신들의 존재가치를 인식시키기 위한 것이다. 길동의 측면에서는 적당의 두목 또는 지배자로서 덕목의 실천이다. 어떤 집단의 두목이나 우두머리는 자기 집단의 이익은 물론이고, 하위 집단에 이

---

21) 조동일, 앞의 책, pp.245~261.
22) 임형택, 앞의 논문, p.332, 337; 김동욱, 「홍길동전의 국내적 역원」, 『심악이숭녕박사송수기념논총』, 동간행위원회, 1968, pp.31~40.

익을 분배하도록 노력해야 할 것이다. 이런 점에서 길동의 빈민 구제는 통치자로서 가능성을 인식시켜 준 것이라 하겠다.

초인으로 여덟 길동을 만든 것은 길동의 두목임을 상징한다. 우리나라가 8도란 점에서 실제 길동은 우두머리이고, 길동의 아래에 여덟 길동으로 각도에 1명씩 파견하는 의미를 나타낸다. 8도에서 행한 탐관오리 척결은 길동이 지닌 탁월한 능력의 가능성을 드러낸 것이라 하겠다. 그런데 실제 길동 한 사람으로 전국의 탐관오리들을 징치하였다면 불완전하고 지엽적일 수밖에 없다. 각 도에 한 명의 길동을 두었는데, 이는 감사의 위치와 같은 평민의 초보적인 자치 도구의 수단을 의미한다.23) 그렇지만 초인으로 완전한 자치능력을 갖지 못하고 탐관오리만을 징치하는 한계를 가진다.

길동은 우포장 이흡과의 대결에서 세심한 성격을 보여준다. 길동은 선량하고 재주와 도량이 넓어 조정에서 훌륭한 인물 이흡24)에게 길동 잡는 행동이 부질없음을 깨닫게 한다. 이흡은 초립동이로 변장한 길동과 대결에서 일방적으로 패배하고 만다. 우포장 이흡은 임무에 급급한 나머지 조심성과 관찰력을 집중시키지 않아 길동의 기만에 속았다. 길동은 이처럼 이흡에게 일방적인 승리하지만25) 조선의 사회제도를 개선하는데 한계를 가지고 있었다. 길동의 한계는 홍 판서가 태몽의 실현과

---

23) 길동의 사건 이후에 초적들이 자기 집단을 '홍길동의 집단'이라 하였다고 한다. 이런 점에서 홍길동 집단은 전국적인 초적들의 우상이 되었다고 할 수 있다. 한편 8명의 길동은 동학란 때 전라도 지방에서 집정소라는 자치제 비슷한 민간기구를 설치하여 탐관오리 척결을 우선하였다 성격과 비슷한 의미를 지닌다고 하겠다.
24) 기존의 논문에서 권력에 아부하는 세력으로 비판하고 있다. 그런데 작품에는 길동의 우월성을 강조하기 위하여 니흡의 훌륭함을 강조하고 있다.
25) 조동일, 앞의 책, pp.254~255. 신이한 능력이 있는 길동은 니흡과 아무런 인과적 윤리적인 연관성을 가지고 있지 않기 때문에 그와의 대결에서 일방적으로 승리할 수 있었다.

정에서 보여준 결핍 요소에 기인한 것이다.

<홍길동전>에서 홍 판서 부자에게 책임을 추궁하는 것은 조선사회가 서얼을 천대하면서도 가부장적 중심의 가족 관계를 나타내고 있다. 조선사회는 길동을 서얼이라 부당한 대접과 천대하다가 그의 변란에 대한 책임 소재를 물을 때, 길동을 홍 판서의 자식으로 인정하는 모순을 드러내고 있다. 조정에서는 길동을 잡지 못하자 부형을 통해 잡으려고 한다. 임금은 홍 판서 부자를 잡아 가두었다가, 인형의 말을 듣고 홍 판서를 방면하고 인형을 경상감사로 내려 보내 기한 내에 길동을 잡아 들이게 한다. 그런데 길동이 사람을 죽이고 집을 떠난 점에서 홍 판서 부자에게 길동의 변란에 대한 책임 추궁에는 문제가 있다.[26] 왜냐하면 홍 판서 부자와 길동은 집을 떠났을 때 이미 부자 형제지간의 의리를 청산한 것으로 볼 수 있다. 이처럼 사회적 구조에서 비롯된 서얼의 행위에 대한 책임은 가정이 질 것이 아니라 사회의 것이다.

경상감사가 된 인형은 길동에게 자수하기를 청한다. 홍 판서가 길동에게 호부호형을 인정하지 않았다면 부형의 권한을 주장할 수 있었을까? 또 길동은 부형이 면책을 받도록 투항했을까? 길동이 인형의 자수 권유나 홍 판서의 꾸지람에 따랐을까? 길동은 호부호형의 인정으로 사회의 인정과 상관없이 부자간의 의리를 저버리지 못 하였다. 그리하여 길동은 인형의 방을 보고 전국 8명의 길동이 모두 잡혀 서울로 압송되게 한다.

서울에 잡혀온 갈동은 취조 과정에서 신이한 재주를 임금에게 직접 드러내게 된다. 정 길동을 분간할 수 없을 때에 홍 판서가 '임군을 속

---

26) 조선시대의 부자간의 의리를 끊었다면 반란에 대한 책임도 가족이란 관계로 책임지지 않았다고 한다. <홍길동전>은 길동이 떠날 때 호부호형을 인정한 점이 차이가 있지만, 서얼에 대한 일상적인 책임 추궁에 문제점이 있다고 하겠다.

이는 짓'이라 하자, 모든 길동이 한 묶음의 지푸라기로 변한다. 이런 행위는 충과 효라는 도덕적 윤리 관념의 한계[27]라기보다 길동의 신이한 재주를 드러내기 위한 것이다. 아버지의 면책과 동시에 자신의 능력을 과시하는 방법을 택하였다. 길동은 능력을 과시하는 데 8명의 길동이 필요하지 않았다.[28] 그리하여 길동은 8명의 실체를 보여주어 신이한 도술 능력을 조선사회에 드러냈다. 이를 자아존재의 가치실현을 이루는 실증적 방법으로 여겼다.

길동은 가정에서 혈연적 윤리 관념에 대한 갈등에서 절제하고 피하지만, 직접적인 인과적 관계가 없는 사회적 갈등에서 치열한 대립 양상을 보여준다. 그러면서도 왕은 아버지와 같이, 사회 집단의 대표가 아니라 대립의 해결자 또는 자신의 능력을 인정하는 자로 인식하고 있다. 이와 같이 왕을 아버지와 동일시하던 유교의 윤리관을 수용한 길동은 개혁적인 영웅으로서 한계를 보여준다.

3) 가치실현의 진위

길동은 어릴 때부터의 꿈인 "무장으로 이름을 날리겠다"는 목적의 달성인 병조판서의 제수를 요구한다. 길동의 병조판서 요구는 입신양명만 아니라 천대받던 서얼에서 벗어나 인간존재의 가치실현을 하고자 는 욕구의 표출이다. 길동의 요구는 길동이 서얼이고, 사회를 어지럽힌

---

27) 효와 충과 관련된 길동의 행동은 그 전후에 보여준 신이한 행동과 이해할 수 없다. 그런 행동은 유교적 사회의 한계 현상으로 보인다. 그런데 이런 한계의 설정은 역동적 개혁만을 고려한 사고라 하겠다. 점진적 개혁을 고려한다면 길동이 요구한 사회는 유교적 교리가 완벽하게 실현된 사회를 추구하고 있다고 하겠다.
28) 이는 길동이 조선사회의 개조하거나 존재가치의 실현하는데 한계를 느끼고, 이 방법을 택한 것으로 여겨진다.

존재라 거절당하고 만다. 이는 처음에 홍 판서가 길동의 호부호형을 요구를 거절하였던 것과 같은 차원이다. 길동은 거절당하자 조선사회에서 서얼로 인간존재의 가치실현에 한계를 느낀다. 길동이 존재의 가치실현이 얼마나 절실한가를 보여준 것이 존재를 인정해 주면 잡히겠다는 데도 집권층은 사회적 통념을 벗어던지지 못하여 거절한다. 무능한 관리들은 길동의 절실한 요구를 인식하지도 해결할 능력도 없이, 인형에게 형제의 의리로 잡을 것만을 재촉하는 미력함을 보여주고 만다.

길동은 조정의 압력을 받고 있는 인형을 찾아간 것은 복합적인 의미를 보여준다. 첫째는 홍 판서 가문의 호부호형의 의리를 보여주고, 둘째는 자신을 잡아도 탈출할 수 있는 훌륭한 인물임을 보여주며, 셋째는 인형에 대한 배려로 보인다. 홍 판서 가문에서 길동에게 인정한 호부호형은 완전한 것이 아니지만 이복형제에도 통한다. 인형과 길동이 만나 대화할 때, '우리 아오, 소제, 동기, 부형'29)에서 형제의 신분임을 나타낸다. 한편 길동이 인형에게 자수하여 서울로 압송되는 것은 길동을 잡아들이라는 어명을 받은 인형에게 명분을 제공해 주는 배려인 동시에, 어떤 위협에서도 벗어날 수 있는 자신의 신이한 능력을 증명하는 모험의 단계이다. 길동은 서울에 가까울수록 능력의 발휘 효과가 클 것으로 여겼다. 그래서 길동은 결박되어 경성에 압송되는 동안에 무표정하다가 궐문에 이르러 자신의 탁월한 능력을 보여준다. 길동의 능력은 가상적이고 변신술이 아니라 태몽처럼 신이성의 실현이 진실임을 보여준 것이다. 이런 능력에도 길동이 서얼이기 때문에 존재가치가 부정하는 그릇된 행위를 들어낸 것이다.

집권층은 길동을 잡을 수 없자, 기만적으로 병조판서를 제수하여 죽

---

29) 〈홍길동전〉 8하~9하.

이려고 한다. 병조판서의 제수는 길동이 목적한 인간존재의 가치실현이라 하겠다. 길동에게 인간존재의 가치를 인정하였다면 그의 능력은 병조판서로 대우하는 것이 당연하다. 그런데 집권층은 내면적으로 서얼인 길동의 인간적 가치를 인정할 수 없었다. 그래서 이들은 길동에게 병조판서를 거짓으로 제수하고 주살할 계획을 세운지만, 길동은 이들의 위선을 폭로하면서 스스로 존재가치를 획득하게 된다. 길동이 존재가치를 획득하는 데는 유리왕 신화와 같은 하늘을 나는 방법을 사용하였다. 이는 길동이 신화적 인물의 능력과 맞서는 신통력이 있음을 보여준다.

한편 임금의 모습은 호부호형을 인정하는 아버지와 비슷하다. 임금은 길동에게 집권층의 위선으로 병조판서를 제수하였지만, 대면하고 그에게 제수한 것을 후회하지 않았고 길동을 잡는 일도 그만두게 하였다. 여기에서 아버지는 호부호형의 인정을 자발적으로 하였는데, 임금은 집권층의 위선으로 타성적으로 병조판서 제수를 하였다. 그리고 임금의 마음은 길동을 만날 때까지 거짓이었지만 만난 후 진실로 바뀌었다. 그런데 왕의 인정도 아버지가 인정했던 것처럼 통용되기 위해 또 다른 차원의 인정이 필요하다. 아버지의 호부호형의 인정은 사회적 관습에 의해 부정되고, 왕의 병조판서의 제수는 고질화된 국가조직 체계에 의해 부정되고 있다. 따라서 길동은 인간존재의 가치를 신분이 아닌 능력에 따라 결정되는 이상적 사회가 조선에서 불가능함을 인식하게 된다.

길동은 조선이란 소속집단에서 이탈하여 새로운 차원의 공간으로 이동하여 이상사회를 건설할 결심을 한다. 길동은 서얼이란 신분 때문에 조직사회의 이탈을 반복해 온 것이다. 현재의 공간에서 우두머리가 인정한 것은 상위사회와의 투쟁으로 완전한 것으로 만들어야 한다. 이런 점에서 길동은 아버지나 왕의 권위에 도전하는 신화적 영웅이라기보다 능력으로 인간존재의 가치실현을 획득하려는 존재이다. 따라서 길동은 능력을 인정해 줄 사람이 필요한데, 그 사람이 아버지와 왕이 된다. 길동이 왕이나 아버지에게 나약한 존재로 머무는 것은 길동이 봉건적 윤리관에 얽매인 존재라기보다 그들에게 인간존재의 가치를 인정받을 수 있기 때문이다. 길동은 자신의 욕구를 충족 받는 대가로 아버지와 왕에게 효와 충을 다한다. 그리고 호부호형을 불완전하게 인정받고 집을 떠났듯이, 병조판서를 제수 받았지만 조선을 떠나게 된다.

5. 가치실현의 완성과 율도국(비현실세계)

비현실적 세계 부분은 길동이 조선국을 떠나 제도에서 요괴 율동을 퇴치하고, 율도국을 점령하여 율도국왕이 되어 행복하게 살았다는 <홍길동전>의 대단원에 해당한다. 길동은 조선사회에서 자신의 꿈이나 인간존재의 가치실현을 완벽하게 이룰 수 없었다. 심지어 길동은 병조판서를 제수하면 조선을 떠나겠다는 데도 거절될 정도로, 조선사회는 신분적 윤리 관념에 사로잡혀 개선할 여지가 없다. 그래서 길동은 조선을 떠나게 된다.[30]

비현실적 세계에서 길동이 자아존재의 가치실현 과정과 의미를 자세하게 살펴보자.

---

30) 조동일, 앞의 책, p.259; 황패강, 앞의 논문, p.26. 새로운 가능성을 발견하게 되고, 새로운 인물로 전환될 수 있는 계기가 되었다.

1) 통치 기반의 확보

길동은 조선을 떠나 이상향을 찾아간다. 제도나 율도국은 우리 민족이 가진 남방 이상향이라 하겠다. 해중의 율도국을 이상국가 건설의 최고 적지로, 제도를 이상국가 건설을 위한 준비 장소로 선정하였다. 제도란 섬은 사회 공간에서 적당들의 기거하던 적굴과 같이 국가 공간에서의 역할을 한다. 제도는 길동에게 힘을 길러 새로운 공간에 등장하도록 하는 입사 모티프인 지하도적퇴치담을 도입하여 요괴 율동을 퇴치하는 공간이다. <홍길동전>은 길동에게 민담적 세계인 지하도적퇴치담을 끌어들여 국가공간의 우두머리의 자격을 획득하게 만든다. 이 민담적 세계의 도입은 길동에게 입사 모티프의 역할뿐 아니라 국가건설에 필수요건인 경제력과 인적 자원을 확보하게 하였다. 그리고 새로운 차원의 공간에 필요한 길동의 지혜, 재치, 용기를 드러내게 한다.

길동은 조선을 떠나 이상국가 후보지를 물색한다. 길동은 박지원(朴趾源)의 <허생전(許生傳)>에 나오는 것과 같이 이상국가 건설 후보지로 남방의 사문(沙門)과 장기(長岐) 사이의 율도국으로 설정하였다. 그리고 이에 앞서 길동은 제도를 임시방편의 힘의 비축 장소를 설정하였다. 왜냐하면 길동은 모여든 군도들이 편안하게 살 수 있고, 또한 신분과 적서가 아닌 능력에 따라 직위가 보장되는 이상세계를 건설할 힘의 비축할 장소가 필요하였다.

> 신이 션하롤 밧드러 만셰롤 뫼울가 ᄒ오나 쳔비쇼싱이라 문으로 옥당의 막히옵고 무로 션쳔의 막혈지라 이러므로 ᄉ방외오윽 ᄒ와 관부와 작폐ᄒ고 됴졍의 득직ᄒ오믄 젼혀 ᄋ르시게 ᄒ오미러니 신의 쇼원을 푸러쥬옵시니 젼ᄒ을 하직ᄒ고 됴션을 ᄯ러나가오니31)

위는 길동이 조선국왕을 찾아와 도움을 청할 때 작폐한 이유를 말하고 있다. 길동이 작폐한 이유는 능력이 있으나 서얼이기 때문에 입신양명을 못하고, 심지어 인간으로써 존재가치를 인정받지 못하는 사회의 병폐를 임금에게 알리기 위한 것이라 한다. 길동은 작폐한 결과 병조판서를 제수 받아 인간의 존재가치를 인정받았지만, 앞에서 언급하였듯이 집권층의 기만과 위선에 의한 일시적이고 불완전한 것이었다. 길동은 근본적인 이상세계, 신분(서얼) 때문에 인간으로써 존재가치를 상실하지 않는 국가사회를 만들기 위해 조선을 떠난 것이다. 그런데 국가건설에는 힘의 비축이 필요하다. 길동이 군도들을 데리고 제도에서 농사를 지으면서 군법을 시행하고 병정을 양성하였던 것은 경제력과 군사력을 기르는 역할이었다.

지하도적퇴치담의 요괴 율동을 퇴치한 것은 길동이 새로운 공간으로 입사 의식을 보여주고 있다. 지하도적퇴치담은 길동이 새로운 세계인 국가 조직체의 우두머리로서 재질을 시험하는 입사적 모티프의 성격을 가진다. 국가의 두목(왕)은 신화적 건국영웅처럼 신이한 세계를 경험을 통해 탁월한 능력을 지녀야 한다. 길동은 동굴을 통해 지하세계로 들어가 요괴를 퇴치하였다는 것은, 고주몽의 물 건너기, 수로왕과 허황옥의 쟁투, 수로왕과 탈해왕의 쟁투와 같은 맥락이다.

길동이 율동을 퇴치함으로 두 여자를 동시에 만나서 결혼하게 된다. 두 여자와의 결혼은 남자 우위의 축첩제도로 복귀가 아니라 건국의 토대를 마련하기 위한 계기이다. 길동은 결혼을 통해 경제력의 획득과 인적 자원의 확보를 이루어 이상국가 건설을 앞당기게 되었다.[32] 그리고

---

31) <홍길동전> 10하~11상.
32) <홍길동전>에서 백룡은 딸을 찾아오는 사람에게 가산을 반분한다고 하였다. 길동은 백룡의 딸을 찾아주어 경제력을 획득하게 된다. 그리고 둘째 부인의 아버지가

두 여자와의 결혼은 서얼 철폐를 망각한 것[33]이라 하나 꼭 그렇지만 않다. 오히려 두 처에서 난 자식을 능력에 따라 존재의 가치를 인정하였다면, 두 여자와 결혼을 통해 서얼 철폐를 역설적으로 설명한 것이라 하겠다.[34] 다시 말해 <홍길동전>의 이상국가는 조선의 통치 지역에서 벗어난 장소이기 때문에, 두 여자와의 결혼이 서얼차별을 망각한 것이란 주장은 잘못된 것이라 하겠다.

2) 통치이념의 설정(효)

길동은 새로운 우두머리란 지위를 확보한 뒤에 국가 공간의 통치이념이 필요하였다. 작품 속에서 길동은 율동을 퇴치한 이후, 이상국가 건설에 필요한 경제력과 인적 자원을 확보하였지만 치국이념을 가지지 못하였다. 유교적인 사유체계를 가진 길동은 치국이념의 근간으로 효와 충으로 설정하였다.

길동에게 치국이념을 확보해 주는 것이 홍 판서의 장례이다. 길동은 천리안적인 예감을 가진 능력자로 부모의 장례를 지내기 위하여 대지를 잡고 묘를 국릉에 준하여 만들었다는 점에서 장래의 국가건설의 꿈을 드러낸다. 이처럼 부모의 장례는 길동의 야심이 국왕이 되는 것과 이상국가의 건설에서 효를 사회 윤리 체계로 중시하겠다는 의도를 보

율도국을 침략할 때 공을 세웠다는 점에서 인적 자원의 획득을 의미할 수 있다.

33) 김동욱, 「홍길동전의 비교문학적 검토」, 『허균의 문학과 혁신사상』, 새문사, 1981, pp.1~98.

34) 서얼차대법은 조선 초기에 생겼다. 방원이 1차 왕자의 난을 처리한 후에 방범편을 들었던 정도전이나 조준 등이 서얼인 점에서 만들어진 것이다. 때문에 고려 이전에는 서얼차대 문제가 제기되지 않았다. 그리고 중국에서 처첩의 소생에 대한 차별대우를 하지 않았다고 한다.

여준다. 이때의 효는 세속적이고 봉건적 유교적인 윤리관에 나타나는 표면적이고 도식적인 것이 아니라 마음에서 우러나온 진정한 것이다. 지도자가 진정한 효를 실천하여 무리들이 따르게 한다. 길동이 추구한 이상세계는 서얼차대가 없이 자식이 부모를 공경하는 국가이다.

홍 판서의 장례는 가정 내의 적서차별을 완전하게 해결한다. 성장기의 호부호형은 홍 판서 개인의 인정인데, 유언으로 가정 전체에서 완전하게 통용하게 되었다. 이는 부자간의 의리뿐만 아니라, 치국이념의 표출로 보아야 한다. 건설된 이상국가는 효로 다스려지는 곳임을 보여준다. 길동은 부모의 장례의식을 행함으로써 가문에서 첫 번째 단계의 자아실현인 호부호형을 정식으로 인정받았음을 확실하게 만든다.

효와 충, 결혼이 <홍길동전>의 주제의 일관성을 상실하고, 사회개혁소설, 혁명소설[35]로서의 한계를 가진다고 한다.[36] 이것은 <홍길동전>을 사회개혁 소설로 과대평가 하였거나 주제를 잘못 해석한 결과라 하겠다. <홍길동전>의 주제는 인간의 존재가치를 인정받지 못한 서얼로서 능력에 따라 자아(인간)의 가치구현을 이룰 수 있는 사회를 건설하는데 있다. 때문에 작품에 효나 충, 그리고 결혼의 문제가 작품 주제의 일관성을 결핍하게 만든 요소로 보면 잘못이다.

3) 가치실현의 완성

길동은 치국이념을 효와 충으로 설정한 뒤에 율도국을 점령한다. 율도국 점령은 소설 문맥상 길동의 가치실현의 완성을 위해 설정되었다.

---

35) 조윤제,『국문학사』, 동국문화사, 1949, p.249; 이주형,「주인공의 변신을 중심으로 본 홍길동전」,『한국학보』제17집, 일지사, 1979, pp.88~106.
36) 이재수,「교산소설」,『한국소설연구』, 선명문화사, 1969, pp.143~161.

길동은 율도국을 점령하여 태평성세를 누리게 되자, 조선 국왕에게 표문을 올린다. 이는 서얼인 길동이 조선사회에서 병조판서를 제수 받은 것을 사실화시키고, 자아의 가치구현이 완성되었음을 보여주고 있다. 이처럼 <홍길동전>의 대단원은 현실적으로 불가능한 세계를 비현실적인 상상력의 민담적 세계를 도입하여 가치구현을 이루고 있다. 따라서 길동은 가정이나 조선에서 임시적이고, 불완전한 인정을 비현실적인 율도국에서 사실적, 가시적, 완전한 것임을 확인받게 된다.

율도국을 점령하여 국가를 건설한 것은 신화적 영웅담에서 일상적인 것이다. 고주몽이 부여를 떠나 고구려를 건설하였고, 온조와 비류는 고구려를 떠나 백제를 건설하였던 점과 유사하다. 길동이 율도국을 점령하는 데는 명분이 명확하지 못하다. 다만 길동이 율도국의 점령한 뒤에 "치국 삼년의 산무도젹ᄒ고 불습유ᄒ니 가의 티평세계"37)란 점에서 율도국왕의 무능에서 비롯된 것 같다. 율도국은 도적이 나타나고 도불습유하였다 하는데, 앞부분에서 "소위 률도국이라 사변을 살펴보니 산쳔이 쳥수ᄒ고 인물이 번셩ᄒ여 가히 안신홀 곳"38)이나 "남즁의 율도국이란 나라이 잇스니 옥냐 슈쳔니외 진짓 쳔(철?)부자국이라"39)와 상치된다. 율도국은 부자국이라 백성도 태평하고 평안하며, 국가의 조직체계도 인물이 번성하였으니 잘 정비되었을 것이다. 길동은 이런 율도국을 정벌하고자 "미양 유의ᄒ든 비라"40) 하였다. 길동의 율도국 점령은 율도국의 치국을 통해 길동의 존재의 가치실현의 성취를 평가하려는 상투적인 의도로 보인다.

---

37) <홍길동전> 12하.
38) <홍길동전> 10하.
39) <홍길동전> 12상.
40) <홍길동전> 12상.

길동은 율도국왕이 된 뒤에 조선국왕에게 충성을 맹서하는 표문을 올린다. 이것은 신화적 영웅담의 측면에서 보면 길동이 영웅으로서 한계라고 하겠지만, 적서차별을 극복하여 자아존재의 가치실현 과정으로 이해한다면 당연한 과정이다. 길동이 조선국왕에게 표문을 올린 것은 국릉을 만들어 아버지의 장례를 지내는 것과 같은 기능의 의미를 가진다. 길동은 조선국왕에게 표문을 올려, 조선에서 길동이 실현한 존재가 치인 병조판서 제수가 실제적인 것임을 확인하는 과정이라 하겠다.

길동이 조선을 떠나는 것은 거부하는 기존의 질서 체계를 극복하는 데 자신의 한계 때문이다. 길동의 조선국의 떠남은 고주몽의 떠남보다 인간적 관계 때문에 떠나는 온조와 비류의 떠남에 가깝다. 하늘을 자유자재로 날아다닐 수 있는 능력을 볼 때, 길동은 조선국왕을 물리치고 남을 것이다. 그런데 길동이 조선국왕에 대항하지 않고 떠남은 조선의 지배 체재와 질서 윤리를 재건하기에 너무도 고질화되어 있고, 자신의 인과적 관계를 저버릴 수 없기 때문이다. 따라서 길동은 이상국가를 건설할 곳으로 인과적 관계가 없는 율도국을 설정하고 점령하여 왕이 되었다. 이것은 가정 내에서 부형에 절대 복종하면서 가정 내의 다른 사람과 대등하게 대립하고 사회에서 왕에게 절대적 복종하면서 집권세력을 농락하였던 점과 같이, 국가사회의 우두머리 자격을 획득함으로 길동은 다른 국왕에 동동하게 대항하거나 처벌할 수 있는 힘을 확장하게 된 것이다.

길동은 율도국왕으로 태평성세를 이루고 영화롭게 죽었다고 한다. 여기에서 길동이 자식들의 봉군하는 과정을 중시할 필요가 있다. 길동의 제 1, 2부인에게 난 자식 중에 장자를 태자로 삼고 그 밖의 자식들을 봉군하였다고 한다. 길동이 거느린 두 부인 사이에 난 자식들을 차별하지 않고 똑같이 봉군했다는 점을 간과해서 안 된다. 이는 서얼의 철폐를 의미한다. 다만 서얼의 철폐만을 중시하여 다처주의 경향을 나타내고 있는[41] 것이 문제이다. 다시 말해 다처주의 상황에서 발생하는 처첩간의 갈등으로 부각되는 서얼 문제를 언급하지 않은 것이 <홍길동전>의 한계라 하겠다. 반면에 여러 명의 처첩을 두고도 그들이 난 자식들을 차별을 하지 않았다면 서얼의 철폐를 강력하게 주장한 것이라 하겠다.

6. 소결

이상 <홍길동전>의 서사구조의 의미를 살펴보았다. <홍길동전>은 구성의 일관성뿐만 아니라, 자아존재의 가치실현이란 주제의 일관성을 지니고 있음을 살펴볼 수 있었다.

구성의 첫 단계인 그의 탄생은 신이한 태몽에 의한 탄생인데도 불구하고, 그 실현 방법에서 홍 판서의 조급성으로 인하여 결핍요소를 지닌다. 따라서 꿈에 암시한 탁월한 능력을 지닌 길동은 서얼이란 절름발이 양반으로, 존재의 가치실현을 위해 가정적 사회적 갈등을 첨예화시켜 사건의 진행을 통해 작품 구성이 이루어진다. 즉 탄생담은 탁월한 능력의 길동과 결핍요소를 지닌 길동으로 복선화시켜 놓았다.

길동의 성장담은 특이한 기아 모티프의 양상을 띠고 있다. 길동에게 주어진 기아 모티프는, 첫째로 홍 판서에 의해 산정으로 보내지고, 둘

---

41) 완판본에서는 3부인으로 되어 있는데, 백용의 딸은 정부인이고 나머지 정경 양인을 첩으로 설정하여 서얼의 문제를 망각하고, 흥미 본위로 바뀌었다고 할 수 있다.(황패강·정진영 교주, 『홍길동전』, p.20.)

째로 자객 특재와 무녀를 죽이고 가출하는 것이다. 전자의 기아 모티프는 상황이 좌절한 영웅담에 가깝지만, 추방의 주체가 아버지란 점과 성공적인 주인공이란 신화적 영웅담의 요소를 지닌다. 그리고 후자의 기아 모티프는 길동이 인간으로 자아를 인식하고, 그 가치를 실현하도록 도전하는 인물로 성장시켜 주는 역할을 하게 된다. 그리고 불완전하지만 가정 안에서 호부호형을 인정받게 된다.

활동담은 길동이 자아존재의 가치실현을 위해 노력하는 시기이다. 길동은 활빈당을 조직하여 자아존재의 가치실현을 위해 태몽처럼 탁월한 능력을 드러낸다. 길동은 가정에서 획득한 호부호형이 사회 공간에서 불완전한 것이기에 자아의 가치실현을 획득하기 위해서 투쟁한다. 해인사와 함경감영의 습격은 사회 공간의 우두머리(두목)의 확고한 지위를 설정하게 하는 입사 모티프의 성격을 지닌다. 그 밖의 사건들은 길동이 존재의 가치실현을 위해 노력하는 단계인데, 탁월한 능력으로 지배계층을 조롱한다. 길동은 가정에서 획득한 호부호형을 사회적으로 좀 더 인정을 받게 되고, 결국에는 불완전하게나마 병조판서를 제수 받아 사회공간에서 가치실현을 이루지만, 한계를 인식하고 조선을 떠나게 된다.

최후담은 비현실적인 민담 세계인 율도국을 끌어 들여 가치실현을 완성하는 단계이다. 길동은 제도에서 통치기반인 경제력과 인적 자원을 확보하고, 그리고 효를 근간으로 한 유교적 통치이념을 설정하게 된다. 효는 바로 길동인 가정에서 불완전하게 획득한 호부호형을 완전한 것으로 만들어 주고, 충으로 이어지게 된다. 바로 율도국왕이 된 길동이 조선국왕에게 충성의 표문을 올린 것은 그가 조선에서 이룬 병조판서란 사회적 가치실현을 완전하게 만드는 결과를 가져오게 된다.

이처럼 <홍길동전>은 적서차별에 인하여 일어나는 인간존재의 가치

실현을 부정하는 저해요소를 극복하려는 노력의 과정으로 이루어져 있
다. 길동이 자아존재의 가치실현을 조선국을 떠나서 완성하였다는 점
에서 그의 영웅적 성격과 한계를 고려해야겠지만, 이 작품의 구성과 주
제는 처음부터 끝까지 자아존재의 가치실현을 위해서 노력하는 일관성
을 보여주고 있다.

주인공의 영웅적 성격
−신화적 영웅과 비극적 영웅의 중간적 특성을 중심으로

1. 서론

이 글은 <홍길동전>에 나타난 길동의 영웅적 성격을 규명하기 위한 연구이다. <홍길동전>의 서사구조에 나타난 길동의 영웅적 성격을 규명하는 작업은 단순하지가 않다. 기존의 연구에서 <홍길동전>에 나타난 길동의 영웅적 성격은 신화적 영웅의 기본구조를 담은 인물이라는 데 거의 이견이 없었다. 그러다가 최근에 실패한 영웅담의 구조를 보이고 있다는 이견이 제기되기도 하였다. 이런 상반된 주장들은 <홍길동전>의 마지막 부분인 율도국 대목에 대한 구조적 문제점을 다르게 인식한 데서 비롯된다고 하겠다.

지금까지의 <홍길동전>에 나타난 길동의 영웅적 성격을 규명하는 작업은 크게 두 가지로 나눌 수 있다.

하나는 <홍길동전>이 신화적 영웅담의 영향을 받아서 성공한 서사구조를 이루고 있는 영웅소설이라는 관점이다.1) 이런 주장은 <홍길동

전>의 서사구조가 신화적 주인공의 이야기 구조와 유사하다는 데서 착
안한 것이라 하겠다. 길동은 태몽에서 비롯된 신이한 탄생과 기아 모티
프 현상에 의한 시련, 그리고 그 시련을 자기의 노력으로 극복하고 마
지막에 율도국 국왕이 된다는 점에서 신화적 성격을 지닌 영웅담으로
보는 관점이다.

그런데 <홍길동전>은 태몽의 실현 과정이 정상적이지 못한 점, 특수
한 성격을 지닌 기아 모티프란 점, 시련 극복 과정에서의 성취가 기만
적이란 점, 그리고 마지막에 가상공간인 율도국 국왕이 되었다는 점에
서 보면 재검토되어야 할 것이다.

다른 하나는 <홍길동전>이 민중들 사이에 전래되어 오던 임꺽정·
길동·이몽학·순석·막동 등 초적이나 의적 전설에서 유래[2]된 민중적
소설이라는 관점이다.[3] 이런 주장은 <홍길동전>의 서사구조가 민중들
사이에 널리 전파되어 구전된 전설의 구조와 유사하다는 점이다. 또한
<홍길동전>는 서사구조에서 보이고 있는 호부호형의 인정이나 병조판
서의 제수가 허위이고 기만적인 술책이란 점에서 구성이나 내용이 전
설적·민중적 성격을 지닌 비극적 영웅담으로 보았다. 이런 관점에 대
해 홍길동의 끝이 비극적이지 않다는 점, 호부호형이나 병조판서 제수

---

1) 김열규, 『한국민속과 문학연구』, 일조각, 1971, pp.95~96; 조동일, 『한국소설의 이론』,
   지식산업사, 1981, pp.288~315; 조동일, 「영웅의 일생, 그 문학사적 전개」, 『동아문
   화』10집, 서울대 동아문화연구소, 1971. 이후에 대부분의 연구들은 암묵적으로 이
   주장에 동의하면서 논의를 전개되어 왔다고 하겠다.
2) 김동욱, 「홍길동전의 비교문학적 고찰」, 『한국고전소설연구』, 새문사, 1983, pp.268~
   271; 이능우, 「홍길동전과 허균의 관계」, 『국어국문학』42·43합집, 국어국문학회,
   1969.2, pp.5~10; 임형택, 「홍길동전의 신 고찰」, 『한국고전소설연구』, 이우출판사,
   1983, pp.320~337.
3) 김재용, 「갈등중재이론으로 본 <홍길동전>의 구조와 의미」, 『한국언어문학』21집, 한
   국언어문학회, 1983, pp.26~46; 황패강·정진영, 『홍길동전』, 시인사, 1984, pp.6~27.

가 율도국 왕이 된 이후에 확인된다는 점, 기아 모티프의 특이성 등에 대한 검토가 보완되어야 할 것이다.

<홍길동전>의 서사구조에 나타난 길동의 영웅적 성격이 이와 같은 이분법적인 분류로는 설명되지 않는다. <홍길동전>에 나타난 길동의 영웅적 성격을 두 가지 관점으로 보고 있는 것은 서사구조에 결합된 구성 요소들이 양면성을 띠고 있기 때문이라 하겠다. <홍길동전>은 전설적 인물담의 제재를 차용하였다는 점에서 평민적이고 비극적 영웅담의 성격을 보여 주고 있지만, 그런 제재를 허균[4]이 지닌 양반적 사고체계를 가지고 소설로 재구하는 과정에서 신화적 영웅담의 성격을 보여 주게 되었을 가능성이 많다.[5]

필자도 <홍길동전>에 대해 서사구조의 특징과 양상, 그리고 구조적 의미에 대해 살펴본 바가 있다.[6] <홍길동전> 서사구조의 특징을 보면, 작가가 작품의 구조를 이루는데 최상의 길을 선택한다는 관점에서 구

---

4) <홍길동전>의 작자 문제에 대해 논란이 많으나 이 글에서는 작자가 허균이라는 이 문규교수의 주장에 따르고자 한다.(「허균의 산문문학연구」, 서울대 박사학위논문, 1986, pp.100~110.). 그러나 작자가 꼭 허균이 아니라 해도 양반적 사고체계를 가진 계층에서 기술되었다고 본다.

5) <홍길동전>은 군담소설과 차이가 있다. 그 차이는 작가의 세계관과 소재의 구성방 식에 따른 차이라고 하겠다. 군담소설과 다르다는 점에서 <홍길동전>의 구조에는 그 나름대로의 소재의 수용방식과 작가의 세계관이 투영되었다고 보겠다. 따라서 작품의 구조적 분석을 통해 길동의 영웅적 성격을 파악하도록 할 것이다. 한편 이 <홍길동전>이 전설적 소재를 차용할 가용성은 앞의 주2의 연구들에서도 찾을 수 있고, 또 <아기장수 설화>의 수용 가능성을 보여주는 임철호 교수의 연구가 있다. (「아기장수설화의 전승과 <홍길동전>」, 『구비문학』4집, 한국구비문학회, 1997. 6.) 민 중적 소재가 작품에 수용된 과정이나 그 굴절 양상을 파악하는 것도 상당한 분량을 해당함으로 고를 달리해야 할 것이다.

6) 강현모a, 「홍길동전의 서서구조의 특징과 양상」, 『한민족문화 연구』창간호, 한민족 문화학회, 1996.12; 강현모b, 「홍길동의 구조적 의미」, 『한민족문화 연구』3, 한민족 문화학회, 1998.8.

성을 순차적인 단락소 배열을 통해 기본 요소들의 변화 양상과 의미를 검토하여 보았다. 그 결과 작품은 도입부-탄생담-성장담, 활동담, 최후담-결과부 등의 구성을 통해 성장·활동·최후담이 반복과 연쇄 구조를 이루고 있으며, 그것도 단순한 구조가 아닌 확대된 반복·연쇄 구조라는 점이다. <홍길동전>의 구조는 앞 단계의 성공이 뒤 단계에 의해서 불완전한 것이 되기 때문에 새로운 공간인 뒤 단계로 이동하게 된다. 이를 고려한다면 비현실적인 율도국의 설정도 그 나름대로의 의미와 의의를 가지게 된다.[7] 이를 배경으로 검토한 <홍길동전> 구조적 의미에서는 경판 24장본[8]을 이루고 있는 탄생담, 성장담, 활동담, 최후담을 중심으로 각 부분이 담고 있는 의미를 화소의 분석 방법[9]을 동원하여 단락소를 중심으로 분석하였다. 그 분석을 통해 <홍길동전>을 이룬 작품의 의미가 일관성을 유지하면서 확대되는 양상을 파악할 수 있었다. 이때 <홍길동전>의 주제를 서얼 철폐라는 직접적인 용어보다 더 심각한 인간존재의 가치실현을 이루어 가는 과정으로 파악할 수 있다. 각 부분은 각 공간에 유입하기 위한 입사 모티프의 기능이 있고, 각 단계별로 추구하는 의미가 확대된다.[10]

---

7) 이병원은 <홍길동전> 한 문장의 글자 수를 확인하면서, 율도국 건설 이후 부분은 평균 글자 수와 현격한 차이를 보이며, 또한 작품상의 통일성 결여(봉건체재의 재현, 성상에 올리는 표문, 봉건적 성격의 모호)와 내용상의 모순 등을 열거하면서 이 부분이 독자의 흥미에 맞게 후세인의 첨가, 개작한 것이라 한다.(「홍길동전의 문체론적 연구」, 『국어국문학』99호, 국어국문학회, 1988.6, pp.61~64.)

8) <홍길동전>는 한국어문학회편, 『고전소설선』(형설출판사, 1984.)에 있는 경판 24장본 작품을 대상으로 하였다. 이후에서 각주 부분에 <홍길동전>은 위의 책을 가리킨다. 예로 '<홍길동전> 1상'이고 하였을 때, 위의 책 1페이지 상단에 있음을 가리킨다. 이후에 각주 방법을 이와 같은 방법으로 표기하여 사용할 것이다.

9) 최래옥, 『한국구비전설연구』, 일조각, 1982, pp.16~21.

10) 홍길동전에서 반복·확대되는 과정에는 반듯이 동굴모티프가 차용되어 있다. 이는 동굴모티프가 가지고 있는 생생력을 보여주고 있다고 하겠다.(강현모a, 전게논

이런 앞서의 작업은 <홍길동전>에 나타난 길동의 영웅적 성격을 구명하기 위한 선행 작업이었다 하겠다. <홍길동전>에서 길동의 일생은 전체적인 틀에서 영웅적 일생임에 틀림없는 데도 불구하고, 그 과정들을 자세하게 살펴보면 신화적인 영웅들의 일생과는 분명한 차이가 있음을 알 수 있다. 기존의 연구에서 구조와 주제에 대해 통일성과 불통일성을 주장한 것도 <홍길동전>이 가지고 있는 이런 미세한 차이를 어떻게 인식하고 있는가에 따라 다르게 파악하였다고 하겠다.

따라서 이 글에서는 경판 24장본을 대상으로 길동의 영웅적 성격을 규명하기 위하여, 기존의 영웅담에 대해 검토를 한 뒤에 이에 대한 문제점을 제시하면서 필자가 비극적 장수설화에서 제시하였던 탄생, 성장, 활동, 최후의 4단계 서사구조로 나누어 <홍길동전>의 서사구조를 검토하고 길동의 영웅적 성격의 특성을 파악하겠다.

2. 영웅담의 구조론 검토

<홍길동전>이 서사구조의 특징에서 길동의 영웅적 성격이 복합적 성격을 지니고 있을 가능성을 살펴보았다. 즉 신화적 영웅과 비극적 영웅의 복합적인 성격을 가지게 된 이유는 작가가 전설적 소재를 가지고 신화적으로 재구성하는 작품의 이중성을 가지고 있기 때문이다.

우선 영웅담은 영웅의 일대를 작품화한 것이다. 이런 영웅담의 서사구조를 다음과 같은 단계로 나누고 있다. 조동일과 민긍기가 제시한 영웅담의 구조를 제시하면 다음과 같다.

문, pp.18~19 참조.)

① 고귀한 혈통을 지닌 인물이다.
② 비정상적으로 잉태되거나 태어난다.
③ 범인과 다른 탁월한 능력을 타고났다.
④ 어려서 기아가 되어 죽을 고비에 이르렀다.
⑤ 구출·양육자를 만나 죽을 고비에서 벗어났다.
⑥ 자라서 다시 위기에 부딪쳤다.
⑦ 위기를 투쟁으로 극복해서 승리자가 되었다.

〈조동일의 영웅의 일대기〉[11]

① 주인공의 출생
② 주인공의 시련
③ 시련의 극복
④ 국가적인 시련
⑤ 국가적인 시련 극복
⑥ 부귀영화
⑦ 주인공의 사망

〈민긍기의 영웅의 일대기〉[12]

위에서 조동일의 일대기는 신화의 주인공을 중심으로 설정한 것이고, 민긍기의 일대기는 영웅소설을 중심으로 설정한 틀이다.

조동일의 틀에서 ①-③단락은 탄생담, ④⑤단락은 성장담, ⑥⑦단락은 활동담, 그리고 ⑦단락 끝 부분은 최후담이라고 할 수 있다.[13] 이처

---

11) 조동일, 전게서, pp.246. 이 영웅의 일생은 원래 1971년 「영웅의 일생, 그 문학사적 전개」(『동아문화』10집, 서울대 동아문화연구소)에서 처음 제시한 것이다.

12) 민긍기, 「군담소설의 연구」, 연세대 석사학위논문, 1980, pp.9~10.

13) 여기에서 ⑦단락이 중복하여 사용된 것은 분류항목으로 볼 때 활동담에 대해 서술하고 있지만 그 결과 최후에 행복하고 국가를 건설(평정)하여 잘 살았다는 최후담이 있기 때문이다. 그리고 ①단락도 탄생담이라고 하였지만, 사실은 전 장르의 구조에서 볼 때, 인정기술에 관한 부분으로 가계에 대한 것이라 탄생담과는 거리가 있으나 탄생담에 포함시켰다.

럼 조동일의 틀에서는 영웅담 구조의 큰 비중을 탄생 부분에 두고 설정하였다고 하겠다. 그런데 설화나 소설에서 이 탄생담에 대한 내용은 분량 상 그렇게 많은 편이 아니다. 그렇기 때문에 탄생담에 대한 괴도한 편중은 재고되어야 할 것이다.

이에 비하여 민긍기의 틀에서는 영웅소설의 주인공을 중심으로 설정하여 제시한 것이다. 민긍기의 영웅담 구조에서 ①은 탄생담, ②③은 성장담, ④⑤는 활동담, ⑥⑦은 최후담에 속한다. 민긍기의 영웅담 틀은 일대기란 점에서 분량이 많지 않은 최후담에 좀 많은 비중을 두기는 하지만, 대체로 일생의 각 단계에 비슷한 비중을 두고 설정되었다고 보겠다.14)

그런데 조동일이나 민긍기가 설정한 위와 같은 영웅담 서사구조는 신화나 군담(영웅)소설을 대상으로 설정하였기 때문에 민중들에 의해서 영웅시되는 좌절한 인물들을 대상으로 한 민중적(비극적)인 영웅담의 서사구조와 좀 차이가 있다고 하겠다. 비극적 영웅담의 서사구조도 영웅적 인물을 설화화 한다는 점에서 신화적 영웅담의 구조와 비슷하지만, 그 인물이 최후에 좌절하도록 되어 있다는 점이 크게 다르다. 그래서 탁월한 능력을 가지고 있으면서 최후에 패배하도록 하여 성공한 영웅담과 달리 각 단계에 비극적 영웅의 특징을 나타내는 어떤 이유를 제시하고 있다. 반대로 비극적 영웅은 세계와 자아와의 대결에서 자아가 일방적으로 패배하게 되지만,15) 민중들은 그 패배를 인정하지 않고 영

---

14) 임성래는 조동일의 틀과 민긍기를 틀을 비교 분석하였다. 그는 말하지 않았지만 영웅소설을 전제하여 분석할 때에는 신화에서 추출한 조동일 틀보다는 소설을 배경으로 추출한 민긍기의 틀이 명확하게 분석한 것으로 여겼던 것 같다. 그래서 그는 영웅소설의 기본 구조 단락을 주인공의 탄생, 고난, 수학, 입공, 부귀영화의 단계로 나누어 설정하였다.(『영웅소설의 유형연구』, 태학사, 1990, pp.30~32.)

15) 조동일, 앞의 책, pp.112~118.

웅으로 우상화를 하게 된다. 민중들은 패배한 인물을 영웅적으로 서사
화하려는 시도를 하면서도 그가 패배할 수밖에 없게 된 이유를 서사구
조의 어느 단락에 내포시켜 그 한계를 보여준다.16) 다시 말해 좌절한
비극적(전설적) 영웅담은 전설적인 인물에 결구가 되면서, 그가 좌절할
수밖에 없는 상황을 제시하고 있다. 이런 전설적인 영웅담을 비극적 영
웅담이라고 하였다.17)

이런 비극적 영웅담은 그 나름대로의 구조를 가지고 있다. 비극적 영
웅담 구조를 간략하게 살펴보면, 탄생담은 신이성을 보이고 있다. 그렇
지만 그 신이성이 잠재되어 있어 그 신이성을 드러내지 못 한다. 그래
서 영웅은 탄생하여 성장담에서 일상인처럼 자라다가 어느 순간에 신
이한 능력을 보여주지만 완전한 것이 아니기 때문에 버림을 받는다. 그
런데 성장담의 기아 모티프에서 기아를 시키는 대상이 일반적으로 부
모가 아니라 스승으로 나타난다. 여기에서 부모는 그가 신이성을 보여
주는 것을 자부심으로 여기지만, 스승들은 그의 성격적 결함을 인식하
고 그를 버리게 된다. 따라서 성장기에 선생에게 배워야 할 지혜적 측
면은 성장이 정지하고 무사적 측면만 성장하는 기형적 성장을 이루게
된다. 따라서 주인공은 활동담에서 선생에게 배워야 할 지혜적 측면의
결핍으로 인하여 탁월한 능력을 보여주고 있는 무사적 측면의 행동들
이 부정적으로 인식되게 되면서, 최후담에서 패배하도록 만든다.18)

이처럼 비극적인 영웅담은 신화적 영웅담과는 달리 각 단계에서 비

---

16) 강현모, 「이몽학 설화 연구」, 『한국학논집』13집, 한양대 한국학연구소, 1988.2. 이
  곳에서는 실패한 영웅담이라고 하였다. 뒤에 박사학위논문에서는 이를 좌절한 영
  웅 또는 비극적인 영웅이라고 하였다. 그리고 자아실현을 위해 투쟁을 보여주지
  못한 <아기장수 전설>은 이에 포함시키지 않았다.
17) 강현모, 「비극적 장수설화의 연구」, 한양대 박사학위논문, 1994.6, p.2.
18) 강현모, 「이몽학 설화 연구」, p.87.

극적 주인공이 될 수밖에 없는 요소를 복선화시켜 전승시키고 있다. 이런 점을 주목하면서 <홍길동전>에서는 길동을 영웅화하는데 어떤 양상을 띠고 있는지 살펴보기로 하겠다.

3. 작품의 영웅담 구조와 특성

기존의 연구에서는 홍길동의 영웅적 성격을 성공한 영웅의 일생에 적합한 서사구조를 지닌 작품으로 보는데 이의를 제기하지 않았다. 그런데 <홍길동전>이 정말로 성공한 신화적 영웅담으로서 완벽한 서사구조를 지니고 있는지 살펴보고자 하는 것이다. 이에 따라서 조동일이나 민긍기 등 기존의 성공한 영웅담의 구조에 따라 <홍길동전>의 서사구조를 살펴서 홍길동의 영웅적 성격을 규명할 것이 아니라, 영웅의 일생을 탄생, 성장, 활동, 최후 등 4단계의 비극적 영웅담의 서사구조로 분석하며, 그의 영웅적 대응 방식을 살펴보는 것이 목적이라 하겠다.

서사구조 영웅의 속성	탄 생 담 (신이한 출생)	성 장 담 (신이성 발견)	활 동 담	최 후 담	영웅의 성격
무사적 측면	일상적이고 잠재됨	성장	강한 긍정	부정 (또다른 금기의 파괴)	좌절한 영웅(지혜 부족)
지혜적 측면		불 성 장 (금기요소 파괴)	강한 부정		

위와 같은 일생의 과정을 통해 탁월한 영웅성에 비하여 최후에 쉽게 패배하는 것은 이미 성장과정에서 예견되어 있다.

1) 탄생담

우선 홍길동의 탄생 과정을 보면, 홍 판서의 자식으로 고귀한 혈통임을 알 수 있다. 더욱이 길동은 청룡의 태몽을 얻고 난 아들로 신화적 영웅담의 성격과 부합되고 있다.[19)]

그런데 길동이 탄생한 시기는 서얼차대가 극심한 조선사회란 점을 주시해야 한다. 조선사회에서 서얼은 인간답게 살아갈 자아실현의 기회가 주어지지 않았다. 그런 상황에서 홍 판서는 청룡 태몽을 얻었다고 하여 낮으로 추정되는 시간에 도덕적인 관념에 철저한 정부인을 찾아간 것이나, 정부인 유씨에게 거절당하고 태몽의 실현하기 급급하여 시비 춘섬과 대낮에 결합하는 조급함을 보여주고 있다.[20)]

일반적으로 성공한 영웅담인 군담소설에서는 늦도록 자식이 없어 산천이나 깨끗한 곳에서 정성을 드리다가 신이한 태몽을 얻게 되고 정부인과 온전하게 결합하여 주인공이 탄생하게 된다. 따라서 군담소설의 주인공은 집단사회가 요구하는 영웅성을 드러내는데 혈통적 결핍 요소

---

19) <홍길동전> 1상. 션시의 공이 길동을 나흘 찌의 일몽을 얻드니 문득 뇌셩벽력이 진동흐며 청룡이 슈염을 거스리고 공의게 향흐여 다라들거눌 놀나 찌다르니 일쟝 츈몽이라.
　그런데 태몽이 얻고 낳은 것이 신이하다고 말하는 것은 확대 해석이고, 그 꿈의 내용이 무엇인가에 따라 신이성을 언급하여야 할 것이다. 왜냐하면 옛날에는 누구나 거의 태몽을 꾸었고, 심지어 평민들의 태몽들도 신이한 내용이 많이 있지만 다 영웅적 전설의 주인공이 되지 않았다.

20) <홍길동전> 1상. 심즁의 디희흐여 싱각흐되 '니 이졔 룡몽을 어더시니 반드시 귀흔 즈식을 나흐리라' 흐고 즉시 니당으로 드러가니 부인 뉴시 니러 맛거눌 공이 흔연이 그 옥슈룰 닛그러 졍이 친압고져 흐거눌 부인이 정식왈 "샹공이 쳬위쥰즁흐시거눌 년쇼경박즈의 비루흐물 힝코져 흐시니, 쳡은 봉힝치 아니 흐리로쇼이다." 흐고 언파의 손을 썰치고 나가거눌 공이 가쟝 무류흐여 분긔룰 춤지 못흐고 외당의 나와 부인의 지식이 업스물 한탄흐더니, 맛춤 시비 츈셤이 츠룰 올니거눌 그 고요흐믈 인흐여 츈셤을 잇글고 협실의 드러가 졍이 친압흐니.

를 보여주지 않는다. 하지만 <홍길동전>에서 홍 판서는 천대받던 시비 춘섬과 결합하여 길동을 얻기 때문에 혈통적 결핍 요소를 가지게 된다.[21] 이 혈통적 결핍 요소는 길동이 사회 체재 안에서 영웅성을 쟁취하고자 할 때 자아실현의 제한 내지 장애 요소가 된다.

이처럼 탄생담에서 신이한 태몽의 탄생과 고귀한 혈통을 가지고 태어났다는 점에서 길동의 영웅적 성격이 신화적 성격을 지니고 있지만, 서얼차대가 심한 조선사회란 특수성에서 시비 춘섬을 어머니로 태어났다는 혈통적 결핍을 주목해 볼 때 비극적(전설적) 영웅의 성격을 더 잘 보여주는 것이다.

2) 성장담

다음으로 성장 과정을 살펴보자. 성장 과정에서 가장 특색이 있는 것은 기아 모티프의 특이성이라 하겠다. 신화의 주인공들은 태어나자마자 아버지[22]에게 기아를 당하는데, 군담소설의 주인공들은 다양하지만

---

21) <홍길동전>1하. "대쟝뷔 셰샹의 나민 공밍을 본밧지 못호면 찰아리 병법을 외와 대쟝닌을 요하의 빗기추고 동졍셔벌호여 국가의 더공을 셰우고 일홈을 만디의 빗 니미 쟝부의 쾌시라. 나는 엇지호여 일신이 격막호고, 부형이 이시되 호부호형을 못호니 심쟝이 터질지라, 엇지 통한치 아니리오!"
    그런데 건국 신화의 주인공들을 보면 대체로 서얼적 존재로 보인다. 동명왕은 고구려 건국신화에서 명확하게 설명된 내용이 아니지만, 금와 왕의 시비가 낳은 알에서 나왔다고 하는데 실제로는 후비의 자식으로 보여진다. 그리고 무왕은 백제 서동요의 배경설화인 야래자 전설의 주인공으로 볼 때 후비의 자식으로 보여진다. 반면에 같은 야래자 전설의 주인공인 견훤은 실패한 인물로 등장하고 있다. 이들은 후비, 후실의 자식이면서도 성공한 경우도 있고 실패한 경우도 있다는 점에서, 조선 이전 시대에는 서얼차대가 없어 자신의 능력으로 상황을 개척하는데 비롯되었다.
22) 동명왕 신화에서는 시비로 나와 있기 때문에 타인에 의해서 버려진 것으로 보이

대개 타의에 의해서 버려진다.[23] 반면에 비극적 장수설화에서는 타인에 의해서 버려지긴 하지만 가족과 유리되지는 않는다.

홍길동의 기아 현상은 곡산모 초란의 위계로 인하여 홍 판서가 행하지만 완전한 기아로 볼 수 없다. 홍 판서는 상자가 길동의 관상이 반역의 상이라고 하여도 <아기장사 전설>처럼 자식의 신이성을 보고 바로 처치하는 부모와는 대조적이라 하겠다.[24] 또한 기아 모티프에서 길동은 신화적 영웅들처럼 미자각 시기에 버려져 스스로 또는 하늘의 도움으로 성장하는 것으로 되어 있다. 여기에서 길동은 미자각 시기라고 하지만 아주 어린 나이에 버려진 것이 아니라, 비극적 장수설화의 하위 유형에 속하는 민란 영웅설화의 주인공 이몽학처럼 성장하여 자각할 무렵에서야 그의 신이성이 타인에게 발각된다.

그런데 길동의 경우는 이몽학의 경우와 다르게 타인(스승)에 의해 버려지는 것이 아니라 총애를 잃을까 두려워하던 가정 내의 인물인 곡산모 초란이 문제를 제기하고, 부모에 의해서 버려진다.[25] 따라서 버려졌

지만, 앞의 주에서 설명한 바와 같이 아버지로 상징될 수 있다.

23) 군담소설에서는 적이나 상대편이란 타의에 의해서 아버지나 가족과 유리되는 기아 현상을 보이고 있다.

24) <홍길동전> 2하 3상. "공즈의 상을 보온즉, 흉즁의 죠홰무궁ᄒ고 미간의 산쳔졍긔 영농ᄒ오니 진짓 왕후의 긔상이라. 장셩ᄒ면 장춫 멸문지화를 당ᄒ오리니, 샹공은 살피쇼셔." 공이 쳥파의 경으ᄒ여 묵묵반향의 ᄆ음을 졍ᄒ고 왈, "사름의 팔즈는 도망키 어렵거니와 너는 이런 말을 누셜치 말나." 당부ᄒ고 약간 은즈롤 쥬어 노니니라. 츠후로 공이 길동을 산졍의 머물게 ᄒ고 일동일졍을 엄슉히 살피니, 길동이 이일을 당ᄒ미 더욱 셜우믈 이긔지 못ᄒ나 홀길업셔 육도삼약과 텬문지리롤 공부ᄒ더니, 공이 이일을 알고 크게 근심ᄒ여 왈. "이놈이 본더 지죄이시미 만일 범남ᄒ 의사롤 두면 상녀의 말과 갓흐리니 이롤 장춫 엇지 ᄒ리오." ᄒ더라.
위와 같이 홍판서는 길동으로 멸문지화를 당한다고 할 때도 '사람의 팔자는 도망키 어렵거니와'와 같이 운명론적으로 인식하고 있다.

25) <홍길동전> 2상하. 져ᄂ 으들이 업고 츈셤은 길동을 나아 상공이 미양 귀히 넉이물 심즁의 앙앙ᄒ여 업시ᄒ믈 도모ᄒ더니, 일일은 흉계롤 싱각ᄒ고 무녀롤 쳥ᄒ여

을 때, 비극적 장수설화 중에 민란의 주인공인 이몽학의 경우는 스승에게 배워야 할 지혜가 제거되면서 지혜의 결핍요소가 나타난다. 반면에 길동의 경우는 스승에게 버려진 것이 아니기 때문에 지혜의 습득과 관련되어 있지 않다. 오히려 초막에 유리된 길동은 육도삼략과 주역을 공부할 수 있게 되어 자아실현의 계기를 마련한다는 점이 차이가 있다.[26] 이때 길동이 다른 스승이나 이인에게 도움을 받지 않는 것도 또 하나의 특징이라 하겠다. 길동은 기아 모티프에서 타인인 스승이 등장하지 않아 그에게 의존해야할 지혜의 결핍이나 성장과도 관련되지 않는 것이 비극적 영웅들과는 차이가 있다.

성장담은 길동의 일생에서는 자아실현의 기틀을 마련하는 입사 모티프의 성격을 가지고 있다. 길동이 집안에서 할 수 있는 자아실현이 호부호형의 획득이다. 그런데 호부호형의 획득은 탄생담에서 보여준 혈통적 결핍요소로 인하여 얻어질 수 없다. 그런 길동은 자신의 자아실현을 위하여 성장기에 남에게 보이지 말아야 할 금기 요소인 탁월한 능력을 조급하게 드러내지 않았다. 다만 길동은 곡산모 초란이 자객을 시

왈, "나의 일신을 평안케 흐믄 이곳 길동을 업시키의 잇는지라 만일 나의 쇼원을 닐우면 그 은혜룰 후히 갑흐리라." 흐니, 무녜 듯고 깃거 티왈. "지금 홍인문 밧긔 일등관상녜 이시니 사룸의 상을 흔번 보면 젼후 길동을 판단흐느니, 이 사룸을 쳥흐여 쇼원을 즈시 니르고 샹공긔 쳔거흐여 젼후스을 본다시고 흐면 샹공이 필연 디혹흐샤 그 ᄋ힉룰 업시코져 흐시리니, 그 ᄯ룰 타 여차여차 흐면 엇지 묘계 아니리잇고?"
이처럼 곡산모 초란은 자식을 낳지 못하여 상공의 사랑을 길동을 낳은 춘섬에게 빼앗긴 것 같아 관상쟁이와 짜고 길동을 없애고자 '길동이 반역할 상을 가지고 있다'고 하였다. 그리하여 홍판서는 길동을 산정에 머물게 하고 동정을 살펴보았다고 한다.
26) 영웅소설에서 기아 모티프에 해당하는 부분이 첫 번째 고난 단락이다. 이 주인공의 고난은 그 '원인이 무엇 이느냐?'와 '어떤 형태 이느냐?'에 따라서 줄거리 전개 방식을 결정하는 중요한 요소가 된다. 따라서 이 단락이 유형 분류의 기준이 된다고 한다.(임성래, 전게서, pp.70~71.)

켜 자신을 죽이려고 할 때 비로소 어찌할 수 없이 초월적인 능력을 드러내게 된다.

길동은 생존을 위해 어쩔 수 없이 도술이란 자신의 초월적인 능력[27)]을 보여주고 가정에서 호부호형을 실현하게 된다. 길동은 홍 판서에게 인정을 받게 되지만, 탁월한 능력을 보여주며 자객을 살인한 상태이기 때문에 집을 떠나지 않을 수 없다. 길동이 볼 때 홍 판서가 인정한 호부호형은 형식적이고 기만적이다. 길동이 원하는 호부호형은 가정에서 부를 수 있는 것만 아니라 사회에서 자아실현이 가능한 인정이기를 바란 것이다. 하지만 홍 판서가 인정한 호부호형이 사실일지라도 그것이 사회에서 통용될 수 없기 때문에 가정을 떠날 수밖에 없다.[28)] 이를 2차

---

27) <홍길동전> 3상하. 길동이 그 원통훈 일을 싱각호미 시긱을 머무지 못홀 일이로되, 샹공의 엄녕이 지중호므로 홀길업서 밤이면 줌을 닐우지 못호더니 초야의 촉을 밝히고 쥬역을 줌심호다가, 문득 드르니 가마귀 셰번 울고 가거놀, 길동이 고이히 넉여 혼ㅈ말노 니르되, '이 즘싱은 본디 밤을 쩌리거놀, 이제 울고 가니 심이 불길하도다.' 하고 줌간 팔괘롤 버려보고 디경호여 서안을 물리치고 둔갑법을 힝호여 그 동정을 살피더니 사경 은호여 혼 사롬이 비슈롤 들고 완완이 방문을 열고 드르오는지라 길동이 급히 몸을 감쵸고 진언을 넘호니 홀연 일진음풍이 니러나며 집은 간디 업고 첩첩훈 산중의 풍경이 거룩훈지라. 특지 대경호여 길동의 죠홰 신긔호믈 알고 비슈롤 감초아 피코져 흐러니. 문득 길이 끈쳐지고 층암절벽이 가리와시니 진퇴유곡이라. 사면으로 방황호더니 문득 져 쇼리 들니거놀 정신을 찰혀 살펴보니 일위 쇼동이 나귀롤 타고 오며 져 불기롤 긋치고 쑤지져.
여기에서 그의 도술이란 초월적 능력도 그의 노력에 의해서 습득된 것으로 보기도 하였다.(강현모b, 전게논문, p.84.)

28) <홍길동전> 4상. "쇼인이 일즉 부싱모휵지은을 만분지 일이나 갑흘가 흐여더니 갸녀의 불의지인이 잇스와 샹공긔 춤쇼호고 쇼인을 죽이려 흐오미 계오 목슘은 보전호여스오나 샹공을 뫼실길 업습기로 금일 샹공긔 하직을 고흐느이다." 흐거놀, 공이 디경 왈. "네 무슴 변괴 잇관디 어린 ㅇ희 집을 브리고 어디로 가려 흐는다." 길동이 디왈. "날이 붉은면 즈연 아르시련이와 쇼인의 신세논 부운과 갓스오니 샹공의 바린 즈식이 엇지 방쇼롤 두리잇고?" 흐며 쌍뉘죵횡호여 말을 일우지 못흐거놀, 공이 그 형상을 보고 측은이 넉여 기유왈, "닌 너의 품은 한을 짐작흐느니, 금일노붓허 호부호형흐믈 허흐노라." 길동이 지비왈. "쇼즈의 일편지한을 야애

기아 모티프라고 볼 수 있는데,[29] 이 기아 모티프의 결과로 그의 탁월한 능력이 드러나게 된다.

한편 길동은 탁월한 능력에도 불구하고 성장담에서 아버지라는 절대적 존재에 대해 항상 미약하고 연약한 존재로 행동하고 있다. 그는 자객 특재를 죽이고, 그를 교사한 곡산모 초란을 죽이려고 하다가 아버지와 관련되었다는 사실을 자각하고 자신의 능력을 거두어 드린다.[30] 여기에서 길동은 아버지를 정점으로 봉건적 가부장적 사회구조의 질서 안에서 행동하는 한계를 보여주고 있다. 이런 점이 바로 신화적 영웅성의 한계이다.

3) 활동담

활동담은 존재가치를 실현하는 활빈당의 시기로 길동의 천부적인 영웅성을 유감없이 발휘하는 시기이다. 이 시기의 활동 양상은 길동이 동굴의 입구에 들어가기 등과 같은 신화적 요소와 들독을 들어 대장 뽑기라는 민속적 취향에서 나온 민담적 요소를 공유하고 있다. 그리고 길동이 활빈당의 당수로 역할을 하면서 가난하고 어려운 백성을 도와주었다는 활동도 민간적 취향이라고 하겠다. 그렇지만 길동이 초인으로

푸러쥬옵시니 죽어도 한이 업도쇼이다. 북망야야는 만슈무강ᄒ옵쇼셔." ᄒ고 지비하직ᄒ니 공이 붓드지 못ᄒ고, 다만 무ᄉᄒᆞᆯ 당부ᄒ더라.

29) 이때의 기아 모티프는 집을 떠나 부모와의 유리가 되지만, 완전하게 자아를 자각하고 행동하는 점에서 다른 기아 모티프와 차이가 있다. 그리고 집을 떠나 적굴이란 동굴로 들어가서 그의 능력을 드러내면서 활동하는 활동담으로 전환된다.

30) <홍길동전> 4상. 이ᄯᅥ 길동이 냥인을 죽이고 건상을 살펴보니, 은하슈는 셔흐로 기우려지고 월식은 희미ᄒ여 슈회ᄅᆞᆯ 돕ᄂᆞᆫ지라, 분긔ᄅᆞᆯ 춤지 못ᄒ여 ᄯᅩ 쵸난을 죽이고져 ᄒ다가 샹공이 사랑ᄒ시믈 ᄭᅢ닷고 칼흘 더지며 망명도싱ᄒᆞᆯ 싱각ᄒ고.

여덟 길동 만들기, 아홉 잡기, 철삭 끊고 하늘을 날아 도망가기, 도술행
각 등은 노력이나 배워서 습득될 있는 능력은 아니다.

길동이 적굴에 들어가서 그 능력을 보일 때는 물리적인 힘의 대결이
었다. 그는 도술을 부릴 수도 있는데, 들독 들기라는 물리적인 힘으로
대결하여 승리하고,[31] 지혜의 인정받기 위하여 해인사 재물 탈취와 함
경감영 탈취를 벌인다. 이런 활동기는 사회에 대한 입사 모티프의 성격
을 띠고 있다.[32] 이 활동담에서 보여주는 것은 성장한 뒤에 기아가 되
었던 길동의 지혜적 측면이 부족하지 않을 뿐만 아니라, 탁월한 능력을
발휘하여 지혜와 비범성을 지닌 괴수로써 도적의 무리들에게 신뢰를
얻게 된다.

길동은 그 이후에도 다양한 신이한 능력을 보여주게 된다. 그가 보여
준 활동담의 능력에서 철삭을 끊고 하늘로 날아 도망가기나 어덟 길동
이 잡혀 와서 문초받기 등은 도저히 후천적으로 습득할 수 있는 것이
아니다. 또한 병조판서 제수 받기, 청조 천 석 빌리기를 위해 임금 앞에
나타날 때의 모습에서도 그가 보여준 도술은 습득된 것이 아니라 타고
난 천부적 능력이다. 이런 능력은 신화적 영웅과 별로 차이가 없다.

길동이 일상적인 인식의 범주를 벗어난 능력을 발휘하고 있으나 비
극적 장수설화에서 보여주는 지혜의 결핍이 전혀 나타나지 않고 있다.

---

31) 〈홍길동전〉 4하5상. "나는 경성 홍판셔의 쳔쳡 쇼싱 길동이러니, 가즁 쳔디롤 밧
　　지 아니려하여 사회팔방으로 정쳐업시 단니더니 우연이 이곳의 드러와 모든 호걸
　　의 동뇨되믈 니르시니 불승감사 하거니와, 쟝뷔 엇지 져만흔 돌 들기롤 근심하리
　　오." 하고, 그 돌을 드러 슈십보롤 힝하다가 더지니 그 돌 무긔 쳔근이라. 졔젹이
　　일시의 칭찬 왈, "과연 장시로다. 우리 슈쳔 명 즁의 이 돌 들지 업더니 오날날 하
　　놀이 도우샤 쟝군을 쥬시미로다." 하고, 길동을 상좌의 안치고 술을 추례로 권하
　　고 빅마좁아 밍셰하며 언약을 굿게하니 즁인이 일시의 응낙하고 죵일 즐기더라.
32) 〈홍길동전〉 5하. "쟝뷔 이만 지죄 업스면 엇지 즁인의 괴쉬되리오."
　　강현모b, 앞의 논문, pp.88~89.

이처럼 그의 성장담에서 보여준 기아 모티프가 비극적 장수설화와 같이 성장기 후반에 등장하는 특이성을 보여주고 있지만, 그 기아 모티프에서 선생에게 버림을 받았다는 내용이 나타나지 않았다. 또한 그가 무업의 측면이 강한 <육도삼략>과 <주역>을 공부하였다고 하지만 무사적 측면만의 활동을 추구하는 편협성을 보여주지도 않았다.

길동은 활동담의 능력을 통해 자신의 자아실현을 위하여 탐관오리와 무능한 관리들을 질타할 때는 자신의 천부적인 능력을 유감없이 발휘한다. 그런 활동담의 천부적 능력에도 불구하고 길동은 서얼이라는 혈통적 결함으로 인하여 완벽하게 사회적인 자아실현을 이룩하지 못하였다. 즉 혈통적 결핍요소를 지닌 길동은 신이하고 탁월한 능력에도 불구하고 평생의 소원인 병조판서를 거짓으로 제수 받은 것으로 만족하여야 하였다. 심지어 그가 조정에 병조판서를 제수하면 조선을 떠나겠다고 약속했음에도 불구하고, 길동에게 병조판서의 제수는 그를 잡아들이기 위한 집권층의 위선과 기만에서 비롯되었다.[33]

한편 길동은 무궁하고 신이한 능력으로 임금을 물리칠 수 있다. 그런 능력이 있는 데도 불구하고 길동은 임금 앞에서 한없이 미력하고,[34] 조

---

33) <홍길동전> 9하 10상. 추셜 길동이 쵸인을 업시ᄒ고 두로 단니더니 사대문의 방을 붓쳐시되, "요신 홍길동은 아모리 ᄒ여도 줍지 못ᄒ리이니, 병죠판셔 교지롤 나리시면 줍히리이다." ᄒ엿거눌 샹이 그 방문을 보시고 됴신을 모하 의논ᄒ시니 졔신 왈. "이졔 그 도격을 줍으려 ᄒ다가 줍지 못ᄒ옵고 도로혀 병죠판셔 졔슈ᄒ시믄 불가ᄉ 문어인국이로쇼이다." 샹이 올히 넉이샤 다만 경상감시의게 길동 줍기를 직촉ᄒ시더라. … (중략) … 홀슈업셔 이 연유로 샹달 ᄒ온디 샹이 드르시고 왈. "쳔고의 일런 일이 어디 이시리오." ᄒ시고 크게 근심ᄒ시니, 졔신 중 일인이 쥬왈, "그 길동의 원이 병죠판셔롤 ᄒ번 지니면 됴션을 쩌나리라 ᄒ오니 ᄒ번 졔원을 풀면 졔 스스로 샤은ᄒ오리니 이쩌롤 타 줍으미 조흘가 ᄒᄂ이다." 샹이 올히 넉이샤 즉시 홍길동으로 병죠판셔롤 졔슈ᄒ시고 사문의 방을 붓치니라.

34) 임금 앞에 무력한 길동은 사회개혁소설로 보았을 때의 일이다. 그렇지만 길동을 군담소설에서와 같이 임금을 위해 활동할 영웅으로 볼 수도 있다. <홍길동전>에

선사회의 개혁에 한계를 느낀다.

이러한 길동의 모습은 무궁한 천부적 능력을 발휘하는 신화적 영웅이라기보다는 신분제적 조선사회조차 개혁할 수 없는 한계를 가진 비극적 영웅이라고 보아야 할 것이다. 그래서 길동은 조선사회를 개혁하는데 실패하고 이상향을 찾아 결국 현실 공간인 조선을 떠나게 된다.[35]

4) 최후담

최후담은 조선이란 현실적 공간을 떠나 비현실적 이상세계인 율도국이란 가상공간과 결구되어 있다. 이는 조선이란 현실적 공간에서 신분제적 사회구조의 개혁을 실패하여 완벽한 자아를 실현하지 못한 길동에게 민간적 사고에 비롯된 보상적 차원의 결구 공간이라 하겠다.

길동은 활동담에서 탁월한 능력에도 불구하고 조선사회 개혁을 실패하고 만다. 신화적 영웅들은 자신들의 능력을 발휘할 수 있도록 현실세계를 개조한다. 그런데 홍길동은 능력을 발휘하여 조선사회에서 병조판서의 직위에 올랐지만, 현실 공간에 아무런 변화도 이루지 못하였다. 길동에게 신분 제도를 떠나 능력에 따라 사회적 성취를 이룰 수 있도록 그가 요구하였던 새로운 공간을 설정한 것은 그를 민담적 세계로 끌어들인 것이다. 그 공간이 율도국이란 이상세계이다.

서는 임금을 정점으로 길동의 상대적 역할이 정해져 있지 않기 때문에 생기는 오해인지도 알 수 없다. 다만 성장담에서 보여 주었던 가부장적 유교 윤리가 여기에서도 적용되고 있다고 하겠다.

35) 조선사회의 개혁을 포기한 것은 길동의 한계를 보여준 것이라 하겠다. 그는 임금을 정점으로 한 조선사회에서 개혁의 한계를 인식하고 조선을 떠나 새로운 이상향을 추구하게 된다. 이는 호부호형을 인정받고 가정을 떠나는 것과 비슷한 상황이라 하겠다.

　길동이 율도국에서 한 활동은 지하도적퇴치담과 같이 민담적 사고에서 비롯되어 능력을 발휘하게 된다.[36] 길동은 지하 도적을 퇴치하고 인적 자원과 물적 자원을 획득한 뒤에 자신이 요구하였던 이상세계를 실현하기 위하여 율도국을 점령한다.[37] 율도국을 점령한 길동은 능력에 따라 자아실현을 할 수 있는 능력 사회를 만들었다. 그리고 효와 충이 통치이념으로 이루어진 가부장적 이상세계를 건설하였다.[38]

　최후담에서 보여주는 이상세계는 민담적 요구를 도입하여 건설하였고, 그 과정도 민담적 사고에 기인한 활동을 통하여 이루어지고 있다. 그 결과 길동은 두 부인을 얻어서 다남(多男)한 뒤에, 그들이 능력에 따라 활동할 수 있는 공간, 즉 자아실현의 이상국가를 건설하게 되었다.[39]

---

36) <홍길동전> 11상하.

37) <홍길동전> 10하 12상. 남경으로 향호여 가다가 혼 곳의 다다르니, 이눈 소위 률도국이라 사면을 살펴보니 산쳔이 쳥슈호고 인물이 번성호여 가히 안신홀 곳이라 호고. … (중략) … 남중의 율도국이란 나리이 잇스니, 옥냐 슈쳔니 외진 짓쳔 부자국이라.
　위와 같이 길동이 점령할 당시의 율도국은 그다지 피폐하지도 타락하지도 않은 사회였다. 그럼에도 불구하고 길동이 점령하여 이상국을 건설하도록 설정하였다. 여기에서 길동이 가장 중요시한 사회의 특징은 서얼차대가 없이 능력에 따라서 인재를 등용하는 개혁된 사회를 요구하는 데서 비롯된 것 같다.

38) 길동은 아버지에게 효도하고 임금에게 절대 복종하였다. 심지어 율도국왕이 된 뒤에도 아버지의 산소를 만들고, 조선 국왕에게 표문을 올려 신하로서 칭하고 있다.(<홍길동전> 11하~12하) 이처럼 가부장적 유교윤리를 길동이 직접 실행하는 것은 그가 요구하는 사회가 무엇인지를 내포하고 있다고 하겠다.(강현모b, 앞의 논문, pp.98~100.)

39) <홍길동전> 12하. 왕이 슴즈이녀을 싱호니 쟝즈츠즈는 빅시 쇼싱이요 샴즈 치녀는 됴씨 쇼싱이라. 쟝즈 현으로 셰즈을 봉호고 기 여는 다 봉군호니라. 왕이 치국 삼십 년의 홀련 득병호여 붕호니 쉬 칠십이셰라. 왕비 이어 붕호미 션능의 안쟝혼 후 셰즈 즉위호여 디디로 계계승승호여 타평으로 누리더라.

4. 소결 : 길동의 영웅적 성격

<홍길동전>의 영웅적 성격을 말할 때 지금까지는 신화적 영웅담의 기본 구조로 인식하여 왔다. 그런데 <홍길동전>이 신화적 영웅담과는 구조상 약간의 차이를 보이고 있음을 위에서 살펴보았다. 이 차이는 <홍길동전>이 신화적 소재를 취재하여 소설적 구성을 이룬 것이 아니라, 전설적 소재를 취재하여 신화적 사고를 가진 작가에 의해서 지어졌기 때문이라 하겠다.

위에서 살펴본 것을 정리하면서 <홍길동전>에 나타난 길동의 영웅적 성격은 결론적으로 말해서 신화적 영웅과 비극적 영웅의 중간적 형태를 띠고 있다. 그는 탁월한 천부적 능력과 자신이 원하였던 욕구가 불완전하지만 각 단계마다 이루어지고, 최후에 완성을 보고 있다는 점은 신화적 영웅의 성격을 지닌다. 그럼에도 불구하고 길동이 이룬 최후의 이상국가는 비현실적 민담적 세계란 점과 각 단계에서 이룩한 것이 위선과 거짓으로 이루어진 가식적인 결과라는 점에서는 비극적 영웅이라고 하겠다.

이를 탄생, 성장, 활동, 최후담으로 구분하여 좀 더 구체적으로 살펴보자.

탄생담에서 길동이 신이한 징조의 태몽을 꾸고 태어난 것은 신화적 영웅의 속성을 지니지만, 서얼차대라는 조선의 신분적 사회구조에서 볼 때 시비 춘섬에게 태어난 것은 비극적 영웅의 성격을 띠고 있다. 특히 그의 태생은 그 이후에 성장, 활동담에 영향을 미치게 된다.

성장담에서는 기아 모티프를 볼 때, 고난이기보다는 길동에게 자신을 인식하고 자아실현의 동기를 유발한다는 점과 버려졌지만 지혜의 결핍을 가져오지 않는다는 점에서는 신화적 영웅의 성격을 지닌다. 그런데 그의 기아 현상이 타인에 의해서 성장기 후반에 이루어진다는 점, 호부호형이 인정되지만 살인한 뒤에 이루어진다는 점, 뿐만 아니라 길동이 가부장적 유교 윤리에 의해 아버지와 관련된 일에 대한 행동을 절제하고 있다는 점은 비극적 영웅의 성격을 지닌다. 신화적 영웅은 새로운 질서를 건설하기 위해 기존의 질서를 거부하는데, 길동은 아버지란 봉건적 질서의 테두리 안에서 행동한다는 한계를 가지고 있다. 길동은 호부호형의 인정을 바라기 때문에 가정 전체를 거부하는 것이 아니라 가장을 중심으로 하는 가부장적 사회윤리의 테두리에서 변혁하기를 원하였던 것이다.

활동담에서 탐관오리와 무능한 관리들을 징치를 하는 길동의 탁월한 능력은 습득되어진 것이 아니라 천부적이라는 것, 그리고 기아 모티프를 당하였음에도 불구하고 활동기에 지혜의 결핍으로 나타나지 않은 것은 신화적 영웅의 성격이다. 그런데 들독 들기를 통해 대장 뽑기란 민간적 사고의 수용이나, 천부적인 능력에도 불구하고 신분제적 사회구조를 전혀 개혁하지 못하였다는 점, 그리고 충이란 유교적 윤리에 따라 국왕 앞에서 미력하게 나타나는 점은 비극적 영웅의 한계를 보여주고 있다고 하겠다.

최후담은 길동이 점령한 율도국에서 이상국가를 건설하여 자아실현을 이룩하고, 성장담과 활동담에서 추구하였던 호부호형과 병조판서 제수를 완전한 것으로 만들었다는 점은 신화적 영웅의 성격을 지닌다. 이에 비하여 길동이 건설한 이상국가는 그가 개혁을 시도한 조선을 떠난 공간이란 점, 그리고 그 공간이 지하도적퇴치담을 끌어들인 민담적 세계를 수용하였다는 점에서는 민중적 비극적 영웅의 성격을 지닌다고 하겠다. 즉 민담적 세계의 도입은 그의 사회개혁의 실패를 보상하는 차원에서 비롯되었다. 따라서 실제로 존재하는 공간이 아니라 상상의 공간이라 점은 비극적 영웅의 성격을 가지게 한다.

<홍길동전>에 나타난 길동의 영웅적 성격은 율도국이란 이상세계를 결구시켜 신화적 영웅을 만들었지만, 현실 공간인 조선사회를 전혀 개혁하지 못하고, 또한 충효라는 가부장적 유교 윤리에 의해서만 개혁을 시도하는 한계를 보여주고 있다. 이처럼 길동이 부모와 임금에게 대해 일상적 자아로 머무는 것은 길동의 내적 세계관이 신화적 존재이기보다는 민중적(비극적) 존재로 머물러 있기 때문이라고 하겠다.

길동의 영웅적 성격은 이처럼 신화적 영웅과 좌절한 비극적 영웅의 복합적인 성격을 지니고 있다. 이에 대한 논리는 작자의 세계관에 대한 치밀한 분석과 함께 더 많은 비극적 영웅들에 대한 서사구조의 다양한 분석이 이루어질 때 단단하게 보강될 수 있을 것이다.

이상적인 공간으로서의 율도국

1. 율도국에 대한 논란

<홍길동전>에서 길동은 조선을 떠나 제도를 거쳐 율도국을 정복하고, 그가 꿈꾸었던 새로운 이상세계를 건설하였다. 율도국은 조선사회의 모든 모순을 극복한 이상적 사회의 모습을 갖춘 곳으로 나름대로의 의미에 가지고 있다. 즉 율도국은 당시 조선사회에서 불가능했던 것들을 실현한 장소이다.

<홍길동전>에서 율도국은 학자들 사이에 논란이 그치지 않는 부분이다. 일부는 율도국의 설정을 긍정적으로 받아들인 반면에, 일부는 작품의 통일성을 파괴하는 불필요한 요소라고 부정적으로 비판하고 있다. 구체적으로 보면 다음과 같다.

윤영옥은 병조판서 제수로 길동 자신의 갈등을 해결하였으나 길동과 같은 비상한 영웅호걸로서 제왕의 위치에 오르지 않으면 안 되는데, 국내에서 실현 불가능하였다고 한다.[1] 김일렬은 길동의 해외 진출과 이

상국 건설을 불가피한 망명 행각인 동시에 굴욕적인 속박에서 벗어나고자 하는 원망의 표현으로,[2] 이문규는 길동의 율도국 건설을 현실 개조를 목적으로 한 이상적 장소로서 존재하는 것이 아니며 해외 진출을 종용한 것도 아닌 단순한 개인적 욕망을 극대화시킨 장소로서 존재하며 율도국으로 행동 무대를 변경시킨 어쩔 수 없는 현실의 벽으로부터의 도피라고 하였다.[3] 이주형은 병조판서의 제수는 길동을 살해하기 위한 수단이었기 때문에 율도국 건설을 설화적 세계인 비현실적으로 처리하고 있다고 하였다.[4] 김태식도 율도국이란 이상사회 건설은 작자의 의식에서 산출된 것으로 길동 자신을 위한 도피처요, 상징세계이며, 꿈의 표상으로 작자 허균이 꿈꾸던 바의 일이라 하였고,[5] 김동욱도 정확한 증거 없이 "율도국 이후의 전개는 후인의 가탁이라고 보고자 한다."는 견해를 제시하였다.[6]

이에 반하여 민영대는 율도국 건설은 구성상 필요 없는 사족이 아니라 주제를 더욱 뚜렷하게 해주는 것으로서, 작가가 조선에서 실현하기 어려운 적서차별 제도의 폐지가 조선 땅에서 불가능함을 시사해 주고 그 실현 무대를 옮겨 성취시킨 것이라 보았다.[7] 김열규는 율도국 건설과 그 앞 두 부분을 '첨가적 연쇄'의 구조 또는 '복합 에피소드'의 구조

---

1) 윤영옥, 「홍길동전고-구조, 논리 그 효시적인 점을 중심으로」, 『영남어문학』1, 영남어문학회, 1974, p.6.

2) 김일렬, 「홍길동전과 전우치전의 비교연구」, 『어문학』30, 한국어문학회, 1974, p.69.

3) 이문규, 「홍길동전 연구-행동면에서 본 주인공의 성격」, 서울대 대학원 석사학위논문, 1975, p.74.

4) 이주형, 「주인공 변심을 중심으로 본 홍길동전」, 『한국학보』17, 일지사, 1979.

5) 김태식, 「홍길동의 행동 문학적 고찰」, 『선청어문』5, 서울사대 국어교육과, 1974.

6) 김동욱, 「홍길동전의 비교문학적 고찰」, 『허균의 문학과 혁신사상』, 새문사, 1981, p.96.

7) 민영대, 「홍길동전의 주제 연구」, 『국어국문학』83, 국어국문학회, 1980.

를 지니고 있다며, 길동의 거사를 체제에 대한 전면적인 도전이 아니라고 하였다. 길동은 현실적인 사회규범이 통하지 않는 신 국가를 율도국에 세워야 했다고 말하였다.[8] 정주동도 길동이 병조판서를 그만두고 조선을 떠나 율도국왕이 되어 이상국을 건설한 것은 자기 한 개인의 입신에 만족한 것이 아니라 큰 포부에 가득 차 있었기 때문이라며, 율도국이야말로 적서차별이 없는 선치, 평화로운 이상국으로 지향해야 할 미래의 조선을 암시한 것이며, 길동 자신과 같은 비천한 서자들도 능력에 따라 왕까지 될 수 있는 나라에 대한 반영이라 보았다.[9] 서얼차별의 폐지가 조선사회에서는 결코 이루어질 수 없는 상황임을 알았다. 당시 사회에서 불우하게 버림받고 지내던 무리를 모아 자신들이 품은 한을 마음대로 펼 수 있는 곳이 필요하였다. 즉 천생이라도 능력에 따라 임금도 재상도 될 수 있는 국가를, 조선 땅이 아닌 해외에 건설하고자 하였던 것이다.[10]

<홍길동전>은 마지막에서 서자인 길동이 왕이 되는 모습을 보이며 율도국이라는 이상적인 공간을 만들게 된다. 율도국이 지니는 의미에 대해 간략히 정리해 보면 첫째, 이상세계가 실현된 공간. 둘째, 윤리관에 뿌리를 둔 자아실현 의지 공간. 셋째, 조선이 갖추어야 할 모습을 제시해 주는 공간. 넷째, 율도국의 이상국가 모습을 통해 사회의 불합리한 모순을 해결한 태평성대를 보여주고자 하는 공간. 다섯째, 앞으로 조선이 나아가야할 바를 제시해 주는 공간. 여섯째, 해외 망명 및 이상

---

8) 김열규, 「홍길동전의 시간론적인 몇 가지 문제」, 『허균의 문학과 혁신사상』, 새문사, 1981.
9) 정주동, 『홍길동전연구』, 문호사, 1961, p.195.
10) 이상헌, 「『홍길동전』에서 이상향적 요소연구」, 공주대학교 석사학위논문, 2003, pp.39~40.

국 건설로 제 적응을 하는 공간. 일곱째, 조선에서 전개되던 자아와 세계의 대결을 다른 각도로 문제 삼기 위해 설정된 공간 등으로 제시하고 있다. 이는 율도국을 조선이 갖추어야 할 이상적 국가의 모습을 제시해 주는 공간으로 보았다.[11)

허균이 만들어낸 율도국은 지도상에 나타나지 않는 가상세계이며 인간이 소망하는 완전한 세계를 이루는 이상향이라 하겠다. 우리는 이런 이상형의 세계를 유토피아라 하고 무릉도원이라고 한다.[12) <홍길동전>에 나오는 이상향인 율도국은 사회적 모순을 극복한다는 점에서 유토피아적 모습을 보여주고 있다.

2. 율도국의 형상화 과정

<홍길동전>에서의 유토피아적 성격은 허균의 사상과 시대 상황을 반영하고 있다. 동서양의 사상가나 작가들이 염원한 이상향은 시대상

---

11) 이정난, 「『홍길동전』연구－율도국이 지니는 의미를 중심으로」, 호남대학교 석사학위논문, 2012, p.30.
12) 구지현, 「홍길동의 율도국, 한없이 현실에 가까운 유토피아」, 『내일을 여는 역사』 29, 신서원, 2007, pp.1~2. 그런데 영국 토머스 무어 <유토피아>는 그 당대에 노동력이 없는 어린아이에게 어른들의 관대함을 드러내고 있지만 다른 시대에 보면, 더 큰 모순을 노출시키는 디스토피아가 될 수 있음을 보여주고 있다. 그리고 무릉도원은 세상과 격리되어 왕이 누구인지도 모르면서 논밭을 일구며 오순도순 모여 한평생을 세상과 격리된 등 따습고 배부르면 되는, 사회제도의 모순을 바로잡은 곳이 아닌 사회제도가 존재하지 않는 곳이란 차이가 있다. 이것 말고도 종교와 밀접한 관계가 있는 에덴동산, 서방정토, 도솔천을 가리키는 이상향이 있다. 이를 다른 말로 하면 공상적 상향(유토피아), 은둔적 이상향(무릉도원), 초월적 이상향(에덴동산, 서방 정토, 도솔천)으로 나누어 볼 수도 있다.

황의 반영이며 당시 민중들의 생각이기도 하였다. 동양의 이상향인 무릉도원은 가렴주구가 횡행하는 현실 속에서 착취가 없고 세금이 없는 평화스러운 세계를 그리고 있다. 우리나라에서의 유토피아는 왕조간의 정권 이동이나 외적의 침입이나 당쟁으로 나라의 질서 문란 등으로 현실이 어두웠을 때 그 현실을 투영하고 이를 벗어나고자 유토피아 사상이 일어났다.

<홍길동전>의 작자가 살았던 시대는 당쟁과 성리학의 팽배, 임진왜란, 광해군의 폭정, 이에 따른 농촌 황폐화로 인하여 백성의 생활고, 신분차별 등 혼란과 모순의 시대였다. 즉 허균이 살았던 조선사회는 신분의 질서가 엄격히 구분지어진 봉건사회로 도적이 날뛰고 왜란마저 겹친 혼잡한 사회였다. 허균은 이런 상황들을 직접 겪으면서 봉건 관료사회의 모순점들을 직시하여 가난하고 무력한 천민들 편에 서 있었다. 특히 적서차별에 대해 누구보다도 심각하게 인식하고, 불합리한 사회를 개혁하고자 했다. 이런 허균의 이상과 사상은 자연히 그의 문학 작품 속에 주요한 제재로 다루어졌으며, 그 결과 <홍길동전>이 창작되었다고 하겠다. 따라서 <홍길동전>에 나타난 적서차별의 모순, 관리들의 수탈로 인한 경제적 불균형, 백성들의 생활고 등은 그가 직접 겪은 당대 현실의 모습이라고 하겠다.[13]

허균은 서자들과 어울리며 그들의 울분을 이해하고 친구가 되었다. <유재론>에서도 신분제도의 모순을 심각하게 생각하여 <성수시화>나 <국조시산>에서도 서얼 천민과 기생 등 그 당시에 소외된 자들의 시에 대해 관심을 나타내고 있다. 그는 유교 국가인 조선에서 사상을 펼칠 수 없기에 모반을 꾀하다가 처형되고 만다.[14] <홍길동전>에 주인공

---

13) 박미선, 「『홍길동전』에 반영된 작가정신」, 동국대학교 석사학위논문, 1998, p.23.

길동은 작가 자신의 분신으로 볼 수 있다. 허균은 억눌린 사회와 획일적인 신분제도를 해소할 수 있는 공간으로 율도국을 건설하여 그의 이상을 펴고자 하였다.

<홍길동전>에서는 호민으로 표상되는 민중의 힘을 관(官)에게 인식시켜 민중에 대한 재인식과 현실을 바로잡는 새로운 대책을 촉구하는 경고였다. 활빈당의 행동 논리인 불의징치와 빈민구제는 임금을 비롯한 통치자들의 기본적 책무임을 주지시키고 있다. 율도국은 허균이 발딛고 선 부정적 현실의 대안 사회라고 하겠다.15)

조선사회는 길동의 시각에서 보면 무능하고 부패한 관리들이 판을 치는 비참한 사회였다. 길동은 둔갑법과 축지법으로 중앙과 지방을 횡행하면서 탐관오리를 숙청하고 관곡을 풀어 백성을 구휼한다. 이처럼 길동은 실제 관리보다 더 백성을 보살핀다. 그는 인질로 잡힌 아버지를 위하여 왕의 친국을 받으면서 서얼차대 때문에 의적이 된 사실을 설파하고, 병조판서를 제수하면 조선을 떠나겠다고 하였다. 이에 무능한 관리들을 길동을 잡기 위하여 거짓으로 병조판서를 제수하도록 한다. 길동은 병조판서를 제수 받은 날 사모관대에 서대를 차고, 초헌을 높이 타고 대로를 걸으며 지위를 만끽한다. 그런데 이것은 천첩 소생인 길동의 개인적인 성과에 불과할 뿐이며, 조선사회의 신분체계에는 어떠한 변화도 줄 수 없었다.

조선사회의 모순을 해결하려면 사회제도를 바꾸거나 체재 자체를 개혁해야 한다. 실제로 조선사회는 사회개혁을 수행하기가 불가능하였다. 길동은 탁월한 능력이 있음에도 불구하고 이상세계를 건설하기에 한계

---

14) 이상헌, 앞의 논문, p.56.

15) 소재영, 「16・세기의 소설문학」, 『국어국문학』78, 국어국문학회, 1978, pp.349~350.

가 있음을 인식하고, 자신의 사회개혁 의지와 이상세계를 실현할 새로운 공간이 필요하였다. 즉 길동은 국내에서 자기의 이상을 펼 수가 없었다. 작가는 현실적으로 조선에서 도저히 이상국가를 건설할 수 없던 관계로 해외를 선택한 것이 아닐까 한다.16) 이처럼 이상주의·낭만주의는 현실에 대한 도피를 의미하는 것이 아니라 현실을 압박하는 힘에 대해 의지를 불러일으키는 역설이라고 보아야 한다.

허균이 <홍길동전>에서 생각하는 이상향은 적서차별이 없는 사회, 부정과 부패가 없는 사회, 주민이 골고루 풍요롭게 잘 사는 사회이다. 길동은 가정적 모순을 극복하고자 사회 체제에 뛰어들어 적서차별과 빈부격차를 해소할 수 있는 이상형을 찾아보았지만, 조선사회의 어디에서도 찾을 수 없었다. 그래서 길동은 자신이 만들고자 한 이상향을 건설할 곳이 필요하였다.

길동은 유토피아를 찾아 떠나게 된다. 길동은 중국을 가는 도중에 제도와 율도국이란 곳을 발견한다. 특히 율도국이란 곳이 이상적인 세계를 건설하기에 적당하기 때문이지, 포악한 군주이기 때문이 아니다. 길동을 뛰어난 능력을 지닌 입신양명의 전형적인 영웅이지만, 다른 나라에 가서 왕이 되었다는 점이다.17)

<홍길동전>의 서자인 주인공 홍길동은 조선사회의 정치 사회적 금기에 아랑곳하지 않고 자신의 이상을 추구하고 있다. 그는 자신을 처지

---

16) 허균이 <홍길동전>을 지으면서 조선사회의 불합리한 모순점을 고발하는 것이라면, 병조판서의 제수 받고 조선사회를 떠나지 않았을 것으로 보인다. 이처럼 허균은 이상적 세계로 개혁하고자 하는 실현의지를 보여주고 있다.

17) 다른 군담소설의 주인공들을 살펴보면, 충신으로 왕의 신임을 얻어 재상이 되거나 왕의 사위가 될 뿐이다. 그리고 독자의 상상력을 더 자극하기 위해 무대를 중국대륙으로 옮겨 황제가 등장하는 경우도 있으나, 다른 나라를 정벌하고 그 나라의 왕이 되는 주인공을 찾기 어렵다.

에 대해 사회구조를 뜯어고치지 않고 밖으로 뛰쳐나가 새로운 국가를 건설하였다. 그런데 홍길동이 세운 율도국은 조선과 똑같은 제도를 시행하고 정치적 이상을 추구하는 곳이다. 다만 적서에 대한 서얼차대가 없어지고, 부패한 관리들 존재하지 않는 사회를 추구하고 있다. 그 결과는 유교적 이상국가를 실현하였고, 서얼차대의 부당성을 증명하였다.

이런 율도국은 마음만 먹으면 이룰 수 있는 한없이 현실에 가까운 이상향(유토피아)이다. 즉 <홍길동전>에 나타난 율도국은 정치적으로나 사회적으로 바람직한 이상향인 유토피아로 보인다. 이런 율도국은 우리 민족의 전통적인 삶의 수단인 농업에 힘쓰고 군사 훈련도 부지런히 하는 현실적 이상향으로 보인다. 이는 현실에서도 얼마든지 구현해 낼 수 있는 세계이다.

율도국을 형성시킨 역사적 배경은 삼봉도(三峰島)라는 섬이 있다. 이곳은 백성들에게는 세금도 내지 않는 자유로운 땅으로 부역을 피하고 나라를 배반한 무리들이 무려 1천여 명이 넘게 살고 있는 곳이다.[18] 이곳의 위치는 함북 회령에서 동쪽으로 배를 타고 밤낮으로 항해해야 도착할 있는 곳으로 청명한 날에는 경흥에서 바라다 보이는 곳이라 한다.[19] 영조 때 경흥부사 황부(黃溥)가 망명 역적인 부친의 연좌 죄를 피하기 위해 삼봉도로 들어가려다가 체포되기도 하였다.[20] 이 삼봉도는 동해에 실제로 있었다고 하는데 <홍길동전>에서 길동이 해외로 진출하는 율도국 건설에 역사적 경험의 근거일 가능성을 보여주고 있다. 역사적 사실이 작품 서사에 채택되면서 실체적 사실은 서사구조 안에서 변용되거나 해체되어 새로운 모습으로 전화된다.[21] 이런 율도국의 부분은

---

18) 정석종, 『조선후기의 정치와 사상』, 한길사, 1994, pp.75~93.
19) 『성종실록』권4, 성종 4년 정월 9일(경자), 기사 참조.
20) 정석종, 앞의 책, pp.75~93.

독자의 손에 의해 작품적 변이를 일으킨다. 따라서 이본에 따라 내용이 단순 간단하여 서술 양이 적은 것이 있는가 하면, 풍부하고 복잡하면서 서술 양이 많은 것도 있다.

<홍길동전>의 율도국에는 "임금이나 윗사람이 없고 조세와 공납을 바치는 것도 없다는 섬인"[22) 삼봉도나 의도라는 공간이 보여주는 이상 향적 공간에 대한 지향의식과 새로운 지도자의 출현을 바라는 독자들의 기대감이 들어 있다. 즉 사회체제에 대한 불만과 불안 심리가 맞물려 율도국의 서사 세계가 형상화될 수 있었다.

한편 변산 지역 군도의 활동은 <홍길동전>의 서사 세계의 밑바탕을 이루었고, 특히 박지원의 <허생전>에 채택되어 서사 단위로 활용될 정도이다. 변산 지역 군도들의 모습은 고창 지방의 경우에 방등산과 벽오동에 도둑성이 있었고 장성에도 만보성이란 도둑성이 있었다. 백제 방등산가의 배경이 된 갈재 부근에는 조선조까지 군도들이 활동하였는데 이들은 유배 가는 죄인들을 호송하는 관인들을 습격하는 반체제적인 성격을 가진 무리들이었다. 이런 군도들의 모습이 해외 활동을 연결하는 서사구조를 형성하는 자산이 되었다. 독자적인 세계를 경영하였다는 이곳 변산반도의 군도 이야기는 길동이나 허생이 힘을 기른 뒤에 무리를 이끌고 바다로 나가 율도국이나 빈 섬을 세운다는 것과 상응할 수 있다.

---

21) 서종문·김석배·장석규, 「율도국의 생성과 그 의미」,『국어교육연구』27, 국어교육연구학회, 1995, p.8. 삼봉도의 삶이 율도국로 환치되었을 때, 동해상의 섬이 서해상의 위치할 수 있는가. 이것이 작품적 변이라고 하겠는데, 동해보다는 서해를 더 많이 항해하면서 남다른 체험을 전해졌을 것이다. 이때 서사세계의 성격에서 동해의 섬이 서해의 이상적 공간으로 전환되었을 것이다.

22) 이우성·임형택,『이조한편단편집』, 일조각, 1975, p.456. 島名曰義島 無君長 無所屬 應賦稅貢. 이런 의도는 대동강에서 주인 없는 배를 타고 놀다가 표류하여 이 섬에 닿은 곳이라 한다.

율도국은 해외 활동 공간으로 설정되어 있는데 구체적으로 어디인지 확인되지 않은 공간적 배경이다.23) 이런 해외 공간은 역사적 경험으로 고려될 수 있는 것이 해상을 근거로 활동하였던 해적에 관한 자료이다. 즉 다양한 기록에서 확인할 수 있는 해적이나 해랑적 등에서 찾아볼 수 있다. 이를 구체적인 이야기로 엮은 일례로 <청구야담>에 보면 지방의 부유한 향반 집에 행상을 가정한 해적이 제물을 떨어갔다는 내용이 있다. 이들이 천 명이 넘는데 바다 속을 근거로 하고, 주인의 종이 추격하자 혼쭐을 낸 다음에 보낸 편지에서24) 길동이 조선을 떠나면서 임금에게 군량미를 얻어가는 대목과 상응하는 내용을 찾아볼 수 있다.

<홍길동전>의 율도국은 길동이 국내에서 벌인 의적 활동이 양적 팽창과 질적 상승을 통해 작품을 완결하게 된다. 따라서 율도국의 부분은 전반부와 밀접한 연관되어 있다고 하겠다. 따라서 율도국 건설은 구성상 반드시 필요하고 주제를 더욱 명확하게 해주고 있으며, 단순한 지배욕 때문이라기보다 작자의 의도에 의해 이루어진 것으로 본다.

3. 율도국의 이상향 모습

<홍길동전>에는 율도국의 모습이 어떻게 그려져 있는가? 병조판서를 제수 받고 임금께 하직한 길동은 임금으로부터 받은 정조 일천 석을 배에 싣고 삼천 적군을 거느리고 조선을 떠난다.

---

23) <홍길동전> 중에 89장본에서는 율도국을 정벌한 뒤에 조선국왕에게 표문을 올리는데, 안남국왕으로 자칭하고 있어 안남국으로 설정하고 있다.

24) 이우성·임형택 편, 『이조한문단편집』(하), 일조각, 1978, pp.3~9.

　　"그더 아모날 양천강변의 가 비를 만히 지어 모월 모일의 경셩 한강의 더
령(待令)ᄒ라. 니 님군긔 쳥ᄒ여 정죠 일쳔 셕을 구득(求得)ᄒ여 올 거시니, 긔
약(期約)을 어긔지 말나."(20장)

　　망망대해를 가다가 다다른 섬이 셩도(졔도)라고 한 것을 보아, 그 곳
을 지도상에 있는 구체적인 공간이 아니라 가상적인 한 섬일 뿐이다.
허균은 홍길동이 조선에서 처형되지 않고 출국한 사실과 홍길동이 출
국 이후의 행선지가 옛 유구(流求)였다는 사실을 파악하였기에, 그 나라
를 율도국이란 이름으로 허구화시켜 서술한 것으로 보인다.[25]

　　조선을 떠난 길동은 미리 보아 놓았던 망망대해 중의 가상적인 섬인
남경 땅 제도(셩도)에 들어가 수천 호의 집을 짓고 농업에 힘쓰며 재주
를 배워 무기고를 짓고 군법을 연습하여 병정 양주하였다. 여기에서 해
외로 진출한 길동은 새로운 세계를 정복하여 이상국가를 건설한다는
계획 아래 부국강병의 나라를 만들려고 노력하였다.

　　제도나 율도국은 조선 사람들과 왕래도 없고, 영향을 받지 않는 완전
히 벗어난 독립된 공간이다. 이곳은 길동의 형이 장례를 치루고 수개월
만에 돌아왔다는 말에서 조선에서 아주 먼 곳이며, 섬이란 측면에서 격
리와 단절의 이미지를 갖고 있다. 격리와 단절된 먼 곳이란 현실의 모
순이나 부조리와 단절시켜 이상세계를 구축하기 좋은 공간이란 상징적
의미를 가지게 된다.

　　길동은 홍 승상의 장례를 치루고 난 뒤에 무예를 익히고 농업을 힘
쓰며 병정약종 하였다. 더욱이 제도에서 백용과 도철의 딸을 구해주고,
이를 통하여 경제적 힘과 군사적 힘을 획득하게 되었다. 이렇게 길동이
힘을 획득하고 기르며 정착한 지 3년 만에 이상국가를 건설할 율도국

---

25) 설성경, 『홍길동전의 비밀』, 서울대학교 출판부, 2004, p.272.

을 점령하기에 이른다.

> 남중의 율도국이란 나리이 잇스니, 옥냐(沃野) 슈천(數千)니 외진 짓쳔 부
> 자국이라.(23장)[26]

율도국은 조선과 거리가 멀다. 중국과도 거리가 먼 곳으로 설정되어
있을 뿐만 아니라 중국을 섬기지 않는 나라였다. 이상적인 국가를 건설
할 장소는 중국을 섬기지 않고 중국으로부터 영향을 받지 않는 대등한
관계이어야 한다. 길동은 이런 율도국을 자신의 이상적인 이념을 펼치
면 다스려 볼만한 나라로 생각하였다.

길동은 운수가 열리고 출격의 기운이 되는 시기에 군사를 일으켜 율
도국의 왕위를 빼앗고자 출병한다. 스스로 선봉장이 되고 마숙을 후군
장으로 삼았다. 율도국을 공격하는 도중에 철봉 태수 김현충과 대결하
게 되는데, 김현충은 율도왕에게 이 사실을 알리고 대응한다. 이때 길
동은 양곡을 마련하기 위해 계교로 김현충을 죽이거나 사로잡고,[27] 율
도국 도성을 공격할 때에 율도왕에게 격서를 보낸다.

> "0의 명쟝 홍길동은 글월을 율도왕의게 부치느니, 디져(大抵) 님군은 혼 ᄉ
> 롬의 님군이 아니요 텬하(天下) ᄉ롬의 님군이라. 니 텬명을 밧ᄃ 거병(擧兵)

---

26) 완판본에는 이를 "근쳐에 혼 나라 잇스니 일홈은 율도국이라 중국을 셤기지 아니
  ᄒ고 슈십티를 젼ᄌ젼손ᄒ야 덕화유힝ᄒ니 나라이 틱평ᄒ고 빅셩이 넉넉ᄒ여날
  … 길동이 졔군과 의논왈 우리 엇지 이 도중만 직키여 셰월을 보니리요 이제 율도
  국을 치고져 ᄒ니디
  그리고 경판 30장본에는 "츠시 율도국이란 나라히 잇스니 지방이 슈쳔 니오 스면
  이 막히여 진짓 금셩쳘이오 텬부지국이라 길동이 미양 이 곳을 유의ᄒ여 왕위를
  앗고져 ᄒ더니
27) 24장본에서 김현충을 죽이고, 30장본에서는 항복을 받는 것으로 되어 있다.

허미 몬져 철봉을 파ᄒ고 물미뜻 드러오니, 왕은 ᄊᆞ호고져 ᄒᆞ거든 ᄊᆞ호고 불
연즉 일즉 항(降)ᄒᆞ여 살기를 도모(圖謀)ᄒᆞ라.”(24장)

일국의 왕이라면 왕 자신만을 위한 왕이어서 안 되고, 백성을 위해
존재하고 백성을 참으로 위해야 된다며, 천명(天命)을 앞세워 율도국왕
을 압박한다. 결국 율도국왕은 항복하며 길동에게 나라를 내어준다.[28]
그리하여 서자였던 길동이 왕이 된다. 이를 통하여 적서차별이 없는 이
상향의 건설이란 자아실현을 완성한 것으로 보인다.

길동은 율도국을 점령한 후 다스리는데 시화연풍하고 국태민안하게
된다.[29] 이처럼 길동은 왕위에 즉위하여 군림하는 왕이 아니라, 백성을
위한 정치를 하는 바람직한 지도자의 모습을 보여주고 있다. 나라를 올
바르게 다스리는 것은 경제적으로 풍요로움을 이루고 사회적으로 태평
하여야 하며 정치적으로 안정된 나라를 만드는 것이다.

이상에서 율도국은 조선사회의 모순과 부조리한, 해결 불가능한 문
제를 해결한 궁극적인 장소이며, 인간들이 소망하는 착취나 부조리가
없이 가족이 단란하게 함께할 수 있는 이상세계가 구체적으로 실현된
공간이다. 게다가 강력한 군사력까지 갖추어진 이상적인 나라이다. 더
욱이 이곳은 조선이나 중국의 영향을 받지 않는 독립된 매우 이상적인
국가이며, 독자들의 상상적인 도피처였다. 율도국에서 보여준 이상적
세계의 모습은 조선사회의 현실적인 모순과 부조리를 비판하고 개혁의

---

28) 완판본은 왕이 항복하는 대신 자살을 하고, 왕세자도 왕비도 자살하는 것으로 나
타난다.
29) 치국(治國) 삼년의 산무도적(山無盜賊)ᄒᆞ고 도불습유(道不拾遺)ᄒᆞ니 가의 틔평셰계
(太平世界)러라.(24장) 이에 비하여 완판본에는 신왕이 등극 후의 시화연픙ᄒᆞ고 국
틔민안ᄒᆞ여 ᄉᆞ방의 일이없고 덕화ᄃᆡ힝ᄒᆞ며 도불습유ᄒᆞ더라 틔평으로 세월을 보ᄂᆡ
더니

필요성을 더욱 강조하고 있다. 특히 조선 밖으로 진출하여 새로운 율도 국이란 세계를 정복하고 이상세계를 건설한다는 것은 매우 혁신적인 생각이라고 하겠다.

4. 이본에 나타난 율도국의 양상

율도국은 조선을 전제로 하지 않고서 존재할 수 없다. 조선의 문제는 율도국을 생성하는 바탕이 되었다. 율도국의 설정은 인간이나 요괴뿐 만 아니라 중세적 가치의 사회제도까지 투쟁의 대상이었다. 길동은 투 쟁보다 투쟁의 대상이 없는 이상향 국가를 세우는 것이 필요하였다. 이 상향의 국가는 가족 차원에서 적서차별을, 사회 차원에서 적서차별에 의한 입신양명의 한계를 극복할 뿐만 아니라 이를 구체적으로 확인하 고 인정하는 과정이 필요하였다. 조선사회에서 이루어진 것들은 당대 의 사회체제를 긍정하면서 이루어지는 거짓된 것이고 부분적이며 제한 된 것이었다. 이런 것을 온전하고 완전한 것으로 만들기 위해서는 율도 국이란 새로운 공간으로의 이동이 필요하였다.

율도국은 길동이 조선을 떠나 제도라는 설화적 공간을 통과하면서 그 위력을 극대화한 후에 펼쳐지는 공간이다. 이곳에 대한 작품의 서술 량이 달라지는 것은 작품 세계에 만족하지 않고 개입하는 작가(독자)의 수용 활동에 따른 결과물이라고 하겠다.[30]

율도국 삽화는 대부분의 이본에 두루 등장한다. 경판본이나 완판본 그리고 필사본에도 나타나고 있다. 한문본, 김동욱, 정명기, 박순호, 정

---

30) 서종문 · 김석배 · 장석규, 앞의 논문, p.49.

우락의 필사본 등은 독자적인 서사 단위를 이룰 만큼 확대된 전개가 이루어지기도 한다. <*야동본>과 <어청교본>의 경판본에도 나타난다. 그리고 <한남본>을 위시한 경판본들은 상대적으로 축약되어 있다. 한문본에는 <위도왕전(韋島王傳)>이란 제목이 붙어 있으며, 박순호본에는 율도국이 확대되어 있다. 이처럼 율도국 삽화는 거의 모든 이본에 설정되어 있어서 <홍길동전>의 일반적 특징으로 이해할 수 있다.

우선 <홍길동전>에 나타난 율도국 삽화의 서사 세계를 순차적 단락으로 제시하면, 율도국 소개-율도국 정벌 의논-율도국 침공-율도국 왕에게 격서 전달-율도국 조정의 대응책-홍길동의 작전 하달-홍길동의 무리와 율도국 전투-홍길동의 승리와 율도국왕 자결-홍길동의 등극과 왕가 형성 등으로 나타난다.

율도국 삽화를 보면, 그 서술 분량은 차이가 있더라도 그 전개되는 내용은 유사한 측면이 있다. 한남본, 완판본, 김동욱본, 한문본에 나온 내용은 율도국 소개, 홍길동이 율도국 침공 제안, 군진의 배치와 전황 제시, 율도국왕에게 격서 보내기 등이다. 이들 이본은 친연성을 보여주고 있다. 그런데 <안성판 19장본>과 <숭실대본>에서는 이런 율도국 삽화가 나타나지 않았다. 이 두 본은 표기의 차이만 있을 뿐이기 때문에 둘 중에 하나를 저본으로 사용하였을 가능성을 보여주고 있으며, 율도국 삽화가 첨삭이 쉽게 이루어졌음을 의미한다고 하겠다.[31]

율도국은 물산이 풍족하며 임금이 폭군으로 등장하지도 않았다. 그래도 조선보다 나은 율도국을 정벌하여 조선과 다른 이상국가를 건설할 필요가 있다. 길동의 시각으로 보면 이런 율도국인 데도 정벌하였을 때는 "각읍의 디수호고 죄을 다 방송호며 창고롤 열어 빅성을 진휼"(완

---

31) 서종문·김석배·장석규, 앞의 논문, pp.27~29.

판본 68)한 것처럼 죄인들을 사면하거나 방송해야 할 죄인들이 있고 진휼할 백성이 있는 나라이다.

율도국 정벌 과정에서 경판본 계열의 경우는 홍길동이 보낸 격서를 보고 율도국왕이 자결하거나 항복하여 쉽게 무너지는 모습을 보여주고 있다. 즉 율도국왕은 <한남본>에서 항복하여 의령군에 봉해지는데, 완판본 계열과 국문 필사본 및 한문 필사본에서 신하들의 만류에도 불구하고 방어군을 지휘하여 길동의 정복군과 치열한 전투가 전개하다가 패배하여 자결하는 군담 내용이 나타난다.

경판본에서는 길동이 율도국왕에 즉위한 후 조선 국왕에 표문을 올리고 있으나, 완판본과 일부 필사본 계열에서는 조선에 표문을 보내지 않거나 율도국이 중국을 섬기지 않은 나라임을 강조하고 있다. 이처럼 완판본과 일부 필사본에서는 율도국이 중국에서 독립된 독자적인 국가임을 강조하였는데, 율도국의 공간적 배경을 설화적 공간으로 도입하여 불분명하게 처리한 것에서도 유추할 수 있다.

길동이 국내에서는 왕을 제외한 지배세력의 통치능력에 의문을 제기한 반면에 율도국에서는 국내에서 제기된 문제들을 해결할 수 있는 전망을 보여주고 있다. 율도국은 조선사회의 장애 요소를 제거하고 길동에게 부여된 영웅적 능력을 마음껏 발휘할 수 있게 된다. 길동이 거느린 군도들은 조선 왕조에서 용납되지 못하는 세력이지만, 율도국이란 새로운 이상세계를 건설하는 집단세력이 된다. 그들은 사회적 신분 질서의 질곡에서 벗어나 이상세계를 건설하고 이끌어나가는 주도세력이 되어 편안한 생활을 누릴 수 있게 된다.

율도국이란 공간을 불분명하게 설정한 것은 율도국이 조선사회에서 일어난 사건을 완성하는 공간으로 인식시키려는 서사적 장치로 보인다. 따라서 율도국은 서사적 독립성을 가지고 있어 없어도 되는 부분32)이 아니라 반드시 필요한 부분이다. 그 동안 불필요한 부분으로 인식한 것은 <홍길동전>의 주제와 통일성을 잘못 이해하는 데서 비롯된 것이다. 율도국 삽화는 작품의 의미망의 핵심 고리로서 작품의 전체적인 의미를 묶어 독자들에게 결정적인 메시지를 전달하고 있다. 일부연구자들은 적서차별의 문제를 제기하지 않았다고 보는데, 실제로는 적서차별에 대한 강력한 대응 의지를 보여주고 있으며, 조선사회의 문제점을 완전하게 해결하는 공간으로 성립된다.[33]

한편 박지원의 작품에 나오는 빈 섬과 비교하여 보자. 이상향의 공간을 그린 사람은 허균뿐만 아니라 실학자인 박지원도 있다. 그는 소설 속에서 이상공간을 꿈꾸며 당시의 문제와 해결에 대한 방안을 보여주었다. 허균의 <홍길동전>에 나타난 율도국과 박지원의 <허생전>에 나타난 '빈 섬'이 각각의 소설 속에서 이상향으로 그려지고 있는데, 두 섬을 간단히 비교해 보면 다음과 같다.

율도국과 빈 섬이란 공간은 시대의 현실을 극복하기 위해 등장하고 있다. 이런 이상공간에는 구체적인 삶의 모습이 제시되지 않고, 막연히 시대의 문제를 극복하려는 작가의 의식이 담겨져 있다.

<홍길동전>에서는 서얼 문제에 대한 허균의 비판적 의식을 담은 길동을 등장시켜 실제적인 삶의 문제라기보다 신분차별이 없는 출생에 대한 점을 율도국에서 부각시키고 있다. 반면 <허생전>에서는 국가 경제를 바로잡아 보려는 실학자인 박지원의 이상을 실현하고자 허생을

---

32) 서종문·김석배·장석규, 앞의 논문, p.37.

33) 그러면서 새로운 문제를 야기할 수 있다. 2부인이나 3부인을 얻는 것으로 새로운 적서차별의 문제를 제기하거나, 조선사화 체제를 갖추면서 새로운 사회적 정체와 부조리가 성행할 수 있다.

등장시켜 빈 섬에서 철저하게 경제 문제에만 치중하고 있다.

그런데 고전소설 속에서 허균의 홍길동이 세운 율도국은 박지원의 <허생전>에 등장하는 남방의 빈 섬에 앞서 처음 등장하는 일종의 유토피아라는 점이 주목된다. 유토피아는 단순히 무릉도원이 아니라 사회적 여러 모순에 대한 적극적 비판과 저항의 연장선 위에 놓인 것이기에 그만큼 역사적인 것이다. <홍길동전>은 율도국의 존재로 '해외 진출의 이상'을 작품 속에서 실현한 최초의 작품으로 평가된다.

5. 율도국의 경영과 성격

율도국을 정벌한 길동은 이상국가로서의 틀을 갖춘 부국강병의 나라를 만든다.34) 나라의 상징인 궁을 지어 안정화를 꾀하고, 곡식을 쌓아둘 창고를 지은 후 농업에 힘쓰니 양식이 넉넉하였다. 또 군량이 산처럼 쌓이고 군사가 무예를 닦으니 주위에 대적할 나라가 없는 강대한 나라가 되었다. 또 이곳은 조선 사람과의 왕래도 없는, 조선이나 중국의 영향에서 완전히 벗어난 독립 국가이다.35)

허균은 외교관으로 자주 중국을 왕래하면서 조선과 중국이 대등하다고 생각하지 않았다. 그는 율도국의 형상을 설명할 때 중국을 섬기지 않는다는 점을 제일 먼저 강조했다. 이상적인 국가의 요건으로 중국으로부터 영향 받지 않고 중국을 섬기지 않는 대등한 관계를 첫째로 삼

---

34) 박미선, 앞의 논문, p.51.
35) '인형'이 부친의 장례를 치른 후 길동과 헤어져 돌아올 때 "서로 위로하고 배를 띄워 수개월 만에 고국에 돌아와"에서 알 수 있듯, 이곳은 조선에서 수개월이 걸리는, 먼 곳에 있는 나라이다.

은 것이다.36) 율도국은 "즁국을 셤기지 아니호고 슈십디를 젼즈젼손호
야 덕화유힝하니 나라이 티평호고 빅셩이 넉넉호"(완판본) 나라로 즁국
을 섬기는 조선과 다른 나라이다. 거기에 외침과 지배계층의 무능과 전
횡으로 나라의 경제가 흔들리고 민심을 동요되지 않는 나라인 점에서
도 차이가 있다. 게다가 섬이라는 공간은 일반적으로 격리와 단절의 이
미지를 갖고 있다. 따라서 현실의 모순이나 부조리와 단절되고 새로운
이상세계를 구축하기 좋은 공간이다. 길동은 제도에 정착한 지 3년 만
에 부강한 이상적인 나라를 건설할 근처의 섬 율도국으로 눈을 돌린다.

율도국의 건설은 구성상 필요 없는 것도 아니며 주제를 애매하게37)
하기는커녕 주제를 뚜렷하게 해 주고 있다. 그리고 길동의 지배욕 때문
이 아닌38) 작가의 의도에 의해 건설되었다. 길동은 국내에서 자기의 이
상을 펼칠 수 없기 때문에 해외로 나가 율도국을 건설하였다. 작가는
현실적으로 국내에서 이상국가를 도저히 건설할 수 없어 임시방편으로
율도국을 택한 게 아닐까 한다. 그리하여 조선의 유교적 윤리의 제약으
로부터 자유로울 수 있는 유토피아적 성격으로 율도국 건설을 실현시
켰다.39) 즉 길동은 군도를 이끌고 해외로 나가게 된다. 제도라는 섬에
서 망당산 요괴를 쳐, 백룡의 딸과 도철의 딸을 취함으로써 국가 통치
의 기반인 경제력과 인적 자원을 확보하고 3년간 군사력을 키워 율도
국의 정벌하게 된다.

정교주는 "길동이 율도국 왕이 되자, 망당산 요괴를 물리치고 얻은

---

36) 박미선, 앞의 논문, p.52.
37) 이재수, 『한국소설연구』, 형설출판사, 1975, pp.166~167.
38) 김영실, 「홍길동전소고 – 근세반항문학론을 위한 소고」, 『진주교육대학교논문집』3,
    진주교육대학, 1969, pp.14~15.
39) 이상헌, 앞의 논문, p.43.

두 아내를 왕비로 봉한다. 또 다시 조선국 왕조의 신분적 차별에서 오는 사회적 모순의 모양이 길동의 새로운 왕국에서 재현되는 듯한 인상이다."40)라 했다. 그러나 길동은 두 왕비에게서 얻은 자식들과의 적서 문제로 의견 대립이나 부조화의 모습을 보이질 않는다. 그리고 길동은 모든 직제를 조선 왕조 체제에 맞추어 관원을 임명한다. 이것은 허균이 당시 조선사회에서 일어나는 모순들을 고발하는 것만이 목적이 아니라 율도국이 조선의 참 모습임을 암시하고 있다.

> 율도국의 설정은 주인공 개인의 영웅적 성공을 넘어서 작가의 이상을 대변한다. 이 작품이 개인적 성공을 제재로 삼았다면 병조판서로 개인이 영달하고 일가가 번영했다는 것으로 대단원을 삼을 수 있었을 것이다. 또 그 편이 훨씬 작품의 주제를 분명히 했을지 모른다. … (중략) … 그가 이 벼슬을 성공의 완성으로 생각했다면 그는 부모가 계시는 고향으로 돌아가야 했을 것이다. 그는 금의환향하는 대신 새로운 모험을 향해 율도국으로 떠났다. 이는 보다 이상적인 세계를 건설해 보겠다는 의지가 표현되고 있다.41)

길동은 이런 근본 문제를 완전하게 해결하기 위해 율도국에 들어가 기존 율도국왕과 대결하여 굴복시킨다. 그리고 스스로 '율도국의 왕'에 등극하는데, 이것은 조선에서 왕의 교체가 필요하다는 작가의 역성혁명의 의지를 표출한 것이다. 율도국은 중국에 대한 사대를 모르는 자주적 전통을 견지해 온 평화스러운 부국이다. 조선에 비하여 만족스러운

---

40) 정교주, 「홍길동전 연구」, 연세대학교 교육대학원, 1991, p.88. 황패강, 「홍길동전의 사회의식」, 『홍길동전』, 시인사, 1984, 20쪽에서 조선사회에서 신분질서를 답습하고, 적서차별이 끝까지 관철되지 않았다고 보았다. 김동욱, 「홍길동전의 비교문학적 고찰」, 『허균의 문학과 혁신사상』, 새문사, 1981, p.96.에서 길동의 의식은 사대부의 의식세계를 벗어나지 못하였다고 보았다.
41) 김동욱, 앞의 논문, p.62.

나라임에도 불구하고 전쟁을 한다. 길동의 율도국 침입은 명분이 없는 전쟁이었으며, 힘에 의한 지배임을 보여주고 있다.[42] 다시 보면 율도국은 외적으로 침입으로 멸망한 나라이다. 율도국을 정벌한 길동은 직제를 조선의 체제에 방불하게 제정하고 관원을 임명한다. 이처럼 길동이 정벌한 율도국은 조선의 병리적인 조건에서 크게 개선된 점이 없어, 길동의 권력지향적인 모습을 보여준 것[43]이라 보았다.

그런데 길동이 왕위에 등극 후 율도국의 모습을 설명하는 가운데 시화연풍이 제일 먼저 나오는 것은 의미심장하다. 나라를 잘 다스린다는 것은 무엇보다도 경제적으로 풍요로운 나라, 사회적 정치적으로 안정된 나라를 만든 것을 의미한다. 그리고 길동은 왕위에 즉위한 뒤 백성에게 군림하는 왕이 아니라 백성을 위한 정치를 하는 바른 지도자의 모습을 보여 준다.[44]

율도국은 조선사회의 모든 문제와 부조리가 다 해결된 이상과 동경의 장소로 그려져 있다. 율도국이란 이상세계는 조선사회의 모습을 거의 그대로 지속되어 있다. 다만 적서차별이 사라진 사회이고, 군왕이 백성을 위해 존재하며, 부정부패가 사라진 사회라는 새로운 이상국가를 건설하였다. 여기에서 조선사회의 현실에 대한 비판적 시각과 개혁의 필요성은 율도국이 이상국가로 뚜렷이 자리 잡을수록 상대적으로 더욱 절실해진다. 이를 통해 조선이 어떠한 모습을 갖추어야 하는가를 우회적으로 제시하고 있다.

다음은 공간적 확대나 비약에 따른 율도국의 성격이다. <홍길동전>

---

42) 황패강·정진형, 『홍길동전』, 시인사, 1984, p.21.
43) 이상헌, 앞의 논문, p.43.
44) 박미선, 앞의 논문, pp.53~54. 하늘이 임금을 세운 것은 백성을 기르기 위함이라는 <호민론>의 생각을 실천한 것으로 보인다.

에서 '가정 → 사회 → 해외(율도국)'로의 공간적 전이는 단순한 공간적 이동이 아니라 공간적 확대나 비약에 따라 주제의 발전에 기여하고 있다. 작품에서 가정에서의 핵심 문제는 부자간의 왜곡된 윤리이고, 사회에서는 군신 간의 왜곡된 윤리 문제로 나타난다. 사회에서의 군신관계는 가정에서의 부자관계가 확대 연장된 것으로 볼 때, 가정에서의 왜곡된 윤리는 사회적 제도, 곧 잘못된 신분제도의 모순에 근거하고 있다. 이처럼 사회적인 관계로 사태가 진전되는 것은 문제 자체의 발전이자 문제의 본질을 해결하는 길이라 하겠다.

해외(율도국)로의 이동은 가정에서 사회로의 공간적 전이에 비해 엄청난 비약이다. 비약의 정도만큼 문제 해결을 위한 사태의 발전이 수반된다. 사실 가정에서 사회로 문제를 확대하였으나 문제의 해결에 한계가 있었다. 그 한계는 조선이란 공간에서 극복할 수 없으므로 해결할 수 있는 새로운 공간으로 필요하다.

율도국은 사태의 발전이자 문제 해결을 위한 이중적 기능을 지닌 공간이다. 해결 공간으로서 성격을 살펴보면 길동은 조선국을 떠나 율도국에 왔으나 조선국과의 긴밀한 관계를 유지한다. 뿐만 아니라 부모를 율도국에 모셔 가족윤리를 재건하고, 결혼한 두 여자를 수평적 관계인 처 대 처의 관계로 맞이하였다. 율도국에서 가족윤리는 기존의 조선에서 가족 관계가 지니고 있던 결함을 해소함으로써 한층 향상되고 개혁된 가족윤리를 보여주고 있다.[45] 사회적 윤리에서도 마찬가지로 신분에 관계없이 능력 있는 자가 출세할 수 있으며, 가족윤리의 재건과 군신 간의 모순을 해소한 공간이 율도국이기 때문에 율도국은 "왕도적 이상국"[46]이라 할 수 있다.

---

45) 조선사회의 일부다처를 그대로 유지하고 있다는 한계를 보여주고 있다.

소설 속의 이상국가인 율도국은 작가가 그려내고자 한 조선의 부조리가 해소된 공간이며, 이를 통해 조선이 앞으로 어떠한 나라로 나가야 하는지에 대한 작가의 개혁의지를 엿볼 수 있는 장치이다.

6. 율도국의 의미

<홍길동전>에서 주인공 길동은 신화적 자아가 이루지 못할 일이 없으면서도, 일상적 자아가 가내의 인륜과 도리에 얽매여 왜소한 모습을 보여주고 있다. 길동의 분열된 행위는 길동의 윤리적 갈등의 결과이며 작가를 제약하는 당대의 보편적인 특수성에 기인하는 문제이다. 이를 해결 방법은 기존 윤리나 체제의 제약에서 벗어난 새로운 공간이 율도국이라 하겠다. 율도국은 기존의 체제에서 받아온 윤리적 제약에서 완전하게 벗어나 길동의 신화적 능력을 실현하는데 아무런 장애 요소가 없는 곳이다.

조선을 떠난 홍길동의 행동은 현실적 제약이 따르지 않아 마음껏 자유로울 수가 있다. 길동의 율도국 건설의 단계는 가정에서 아버지나 형, 사회에서 임금에 대한 충이란 유교적 제약이 따르지 않을 수 있다. 그리고 고뇌의 짐을 벗어던지고 문제를 적극적으로 해결해 내는 행동 단계라 하겠다.[47]

율도국이란 이상국가 건설은 새로운 세계의 구축이란 의미도 있지

---

46) 이현국, 앞의 논문, p.164.
47) 이문규, 「홍길동의 인물현상으로 본 홍길동전의 의미」, 『선청어문』33, 서울대 국어
　　교육과, 2005, p.16.

만, 작품 전체적인 의미에서는 자아실현의 완성을 확인하는 단계라 하
겠다.[48] 홍길동이 호부호형을 완전하게 인정받는 것은 제도에 머물 때
일어난 아버지의 죽음으로 확인된다. 출가할 때의 홍 승상이 인정한 호
부호형은 가정적 이야기, 즉 홍 승상 개인적인 인정에 불과하다. 그렇
기 때문에 길동은 경상감사로 부임한 형인 인형에게 자신을 소인이라
고 호칭한다.

이런 길동에게 율도국이란 공간은 호부호형을 완전하게 인정받게 되
는 곳이다. 홍 승상은 죽음에 임하여 본부인과 장자 인형에게 차별하지
않도록 유언하고, 길동의 친모를 잘 대접할 것을 부탁한다.[49] 그리고
길동은 홍 승상의 죽음을 맞이하여 묘지를 마련하지 못한 적자 인형에
게 나타나 묘소를 마련하였음을 말한다. 길동이 아버지 홍 승상의 시신
을 제도로 옮겨와 유택을 마련하게 되었다[50]는 것은 가정에서 제사권
과 가독권을 획득하게 되었다는 것을 의미한다. 이로써 길동은 홍 승상
가정의 적통을 잇게 된다.

사회적으로도 병조판서라는 출장입상의 대장부의 욕망을 성취하였
다. 그런데 그가 제수 받은 병조판서는 지배 관료들이 그를 죽이기 위
한 계략으로 주어진 것이다. 사실 길동이 제수 받은 병조판서는 조선을
떠날 수밖에 없는 상황이기 때문에 쓸모가 없는 것이다. 길동은 조선을

---

48) 송하춘, 「이상세계를 통해서 본 작가의식-홍길동전과 광장을 중심으로」, 『어문논
집』19·20, 안암어문학회, 1977, p.4. 홍길동전에서 길동이 율도국을 설정한 것을
사회제도에 대한 자기행위의 윤리적 죄책감이라고 하였다. 시대적 윤리를 뛰어 넘
었을 때의 기쁨보다 오히려 윤리의 파괴라는 생각에서 오는 괴로움이 더 큰 것이
라며 이를 극복한 것이 율도국의 설정으로 본 것 같다. 그런데 그런 죄책감이라면
전혀 새로운 공간인 율도국의 설정이 필요한가에 의문이 제기된다.
49) 젹셔를 분별치 말고 동북 동싱 가치해라
50) 길동이 월봉산의 드러그 일쟝 디지을 엇고 산녁을 시작(始作)호되 셕물(石物)를 국
능(國陵)과 갓치허고,(32쪽)

떠나 율도국에서 이상국가를 건설하고 왕이 되었다. 길동은 조선 국왕과 대등한 존재임에도 불구하고 조선 국왕에게 표문을 올리게 된다. 길동은 조선 국왕에게 표문을 올리면서 전임 병조판서라고 하였다. 이는 길동이 사회적 존재로서 출장입상의 병조판서란 벼슬의 제수 받음이 사실임을 인정받는 과정이라고 하겠다. 길동이 조선 국왕에게 표문을 올림으로써 그에게 제수되었던 병조판서가 완전한 것이 되고, 적서차별이 완전하게 해소되었음을 보여준다.[51]

율도국은 신화적 자아가 지닌 영웅적 의지의 성취를 가능하게 해주었다. 즉 서얼문제를 비롯한 모든 가정적 사회적 문제를 일시에 해결하고 극복할 수 있는 왕이 되었다. 율도국은 가족윤리의 원상회복과 조선왕에 대한 새로운 군신관계 확립을 통해 전반부의 현실적 공간과의 유사성과 인접성에 의한 연속성을 극복하면서 주인공의 최초 의지를 실현시키고 있다. 즉 당대의 모순된 사회문제를 당대의 시공 안에서 형상화하는 데서 오는 작가적 제약을 극복하게 된다.

율도국은 갈등과 화합이 공존하면서도 이 문제를 한층 더 높은 차원에서 해결 가능한 비약적 공간이다. 가정과 사회를 거치면서 불완전한 완결과 미완의 지속으로 반복되는 갈등 당사자의 공존이 가능한 상태의 공간이며, 소설 결말의 완결을 위한 공간이다.

갈등의 완결은 지속되어 온 문제의 해결인 동시에 소설 형식의 완결성을 보장해 주는 요건이 된다. 갈등의 지속과 완결은 공존할 수 없다. 율도국이란 공간은 표면적인 갈등이 없어지며, 영웅적 의지를 추구하여 갈등의 지속과 완결을 의미하는 왕이 된다. 이런 율도국은 사태의

---

51) 병조판서의 제수가 홍길동의 개인적 사항으로만 존재하는 것이 조선사회의 한계이다. 이런 한계를 극복하려는 것이 율도국이란 이상세계의 건설이다.

발전이자 동시에 문제 해결을 위한 이중적 기능을 지닌 공간이다. 길동은 두 여자를 취하면서 수평적 관계인 처처의 관계로 맞이하고, 조선왕에 대한 극진한 예를 갖추어 새로운 군신관계를 재정립하며, 율도국을 왕도적 이상국으로 지향하였다. 능력 있는 자가 출세하고, 가족윤리의 재건과 군신 간의 윤리를 재정립하는 과정에서 조선국의 모든 사회적 모순을 해소한 공간이다.

율도국은 신분적 결함이 있는 서자인 길동이 왕이 될 수 있는 공간이다. 조선이란 역사적, 현실적 공간에서는 윤리적 제약으로 실현이 불가능하다. 율도국은 이런 제약이 없는 새로운 공간으로 천비소생의 문제를 극복하는 것이고 용꿈을 실현시킨 것이다. 길동이 율도국왕에 등극하는 것은 능력이 있는 자가 당당하게 대접받을 수 있고, 능력이 있는 사람들이 나라를 다스릴 때 나라도 안정되고 불우하거나 불만이 있는 자도 생기 않을 수 있다는 함축된 의미를 가지고 있다.

율도국은 조선의 부정적인 현실에 대한 이상적 대안이다. 도탄에 빠진 백성, 탐학만 일삼는 부패한 관료, 무능한 조정, 비인도적인 차별 제도 등을 율도국의 현실에서 이상적으로 변혁시켜 놓았다. 율도국은 농업과 군사력 배양에 힘써 부국강병, 국태민안의 나라가 되었고, 왕과 관리들은 백성을 위무하고 보살피기를 최우선으로 하는 선정을 베풀었다. 치국 3년 만에 '산무도적하고 도불습유한 태평세계'를 이룩하고 격양가가 넘치는 경제적 왕도의 이상국 모습을 구체적으로 보여주며 태평성대를 노래하고 있다.52)

---

52) 도불습유나 산무도적, 격양가 등의 모습은 요순시대 상징되는 이상적 고대사회의 채취를 느끼게 하여 현실감을 느끼기가 어렵다.

소설 〈홍길동전〉과 드라마 〈쾌도 홍길동〉 비교

1. 서론

문자로 이루어진 문학은 오늘날과 같은 매체 환경 속에서 더 이상 이야기의 밑천으로 절대권을 행사하지 못한다. 대중들은 다양한 매체를 통한 다양한 이야기에 노출되어 있다. 따라서 고전소설은 문자 문학 이상의 특성을 개발하고, 시대적 감성과 흥미, 가치관 등을 잘 용해시킨 새로운 서사 원형으로 재창출되어야 하며, 또 새로운 장르의 확장으로 연계될 수 있어야 한다.[1]

디지털로 대표되는 매체 기술의 변화가 서사 문학에 끼치는 영향력은 패러다임의 전환으로 비유될 정도로 막대하다. 특히 디지털 신기술을 바탕으로 하는 문화콘텐츠[2] 분야에서 집약적인 변모를 보이면서,

---

[1] 양민정, 「디지털콘텐츠 개발을 위한 고전소설의 활용 방안 시론」, 『외국문학연구』 제19집, 외국문학연구학회, 2005.

[2] 문화콘텐츠(Culture Contents)는 문화를 담고 생산되는 콘텐츠를 가리켜 이르는 말로, 대한민국 정부와 해당 업계에 의해 자주 사용되는 개념이다. 문화콘텐츠의 정의는

대표적인 서사문학인 고전소설도 새로운 전기를 맞고 있다. 즉 위기의 영역으로 몰렸던 인문학의 한 부류인 고전소설은 디지털 기술과 맞물려 무한한 가능성의 원천 소스가 되어 다양한 분야에서 활용 가치를 높여가고 있다.[3]

이런 경향은 디지털 기술 발전에 상응할 만한 내실 있는 콘텐츠가 확보되고 있는가에 대한 회의와 결핍감에서 비롯되었다.[4] 즉 디지털 기술의 진전은 인간이 받아들일 수 있는 거의 모든 매체에 걸쳐 획기적인 다변화를 불러왔다. 하지만 소재의 고갈이라는 치명적인 한계를 극복하기 위한 최선의 수단으로서 일종의 재활용적 측면에서 고전소설과 전통 문화를 주시하게 되었다.

시청자나 관객이 신선한 것을 보고자 하는 욕구를 충족시키기 위해 소재의 선택이 중요하다. 대중들은 이제까지 많은 콘텐츠를 접해왔기 때문에 항상 틀에 박힌 되풀이하는 이야기를 원하지 않는다. 대중의 눈을 사로잡기 위해 새로운 소재를 찾아야 하는데, 고전문학에서 그 답을 찾기도 한다. 고전문학은 재활용적인 측면이지만, 대중에게 친숙한 기

첫째 '문화유산, 생활양식, 창의적 아이디어, 가치관 등 문화적 요소들이 창의력과 상상력을 원천으로 체화되어 경제적 가치를 창출하는 문화 상품'(한국행정연구원의 정의). 둘째, '인간의 감성, 창의력, 상상력을 원천으로 한 문화적 요소가 체화되어 경제적 가치를 창출하는 문화상품'(김평수 외), 셋째, '문화기호들의 연쇄적 조합이 창출한 결과물로, 커뮤니케이션의 다양한 채널을 통해 상업화될 수 있는 재화'(백승국), 넷째, '주체와 객체를 구성요소로 하고 서비스를 중심으로 주체와 객체 간에 이루어지는 끊임없는 내적 교감이 객체의 감정 변화를 유발시켜 정신적 고양과 해방감, 카타르시스를 얻게 하는 것'(박장순)이 있다. 문화콘텐츠이란 용어는 2001년 8월에 문화관광부에 산하기관으로 한국콘텐츠진흥원의 전신인 한국문화콘텐츠진흥원이 설립된 것을 감안한다면 최소한 2000년대 초반, 빠르면 1990년대 후반에 사용된 것으로 추정된다.

3) 홍정표, 「고전소설을 활용한 방송 콘텐츠 활성화 방안 연구」, 한국외국어대 석사학위논문, 2009.2.
4) 양민정, 앞의 논문.

본 소스들을 뽑아낸 뒤 새로운 영감과 결합시켜 새로운 결과물을 만들어 내어 대중들의 요구에 응답한다. 고전문학 소스를 사용하여 콘텐츠를 만드는 경우 반드시 재연이 아닌 재창조를 전제로 한다. 고전문학 원 소스를 그대로 재연하는 것은 새로운 콘텐츠라고 불릴 수 없다.

<쾌도 홍길동>[5]은 2008년 1월 2일부터 3월 26일까지 KBS에서 매주 수요일과 목요일에 방송된 미니 시리즈로 만들어진 드라마이다. 이는 허균이 지은 고전소설 <홍길동전>을 원 소스로 활용하여 총 24부작으로 만든 퓨전사극이다. <쾌도 홍길동>에서는 양반의 서자, 활빈당 등 기본적인 골격은 그대로 두고 그 위에 허구적인 요소를 가미해 기존의 소설을 재해석했다. 즉 고전소설 <홍길동전>이 사리사욕을 채우기 위해 백성들을 괴롭히는 탐관오리를 혼내주는 영웅 홍길동의 일생을 그린 것과 달리, 드라마 <쾌도 홍길동>에서는 홍길동을 주 캐릭터로 삼아 사리사욕을 채우는 관리들과 서민들을 괴롭히는 도적들을 혼내주는 이야기로 꾸며져 있다.

<쾌도 홍길동>는 퓨전사극의 형식을 취하고 있기 때문에, 그 내용이 가볍고 인간적이며 이를 코믹하게 그려져 있다. 이는 <쾌도 홍길동>의 기획 의도를 통해 확인할 수 있다.[6] 의로운 행동의 중요한 영웅적 이야기의 주인공 홍길동을 주 캐릭터의 활용하면서도 '코믹, 현실적, 젊은 사극'이란 용어를 통해 인간적이고 쾌활한 캐릭터로 변용되었음을 제

---

5) KBS 2TV 수목드라마 <쾌도 홍길동> (연출 : 이정섭, 극본 : 홍정은·홍미란, 출연 : 강지환·성유리·장근석 등.)

6) <쾌도 홍길동> 공식 홈페이지 http://www.kbs.co.kr/drama/honggildong 2008/ 이곳에 있는 기획 의도를 보면, 1, 국내 최초의 코믹.사.극! 사극에서 기름기와 무게감을 빼면서, 더욱 친근하게 다가가는 사극을 지향한다. 2. 천하무적 슈퍼맨 일색의 영웅담이 아닌 보다 현.실.적.이고 인간적인 새 시대 새로운 영웅담을 선보인다. 3. 젊고 현대적 성격의 인물들을 전면에 내세워 밝고 젊.은.사.극.을 선보인다.

시하고 있다.

원 소스인 고전소설의 나타난 요소들이 드라마 <쾌도 홍길동>에 어떻게 변용되어 있는가에 대해 구체적으로 살펴보자.

2. <쾌도 홍길동>의 인물 변용과 창조

소설에서 인물은 가장 중요한 요소 중에 하나이다. 인물들은 서사구조에 결정적인 영향을 미치면서 선과 악, 미와 추 등 대립적인 성격이 뚜렷하게 나타난다.

고전소설에서는 인물과 행위, 사건 등 이야기를 구성하는 요소가 시작과 함께 하나의 결말을 향해 시간적, 인과적 관계를 맺으며 진행된다. 이때 처음과 끝은 작자의 의도에 따라 구성된 원인과 결과의 규칙에 따라 이야기의 진행 흐름을 깨뜨리는 일탈이나 지체 등을 서사의 결함으로 지적되어 있다.[7] 고전소설에서는 주인공을 중심으로 서사가 진행되기 때문에 다른 주변적 인물이 많이 나타나지 않는다. 다만 주인공을 중심으로 여러 명의 적대적 인물이 나타나는데, 이들은 영웅 만들기에 동원된 수단에 불가하다. 이런 점에서 고전소설 <홍길동전>은 적서차별에 불만을 품은 비범한 주인공 홍길동의 사회개혁적 행위를 중심으로 단선적인 이야기가 펼쳐지고 있다.[8]

이에 비하여 드라마나 영상 제작물은 그 일탈이 극적 전환 요소로

---

7) 전경란, 「디지털 내러티브에 관한 연구 – 상호작용성과 서사성의 충돌과 타협」, 이화여자대학교 박사학위논문, 2003.
8) 우쾌재, 『한국가정소설 연구』, 고려대학교 민족문화연구소, 1988, p.230.

작용하기도 한다. <쾌도 홍길동>이란 드라마에서는 평범한 인물인 홍길동이 자신의 능력을 발휘할 수 있는 사회적 현상에 직면하여, 그를 해결해 나가는 과정을 비롯해 인물적 성격이나 특성이 많이 변용되었다. 뿐만 아니라 새로 창조된 인물들을 통해 극을 엮어내면서 다양한 이야기가 전개되고 있다.[9] <쾌도 홍길동>에서는 새로운 인물이 창조되었다. 즉 새롭게 창조된 우호적인 인물로 허이녹이 있고, 적대적 인물로 이창휘가 있다. 이들은 길동이 목표를 이루어 가는데 도움과 장애를 동시에 제공한다. 특히 허이녹은 뒤에 길동과 사랑하는 여인이 되어 길동의 인간적 면모를 보여주는 인물로 된다.

고전소설의 인물들은 전형적인 틀에 박혀 있고, 묘사나 행동에서 평면적인 특성을 드러내고 있다. 영상 매체로 변모된 <쾌도 홍길동>에서는 친숙한 인물에 대한 재해석 과정에서 시대 상황의 변화에 따라, 또 수용자들의 현대적 삶의 기대에 부응하여 인물을 변용하거나 새로운 인물을 창조하고 있다. 변용과 창조된 인물로 심리적 연대를 어떻게 높이고 있는지 살펴보자.

1) 인물의 변용

(1) 홍길동

<쾌도 홍길동>에서 길동은 고전소설의 주인공의 이름을 차용하여 전형적인 이미지를 활용하였다. 길동은 서자이지만 의적으로 서민들을 돕고 의로운 인물의 이미지를 차용하였다. 즉 <쾌도 홍길동>에서 길동

---

9) 전영선, 「고전소설의 현대적 전승과 변용」, 한양대학교 박사학위논문, 2001.

은 서자로서 사회적으로 인정받을 수 없는 아들이었다는 선천적 배경을 그대로 활용하였다.[10)

그런데 <쾌도 홍길동>의 길동은 소설의 주인공이 백성을 위하다가 자신의 이상적인 꿈을 실현하는 것과 달리 마을에서 싸움, 노름, 기생집 출입, 상인들의 물건 빼앗기 등 건달로 생활을 하다가 나중에 백성을 돕고 탐관오리를 징치하는 의적의 우두머리로 변이된다. 여기에서 드라마 속의 길동은 고전소설의 길동보다 열등하게 보인다.

수용자(시청자)들이 <쾌도 홍길동>에 몰입하는 것은 열등하게 보이기 때문이 아니라, 진정한 시대의 영웅으로 태어나기까지의 과정에서 겪는 다양한 에피소드와 심적 변화 때문일 것이다. <쾌도 홍길동>에서 길동은 소설과 같이 홍승상의 서자로 태어난다. 소설에서 길동은 신화적 주인공처럼 천부적인 능력을 가지고 태어났으나, <쾌도 홍길동>에서는 일찍 어머니 춘섬을 여의고 김 씨 부인의 구박을 받으며 마음을 잡지 못하고 자란다. 그는 글공부나 무술 공부를 하고 싶으나 아버지 홍 판서로부터 아무 것도 할 수 없는 서자라는 신분적 한계를 확인하고, 저잣거리를 떠돌며 개차반인 건달로 살아간다.[11) "알게 뭐야!" "귀찮아!"를 버릇처럼 내뱉을 정도로 매사에 의욕도 관심도 없다. 하지만 자신이 의도하지 않은 일들에 얽히면서 정의롭고 의협심 넘치는 사내로 성장한다.

길동 캐릭터의 변용된 모습을 좀 더 구체적으로 살펴보자.

<쾌도 홍길동>에서 주인공은 말이 많고 떠들썩하며 행동이 앞서는

---

10) 서자라는 내용은 일치하나, 이 드라마에서는 길동의 어머니가 일찍 죽었다고 하여 더욱 비극적으로 만들고 있다.
11) 드라마에서 길동은 유일한 탈출구인 청나라로 떠나는 것인데, 이마저도 쉽게 성사가 되지 않아 운명의 질곡을 고스란히 받아들여야 하였다.

외향적 성향의 인물로 나타나고 있다. 이것은 길동이 활동하는 무대가 시장이기 때문에 시장 사람들과 어울리는 데서 비롯된 것으로 보인다. 예로 중국어를 배우기 위해 허이녹의 약을 강매하는 장면에서 길동은 마을 사람들과 이름을 알고 지냈음을 알 수 있다.[12] 건달인 길동에 대한 평판은 좋을 리가 없다. 길동에 대한 마을 사람들의 평판은 '상점의 문 앞에 "홍길동과 개의 출입을 금한다."나 자주 아이들에게 "너 이렇게 자꾸 울면 길동이한테 시집보내 버린다." 그리고 싸울 때 "홍길동만도 못한 놈아,"[13] 등에서처럼 싫어하고 있음이 잘 나타나 있다.

이런 길동이지만, 소설의 길동이 차분하고 신중하였는데, 드라마에서도 자신이 하고자 하는 일에 대한 집중력을 그대로 수용하였다. 길동은 서자이기 때문에 아무 것도 할 수 없는 조선을 떠나 청나라에 가려고 하였다. 그때 길동은 청나라에 가서 생길 언어 문제를 해결하려고[14] 허이녹의 약을 강매하고 있다. 자신의 하고자 하는 일에 대해 직관을 가지고 집중하는 모습을 보여주고 있다.

또 길동이 활빈당에서 도적패와 함께 활동하게 된 계기를 보면, 고전소설에서는 비범한 영웅적 면모를 지녀 가출한 뒤에 적굴에 들어가서 들독을 들고 도적패의 우두머리가 된다. 그런데 드라마 속의 길동은 누명을 벗기 위해 노력하고 도적패에게 도움을 요청하는 평범한 인물이다. <쾌도 홍길동>의 길동은 모든 일에 관심이 없고 인색하며 이기적인 모습을 보이는 듯 하지만, 따뜻하고 인간적의 성향을 가진 인물이다. 한 예로 어렵게 청나라 행 배표를 구한 길동은, 반정하자는 용문의

---

12) 길동의 다리 길목이 지키고 있는 장면을 보면, '김서방, 봉선댁' 등 다리를 지나가는 사람들의 이름을 부르면서 약을 강매하고 있다.
13) <쾌도 홍길동> 1회.
14) "얼마 후면 난 청나라로 간다. 가기 전에 간단한 말 몇 개 배워 가려는 거야."

제의를 거절하여 용문객주의 검객에게 죽음에 이른 이름도 연고도 모르는 도적패의 당주가 도적 패에게 위험을 알려줄 것을 부탁하였을 때, "내가 알게 뭐야" 하면 무관심한 듯 말하였다. 그렇지만 길동은 결국 청나라로 가는 배안에서 뛰어내려 도적 패에게 당주가 살해당한 것을 알려주고 피하도록15) 의협심을 발휘한다. 길동의 이런 행동은 비록 이름 없는 도둑의 무리이지만 죽음의 처한 위기를 알고 있기 때문에 행한 인간적 성향을 보여주고 있다. 이로써 길동은 장차 활빈당의 활동으로 이어지는 도적패와 인연을 맺게 된다.

소설에서 길동은 곡산모 초란이 홍 승상의 총애를 잃을까 두려워 자신을 죽이려는 특재를 물리치고 집을 나가게 된다. 그런데 드라마에서는 평소 길동을 못마땅하게 여기던 큰어머니와 형 인형이 길동을 도둑으로 몰기 위해 칼잡이 특재 일당을 투입하여 집안을 털게 시켰는데, 홍 판서가 가진 사인검을 찾기 위해 들이닥친 용문검객에게 특재가 변을 당한다. 살인 누명을 쓴 길동은 용문을 상대하기에 역부족을 느끼고 도적 패를 찾아가 함께 용문을 칠 것을 제안한다.

길동이 사회개혁에 나선 계기를 보면, 고전소설에서는 신분제의 질곡으로 뜻을 펼칠 수 없는 자신의 처지를 극복하고 능력으로 인정받는 세상을 만들기 위해서이다. 길동의 활빈당 주요 행적은 지배층으로 대변되는 탐관오리를 척결하는 영웅으로 나타난다. 드라마 속에서 평범한 한량인 길동이 사회개혁을 위해 본격적으로 나선 이유는 고통 받는 서민들의 삶을 목격하고 더 이상 참을 수 없기 때문이다. 미치광이 왕이 백성들을 별궁을 짓기 위해 강제 노역시키고 역모에 연루되었다며

---

15) <쾌도 홍길동> 2회. "니들 여기 있으면 다 죽어, 어서 피해, 난 그 말을 전하러 온 것 뿐이야."

무고하게 죽이는 모습을 보고서, 길동은 이들을 돕고자 스스로 역모를 주도한 인물을 자처한다. 또 길동은 화살을 맞고 사경을 헤매다가 살아나 역적으로 참수된 백성들의 시신을 거둔다. 그는 "이 나라에서 가장 큰 도둑놈들을 털 것"이라며 그 이후에 도적패와 함께 양반들의 재물을 털어 가난하고 착취당한 이들에게 나눠준다. 그리고 길동은 고리대금업자 최철주에게 돈을 빌렸다 갚지 못해 딸을 내놓아야 하는 백성들의 절박한 상황을 목격하고, 부모들을 독려해 인신매매를 위해 청으로 떠나려는 뱃길을 막고 여인들을 구조하면서 영웅의 면모를 갖춰 나간다.

길동은 고전소설에서 병조판서를 제수 받고 자신의 이상을 펼치기 위해 조선을 떠나 이상향 율도국을 세우지만, <쾌도 홍길동>에서 끝까지 조선을 떠나지 않고 조선 안에서 개혁을 추진한다는 점에서 차별적이다. 길동은 서자인 자신이 아무 것도 할 수 없고 백성들을 궁핍하게 만드는 조선이지만, 자신이 살아갈 곳이 조선임을 강조하였다.

길동은 민의를 수렴하고 올바른 정치를 펼 수 있는 지도자를 세움으로써 모든 것이 해결될 수 있다고 믿었다. 이처럼 드라마에서의 길동은 자신의 한계 상황에 갇혀 있는 것이 아니라 인생을 적극적으로 개척해 나가는 인물이다. 이로써 시청자들의 대리 만족의 욕구를 충족해 주는 역할을 해낸다. 현실의 부조리에 대해 서서히 눈을 떠가던 길동은 결국 왕이 가장 두려워하는 백성이 되어 자신의 이상을 지키게 한다는 적통 대군인 창휘의 왕권 복원에 적극 가담하게 된다.

한편 <쾌도 홍길동>에서 길동은 결과보다 과정을 중요하게 여겼다. 길동은 최후의 격돌을 앞두고 창휘와 만나 대화한다. 길동은 이 격돌에서 패배할 것을 짐작하고 있었다. 길동은 자신의 주장을 굽히고 창의의 의견에 따른다면 목숨도 건지고 편안한 삶을 누릴 있다는 것도 안다. 그렇지만 길동은 자신이 꿈꾸는 세상을 만드는데 하나의 발판이 될 것임을 믿고 있다. 그는 현실적으로 안 된다고 할지라도 자신이 꿈꾸는 세상을 위하여 "오늘이 안 되더라도 그런 세상은 올 꺼다. 사람들이 그 것 믿고 세상을 바꿔 갈 테니까. 세상이 천 번 백 번 해서 바뀌어 가면 그를 향해 가까워 질 꺼야"16)처럼 소신을 굽히지 않는다. 길동은 소설에서 목표인 이상형 국가의 세상을 건설하지만, 드라마 속에서 차별 없이 어우러진 삶을 목표로 삼고 산 속의 사람들과 함께 지키려다가 죽음으로써 자신의 목표를 달성한다.

<쾌도 홍길동>의 길동은 다른 사람들과 교류를 통해 에너지를 얻고, 인간적 고뇌와 고민으로 흔들리는 면모를 가진 인물로 그려져다. 서자라는 사회적 위치에서의 인간적 고뇌는 같지만 많은 면에서 새롭게 만들어진 캐릭터라 하겠다.

(2) 주변 인물의 변용

고전소설 <홍길동전>에서는 아버지 홍 승상과 이복형인 홍인형과 국왕이 잠시 언급되는 인물이다. 드라마에서는 이들 주변적인 인물이 홍길동에게 일어나는 사건에서 결정적인 역할을 맡고 있다. 그리고 고전소설에서 평면적이던 인물들이 입체적인 모습으로 나타나고 있는 것도 특징이라고 하겠다. 한편 탐관오리의 전형적인 모습으로 좌의정 서윤섭이란 변형된 인물이 등장한다. 그는 격구와 청나라의 물건에 열광하며 권력의 핵심을 유지하는 데 노력하지만, 하나밖에 없는 딸 은혜 앞에서는 꼼짝도 못하는 인물로 등장한다.

---

16) <쾌도 홍길동> 24회.

① 이판 홍서현

고전소설에서 홍 승상은 길동의 남다른 재주를 아끼고 사랑하는 지극히 자애로운 아버지의 모습으로 그려져 있다. 비록 서자이기는 하지만 뛰어난 재능을 지닌 길동을 늘 안타깝게 생각하며 마음속으로 길동에 대한 한없는 사랑을 품은 인물이다.

그런데 드라마 <쾌도 홍길동>의 이조판서 홍서현은 고전소설과 달리 철저한 봉건 의식을 바탕으로 한 현실주의자이다. 어릴 적부터 재능을 보이는 길동에게 허망한 꿈을 갖지 못하도록 꾸짖고 서자로서 허락된 만큼의 삶을 누리도록 강요한다.17) 자신이 모시고 있는 왕이 적통을 물려받지 못했음에도 불구하고 왕권을 지키는 충실한 신하로 최고의 권력을 가졌다. 길동이 적통자인 대군 창휘의 반정에 가담한 사실을 알고 왕이 체포를 명령하자, 권력을 위해 자식에게 죽음을 강요할 만큼 모든 일에 비정함과 결단력을 지닌 무서운 인물이다.

구체적으로 보면 드라마에서 이판 홍서현은 장자 인형에 비해 속이 깊고 재주가 뛰어난 길동을 아끼는 마음은 고전소설의 홍 승상과 별로 다르지 않다. 그렇지만 고전소설에서는 집을 나가겠다는 길동을 불쌍히 여겨 호부호형을 허락하였으나, 홍서현은 길동이 '아버지'라는 호칭 대신 늘 '대감님'으로 부르게 할 정도로 차가운 성격이다. 또 고전소설에서는 길동이 집을 떠나 활빈당의 당수가 되어 나라를 혼란에 빠뜨리자 큰 근심을 얻어 병까지 얻는 나약한 양반이다. 그런데 <쾌도 홍길동>에서는 길동과 대립하면서 자신의 권력적 입지를 위해 아들 길동에

---

17) 고전소설에는 태몽을 통해 신이한 능력을 가진 인물로 기대되는 반면에서, 드라마에서는 길동이 탁월한 능력을 지니고 있다고 하지만 꿈을 통한 기대의식을 보여주고 있지 않다는 점에서 찾아볼 있을 것이다.

게 죽음을 강요하는 몰인정한 아버지이다. 이로써 아버지 홍서현은 신분 차별 등 현실의 부조리에 맞서 길동을 나서게 만드는 결정적 악역을 맡고 있다.

② 이복형 홍인형

길동의 이복형 홍인형은 드라마 <쾌도 홍길동>에서 과거시험에 수차례 낙방하고, 대리시험을 시도하는 하기도 하거나 과거시험 답안지를 사려고 시도하는 등 철없는 양반집 도령이다. 고전소설에서의 인형은 정실의 소생으로 정육품 벼슬인 병조좌랑에 올라 가문과 일족을 지켜가는 책임감 있는 듬직한 장자의 모습과 다르다. 또 서제 홍길동의 활동에 진노한 국왕과 조정에서 병약한 아버지를 대신해서 길동을 잡으려고 나서는 맏아들의 성격을 고스란히 드러낸 것과도 다르다.

드라마에서 인형은 자신보다 재능이 뛰어난 길동을 질투하고 시기하여 쫓아내려는 모략을 꾸며 길동의 출가에 결정적 역할을 한다. 고전소설에서 곡산모 초란이 꾸였던 사건을 드라마에서는 인형이 어머니인 정실부인과 공모하여 꾸민 사건으로 변모시켰다.[18] 그리고 칼잡이 특재를 고용해 집안을 침입하게 하였다가 용문객주의 검객에게 죽음 당하게 되자, 홍 판서에게 길동의 소행으로 모략을 꾸며 길동이 출가하게 만든다.

또 드라마에서의 인형은 정혼자인 좌의정의 딸 서은혜에게 대한 연정으로 넘치지만, 서은혜가 서제인 길동에게 마음에 둔 것을 알고서 포도청의 포졸이 되기를 애쓰고 길동을 잡기 위해 노력한다. 이처럼 인형

---

18) 드라마에서는 첩첩제도를 불인정하는 오늘날에 맞추어 초란이 등장할 수가 없자, 이들의 역할을 정실부인과 인형에게 맡겨진 것으로 보인다.

은 고전소설에서 보이는 경상감사에 제수 되어 길동을 달래는 글을 붙여, 찾아온 길동의 손을 잡아 반기며 눈물을 흘리는 형의 모습과 거리가 멀어 보인다.

드라마에서의 인형은 고전소설에서 보여주는 모습을 벗어나 새롭게 태어난 변용된 인물이다. 고전소설에서 곡산모의 흉계에 별다른 수를 쓰지 못하는 나약한 모습이나 길동을 잡아 경성에 올려 보내면서 눈물로 넘치는 측은지심의 장자이었다. 이런 인형이 드라마에서는 서자에 비해 재능이 떨어짐을 인정하고 시기심을 솔직하게 드러내고 있다. 이런 인형의 모습이 현대의 시청자들에게 더 설득력을 얻을 만하다.

③ 서자 이광휘[19]

고전소설에서 왕은 태평성대를 이루며 나라에 우환을 끼치는 길동을 회유하고 달래며 결국 길동이 율도국으로 스스로 물러나도록 이끄는 근엄한 국왕이었다. 그런데 드라마에서는 이런 왕과 전혀 다른 인물로 변용되었다.

드라마 <쾌도 홍길동>에서는 왕의 이름과 출생이 구체적으로 드러나 있다. 왕 광휘는 무수리 출신인 최 숙빈의 소생으로 적자 왕자가 없어 세자의 자리에 올랐다. 뒤늦게 선왕이 중전에게 적자인 창휘를 보게 되면서 세자의 자리가 위험하다고 느낀다. 광휘는 선왕의 갑작스러운 죽음으로 왕위에 오르면서 홍 판서와 서 대감을 내세워 대비와 적자인

---

19) 드라마를 이끌었던 또 다른 주역인 광휘(조희봉)의 이름은 광해군에서, 창휘(장근석)의 이름은 영창대군에서 따왔다. 홍 자매는 단지 이름과 설정만을 빌려왔을 뿐 드라마와 역사적 사실과는 아무 관계가 없음을 재차 강조했다.(홍자매, 「'쾌도 홍길동' 비하인드」, 동아일보, 2008.3.27.)

동생 창휘를 죽여 왕위를 유지하려고 하였다. 이런 광휘는 처음에 총명하고 바른 인간이었지만, 선왕을 살해한 의혹과 동생을 살해한 혐의를 받고 있다. 이로 인하여 언제나 유생들에게 멸시 당한다는 생각으로 신분 콤플렉스에 빠진 나약한 인간이다. 이런 광휘는 왕의 계승을 둘러싼 조정과 왕실의 음모와 명분에 사로잡혀 스스로를 망쳐가는 비운의 인물이다. 길동과는 같은 서자이면서도 정반대의 위치로 설정하여 이중 갈등구조를 연출하는데 결정적 역할을 맡는다.

2) 인물의 창조

드라마 <쾌도 홍길동>에서는 새로운 인물들을 창조하였다. 길동의 연인 허이녹, 허이녹을 놓고 삼각관계에 빠지는 비운의 적통 대군 이창휘, 처세가 좌상 대감의 외동딸 서은혜 등 고전소설에는 없는 중심적 인물들을 창조하였다. 중심인물의 창조는 영웅담에 애정담을 적절히 수용하면서 시청자들의 호기심과 재미를 배가하고, 몰입시킬 수 있는 장치가 된다. 창휘는 허이녹을 좋아하면서 길동과 적대적 관계가 된다. 이창휘와 허이녹, 서은혜 등 창조된 인물들은 목표와 사랑 사이에서 갈등하는 길동의 인간적 모습을 강화시켜 주는 역할을 하게 된다.

그리고 주변적 인물들은 영웅소설에서 등장하는 조력자들과 같이 주인공이 행동할 수 있는 의지를 부여하여 서사 진행을 가능하게 하는 장치이기도 하다. <쾌도 홍길동>에서는 홍길동의 무예 스승인 해명스님, 허이녹의 생명의 은인 허 노인, 이창휘의 왕권 지지자 노 상궁이란 3명의 대표적인 조력자를 창조하였다.

(1) 중심인물의 창조

① 허이녹

허이녹은 원래 병조판서를 지낸 류근찬 대감의 외동딸이지만, 어려서 왕의 등극을 둘러싼 암투 싸움에서 부모를 잃게 된다. 그녀는 약장수 허 영감에게 어려서 발견되어 허이녹으로 살아가는 인물로 드라마의 배역 비중 면에서 길동 다음으로 중요한 역할을 맡고 있다.

허이녹은 왕후의 상을 타고 났다는 해명스님의 말로 신분을 암시받았다. 그녀는 아무리 먹어도 배가 부르지 않을 정도로 먹는 것을 무척 밝히고, 근심이나 걱정을 전혀 모르는 천진난만한 약장사의 딸이란 캐릭터로 나타난다. 이녹은 여자이지만 바지를 입고서 무술을 하는 장면이 많고, 그 동작 또한 크고 거칠다. 게다가 지나치게 밝고 씩씩하고 덤벙거리며 무뚝뚝한 말투로 정통 사극의 여성상과 사뭇 다른 캐릭터를 보여 준다.

그녀는 멍청이라는 놀림을 받을 정도로 무식하고 단순한 선머슴처럼 자라났지만 옳고 그름에 있어 확실한 주관을 갖고 있으며 정의롭다. 마음이 깊고 따뜻한 인물로 길동을 누구보다도 생각하고 사랑한다. 길동을 향한 연모의 마음은 정혼자인 대군의 구애를 물리칠 정도로 강하다. 특히 자신의 부모를 살해한 원수가 길동의 아버지인 이판대감이라는 사실과 이녹의 아버지인 병판이 적통 대군인 창휘의 왕위 옹립을 대가로 정혼을 했다는 것 알게 되지만, 길동에 대한 변함없는 애정을 보인다.

이처럼 그녀의 긍정적인 내면과 삶에 대한 적극적 열정이 있고, 그녀의 밝음이 시대적 굴레에서 허우적거리며 늪에 빠져있던 '서얼 홍길동'을 밝은 '민중의 홍길동'으로 끌어 올려주면서 가장 빛나게 하는 역할을 수행하게 된다.

② 적통 대군 이창휘

선왕의 유일한 적자 대군이지만, 이미 세자인 최 숙빈의 소생인 이복 형 광휘가 왕위에 등극하면서 7세에 죽음을 당하게 되었다. 이때 대비인 어머니의 희생으로 불길 속에서 충복인 노 상궁과 함께 살아남는다. 따라서 창휘는 조정을 비롯해서 대외적으로 죽은 왕자이다.

죽은 사람이 된 창휘는 노 상궁과 함께 용문이라는 객주를 중심으로 재기를 노리며, 형에 대한 복수의 칼날을 날카롭게 갈면서 숨어 살아가는 인물이다. 그는 형에 대한 복수심과 어머니를 잃은 상처를 갖고 자란 탓에 어둠이 많고 냉소적이다. 그리고 사람들과 만날 때 많은 의심을 품는다.

홍길동·허이녹 등과 관계를 맺으면서 바람직한 왕의 자세와 위치에 대해 고민을 하였다. 백성이 원하는 왕이 되기 위해 반정을 꾸민다는 명분까지 얻게 되었다. 그런데 창휘는 적통 대군에게 왕위를 물려주라고 선왕의 계시가 내려졌다는 사인검이 조작된 사실을 알고, 허망한 명분을 쫓아다닌 것을 알고 고민이 깊어진다. 그는 활빈당의 활약을 견제하는 대신들의 말에 휘둘려 자신이 바라던 왕의 모습이 아니라, 자리를 지키기에 연연하는 모습으로 성격이 급격히 바뀌는 입체적인 인물이다. 길동과는 뜻을 같이 하면서도 적자라는 정반대의 신분이란 위치 설정으로 신분의 한계를 넘지 못하고 안주하는 모습으로 나타난다.

③ 서은혜

좌의정 서윤섭의 외동딸로, 차가운 이미지의 규방 여인으로 뛰어난 머리와 학식을 갖추었다. 겉에 보이는 모습은 여린 양반집 규수이지만 배포와 당돌함을 지니고 있다. 서은혜는 사대부가의 딸로서 언젠가 정략결혼의 구실 밖에 할 수 없는 자신의 처지에 염증을 느끼고, 답답하게 살아가는 것을 싫어하였다. 홍 판서의 큰아들 인형이 자신을 사모함을 알고 있지만, 오히려 서자인 길동에게 관심을 보이며 신분을 넘는 사랑을 시도한다.

(2) 주변 인물의 창조

① 해명스님

해명스님은 길동의 무예 스승으로 도인처럼 보이기도 하고 아닌 듯 보이는 이중적 인물이다. 그는 세상을 읽고 사람을 꿰뚫어 보는 혜안을 가진 인물로, 길동과 이녹의 장래와 인연 등을 알려주는 복선 역할을 한다. 그는 가출한 어린 길동을 데려다 무예를 가르쳐 준다는 구실로 허드렛일을 시키며 키웠다. 그는 모든 일을 무사태평하게 대하기 때문에 제자인 길동에게조차 존경받지 못하였다. 하지만 가난한 사람들이나 죄지어 처형당한 도둑의 시신을 거둬 무덤을 만들어 주는 인간미 넘치는 인물이기도 하다. 뿐만 아니라 길동이 죽은 후에 또 다른 아이를 데려다가 가르쳐 새로운 영웅을 길러내는 영웅담의 조력자인 동시에, 민중들에게 새로운 희망을 심어주는 인물이기도 하다.

② 허 노인

허 노인은 약장수와 의원 혹은 무객으로 변신하는 성격이다. 그는 부모를 잃은 이녹을 어려서부터 거둬 키워준 할아버지이다. 즉 허 노인은 죽어가는 이녹의 어머니로부터 아이의 이름을 듣고, 자신의 성을 붙여

키웠다. 그는 심성이 착하고 이녹을 진심으로 사랑하고 아낀다. 그는 이녹 어머니의 죽음을 확인하러온 홍 판서의 모습과 음성을 기억해 이녹의 원래 신분과 길동과의 관계를 설명하는데 결정적 역할을 한다. 그리고 위기에 처한 허이녹을 대신하여 홍 판서의 칼을 맞고 목숨을 잃어 가면서도 마지막까지 이녹을 지켜주는 보호자 역할을 한다.

③ 노 상궁

노 상궁은 목숨같이 모시던 중전마마의 충복으로, 일생을 걸고 중전마마의 유일한 소생인 창휘를 지키기 위해 노력하는 인물이다. 그녀는 창휘의 생존과 왕위를 되찾는 것이 삶의 이유가 되기 때문에 창휘의 가장 큰 응원군이면서 어두운 면을 가장 잘 알고 행동으로 옮기는 인물이다. 그렇기 때문에 창휘를 위험에 빠지게 하는 경우도 있다. 하지만 객주를 운영하며 재산을 모으고, 반정의 중심적 인물로 여장부의 기세를 드러내고 있다.

3. 〈쾌도 홍길동〉의 서사적 변용과 창조

드라마는 고전소설 〈홍길동전〉의 서사를 그대로 수용된 것은 출생에 관련된 부분뿐이다. 그 이외 고전소설의 내용의 일부를 수용하기는 하였지만, 많은 부분에서 차이가 있다. 이처럼 드라마에서는 고전소설의 서사를 변용하거나 새롭게 창조하여 나름대로 서사적 구조를 만들어가고 있다.

1) 서사적 변용

작품의 줄거리 측면에서는 일대기적 구성을 갖는 고전소설과 달리, 드라마에서는 인생의 한 단면을 중점적으로 부각시키면서 각 편마다 중심 화소를 달리해 진행되는 차이점이 있다. 즉 드라마에서는 길동이 성장한 모습에서 시작된다. 그리고 드라마에서는 연속해서 보여주기 때문에 어쩔 수 없이 분절성이 강하게 나타난다. 따라서 TV 드라마에는 전체를 통괄하는 중심 서사가 뚜렷하지 않을 가능성이 있다. <쾌도 홍길동>도 서사의 전체성이 약한 반면, 매 회 혹은 분절된 이야기를 엮어나가는 방식으로 서사가 전개 되는 속성을 드러내고 있다.

드라마는 미디어의 특성상 구술성이 강하게 나타난다. 고전소설에 나타나는 문자 문화는 일방적이고 체계적이며 선형적인 것이라면 드라마에서 드러내는 구술 문화는 대화적이며 감각적이고 전체적이다. 다른 하나는 드라마에서 보여주는 현실은 재구성된 현실이라기보다 눈으로 목격하게 되는 현실적인 사건과 사물 그 자체에 가깝다. 드라마를 보는 시청자들은 끊임없이 자신의 직접적인 현실을 환기한다. 그래서 드라마 속의 사건은 가상적 허구로 인식하지 않고 직접적 현실로 인식하고 있다.[20]

드라마에 수용된 고전소설의 서사들의 변이된 내용을 좀 구체적으로 살펴보자. 드라마에서는 홍길동의 능력이 천부적인 것이 아닌 노력으로 얻어진다. 홍길동을 둔갑법을 쓰지도, 구름을 타고 다니지도, 그리고 탁월한 능력을 보여주지도 않았다. 심지어 드라마에서는 홍길동은 율도국이란 해외에서 이상국 건설이 꿈에도 없고,[21] 오직 국내에서 새로

---

20) 이것이 고전소설과 TV 드라마의 큰 차이점이다. 따라서 고전소설이 수용하는 과정에서 가장 많은 변이를 겪는 부분이다.

운 세상을 꿈꾸어 오고 있을 뿐이다.

출생과 성장의 과정을 보면 홍 승상의 서자로 태어나 호부호형을 못하고 자란 것은 고전소설이나 <쾌도 홍길동>에서 큰 변화를 보여주지 않았다. 이런 서자로 태어난 길동을 모함하는 부분이 있는 데서 차이를 보이고 있다. 모함 부분을 보면 고전소설에는 곡산모 초란이 관상녀와 짜고 자객인 특재를 시켜 길동을 죽이도록 하였는데, 드라마에서는 정실부인과 적자의 아들인 인형이 특재를 고용하여 길동에게 누명을 씌우려고 하였다. 특재를 처리하는 장면에서는 소설에서는 길동이 이들을 처치하고 출가하지만, 드라마에서는 용문객주의 검객들에게 특재 일행이 죽음을 당하자 인형이 길동에게 살인 누명을 씌운다. 이처럼 드라마에서는 현실적 차원의 의식에서 곡산모 초란을 등장시키지 않고, 정실부인과 적자가 모함하도록 변형시키고 있다.

홍길동이 활빈당과 합류하는 부분에서도 차이를 보이고 있다. 고전소설에서는 길동이 가출하여 동굴에 우연히 들어가 도적들의 무리에 합류하며 들독을 들고 그들의 우두머리가 되어 뒤에 활빈당이란 이름으로 활동하게 된다. 그런데 드라마에서는 길동이 청나라로 떠나려 하였으나 도적패의 두목에게 의도하지 않은 야명봉을 건너 받고 도적패와 인연을 맺게 된다. 길동을 그 뒤에 개인적인 힘으로 불가능하여 어쩔 수 없이 도적 패에 합류하였고, 모든 사건에 연루되면서 자연스럽게

---

21) <쾌도 홍길동> 23부 중. 김미진, 앞의 논문, p.49에서 재인용 "길동 : ('홍길동뎐'이라고 적힌 책을 넘겨보며) 이게 뭐야. 율도국, 왕. 디게 황당하네. / 왕서방 : 한 편의 멋진 영웅담 아닌가? 난 이 책을 통해 부러 갖고 홍길동 자네를 다시 봐 부렀어. / 길동 : 아 이딴 건 어디서 도는 거야? / 왕서방 : (고개를 갸우뚱하며) 글시 그, 출처를 알 수가 없어. 찍어내면 동이 나불고, 찍어내면 동이 나불고. 완전 대박이여 대박." 드라마 대사를 그대로 받아 적은 것이므로, 지문이나 대사의 맞춤법이 실제 대본과 다를 수 있다.

도적 패로 활동하게 된다. 그리고 활빈당이란 이름은 저잣거리의 사람들이 도적 패들의 활동을 보고 붙여준 것으로 변화되어 있다.

길동이 활빈당으로 활동하는 과정에서 차이를 보이고 있다. 고전소설에서는 활빈당과 홍길동을 잡아오라는 임금의 명령으로 여러 차례 길동의 능력을 보인다. 뒤에 홍길동이 병조판서를 제수하면 국내를 떠난다고 하자, 지배층들은 그를 잡기 위하여 병조판서에 제수하였다. 그런데 드라마에서는 탐관오리의 재물을 빼앗아 가난한 백성에게 나눠준다. 그리고 임금이 된 창휘가 길동에게 병조판서를 제수한다. 이처럼 홍길동이 병조판서에 제수 받은 것은 반정으로 창휘가 새로운 왕에 된 이후의 일로 변화되었다.

그리고 해외로의 여행 과정에서도 차이를 보이고 있다. 고전소설에서는 홍길동이 병조판서를 제수 받은 이후에 새로운 이상국가를 건설하기 위하여 세상을 구경하는 것으로 되어 있다. 그런데 드라마에서는 초반에 아무 것도 할 수 있는 조선을 떠나 청나라로 가려고 애쓰는 것이 등장하나, 극 후반에는 조선을 떠난다는 설정 자체가 없다.

이상국가인 율도국의 건설에서 차이를 보이고 있다. 고전소설에서는 길동이 해외에서 율도국을 건설하고 그곳의 왕이 된다. 드라마에서는 적자인 창휘가 임금이 되고, 길동과 활빈당이 그들을 부정하는 관리들에게 의해 죽게 되며, 율도국이란 존재하지도 않는다. 율도국의 공간적 의미가 필요 없었기 때문에 길동은 율도국에 대해 아무 생각을 가질 필요가 없었다. 다만 서은혜가 창작하였다는 <홍길동전>에서는 가상의 공간으로 등장하도록 변화되었을 뿐이다.

2) 서사적 창조

　드라마에서는 고전소설의 <홍길동전>의 내용에 없는 부분을 새롭게 창작하거나 다른 작품에서 차용하였다. 뿐만 아니라 현실적인 사건에서도 패러디를 통하여 작품의 서사성과 흥미성을 제공하고 있다.

　<쾌도 홍길동>은 많은 부분이 원전 고전소설과 상당히 다르게 작가의 허구에 의존하고 있다. 즉 고전소설 <홍길동전>에 없는 <심청전>과 원귀형 설화를 삽입시켜 이야기를 이끌어 가는 양상에 주목할 필요가 있다. 작품에서는 흥행 차원의 희극적 형상화를 통해 웃음을 유발하는 <가락국기>의 허황옥의 모습을 패러디하여 허이녹을 등장시킨 경우도 있지만, 현실과 매치된 의미 있는 흥행소를 배치함으로 내실을 기하고 있다. 한 예로 총 24부를 들어있는 이야기 속에서 고리대금업자인 최철주의 돈을 갚기 위해 죽을 위기에 빠진 여인의 이야기를 <심청전>에 빗대거나, 억울하게 죽은 아들의 원한을 갚기 위해 귀신 행세를 하며 살아가는 국밥집 아주머니들의 이야기를 <장화홍련전>에 빗대어 패러디를 시도하였다.22) 다른 작품의 내용이 작품의 중간에 주요 모티브로 등장하고 있는 것에서 다양한 고전문학을 활용할 수 있는 실험의 장이 되고 있음을 보여주고 있다.

　고전소설에는 없는 폭군 광휘와 반정을 꾀하는 창휘의 에피소드는 창휘의 아픈 과거를 전달해 주는 동시에, 길동이 새로운 세상을 기대하며 변해가는 모습을 부각시키려는 요소이다. 그리고 이녹을 사이에 두고 길동과 창휘의 갈등은 무거워질 수 있는 '홍길동 이야기'에 활력을 불어넣는 중요한 장치로써, TV 드라마에서 빠질 수 없는 서정적 요소

---

22) 이런 에피소드들은 삶에 대한 의욕조차 없던 길동을 새로운 세상을 만들기 위해
　　앞장서는 영웅으로 만드는 요소들로 작용한다.

이다. 그리고 모르던 이녹의 출생의 비밀은 길동과 이녹 간의 사랑을 극대화시켜 준다.

고리대부업을 하는 최철주는 저잣거리의 소문난 스타 얼근이 패를 불러들여 자신의 대부업을 광고하며, '쾌지나 칭칭나네'의 노래에 '이자가 정말 싸네~'[23)]라는 가사를 바꿔 노래 부르게 한다. 이것은 한 때 사회적 이슈가 된 톱스타들의 무분별한 광고 출연 문제와 강풍처럼 몰아쳤던 대부업체 광고를 패러디하여 그 폐단을 드러내고 있다. 그리고 그것을 따라 하는 아이들이 있을 정도로 파급력이 높았다는 내용을 드러내면서 사채 권하는 사회를 신랄하게 비판했다.

고위 관직자들의 부패와 값비싼 외제차를 선호하는 세태를 청나라 제 사인교를 선호하는 관리들의 모습이나 격구장 회동[24)]과 같은 것으로 풍자하고 있다. 청나라 제 물건을 선호하는 좌의정 서윤섭과 홍 판서의 부인인 김씨 부인의 대화 장면에서 엿볼 있다.[25)] 드라마 속에서 서윤섭은 '권력의 핵심'이라 자칭하며 청나라 물건을 선호하는 인물로 나타난다. 허영심 많은 김씨 부인과 함께 종종 격구장에서 회동하고,

---

23) 드라마 <쾌도 홍길동> 9회분.

24) 드라마에서는 고위 관직자들의 골프 회동을 풍자해 격구장 회동 에피소드를 만들었다. 또 나이트클럽을 연상케 하는 기루가 등장해 테크노댄스나 밸리 댄스를 추는 기녀들이 등장하기도 했다. 그리고 감옥여인의 '유전무죄 무전유죄' 등으로 사회현실 풍자하고 있다.

25) <쾌도 홍길동> 2부 중 "김씨부인 : 아니, 사인교 새로 뽑으셨습니까? 외제 같은데요. / 서윤섭 : 아, 예. 청나라 사인굡니다. 정치하는 사람이 국산 사인교를 타야겠습니다만, 워낙 승차감의 차이가 많이 나서요. / 김씨부인 : 좌상께서 남의 눈치를 보실 필요가 뭐 있겠습니까? (사인교에 앉아 이리저리 둘러보며) 잘 빠졌네요. / 서윤섭 : 가볍고 날렵해서 속도가 꽤 납니다. / 김씨부인 : 아휴, 저희도 청나라제로 한 대 뽑고 싶지만 저희 대감이 워낙 완고 하셔서. / 서윤섭 : 우리 은혜랑 이 댁 인형이의 혼사만 성사된다면 제가 가마 한 대 뽑아드리지요. / 김씨부인 : 아이고, 감사합니다."

청나라 물건이라면 무조건 좋아한다. 이는 오늘날의 부패한 고위 관리의 모습을 풍자한 것이다.

<쾌도 홍길동>은 '청나라 말 배우기 열풍'을 통해 이명박 정부 인수위원회의 정책인 '영어 몰입 교육'을 풍자하였다.[26] 이밖에도 이라크 파병 문제와 한미 FTA의 불평등성을 패러디하면서 사회적인 시각을 제시하였다. 그리고 고위층의 병역 비리 문제[27]와 더불어 일부 언론에서 건드리기조차 않는 삼성 특검을 과감하게 패러디하였다.

이 외에도 <쾌도 홍길동>에서는 사회에 대한 풍자가 에피소드로 많이 다루어졌다. 이것은 고전소설이나 <쾌도 홍길동>에서 추구하는, 그리고 홍길동이 바라는 가난한 사람 없이 누구나 평등하게 사는 세상에 대한 열망을 부각시켜 주는 역할로써 가치를 가지고 있다.

이처럼 <쾌도 홍길동>은 허균의 고전소설 <홍길동전>의 일부 모티프만 차용했을 뿐이고 대부분은 사건의 서사를 변용하거나 새롭게 창조하였다. 드라마의 작품 안에 담긴 에피소드들은 시대를 초월한 것으로 채워져 고전소설에 대한 현대인의 접근을 쉽게 만들고 있다. 뿐만 아니라 현실에서 문제가 되고 있는 주요 이슈들을 반영해 리얼리티를 강화하였다. 드라마 <쾌도 홍길동>은 고전소설 <홍길동전>을 원전으로 하는 다양한 드라마가 나올 수 있는 모범적 사례를 보여주고 있다.

---

26) 드라마 <쾌도 홍길동> 13회분.
27) 드라마 <쾌도 홍길동> 23회분.

4. 소결

　고전소설은 다양한 유통 방식으로 독자들에게 수용되었다. 문헌 유통은 물론 전기수를 이용한 구비 유통, 나아가 가시적인 그림으로까지 유통되었다.[28]

　드라마 <쾌도 홍길동>은 기존의 사극이 가지고 있던 일정한 틀을 벗어나 사극이되 등장인물의 말투나 외형적인 모습은 사극의 틀에 가두어 두지 않으려고 하였다. 그 대표적인 것이 홍길동의 모습이다. <쾌도 홍길동>에서 등장하는 홍길동은 대중이 익히 알고 있는 패랭이 모자를 쓰고 푸른 도포를 입은 모습이 아니다. 물론 이러한 모습은 <홍길동전>이 영상화가 되면서 만들어진 이미지일 수도 있다. 하지만 드라마에서 보여준 홍길동의 모습은 조선시대에서 상상도 할 수 없는 모습이었다. 짧은 웨이브 머리에 색안경을 끼고, 모자 달린 웃옷을 입고 있다. 그리고 선머슴처럼 살아 온 허이녹은 치마가 아닌 바지를 입고 있다. 또한 퓨전사극의 이름을 내걸고 사회의 부조리한 면을 신랄하게 풍자하여 만연해 있는 현대 사회의 문제점을 강하게 일침을 놓았다.

　<쾌도 홍길동>이란 퓨전사극이란 점에서 퓨전사극의 의의에 대해 살펴보는 것으로 논의를 마칠까 한다.

　퓨전사극에서 다루어지는 역사들은 공식적인 시간 속에서 숨겨졌던 아픈 과거이거나 현재까지 아물지 않은 정신적 충격의 기억이다. 감추어진 역사적 상처를 들추는 작업은 변화된 시대 흐름과 장르적 융통성 그리고 드라마적 재현 과정을 통해 이루어진다. 그 과정에서 내면화 하

---

28) 안준홍, 「고전소설의 유통방식과 문학 교육적 활용 방안 연구」, 충남대 교육대학원 석사학위논문, 2006.

지 못하고 사실적 묘사에 그칠 때, 대중적 연민과 안타까움 이상이 되지 못한다.

<쾌도 홍길동>은 역사와 상상력이 융화될 수 없다는 생각들을 일시 무너뜨린 성과를 올린 것으로 평가되고 있다. 드라마를 통하여 젊은 수용자들에게 대안적인 교육의 장으로 역할을 수행하였다. 즉 '역사는 지루하고 어려운 것'이란 선입관을 완화시켜 역사적 공간을 훨씬 쉽게 내면화시켰다. 그리고 등장인물의 경험이 현재의 모습을 투영하고 있다고 하겠다.

퓨전사극은 현재적인 것과의 만남에 대한 거부감이 전혀 없다. 오히려 그 만남이 신선하다고 여긴다. 사극이라고 과거를 그대로 재현하는 것이 아니라 과거의 시대를 빌려서 현대의 이야기를 제시하고 그 의미에 대해 지적하여야 한다. 사극은 시대적 가설이 성립하지만 퓨전사극은 이러한 제약을 뛰어넘는다. 또 등장인물들은 과거의 전형적으로 여겼던 캐릭터들이 아니라, 현대극에 등장해도 어색하지 않을 인물들이 과거 이미지 속에 등장하여 신선함을 제시하고 있다.

<쾌도 홍길동>에서는 조선시대와 현대의 한국 사회의 문제점을 비교하면서, 사회적 메시지에 대해 능동적으로 접근하도록 만들고 있다. 구체적인 사례로 '독립과 권력의 부조리'에 대해 언급하여, 이를 비유적으로 제시하고 있다. 그 작품은 현재 한국 사회의 문제점을 패러디하였다. 불완전한 현대 사회, FTA 한미무역협정을 패러디 한 청나라의 '무리한 요구와 통상 압력', 영어 몰입 교육을 비꼬고 있는 '청나라 말 배우기 열풍', 삼성 비자금 문제와 병역 비리 등에서 조선이란 시대적 배경과 오늘날 우리 사회의 모습을 하나로 접목시켜 한 바탕 가지고 놀면서 웃음을 쏟아내게 만들었다.

●제1편(2008년 1월 2일 방송)

이조판서 홍서현의 서자로 태어나 온갖 구박과 멸시를 받으며 자란 길동(강지환분)은 저잣거리에서 유명한 개차반으로 통하게 된다. 자신을 알아주지도 않고 뜻을 제대로 펼 수도 없는 가슴속에 울분은 마침내 청나라로 떠날 결심을 하게 되고……

반정을 뜻을 품고 청나라에서 조선으로 돌아오던 적통대군 이창휘(장근석분)는 뱃전에서 마주치게 되고, 청나라에서 장사거리로 구한 약으로 대박의 꿈에 부풀어 할아버지와 조선으로 돌아온 허이녹(성유리분)과 부딪히면서 셋 사람의 인연이 시작된다.

이 과정에서 창휘는 어머니(대비)의 유일한 유품인 선봉잠(황실비녀)을 잃어버리고, 우연히 주운 선봉잠을 줍게 된 이녹과 길동은 낯선 무리들에게 쫓기는 신세가 되는데….

●제2편(2008년 1월 3일 방송)

낯선 무리들에게 쫓기던 길동과 이녹은 마곡사로 숨어들게 되고, 창

---

29) 드라마 <쾌도 홍길동>은 모두 25차례 방영됐으나, 마지막 25회는 이전까지 전개된 내용을 요약해 특집으로 꾸며졌기 때문에 이 글에서는 24편까지 이르는 각 편의 주요 내용을 정리할 것이다. KBS 2TV 수목드라마 <쾌도 홍길동> 홈페이지.

휘 일행은 선봉잠(황실비녀)을 되찾기 위해 이녹을 찾아다닌다.

한편 창휘의 등극을 위해 일생을 바친 노 상궁(최란분)은 도적패의 두목(이문식분)을 찾아가 큰 뜻을 함께 할 것을 제안하지만 거절당하자 자신들의 계략이 드러나지 않게 제거를 명령하게 되고….

피를 토하며 도망치던 도적패의 두목은 해명스님(정은표분)을 만나기 위해 마곡사로 향하는데….

● 제3편(2008년 1월 9일 방송)

용문검객의 칼에 맞아 죽어가는 도적패의 두목(이문식분)은 야명봉을 길동에게 쥐어주며, 도적패에게 위험을 알려줄 것을 부탁하지만, 청나라로 떠날 날을 잡아놓은 길동은 갈등한다. 결국 불타는 의협심으로 청나라로 떠나는 배안에서 뛰어내리게 된다.

길동이 청으로 떠난 것으로 알고 있는 이녹은 왠지 모를 서운함과 허전함으로 식욕마저 잃게 되고, 한편 창휘 일행은 청에서 들여온 무기를 반입코자 성문을 통과하려 하나 도적패들로 인해 관군들이 삼엄한 경비를 펼치자 창휘는 홀홀단신으로 성문을 향해 돌진하는데……

● 제4편(2008년 1월 10일 방송)

미치광이에 가까운 왕 광휘의 명령으로 별궁을 짓는데 양민들이 축출하여 부역을 강행한다. 길동은 억울한 어머니의 죽음과 그 죽음 앞에서 약해진 자신에게 도움을 준 해명스님을 회상한다. 정실부인 김씨와 적장자 인형은 길동의 뛰어난 재주를 못마땅하게 여기고, 길동이 청나라로 떠나려는 것을 홍 판서에 알려도 별제재가 없자 칼잡이 특재를 고용하여 도둑질 한 것처럼 모략을 꾸미게 된다.

한편 용문검객들은 홍 판서가 보관하고 있는 사인검을 노리고 들어왔다가, 도둑질 하러온 특재 일당을 죽이게 된다. 특재의 죽음에 놀란 인형과 모친은 길동의 짓이라며 살인누명 씌우게 된다.

● 제5편(2008년 1월 16일 방송)

살인자라는 누명을 쓰고 관군들에게 쫓기던 길동은 결백을 밝히려 특재 패거리를 죽인 일당을 찾아다니게 된다. 이녹은 쫓기는 길동이를 만나기 위해 묘안을 생각 해내고, 길동이 살인자가 아님을 굳게 믿는다.

반면 이녹은 홍 판서의 집에서 사인검을 찾아오다가 칼을 맞아 심하게 다친 창휘를 돕게 된다. 허나 창휘는 상처를 지혈해 주고 간호해 주는 이녹에게 칼을 겨누지만, 왠지 마음이 끌리는 것을 느끼면 칼을 접는데.

● 제6편(2008년 1월 17일 방송)

특재 패거리를 죽인 주모자가 창휘와 용문검객이라는 사실을 알게 된 길동은 창휘를 쫓게 되고, 두 사람은 대치 상태에 놓이게 된다.

싸움 도중 용문의 투입으로 길동은 힘에 밀려 도망치게 되고, 혼자 힘으로 용문을 상대하기엔 역부족이라 느낀 길동은 도적패들(수근, 말녀, 연씨)을 찾아가, 두목이 용문검객에게 살해당한 사실을 알리고 함께 용문을 칠 것을 제안한다.

반면 사인검을 손에 넣은 창휘 일행은 과거가 열리는 날 과장을 제압하고 궁을 칠 역모를 계획하는데……

● 제7편(2008년 1월 23일 방송)

궁궐로 침입하여 과장을 제압하려 했던 창휘 일행은 길동이의 등장
으로 폭약이 터지자 별궁이 폭파되어 역모가 수포로 돌아가 버리게 된
다. 길동은 살인자의 누명과 함께 궁까지 폭파시킨 주범으로 몰리게 되
자, 결백을 주장하려 아버지 홍 판서를 만나려 하지만 인형을 통해 아
버지가 자신을 버렸다는 이야기를 듣게 되고 절망한다.

한편 궁궐에선 역모 배후를 잡기 위해 죄 없는 자들을 모두 잡아들
여 역적으로 몰아 사형시키자, 길동은 창휘를 찾아가 죄 없는 자들을
살릴 방법을 묻게 된다.

● 제8편(2008년 1월 24일 방송)

길동이 죽고 사인검을 홍 판서에게 넘겨주는 것이 모두를 살릴 수
있는 길이라는 창휘의 말에 길동은 홍 판서를 찾아가 죄 없는 이들을
풀어줄 것을 고하고, 다음 번엔 자신을 산채로 잡지 말아 달라고 말한
다. 결국 길동은 관군들에게 쫓겨 가슴에 화살에 맞고 낭떠러지 아래로
떨어진다.

한편 이녹은 다시 만나러 오겠다는 길동의 말을 되새기며 길동은 절
대 죽지 않았다고 믿는다. 그런 이녹은 창휘를 찾아가 길동이가 죽은
곳을 알아봐 달라고 부탁하고, 그 주변을 샅샅이 살핀다. 한편 인형과
혼담이 오가던 좌상대감의 딸 은혜 역시 길동의 죽음을 듣고 매우 가
슴 아파 한다.

● 제9편(2008년 1월 30일 방송)

길동은 이녹이 준 천주머니 조각을 해명스님을 통해 되돌려 주어 자신의 죽음을 기정사실화하였다. 이녹은 길동의 죽음이 믿기지 않은 듯 서럽게 울고 멀리서 지켜보던 길동은 단호히 돌아선다.

(일 년 후) 길동을 포함한 활빈당 식구들은 새 터전을 만들고, 탐관오리들을 털어 가난한 백성들에게 나눠주는 의적 활동을 하며 살아간다. 이녹은 길동을 가슴에 묻고 낮엔 용문객주에서 잔심부름을 하고, 밤엔 기루에서 약을 팔며 살아가고 있다. 창휘는 그런 이녹을 가까이 두고 왠지 모를 편안함을 느낀다.

한편 고리대금업자 최철주란 자로 인해 없는 백성들이 돈을 빌렸다가 고통 받는다. 이때 아버지의 개안을 위해 돈을 빌려 쓴 심청이는 급기야 공양미 서른 석에 청나라로 팔려갈 위기에 처하게 된다.

● 제10편(2008년 1월 31일 방송)

도적패 당수인 수근은 자신의 죽은 동생과 닮은 심봉사의 딸 심청을 보고 연민과 애정을 느낀다. 어느 날 최철주에게 끌려가는 심청을 구하려다 다리를 심하게 다치게 되고 길동에게 도움을 요청하자 길동은 활빈당과 함께 최철주를 털어 곤경에 빠뜨리고 청이를 구해낼 것을 계획한다.

한편 길동의 색안경을 용문 창고 안에 흘린 이녹은 그걸 찾으러 갔다가 최철주의 인신매매 현장을 목격하게 되고, 창휘의 도움으로 위험은 피하게 된다. 창휘는 이녹에게 더 이상 최철주 일에 관여하지 말라고 이르자, 이녹은 창휘에게 크게 실망하게 된다.

● 제11편(2008년 2월 6일 방송)

길동과 도둑 일행은 최철주에게 끌려간 딸들을 찾기 위해 그들의 부모를 선동하여 스스로 딸들을 찾도록 돕는다.

한편 창휘는 이녹에게 인신매매를 눈감아 준다고 질책을 받고, 잊고 있던 자신을 되찾게 되고, 이에 노 객주는 자꾸 창휘를 흔들어 놓는 이녹을 없애줄 것을 최철주에게 사주한다. 창휘는 최철주에게 청으로 팔려갈 여자들을 내리게 하고 배를 비우라 하였다. 이에 최철주는 창휘를 공격하게 되고, 창휘의 공격에 밀리자 노 객주가 이녹을 사주한 사실을 말하게 된다. 창휘의 호위무사인 치수가 던진 칼에 맞아 배 아래로 떨어져 목숨을 잃는다.

이녹이 위험한 것을 알게 된 창휘는 미친 듯이 찾아 헤매는데, 자신이 이녹에 대한 연정을 품고 있음을 깨닫게 된다.

● 제12편(2008년 2월 7일 방송)

이녹을 찾아 헤매던 창휘는 눈앞에 이녹이 나타나자, 덥썩 안은 채 "널 잃고 싶지 않아"라 한다. 이에 이녹은 당황하여 몸을 빼려하지만 이녹의 등 뒤로 길동이 스쳐지나가자 창휘는 더욱 세게 끌어안는다. 길동은 관군에게 쫓기다 은혜의 도움을 받게 되고, 그 과정에서 다리를 다친 은혜를 치료해 주게 된다.

한편 죽었다고 가슴에 묻었던 길동이 눈앞에 나타나자, 이녹은 꿈인지 생시인지 헷갈릴 정도로 기쁨을 감추지 못한다.

● 제13편(2008년 2월 13일 방송)

홍 판서가 죽은 이녹 모의 원수임을 확신한 허 노인은 홍 판서에 대해 수소문하게 되고, 차라리 길동과 이녹이 인연이 끊긴 걸 다행이라 여긴다. 한편 길동이 살아있는 것을 자신만 모르고 있었던 사실에 이녹은 큰 충격을 받게 되고, 길동에게 섭섭하고 서운한 마음을 감출 길이 없다. 이를 지켜보던 창휘는 그런 길동을 향한 이녹을 위해 자신이 위로해 주어야 하는 상황이 허무하고 씁쓸하기만 하다. 이에 창휘는 길동에게 새로운 제안을 하게 된다.

● 제14편(2008년 2월 14일 방송)

창휘는 길동에게 궁에 있는 사인검을 가져오면, 잡혀간 도적 동료들을 살릴 수 있다고 제안한다. 자신의 아버지와 정면대립이 불가피해진 길동은 잠시 갈등하게 되고, 결국 자신이 잡히는 대신 동료들을 풀어줄 것을 홍 판서에게 요구한다.

한편 길동을 구하기 위해 도적패의 일원인 말녀는 궁의 밀실로 침입하려다 사고를 당하게 되고, 이를 본 이녹은 자신이 궁으로 들어가겠다고 나선다.

● 제15편(2008년 2월 20일 방송)

궁으로 들어간 여자가 이녹인 것을 알게 된 창휘는 당황하여 어찌할 바를 모르고, 광휘와 독대를 원한 길동은 왕의 밀실에 이녹이 와 있는 것을 보고 무척 난감해 한다.

사인검을 찾기 위해 이녹은 열심히 주위를 살피고, 이에 길동은 광휘

의 눈빛에 지지 않고 똑바로 보며, 창휘에 대해 궁금해 하는 왕에게 스
무고개 놀이를 제안한다.

● 제16편(2008년 2월 21일 방송)

길동과 힘을 합쳐 무사히 궁을 빠져 나온 이녹은 산채로 들어가 활
빈당에 합류하게 된다. 길동 역시 그런 이녹을 받아들이고, 함께 있으
면서 서로를 지켜줄 것을 결심하게 된다. 궁에선 길동이 종적을 감추자
왕은 더욱 광분하여 당장 잡아들일 것을 명한다. 한편 무역 협상을 위
해 청에서 온 사신은 왕에게 아편을 선물하게 되고, 온 나라에 아편으
로 인해 피폐화 되자 길동은 창휘와 더불어 아편소굴을 소탕하게 된다.

● 제17편(2008년 2월 27일 방송)

아편을 들여온 청나라 사신을 없애기 위해 길동은 용문객주로 잠입
하고, 길동을 대신해 검객의 활을 맞은 창휘는 길동과 이녹의 부축으로
헛간으로 숨어들게 된다. 활을 뽑던 길동은 독이 묻은 화살임을 알고
해독제를 찾아 나선다. 눈물로 범벅이 된 이녹은 독이 퍼져 의식을 잃
어가는 창휘의 손을 잡아주며 정신을 잃지 않도록 간호해 생명을 지켜
낸다.

● 제18편(2008년 2월 28일 방송)

귀신들에게 양반들이 죽어 나간다는 소문이 퍼지면서, 양반 시체가
발견되자, 인형은 길동을 잡기위해 활빈당이 한 짓이라고 방을 붙인다.
이에 길동은 직접 귀신들을 찾아 나서고, 곡성부사로부터 억울하게 살

인자로 지목돼 몰살당한 백정들의 기막힌 사연을 듣게 된다.

한편 창휘는 사인검을 통해 유생들을 모으고, 본격적인 반정을 모의한다.

● 제19편(2008년 3월 5일 방송)

전국에 활빈당이라는 이름으로 의적과 도적들이 생겨나자, 길동은 그들과 규합 대군을 지지하는 반란군이 되려하고, 이에 창휘와 유생들은 그의 힘을 경계하되, 창휘는 그를 통제할 수 있을 때까진 잡고 갈 것이라 한다.

한편 이녹이 홍 판서에 의해 멸문지화를 당한 류 대감의 외동딸 류이녹이란 사실을 밝혀지고, 허 노인은 이녹을 구하기 위해 이판의 칼을 맞고 죽게 된다. 길동과는 부모 때부터 원수라는 사실을 알게 된 이녹은 크게 충격을 받게 된다. 창휘는 "너는 소중한 사람이다"라며 이녹을 길동 곁으로 보내는데, 원수를 갚기 위해 홍 판서에게 칼을 휘두르지만 길동이 대신 맞게 된다.

● 제20편(2008년 3월 6일 방송)

길동을 칼로 찌른 후 제 정신으로 돌아온 이녹은 그대로 혼절하고, 창휘는 그런 그녀를 받아 객주로 데려갈 것을 명한다. 길동은 충격으로 그녀를 바라볼 뿐이다.

한편 광휘는 전국에 퍼진 활빈당의 활약에 진노하여, 활빈당 근거지라 여긴 마천산을 통째로 막아 버리라 명하고, 이에 활빈당은 기지를 펼쳐 모든 마을 사람들과 한패가 된다. 급기야 광폭해진 광휘는 마천산을 불태워 없애 버릴 것을 명하지만, 역시 길동의 대응으로 뜻을 이루지 못 한다.

● 제21편(2008년 3월 12일 방송)

이녹은 창휘에게서 왕후만이 지닐 수 있다는 비녀(선봉잠)를 받고 놀라는데, 창휘는 그런 이녹에게 그걸 가지고 자신의 곁에 있어주면 흔들리지 않고 좋은 사람이 될 수 있을 것이라고 말한다.

드디어 반정 거사 날이 결정되어 용문과 활빈당은 궁을 칠 것을 계획하고, 길동, 창휘, 활빈당 모두 궁으로 잠입하려 하는데, 이를 알아챈 광휘는 더 큰 음모를 계획한다.

● 제22편(2008년 3월 19일 방송)

군관들의 눈을 피해 간신히 길동을 만나게 된 이녹은 왕이 거사 내용을 알고 있는 것과 궁 전체가 기름 덩어리임을 알려준다. 이에 길동은 위험에 처한 급박한 상황임을 알게 된다.

한편 광휘는 관복 차림으로 변장을 하고 호위무사들과 서둘러 궁을 빠져나온다. 이런 위험 상황을 모르는 창휘는 군사들과 해명스님이 이끄는 활빈당의 무리들을 이끌고 점점 가까이 궁을 향해 쳐들어온다.

● 제23편(2008년 3월 20일 방송)

창휘는 사인검이 왕위를 노린 대비와 류근찬 대감 일파의 간계였다는 진실을 알게 되었지만, 모든 걸 놓을 수 없다고 판단하고 오밤중에 즉위식을 갖는다. 창휘는 점점 왕위에 집착하고, 결국에 폐주가 된 광휘를 유배 보내 백성들의 손에 죽에 만든다.

한편 사인검의 진실로 인해 충격 받은 창휘는 이녹에게 놓아줄 수 없다며 자신의 왕비가 되어주길 강요하게 되고, 길동과 창휘의 갈등이 심화된다. 이에 길동은 백성이 세운 새로운 왕이 자신과 함께 갈 수 없다면 충돌할 수밖에 없다며 정면대결을 예고한다.

● 제24편(2008년 3월 26일 방송)

활빈당 식구들은 산채에서 왕과 대적하기 위해 분주히 싸움을 준비하고, 길동은 자신의 봉을 버리고 처음으로 자기 무기로 칼을 든다. 관군들과의 전쟁이 시작되고 이를 알게 된 이녹은 무작정 산채로 뛰어들어가 길동을 만나려 한다. 이에 창휘는 위험한 산채에서 이녹을 빼내려고 길동에게 서찰을 보내 산채 밖으로 이녹을 유인하지만, 끝까지 길동과 함께 하겠다는 이녹의 고집을 꺾지 못한다.

창휘는 더욱 강한 왕이 되겠다는 일념으로 길동과 활빈당을 처치하기 위해 관군을 집중 투입하고 3일간의 전투로 토벌에 성공한다. 이에 이옥과 길동은 산채를 향해 관군이 쏜 수천 개의 불화살을 별빛처럼 맞으며 사랑한다는 말로 마지막을 함께 한다. 사람들은 천하무적 홍길동이 죽지 않고 어딘가 살아있다고 믿고, 해명스님은 백성들을 통해, 남은 활빈당 당원들을 통해 길동이 살아있는 것이라고 밝힌다.

〈홍길동의 후예〉에 나타난
〈홍길동전〉의 수용과 변용 양상

1. 서론

디지털 매체의 기술 발달은 패러다임의 전환으로 비유될 정도로 서사 문학에 막대한 영향력을 끼쳤다. 디지털의 신기술은 문화콘텐츠 분야에서 집약적인 변모를 보이면서, 우리의 대표적인 서사문학인 고전소설에도 새로운 전기를 맞게 되었다. 고전소설은 한때 위기의 영역으로 내몰렸던 인문학의 한 부류이다. 오늘날 이런 고전소설은 디지털 기술과 맞물려 콘텐츠의 원천 소스가 됨으로써 무한 가능성을 가지고 다양한 분야에서 활용 가치를 높여가고 있다.[1]

이처럼 디지털 기술의 발전은 인간이 받아들일 수 있는 모든 매체에 걸쳐 획기적인 변화를 불러왔다. 그 결과 원천 소재의 고갈이란 치명적인 한계를 맞이하게 되었다. 이를 극복하려는 수단으로 고전문학을 주

---

[1] 홍정표, 「고전소설을 활용한 방송 콘텐츠 활성화 방안 연구」, 한국외국어대학교 석사학위논문, 2009.2.

시하게 되었다. 인문학, 특히 고전소설의 중요성은 디지털 기술 발전에 상응할만한 내실 있는 콘텐츠를 확보하고 있는가에 대한 회의와 결핍 감에서 비롯되었다.[2]

관객들은 신선한 것을 보고자 한다. 디지털 콘텐츠에서는 이런 관객들의 욕구를 충족시키기 위해 소재의 선택이 중요하다. 그런데 관객들은 다양하고 수많은 콘텐츠를 접해 왔다. 이제 관객들은 틀에 박힌 되풀이 하는 이야기를 원하지 않는다. 따라서 관객들의 눈을 사로잡을 만한 새로운 소재를 찾아야 한다. 그 답을 고전문학(소설)에서 찾을 수가 있다. 고전문학은 대중에게 친숙한 원 소스들을 가지고 있다. 이런 원 소스를 뽑아낸 뒤 새로운 세계와 의식을 결합시켜 대중들의 요구에 부응하는 색다른 결과물을 만들어 내야 한다.[3]

문화콘텐츠와 고전문학의 만남에 관해 본격적으로 연구를 시작한 사람은 송성욱이다. 그는 고전문학과 문화콘텐츠의 연계 방안에 관한 사례 발표를 통해, 시나리오 창작 소재와 시각 자료로서 조선시대 대하소설의 활용 가치와 전망을 다각적이고 체계적으로 제시하였다. 그리고 정보 기술에 관련된 공동 연구자를 통해 고전소설과 디지털 매체의 구체적인 결합 가능성을 시각적으로 제기하였다.[4] 이 외에도 고전소설과 TV드라마를 비교 연구한 구모룡, 정병설, 김탁환의 연구가 있다.[5] 한편

---

2) 양민정, 「디지털 콘텐츠 개발을 위한 고전소설의 활용 방안 시론」, 『외국문학연구』 제19집, 외국문학연구학회, 2005.

3) 원 소스를 사용하여 콘텐츠를 만드는 경우에는 반드시 재연이 아닌 재창조를 전제 한다. 원 소스를 그대로 재연하는 것은 새로운 콘텐츠라고 할 수 없다.

4) 송성욱, 「고전문학과 문화콘텐츠의 연계 방안 사례발표」, 『고전문학연구』25. 한국 고전문학회, 2004.

5) 구모룡, 「텔레비전의 장과 문학의 장」, 『국어국문학』137, 국어국문학회, 2004. 정병 설, 「고전소설과 텔레비전 드라마의 비교」, 『고소설연구』17, 한국고소설학회, 2004. 김탁환, 「고소설과 이야기 문학의 미래」, 『고소설연구』17, 한국고소설학회, 2004. 특

으로 고전소설을 문화콘텐츠에 연관시키는 관심과 연구가 증폭되면서, 학회의 기획 주제나 학술 대회의 토론 주제로 다루어지기도 하였다.[6]

고전소설을 원 소스로 활용한 것 중에 <홍길동전>을 활용하여 만든 여러 가지 콘텐츠가 있다. 영화로는 김소봉 감독의 <홍길동전>(1984), 신동우 감독의 만화영화 <풍운아 홍길동>(1966~1969), 신동헌 감독의 만화영화 <홍길동>(1967)이 있다. 그리고 신상옥 감독이 북한에 들어가서 만든 영화 <홍길동전>(1986)과 정용기 감독의 만든 <홍길동의 후예>(2009)가 있다. 또 드라마로는 SBS 드라마 <홍길동>(1998)과 KBS 수목드라마 <쾌도 홍길동>(2008.1~3)이 있다. 그리고 게임으로는 SKC 소프트랜드 롤플레잉의 <홍길동전>(1993)과 LG 소프트웨어의 <돌아온 영웅 홍길동>(1995)이 있고, 애니메이션으로 SBS에 방영한 <홍길동 어드벤처>(2008.1~4)가 있다.

이처럼 <홍길동전>을 원 소스로 이용하여 개발한 여러 가지 다양한 문화콘텐츠가 있다. 본고는 이 중에서 영화로 만든 <홍길동의 후예>를 대상으로 검토하고자 한다.

2. 영화 콘텐츠의 고전소설 수용

고전소설은 지속적인 생명력을 유지하고 경쟁력을 확보하기 위해 타 장르와의 교섭과 결합을 모색해야 한다. 특히 21세기가 디지털 시대이

히 김탁환은 연구뿐만 아니라 고전소설을 수용한 소재로 창작한 현대소설가이기도 하다.

6) 한국고소설학회, 『고소설연구』제17집이나, 국어국문학회 2005년 제48회 학술대회에서 분과별 토론 주제로 삼았다.

기 때문에 고전소설을 TV 드라마나 영화에 집중하여 새로운 콘텐츠로 상호 연계시켜야 한다.

고전소설은 누구에게나 부담 없이 접근할 수 있는 영상 매체로 재활용할 수 있다. 이때 문자 매체인 고전소설은 영상이 주는 효과로 새로운 세계를 경험하고 인식하게 만든다. 고전소설이 변신하여 TV이나 영화라는 영상 매체 안의 다양한 문화콘텐츠로 수용될 수 있다. 이것은 문학이 가지고 있는 다양한 문화 현상과 경제성을 창출하는 생산적인 실체로 인식 전환을 가져온 결과라 하겠다.

지금까지 연구자들은 고전소설이 가지고 있는 영상미의 재현 가능성이나 상품 가치에 대해 등한시 해 왔다. 이제 고전문학의 연구에서는 좀 더 창의적이고 적극적인 전환을 시도하여 문화적인 접근이 필요하다. 뿐만 아니라 서사적 재미와 미감에 대한 연구를 시도하여 문화콘텐츠의 소재로 제공할 필요가 있다.7) 우리의 고전소설은 수백 년 동안 축적되어온 전통 문화의 자질을 확보하고 있기 때문에 문화콘텐츠로 활용될 잠재력이 높다. 작품의 사회와 문화적 내용들은 양적이나 질적으로 우리의 문화로 수용하고 새롭게 변용시키는 것이 어렵지 않다. 여기에서 고전소설을 영상 매체에 맞게 변용시키는 것은 새로운 계승을 위해 중요한 전략이라 하겠다.

고전소설들은 다양한 환상성의 요소를 지니고 있다. <홍길동전>을 살펴보면, 작품에 적서차별 제도의 철폐를 비롯한 사회 개혁에 관한 문제를 전면에 내세운 내용으로 현실주의적인 성격을 띠고 있다. 하지만 이상향의 추구와 실현을 다룬 환상성을 가진 작품이기도 하다. 즉 주인

---

7) 드라마와 고전소설의 표현 방식이 영상과 문자라는 측면에서 실증적 연구를 위해 방송 기술과 이론을 습득하는 학제간의 연구가 필요하다.

공 홍길동은 신분차별 제도로 인해 겪게 되는 갈등 상황을 개척하고자 하는 노력한다. 이런 노력은 새롭고 더 나은 세계로 관심을 넓힌 소설의 환상성에 부합한다고 하겠다.

고전소설에는 이와 같은 환상성이 대부분의 작품에서 발견된다. 왜냐하면 고전소설에는 낭만성을 가지고 있어 현실계와 초현실계가 근접해 있어 수시로 쉽게 교류한다. 더욱이 고전소설에는 초현실적인 존재와의 만남, 다른 세계로의 여행이나 변신 등의 모티프들과 결합하여 환상성을 창출하고 있다. <홍길동전>의 경우에서 환상성을 형성하는 가장 중요한 역할은 주인공 홍길동의 비범성이다. 즉 길동의 초인적인 능력에 따른 행동은 현실과 비현실의 세계를 넘나들며 작품에서 환상성을 형성하는 주요 기제이다.

한편 영화를 비롯한 영상매체는 과학과 산업과 예술적인 요소가 결합한 산물로 산업 예술의 성격을 띤다. 영화는 경제적 부가가치를 생산하는 산업을 목적으로 태동하였고 유지되는 예술이다. 현대 영화는 극장에서 유료 관객에게 상영하기 위해 만들어지는 극영화로, 신미적인 요소와 함께 오락적 기능을 제공한다. 이때 영화의 오락적 기능이란 관객에게 볼거리를 제공하는 것으로, 관객을 사로잡는 이야기의 흥미를 말한다.8) 영화에서 제작자는 오락적 기능에 충실하기 위해 다양한 기술을 사용해 시각적인 흥미 효과를 만든다. 문학적인 글에서는 상상하기 힘든 장면도, 영화에서는 컴퓨터 그래픽이나 특수 효과 등을 이용하여 생동감 있게 전달할 수 있다.

그리고 영화는 공유성이 강하다. 영화는 같은 시대를 살아가는 사람

---

8) 네이버 지식백과 : 영화

들이 함께 자리를 공유할 수 있고, 극중의 장소를 떠나서도 같은 내용을 경험할 수 있다. 관객들은 영화를 보면서 정서적, 윤리적, 사회적인 교감을 나누게 된다. 예로 <도가니>를 영화화하였을 때, 수많은 국민들은 영화가 보여주는 현실을 공유하고 분노한다. 그런 점에서 영화는 시의성이 뚜렷하게 나타난다. 그렇기 때문에 영화는 현재 벌어지고 있는 이야기에 치중한다. 그리고 영화는 대체로 일시적인 문제나 혹은 트렌드에 속하는 이야기를 주제로 만들어지고 있다.

오늘날 전혀 다른 특성을 지닌 고전소설과 영화의 관계는 TV 드라마와 고전소설의 결합 못지않게 주목받고 있다. 영화는 사람들이 가장 대중적이고 보편적으로 즐기는 문화생활이 되었다. 이로 인하여 영화에서는 수많은 콘텐츠들이 쏟아져 나왔다. 이처럼 많은 콘텐츠들이 쏟아져 나오면서 영화는 소재의 고갈을 느끼는 상황이 되었다. 이런 상황에서 고전소설은 무궁무진한 변용이 가능한 원 소스로 활용할 수 있다는 점에서 영화에서도 가치가 있다.

오늘날 고전소설들은 디지털 매체의 발달한 환경에서 새로운 가치를 발견하고, 모습을 바꾸어 대중에 전달할 수 있는 기회를 맞고 있다. 즉 고전소설들은 영화 안에서 다양한 콘텐츠로 수용되고 변용되고 있는데, 이때 대중의 욕구와 정서에 부합되도록 변용을 꾀하여야 한다. 쓸모없는 모습을 보이던 고전소설은 디지털 시대를 맞이하여 다양한 문화 현상을 제시하고, 나아가 경제성까지 창출할 가능성을 가지고 있다.

오늘날 고전소설은 디지털 매체의 다양한 환경에서 그 모습을 바꾸어 대중에게 전달되고 있다. 이때 고전소설이 지니고 있는 상투적 주제나 전형적 인물형을 과감하게 탈피하고 있다. 즉 오늘날 사람들의 욕구와 정서에 맞게 변신을 꾀하여 새로운 형식의 콘텐츠로서 경쟁력을 키우고 있다.

그런데 문자 매체의 고전소설은 영상 매체의 다양한 환경 속에서 이 야기의 원천으로서 영향력을 행사하는데 한계가 있다. 사람들은 다양 한 매체를 통해 다양한 이야기에 노출되어 있다. 따라서 고전소설은 그 특성을 개발하고 시대적인 감성과 흥미, 가치관 등을 잘 녹여낸 새로운 작품으로 재창조되어야 한다.[9]

오늘날 고전소설에 대한 연구도 급변하는 시대 상황에 적응할 필요 성이 있다. 고전소설은 영상 매체의 문화콘텐츠로 수용되면서, 그 수용 양상과 효과, 영상 매체로 전화되면서 서사구조의 현대화 양상을 드러 내게 된다. 소설의 내용을 오늘의 관점에 맞게 변용시켜 다매체 시대에 알맞은 콘텐츠로 활용하기 위한 원 소스 개발을 위한 노력을 시도해야 한다.[10] 이런 점에서 고전소설의 연구도 변용시킨 내용이 시청자들의 이목을 집중시킬 수 있는 전략적 접근이 필요하다.

3. 〈홍길동의 후예〉의 콘텐츠 변용 양상

본장에서는 2009년에 개봉한 영화 〈홍길동의 후예〉의 영상 매체로 변환 양상을 살펴보고자 한다. 이 영화는 '홍길동[11]의 후예들이 지금도 우리 주변 어딘가에서 은밀히 살아가며, 사회에 만연한 불의를 벌하고

---

9) 양민정, 앞의 논문.

10) 김진영, 「고전소설의 문화적 전통과 계승방안」, 『한국언어문학』56, 한국언어문학 회, 2006.

11) 허균의 소설 〈홍길동전〉은 소설, 만화, 영화, 드라마 등 수많은 매체를 통해 대중 들에게 선보였다. 따라서 홍길동이란 캐릭터는 우리에게 '의적', '영웅'의 대표 이 미지로 자리 잡은 지 오래다.

약자를 돕는 통쾌한 의적 활동을 벌이고 있다면 어떻게 될까'라는 기발한 상상력을 바탕으로 기획되었다.12) 이런 <홍길동의 후예>는 정용기 감독과 이범수, 김수로, 성동일, 이시영, 박인환. 김자옥, 장기범, 조희봉, 고은미, 김혁, 김보영 등 다재다능한 연기파 배우들이 출연한 작품이다. 이 작품은 배우들의 완벽한 조화 속에서 캐릭터와 상황이 일치한 코미디, 신선한 소재가 선사하는 기발함으로 완성되기 이전부터 많은 관심을 가지고 있었다. 작품은 개봉 초기에 많은 관객을 동원하면서 새로운 관객 동원의 작품으로 예상되었다.13) 이런 <홍길동의 후예>란 작품이 소설 <홍길동전>을 어떻게 변용하였는지 서사적 측면과 인물적 측면에서 살펴보고자 한다.

1) 〈홍길동의 후예〉의 줄거리

<홍길동의 후예> 줄거리를 보면 다음과 같다.

고등학교 음악 교사인 완소남 홍무혁, 온화한 대학교수인 그의 아버지 홍만석, 완벽한 주부로 보이는 그의 어머니 명애, 그리고 무혁의 동생이자 고등학생인 찬혁까지 모두 우아하고 평화로운 나날을 보낸다. 이들의 정체는 낮엔 지극히 평범한 일상을 보내지만, 밤이 되면 역사에 길이 빛날 의적 활동에 여념이 없는 홍길동 가문의 후예들이다. 이들은 오늘 밤에도 가훈에 따라 정체를 숨긴 채 불철주야 정의로운 의적 활동을 한다.

영화는 홍무혁 일가 앞에 최대의 숙적 이정민이 등장하면서 사건이

---

12) <홍길동의 후예> 제작노트, 네이버 영화

13) 이런 예상과 달리 61~2만 명 정도의 관객이 관람하는데 그친 실패한 작품이라고
    한다.

시작된다. 이정민은 정·재계를 아우르는 블랙 커넥션의 실세이자 자신의 욕망을 위해서라면, 그 어떤 불의와 불법도 마다하지 않는 삐뚤어진 세계관에 광기 어린 성격을 지닌 냉혈한이다. 홍무혁은 가족들과 함께 정민의 이런 부정한 재산을 가로채 가난한 사람들을 돕고자, 그의 회사에 침입하여 검은 돈을 빼앗는다.

이정민은 온갖 악행을 저지르다가 홍길동의 후예인 무혁과 대결을 펼치기에 이른다. 이런 상황에서 무혁은 동료 교사이자 애인인 연화에게 결혼을 재촉 당하고, 심지어 연화의 오빠인 검사 재필에게 자신의 실체까지 의심받으며 위기에 빠진다.

한편 여러 번 돈을 강탈당하면서 약이 오른 정민은, 내부에 첩자가 있다는 것을 깨닫고 첩자를 찾기 위해 거짓으로 뒷거래를 흘린다. 정민 곁에서 홍무혁을 돕던 정보원 수영은 계략에 걸려들어 정체가 탄로 난다. 수영은 홍길동의 실체를 지키기 위해 정민에게 죽임 당하는 것을 선택한다. 이를 목격한 홍무혁은 그 충격으로 결혼을 생각했던 연인 연화와 이별하고, 악당 정민과 일생일대의 본격적인 대결을 준비한다.

무혁은 이별을 받아들이지 못하던 연화가 악당에게 납치되자, 이를 구출하고 자신의 정체가 홍길동임을 밝힌다. 연화는 의심 끝에 무혁을 믿고 그들의 가족과 함께 출동하게 된다. 한편 무혁은 오래 전부터 이정민의 뒤를 쫓아온 검사 재필에게 자신의 정체를 숨긴 채 그와 함께 위험천만한 정민의 아지트를 침입한다. 그런데 재필의 동료였던 박 형사의 배신으로 홍길동과 재필 모두가 죽임을 당할 처지가 된다. 이때 무혁의 동생 찬혁의 도움으로 가까스로 정민 일당을 해치우게 된다. 그리고 합심한 가족의 도움으로 탈출하게 된다.

재필은 이정민과 홍길동을 모두 잡아들이고 싶어 했지만, 홍길동이 무혁인지 알지 못하고 놓아주게 된다. 그리고 연화가 도움이 되고 싶다며 의적 기술을 연마하는 것으로 무혁과 연화의 결혼을 암시하고 있다. 무혁은 그 뒤로도 의적 행위를 계속한다.[14]

2) 서사(줄거리)의 변용

영화 <홍길동의 후예>는 홍길동 가문의 18대손 홍무혁 가족이 현실을 살아가면서 주변의 약자들을 은밀하게 돕는 의적 활동을 벌이는 내용이다. 현대판 <홍길동전>으로 주인공 무혁은 소설에 등장하는 홍길동과 같은 역할을 한다. 홍길동이 시대를 초월하여 영화 매체를 활용하여 재출현한 것은 <홍길동전>의 환상적인 효과 때문으로 보인다. <홍길동의 후예>는 오늘날 광범위한 파급력을 가진 영화 매체를 활용하여 소설을 새로운 시각으로 재창작하였다.

구체적인 사건을 보면, 소설에서는 길동이 활빈당의 괴수가 되어 탐관오리의 재물을 탈취하여 빈민들에게 나누어 준다. 이에 비하여 영화에서는 홍길동의 후예로서 뭉친 가족들이 겉으로 성공한 경제인이지만 불법과 불의의 재물을 취하는 악당 이정민과의 싸움에서 승리하도록 되어 있다. 이처럼 소설과 영화에서는 정의를 위해 싸운다는 내용이 같다. 또 소설과 영화의 결말 부분을 보면, 악을 처단하고 선이 승리로 끝맺는 권선징악적인 구성이란 점에서 비슷하다.

그런데 소설에서는 적서차별에 의한 서얼차대로 인하여 주체적이지 못한 삶을 살아갈 수밖에 없는 모습에 맞서 개혁하려는 주인공의 영웅적 모습을 보여주고 있다. 그 결과 길동은 율도국의 왕이 되어 이상적인 정치를 베풀며 백성들의 민심을 살피는 이상 국가를 건설하였다. 영

---

14) 한국영화데이터베이스, <홍길동의 후예>

화에서는 길동의 후예로서 정의로운 의적 활동을 계속하며 명맥을 이어가고 있다. 이 영화에는 사건들을 현대적 관점에서 걸맞게 변이시켰다. 그리하여 과거 조선 시대의 이어 현대 사회에서도 시대에 걸맞은 정의를 구현할 영웅적 인물이 있어야 함을 제시하고 있다.

영화 <홍길동의 후예>는 소설과 같이 작품을 전체적으로 통괄하는 권선징악적인 정의 구현이란 대전제가 동일하지만, 그 서사진행에서는 많은 차이점을 나타내고 있다. 그 차이점에 대해 살펴보자.

첫째, 소설 <홍길동전>에서는 홍길동의 출생부터 다루는 홍길동의 일대기를 보여준다. 하지만 영화에서는 제목처럼 길동의 후손에 관한 것이다. 그래서 영화에서는 <홍길동전>의 모든 것을 수용한 것이 아니라 일부만 변형해서 드러내고 있다. 실제로 홍길동의 뒤를 잇고 있는 무혁이란 인물의 일생에서 어떤 일부분만 보여주고 있다. 이처럼 <홍길동전>에서 보이는 부정부패와 비리가 들끓는 시대적 상황을 오늘날의 현실에 대입하여 변용한 것이라 하겠다.

또 소설 <홍길동전>은 조선시대의 사회상을 반영하여 차별을 받던 서얼들과 평민들의 울분을 실력으로 극복하고자 하였다. 그리하여 주인공은 천부적으로 받은 비현실적이며 초능력적인 도술과 검술을 가지고 가난에 빠진 백성들을 구하고 탐관오리들을 처벌하였다. 그런데 영화 <홍길동의 후예>에서 무혁과 가족들은 현실적인 사고에 맞게 의적의 기술을 연마하여 능력을 획득하게 된다. 영화에서 등장인물들은 끊임없는 연마를 통하여 자물쇠를 따거나 금고를 열고, 힘 있는 자들을 제압하거나 어떤 일이든 처리할 수 있게 되었다. 이런 모습이 현대의 관객들에게 현실감을 더해 주는 장치가 되기도 한다.

<홍길동의 후예>의 구성은 소설의 전체적 구성과 많은 변이를 보이고 있다. 영화에서는 소설의 내용을 동일하게 재현한 부분으로 적 이정

민과 싸워서 이기는 부분이다. 그 밖의 부분은 소설의 내용이 영화에서 거의 재구성되지 않았다. 구성 내용이 추가되거나 변형된 부분은 인물의 설정 때문에 생겨났지만, 주인공과 악당 이정민과의 싸움을 이야기하기 위한 필연적 장치라 하겠다. 즉 변형되거나 추가된 부분은 영화에서 중요한 부분이지만 소설에서 중요하지 않다. 이처럼 영화의 서사구조에는 소설의 내용이 변이된 부분보다 삭제된 부분이 훨씬 더 많다. 따라서 영화는 소설의 극히 일부분만 재구성하였음을 알 수가 있다.

영화 <홍길동의 후예>는 허균이 주장한 탐관오리에 대한 규탄이란 조선 시대의 정치적인 부패 상황을, 오늘날의 현실에 맞게 비리가 있는 권력자라는 인물을 창조하여 냈다. 그런데 허균이 <홍길동전>에서 내세운 적서차별이란 부당한 제도를 비판한 것은 영화에 등장하지 않았다. 이는 소설에서 발단에서 위기까지에 해당하는 내용이지만, 현대 사회에서 이러한 축첩제도나 서얼로 호부호형할 수 없는 적서차별 제도가 존재하지 않기 때문에 영화에서 재구성되지 않고 삭제되었다. 이처럼 영화는 소설을 그대로 수용하는 것이 아니고 변용시켜 수용하고 있다. 따라서 영화나 드라마 콘텐츠 개발에서 고전소설을 수용하고 변용할 때는 오늘날의 정서와 맞지 않은 소설 부분은 과감하게 삭제되었다.

소설에서의 시작은 곡산모 초란의 위계로 길동이 자객 특재와 상자를 죽이고 출가를 결심하는 데서 비롯된다. 그런데 영화에서는 이런 시작점이 구체적으로 나타나지 않는다. 왜냐하면 영화는 주인공이 홍길동의 후예로 설정되었기 때문이다. 후예들의 삶은 현실이 연속되는 가문의 역사적 과정이라, 구체적으로 시작점이 나타나지 않는다. 더욱이 소설의 후속 작업이라 전제 아래에서 영화 작품이 만들어졌기 때문에 동일한 스토리로 시나리오를 만든 부분을 찾을 수가 없다. 그렇지만 영화의 결말 부분에서는 도적을 소탕하고 백성들의 민심을 살피면서 끝나도록 하는 소설의 내용 형식으로 재구성되어 있다.

또 영화 <홍길동의 후예>에는 원작에서 나오지 않았던 사랑 이야기를 추가해[15] 오락적 요소를 가미했다. 소설에서는 홍길동이 2-3명의 여인들과 결혼을 하지만 사랑과 거리가 멀다. 그런데 영화에서는 소설에서 호부호형을 못하였다는 것을 패러디 하여 사랑 이야기를 가미하였다. 영화에서는 무혁이 송연화와 같은 학교 내에서 '애인을 애인이라 부르지 못하는' 이중생활의 비밀 연애를 하는 로맨스가 꾸며져 있다. 무혁과 연화는 비밀이 지켜야 하는데도, 학교 내에서 과격하고 이색적인 일명 '러브러브 고무줄 키스' 등 아슬아슬한 닭살 행각까지 더해 흥미를 증진시켜 주었다.

그리고 영화에서는 문자 매체로 된 소설에서 보여줄 수 없는 시각적 요소를 가미시켜 큰 차이를 보여주고 있다. 사건의 전개과정에서 시각적으로는 첩보 영화 같은 기술이나 액션을 추가해 관객들에게 긴장감을 더해 주는 요소로 활용하고 있다. 소설에서는 축지법과 분신술이란 신비한 무술을 구사하는데, 영화에서는 이런 비현실적인 요소와 달리 최첨단 전자 장비와 통신 장비를 사용하는 21세기의 영웅담으로 변이되어 있다. 즉 복합 기능의 세련된 검은 슈트를 착용하고, 간이 작업대로 변신하는 서류 가방, 최첨단의 반도체 칩과 고성능 이어셋, 초소형 무전기와 카메라, 최신 지문 복제술, 슈퍼컴퓨터가 장착된 작전 차량 등이 동원된다. 이를 통해 보는 사람들에게 시각적 효과를 극대화시키고 있다.

또 영화에서는 맨몸으로 빌딩 오르고, 건물과 건물 사이를 뛰어다니

---

15) 영화나 영상매체의 기본요소에서 사랑과 싸움이 빠지면 재미가 반감하게 되어 있다. 따라서 영상매체의 콘텐츠 가발에서 이 부분은 없으면 창작하여서도 삽입하고 있다.

는 고난도의 기술을 요하는 액션, 스포츠 야마카시로 빌딩 숲을 가로지르고 오프로드와 산악까지 달리는 고난도의 묘기까지 가능한 전문가용 BMX 자전거로 꽉 막힌 도심 대로를 질주하는 무혁과 찬혁 형제의 액션이 들어 있다.

이상에서 <홍길동의 후예>는 소설 <홍길동전>과 같이 전체적으로 권선징악의 내용을 다루었다. 그런데 <홍길동의 후예>는 사극이 아닌 코믹 액션 장르라는 현대물로 변용하여 표현하였다. 영화의 결말은 홍길동의 후예로서 명맥을 이어가는 것으로 끝난다. 그렇기 때문에 현대적으로 재구성하는 범위가 소설의 후속 작품이란 가정에서 이루어졌다. 관객들에게는 현대적인 모습이 속속들이 알지 못하는 조선 시대보다 더 친숙한 모습으로 다가갈 수 있다. 이를 통해 관객들에게 우리 고전의 신선함을 느끼게 할 수 있다. <홍길동의 후예>는 고전이 오늘날의 관객들에게 새로운 모습으로 다가갈 수 있다는 것을 보여준, 고전을 현대적으로 수용한 사례라고 생각된다.

3) 캐릭터의 변용

소설 <홍길동전>은 주 캐릭터인 홍길동이 백성들을 괴롭히고 사리사욕을 채우는 탐관오리들을 혼내주는 의적 이야기를 그린 소설이다. 영화 <홍길동의 후예>도 홍길동처럼 홍무혁을 주 캐릭터로 하여 부패한 권력자를 처단하는 이야기를 보여주고 있다. 이처럼 <홍길동의 후예>는 소설 <홍길동전>이란 원 소스와 같이 영웅적인 캐릭터를 변용하면서 사건과 악당을 현대에 맞게 처리해 나간다.

소설은 홍길동의 영웅적 모습에 초점이 맞춰져 있다면, 영화에는 홍무혁을 21세기를 살아가는 가끔 코믹하게 보이는 인간적인 모습을 그렸다. <홍길동의 후예>에 등장하는 인물들을 원 소스인 소설 <홍길동전>에 등장하는 인물과 비교하여 살펴보자.

우선 주인공을 보면, 소설 <홍길동전>의 홍길동과 <홍길동의 후예>의 홍무혁은 이름이 다르다. 그렇지만 무혁은 홍길동의 후예로서 조상의 뜻을 지키는 행동을 하면서 홍길동이란 가명을 쓴다. 이는 홍길동이란 이름의 전형적인 이미지를 그대로 활용한 것이다.

구체적으로 보자. 소설에서는 정의로운 의적으로 설정한 반면에, 영화에서 주인공 홍무혁은 외면적으로는 교사라는 직업을 가진 홍길동의 18대 후손이란 평범한 인물로 등장하고 있다. 그리고 소설에서는 서자이면서 민중들을 돕는 의협심이 강한 현실 비판적이며 행동형 인물로 등장한다. 영화에서는 홍무혁이 악의 무리를 경멸하는 정의감에 불타는 오늘날의 현실에 맞게 서자가 아닌 아들로 등장하고 있다. 홍무혁은 쾌활한 성격이지만, 사랑하는 여자에게 한없이 약한 약간 익살스러운 액션을 취할 수 있다. 즉 무혁은 세련되고 훌륭하며 멋있는 이미지뿐만 아니라, 새로운 스타일의 액션을 선보이며 매력을 발산한다.

소설에서 홍길동은 의적으로 백성을 위한 일을 하다가 자신이 꿈꾸는 이상적인 나라를 세웠다. 반면 홍무혁은 낮에 원래의 직업인 여고생들의 인기를 한 몸에 받는 훈남 음악 교사를 본업으로 활동하다가, 나쁜 비리가 생기면 밤에 조상 홍길동의 의지를 실현하기 위해 신출귀몰한 의적으로 활동한다. 홍길동과 현대판 의적 활동을 펼치는 홍무혁은 둘 다 의적이라는 업을 가졌다는 공통점이 있다. 하지만 홍무혁은 홍길동과 달리 음악 선생으로 가장하고 홍무혁은 현대판 홍길동으로 이중 생활을 하고 있다.16)

---

16) 이런 모습에서 다른 점이 보이는 차이는 이 둘의 목표가 다른 것과 같은 맥락이다.

주변 인물과의 관계를 통해서도 캐릭터의 변용이 나타난다. 소설 <홍길동전>에서 길동에게는 주변 인물이 거의 나타나지 않는다. 다만 영웅소설인 <홍길동전>은 영웅인 길동을 중심에 두고, 주변에 적대적 인물들과 관계를 맺는다. 영웅소설에서는 여러 명의 적대적 인물들이 등장하지만 중요한 인물이 아니다. 이들은 단계적 장애물로서 영웅이야기를 만들어 가는 수단으로 작용할 뿐이다.[17]

반면 <홍길동의 후예>의 무혁에게는 가족 관계도 물론 나타나지만, 이들보다 주변에 등장하는 인물들과의 관계가 더욱 중요하다. 주 캐릭터 무혁의 주변 인물로는 이정민이라는 적대적인 악인이 나타나 대립 관계에 놓인다. 뿐만 아니라 연화라는 연인 관계도 나타나고, 재필이라는 조력자 겸 장애물적인 인물도 나타나기도 한다. 그 중에서 홍무혁과 이정민의 싸움은 사건을 이끌어가는 주요 소재로써 작용한다. 이러한 모습을 통해 홍무혁이라는 캐릭터가 홍길동의 캐릭터를 탈피해 새로운 인물로 변용되어 있는 것을 확인할 수 있다.

우선 적대적인 이정민은 물질만능주의 성향의 가진 인물로, 소설에 나타나는 탐관오리를 대변한다. 그는 권력과 부를 이용해 정·재계를 자신의 손아귀에 올려놓고 좌지우지 한다. 이정민은 삐뚤어진 세계관을 가진 광기어린 '공공의 적'이다. 그는 연기하면서 말투와 의상, 제스처까지 재창조해 단순한 악인을 넘어 뒤틀린 새로운 한국형 악인 캐릭터로 설정되었다. 그런데 이정민은 악당이면서 영웅이 되고 싶은 욕망이 강해 엉뚱한 면을 가지고 있어 빈틈이 많은 인물이다. 하지만 그는 자신의 이익과 배반되는 일에서 어떠한 비열한 행동을 보이는 입체적

---

17) 김지혜, 「고전소스를 활용한 드라마 콘텐츠의 캐릭터 변용 양상 연구」, 한성대학교 대학원 석사학위논문, 2009.

인물이다.

　다음으로 송연화는 같은 학교 내에서 주인공 홍무혁과 3년차 비밀 연애를 하는 귀엽고 사랑스러운 나약한 여성 이미지를 가지고 있다. 송연화의 역할을 맡은 인물을 굳이 찾아낸다면, 어머니 춘섬과 아버지 홍승상의 일부 역할에서　찾아볼 수 있다. 송연화는 수학 교사로 평소에 똑 부러지는 성격이지만, 오빠 재필을 만나 수가 틀리는 상황에 처하게 되면, 욱하고 다혈적인 괴팍한 성격을 드러내기도 한다. 그럴 때면 특유의 투박한 전라도 사투리가 튀어나는 엉뚱 발랄한 인물이다. 그녀는 '러브러브 고무줄 키스'라는 과격하면서도 이색적인 닭살 행각 벌이는 인물로 나타나기도 한다.

　송재필은 송연화의 오빠로 자수성가한 전형적인 노력파 검사이다. 어떠한 유혹에도 아랑곳 하지 않고 오직 소신 있게 밀어붙이는 인물이다. 그는 불의를 보면 참지 못하는 정의로운 성격의 소유자이다. 그는 길동을 통하여 이정민을 잡지만, 결국 홍길동도 잡고야 말겠다는 신념을 가진 인물이다. 따라서 송재필은 길동에게 조력자인 동시에 적대적인 인물로 나타난다.

　이상에서 소설 <홍길동전>과 <홍길동의 후예>에 등장하는 주 인물과 주변 인물의 기본 요소를 비교하면 다음과 같이 표로 정리할 수 있다.

　<홍길동의 후예>에 등장하는 인물들의 아래의 관계도를 살펴보자. 소설에서는 적서차별이 사회적 제약에서 벗어날 없는 당시의 사회상을 보여주었다. 즉 적서차별과 호부호형의 문제에서 갈등이 시작되었지만, 현대에서는 홍길동의 문제 의식을 도저히 이해할 수 없는 것[18]이 된

---

18) 서유경, 「디지털시대의 고전 서사 읽기」, 『고전문학과 교육』16, 한국고전문학교육학회, 2008.

사회이다. 오늘날에는 적서차별이나 호부호형 금지가 무엇인지 알 수 없는 사회로 변모되어 새로운 역사 문화 읽기가 필요하게 되었다. 따라서 현실적인 문화적 코드를 수용할 필요가 있다. <홍길동의 후예>에서는 가족원의 구성에서 처첩의 존재가 상실하고 어머니만 존재하게 된다. 그리고 아버지 홍만석의 역할도 많이 축소하여 보조적 역할에 만족하는 정도이다. 이에 비하여 사랑하는 연인 송연화, 악을 척결하는 검사 송재필, 그리고 무혁을 도와줄 동생 찬혁이란 새로운 인물을 창조하게 된다.

홍길동전		홍길동의 후예
홍길동	이름	홍무혁
아버지(홍판서), 어머니, 큰어머니 형(홍인형),	가족 관계	아버지(홍만석), 어머니(이명애), 동생(홍찬혁)
의적 → 왕	직업	음악 교사 ↔ 의적
홍길동↔ 곡산모 초란 탐관오리 율도국왕	주변 인물과의 관계	홍무혁 —연인→ 송연화 / 이정민 —적→ 송재필 / 조력자,장애 (적) 남매
나라를 잘 다스리는 것	목표	부패한 권력자를 처단하는 것

이런 변용된 인물의 양상에 대해 살펴보자. 무혁에게는 적서차별이나 호부호형의 문제가 현대사회에서 중요한 것이 아니기 때문에 변용되었다. 소설에서는 서자로 태어났는데, 영화에서는 정상적인 아들로 태어난다. 그리고 무혁은 시대적 흐름에 따라 적서차별 대신에 학교 내 연애가 제한된 사회적인 분위기에서 송연화와 애인임을 드러내지 못하

는 인물로 나타나고 있다.

　장르에 따른 인물의 직업에도 변용이 일어났다. <홍길동의 후예> 영화의 장르는 현대물이었다. 소설을 원 소스로 만든 영화 콘텐츠란 점에서 등장인물에 대한 적절한 새로운 직업을 부여하게 된다. 등장인물은 새로운 직업을 통하여 인물의 사회적 위치나 역할, 성격 등을 보여주게 된다. 무혁은 정의로운 의적으로 활동하면서도 그의 직업을 민중의 지팡이라는 경찰이나 검사로 하지 않고 오히려 음악교사로 설정한 것이 흥미롭다. 이는 당시의 사회에서 경찰이나 검찰에 대한 민중들의 불신이 높았기 때문에, 만약 무혁에게 이런 직업을 부여한다면 사회적 정의를 구현할 때에 제약이 따름을 암시하고 있다. 그리하여 무혁에게 음악교사란 직업을 부여하여 남들이 보기에는 평범한 교사처럼 보이게 하였다. 그리고 그 가족들도 서민적인 삶을 살아가고 있다는 것을 보여주고 있다.

　그리고 새로운 적대적 인물을 통한 주 캐릭터의 성격을 창조하고 있다. 영화의 인물 창조에서 중요한 역할을 하는 것은 주 캐릭터와 이에 상대되는 적대적 캐릭터이다. <홍길동의 후예>에서는 불법 행위와 범죄가 권력을 통해 법망을 빠져나가고, 법은 오히려 보호해야 할 민중을 겨냥하고 있다. 그리고 이정민은 실수가 많고 어리석은 행동을 하는 새로운 적대적 캐릭터로 창조되었다. 이정민은 악당이란 전형적인 성격을 탈피시켜, 일반 사람들과 동일한 실수를 하는 모습을 드러내어 현실감이 있는 인물로 만들었다. 악인이 행하는 것에서 실수하고 어리석은 모습을 보여주면서 현실감을 더욱 증가시켜 대중의 웃음을 유발시킨다. 이처럼 영화에서는 이정민이란 악인을 통해 사건을 전개시키고 플롯을 만드는 데까지 영향을 끼치고 있다.

4. 소결

오늘날의 사람들은 새로운 것이 넘쳐나고 있어 신선한 것이 아니면 자극을 받지 않는다. 이런 사람들은 문화콘텐츠 제작자들에게 새로운 소재를 끊임없이 창출해 내길 바란다. 대중적이고 새로운 것들이 없을 정도로 너무도 많은 것이 콘텐츠화 되었다. 이런 점에서 새로운 소재를 우리의 고전소설이란 장르에서 찾아낼 수 있다. 사실 고전이라면 오래 전부터 사람들에게 사랑받아온 문자 매체 문학으로서 새롭지 않다. 때문에 고전소설의 일부를 빌려와서 오늘날에 맞도록 새롭게 재탄생시켜야 한다.

지금까지 논의한 <홍길동 후예>에 나타난 서사와 등장인물의 수용과 변용이 요약하면 다음과 같다.

먼저 서사의 수용과 변용에서는 정의를 위하여 싸워서 결말에 승리하는 권선징악적 구성이란 점에서 소설과 영화는 비슷하다. 그렇지만 영화에서는 현대사회에 걸 맞는 사건으로 변용시켰다. 차이점을 보면, 첫째 소설이 일대기적 구성인데 비하여 일생의 일부분만 구성하였다. 둘째, 소설이 비현실적이고 초월적인 능력을 가진데 비하여 영화에서는 의적 기술이나 능력을 연마를 통하여 획득하였다. 셋째, 구성에 적과 싸우는 극히 일부분만 수용하고 거의 전부 삭제되었다. 넷째, 소설에서 부패한 탐관오리를 영화에서는 현실 맞도록 비리가 있는 권력자로 창조하였다. 이밖에 영화에서는 작품의 시작점이 구체적이지 않고, 소설에 없는 사랑 이야기를 추가하여 홍미를 유발시키고, 첩보전과 같은 도구를 활용한 시각적 효과를 가미시켰다. 이런 서사의 수용과 변용을 통하여 고전소설을 관객들에게 새로운 모습으로 다가갈 수 있도록 하였다.

캐릭터의 수용과 변용에서는 소설의 영웅적 캐릭터를 현대에 맞게 변용하여 수용하고 있다. 소설에서는 가족을 제외한 주변적 인물이라야 적대적 인물만 등장하는데, 영화에서는 많은 주변적 인물이 새롭게 창조되었다. 그리고 주인공의 신분도 의적이란 공통점이 있으나, 가족 관계의 시대적 변모에서 서자가 아니 아들로 태어나고 장르적 변화로 음악선생과 의적의 이중적 생활을 하고 있다. 그리고 주변적 인물과의 관계에서도 적대자 이정민은 삐뚤어진 세계관을 가진 뒤틀린 새로운 한국적인 악인 캐릭터를 창조하고, 사랑하는 송선화는 귀엽고 나약하지만 엉뚱 발랄한 인물로, 그리고 송재필은 자수성가한 불의와 타협하지 않는 정의로는 성격의 인물을 창조하였다. 그런데 적대적 인물인 이정민의 행동은 어리석은 행동을 하고, 일반사람과 같은 실수를 저지르는 인물로 설정하여 전형적인 악인의 성격을 탈피한 현실적인 인물로 창조하였다.

앞에서 살펴본 <홍길동의 후예>는 허균이 지은 소설 <홍길동전>을 차용하여 변용시켰다. <홍길동전>이 비과학적이고 비현실적이며 비논리적인 허황된 이야기라고 논의되기도 하는데, 오히려 이것이 새로운 환상을 드러내면서 영상 매체와 효과적으로 결합할 수 있게 되었다. <홍길동전>은 영웅이 악당을 벌하고 정의를 실현하는데, 현실적으로 이룰 수 없는 이상국의 건설이란 서사적 허구를 이루어 냈다. 즉 권선징악적인 영웅적 삶을 통하여 대리 만족을 준다. 이런 <홍길동전>의 주제는 오늘날에도 사람들에게 우호적 인식을 가져다준다.

<홍길동전>이란 고전소설을 향유하던 시대와 오늘날의 시대는 매우 많이 변모되어 있다. 따라서 고전소설은 오늘날의 사회와 다른 역사 문화적 상황의 차이를 보여주는 것을 새롭게 채울 수 있는 문화 코트를 맞추어 나갈 때 수용될 수 있다. <홍길동전>에서 중요시 되었던 적서

차별이나 호부호형이 오늘날에는 더 이상 사회 문제로 중요시 되지 않는다. 그렇기 때문에 <홍길동의 후예>에서는 새로운 문화적 코드의 채움으로 치밀한 첩보전이나 화려한 액션으로 재탄생 시켰다. 그리하여 현대 사회를 오늘날의 사람에게 유쾌한 웃음과 통쾌한 카타르시스를 선사하게 된다.

고전문학의 재탄생은 소비자들에게도, 제작자들에게도, 고전 자체로도 중요한 의미를 지닌다. 사람들은 옛것이라는 생각만 들었던 고전문학이 전혀 새로운 시각과 모습으로 친근하게 다가온다면 쉽게 받아들일 수 있을 것이다. 그리하면 고전의 연구가 더욱 활발하게 진행될 계기가 되고, 제작자들은 원천 소재를 찾는데 어려움을 느끼지 않아도 될 것이다. 현재 수십 권으로 이루어진 대하소설들이나 아직 발굴되지 않은 고전(소설과 설화)이 많이 남아 있다. 이런 발전 가능성이 많은 고전을 새롭게 활용하도록 노력해야 한다. 새로운 관점과 창조적인 연구를 통해 고전문학을 문화콘텐츠로써 재탄생시킬 수 있도록 소재의 확장을 가져와야 할 것이다.

부록 : 〈홍길동전〉(경판 24장본)

*원문의 띄어쓰기, 단락나누기, 소목차는 필자가 소설의 구조에 따라 임의로 하였음

1. 홍 판서의 가계

화셜(話說)1) 됴션국(朝鮮國) 셰종됴(世宗朝) 시졀의 흔 지샹(宰相)이 〃시니, 셩은 홍이오 명은 뫼(某)라. 더〃 명문거족(名門巨族)으로 쇼년등과(少年登科)2) 흐여 벼술이 니죠판셔(吏曹判書)의 니르미 물망(物望)3)이 됴야(潮野)의 웃듬이오 츙효겸비(忠孝兼備) 흐기로 일홈이 일국의 진동흐더라. 일즉 두 아들을 두어시니 일즈는 일홈이 인형이니 뎡실(正室) 뉴시(柳氏) 쇼싱(蘇生)이오, 일즈는 일홈이 길동이니 시비(侍婢)4) 츈셤의 쇼싱이라.

2. 홍 판서의 태몽

션시(先時)5)의 공이 길동을 나흘 쩌의 일몽(一夢)을 어드니 문득 뇌셩벽녁(雷聲霹靂)이 진동흐며 쳥룡(靑龍)이 슈염을 거스리고 공(公)의게 향흐여 다라들거놀 놀나 쩨다르니 일쟝츈몽(一場春夢)이라.

3. 태몽의 실현

심즁(心中)의 더희(大喜)흐여 싱각흐되 '니 이졔 룡몽(龍夢)을 어더시니 반드시 귀(貴)흔 즈식을 나흐리라' 흐고 즉시 니당(內堂)6)으로 드러가니 부인 뉴시 니러 맛거놀 공이 흔연(欣然)이 그 옥슈(玉手)롤 닛그러 졍(正)이 친압(親壓)7)고져 흐거놀 부인이 졍식(正色) 왈

---

1) 이야기의 첫머리, 또는 말머리를 돌릴 때 쓰던 말. 각설
2) 어린 나이(젊어서) 과거에 급제하는 일
3) 여러 사람이 인정하거나 우러러보는 명망
4) 곁에서 시중드는 여자 종
5) 앞서서
6) 안채, 여자들이 거주하는 방
7) 성 관계를 하고자

1. 홍 판서의 가계

화설 조선조 세종 때에 한 재상이 있었으니, 성은 홍씨요 이름은 아무였다. 대대 명문거족(名門巨族)의 후예로서 어린 나이에 급제해 벼슬이 이조판서에 이르러, 물망이 조야에 으뜸이고 충효까지 갖추어 그 이름을 온 나라에 떨쳤다. 일찍 두 아들을 두었는데 하나는 이름이 인형으로서 본처 유 씨가 낳았고, 다른 하나는 이름이 길동으로서 시비 춘섬이 낳았다.

2. 홍 판서의 태몽

그 앞서, 공이 길동을 낳기 전에 한 꿈을 얻었다. 갑자기 우레와 벽력이 진동하며 청룡이 수염을 거꾸로 하고 공을 향하여 달려들기에 놀라 깨어나니 꿈이었다.

3. 태몽의 실현

마음속으로 크게 기뻐하여 생각하기를, '내 이제 용꿈을 얻었으니 반드시 귀한 자식을 낳으리라.' 하고 즉시 내당으로 들어가니 부인 유 씨가 일어나 맞이하거늘, 공은 기꺼이 그 고운 손을 잡고 바로 관계하고자 하였으나 부인은 정색을 하고 말했다.

"샹공이 쳬위존즁(體位尊重)호시거놀 년쇼경박즈(年小輕薄子)8)의 비루(鄙陋)9)호믈 힝(行)코져 호시니, 쳡은 봉힝(奉行)10)치 아니 호리로쇼이다."

호고 언파(言擺)11)의 손을 썰치고 나가거놀 공이 가쟝 무류(無留)12)호여 분긔(憤氣)롤 춤지 못호고 외당(外堂)의 나와 부인의 지식이 업스믈 한탄호더니, 맛춤 시비(侍婢) 츈셤이 츠롤 올니거놀 그 고요호믈 인호여 츈셤을 잇글고 협실(俠室)13)의 드러가 정이 친압호니 이쩌 츈셤의 나히 십팔이라.

혼 번 몸을 허(許)혼 후로 문외(文外)의 나지 아니호고, 타인(他人)을 취홀 쯧이 업스니 공이 긔특(奇特)이 넉여 인호여 잉쳡(孕妾)을 삼아더니,

4. 길동의 탄생

과연 그 달붓허 틱긔(胎氣) 잇서 십삭(十朔)만의 일기 옥동(玉童)을 싱(生)호니 긔골(氣骨)이 비범(非凡)호여 진짓 영웅호걸(英雄豪傑)의 긔상(氣象)이라. 공이 일변 깃거호나 부인의게 나지 못호믈 한(恨)호더라.

5. 길동의 능력과 한계

길동이 졈〃 즈라 팔셰되미 춍명(聰明)이 과인(過人)호여 혼아흘 드르면

---

8) 어리석고 경박한 사람
9) 품위가 없고 천함
10) 웃어른이 시키는 일을 삼가 거행함
11) 말을 마침
12) 무안
13) 곁방, 옆에 딸린 작은 방

"상공께서는 위신을 존중하시거늘, 어리고 경박한 사람의 비루한 행위를 하고자 하시니 첩은 따르지 않겠습니다."

하며 말을 마치고는 손을 뿌리치고 나가 버리니, 공은 몹시 무안(열적음)하여 분함을 참지 못하고 외당으로 나와 부인의 지혜롭지 못함을 한탄하였다.

마침 시비 춘섬이 차를 올리기에, 그 고요한 분위기요 이로 인하여 춘섬을 이끌고 곁방에 들어가 바로 관계하였으나 이때 춘섬의 나이는 열여덟이었다.

한 번 몸을 허락한 후에는 문밖에 나가지 아니하고, 타인과 접촉할 마음도 없기에 공이 기특하게 여겨 애첩으로 삼았다.

4. 길동의 탄생

과연 그 달부터 태기가 있더니 10달 만에 한 옥동자를 낳았으니, 기골이 비범하여 실로 영웅호걸의 기상이었다. 공은 한편으로 기뻐하나 부인의 몸에서 태어나지 못한 것을 한탄하였다.

5. 길동의 능력과 한계

길동이 점점 자라 8살이 되자 총명하기가 보통을 넘어 하나를 들으면

빅을(1장) 통ᄒ니 공이 더욱 이중ᄒ나 근본 천ᄉᆡᆼ(賤生)이라, 길동이 믜양 호부호형(呼父呼兄)[14]ᄒ면 문득 ᄭᅮ지져 못ᄒ게 ᄒ니 길동이 십 셰 넘도록 감히 부형(父兄)을 부르지 못ᄒ고 비복(婢卜) 등이 쳔디ᄒ물 각골통한(刻骨痛恨)[15]ᄒ여 심ᄉᆞ(心事)를 졍치 못ᄒ더니 츄구월(秋九月) 망간(望間)[16]을 당ᄒᆞ믹 명월(明月)은 죠요(照耀)ᄒ고 쳥풍(靑風)은 쇼슬(蕭瑟)ᄒ여 사름의 심회를 돕ᄂᆞᆫ지라 길동이 셔당(書堂)의셔 글을 닑다가 믄득 셔안(書案)[17]을 밀치고 란(亂) 왈,

"대쟝뷔(大丈夫) 셰샹의 나믜 공밍(孔孟)을 본밧지 못ᄒ면 찰아리 병법(兵法)을 외와 대쟝닌(大將印)[18]을 요하(腰下)[19]의 빗기ᄎᆞ고 동졍셔벌(東征西伐)[20]ᄒ여 국가의 디공(大功)을 셰우고 일홈을 만디(萬代)의 빗닉미 쟝부의 쾌ᄉᆡ(快事)라. 나는 엇지ᄒ여 일신(一身)이 젹막(寂寞)ᄒ고, 부형이 〃시되 호부호형(呼父呼兄)을 못ᄒ니 심쟝이 터질지라, 엇지 통한(痛恨)치 아니리오!"

ᄒ고, 말을 맛츠며 뜰의 나려 검슐(劍術)을 공부ᄒ더니, 맛ᄎᆞᆷ 공이 ᄯᅩᄒᆞᆫ 월ᄉᆡᆨ(月色)을 구경ᄒ다가, 길동의 빅회(徘徊)ᄒ믈 보고 즉시 불너 문(問) 왈,

"네 무슴 흥이 〃셔 야심(夜深)토록 잠을 즈지 아니ᄒᄂᆞᆫ다."

길동이 공경 디왈(對曰).

"쇼인(小人)[21]은 맛ᄎᆞᆷ 월ᄉᆡᆨ(月色)을 사랑ᄒᆞ믜여니와, 대개 하늘이 만물(萬物)을 닉시믜 오직 사름이 귀(貴)ᄒ오나 쇼인의게 니르러는 귀ᄒ오믜

---

14) 아버지라고 부르고 형이라고 부름
15) 뼈에 사무치도록 마음 속 깊이 맺힌 원한
16) 음력으로 보름쯤에
17) 책상
18) 지난날, 장수(將帥)가 차던 병부(兵符)의 신표
19) 허리춤
20) 여러 나라를 이리저리 정벌함
21) 정실의 자식이 아니고 첩의 자식이기 때문에 아버지 앞에서 소자라고 하지 못하고 소인이라고 한 것임.

백을 알았다. 공은 더욱 귀여워하나 출생이 천해, 길동이 늘(매일) 아버지, 형을 부르면 즉시 꾸짖어 부르지 못하게 하였다. 길동이 10살이 넘도록 감히 아버지, 형을 부르지 못하고 종들이 천대하는 것을 뼈에 사무치게 한탄하면서 마음 둘 바를 몰랐다. 가을인 구월 보름 때가 되어 밝은 달은 조용하게 비추고 맑은 바람은 서슬하게 불어와 사람의 마음의 회포를 도왔다. 길동이 서당에서 글을 읽다가 책상을 밀치고 어지러이 말하였다.

"대장부가 세상에 나서 공맹을 본받지 못할 바에야, 차라리 병법이라도 익혀 대장인을 허리춤에 비스듬히 차고 동정서벌하여 나라에 큰 공을 세우고 이름을 만대에 빛내는 것이 장부의 통쾌한 일이라. 나는 어찌하여 일신이 적막하고, 부형이 있는데도 아버지를 아버지라, 형을 형이라 부르지 못하니 심장이 터질 지라, 이 어찌 통탄할 일이 아니겠는가!"

하고, 말을 마치며 뜰에 내려와 검술을 공부하였다. 마침 공이 또한 달빛을 구경하다가, 길동이 서성거리는 것을 보고 즉시 불러 물었다.

"너는 무슨 흥이 있어서 밤이 깊도록 잠을 자지 않느냐?"

길동은 공경하게 대답했다.

"소인은 마침 달빛을 즐기는 중입니다. 대개 하늘이 만물을 생산하시매 오직 사람이 귀한 존재이오나, 소인에게 있어서는 귀함이 업스오니 엇지 사룸이라 ᄒᆞ오리잇가?”

공은 그 말을 짐작ᄒᆞ나 짐즛 칙왈(責曰),

“네 무슴 말인고?”

길동이 ᄌᆡ비(再拜) 고왈(告曰),

“쇼인이 평싱(平生) 셜온 바는 대감 졍긔(精氣)로 당〃(堂堂)ᄒᆞ온 남ᄌᆡ 되여스오믹 부싱모휵지은(父生母育之恩)이 깁습거늘 그 부친을 부친이라 못 ᄒᆞ옵고 그 형을 형이라 못ᄒᆞ오니 엇지 사룸이라 ᄒᆞ오리잇가?”

ᄒᆞ고, 눈물을 흘여 단삼(單衫)22)을 젹시거늘 공이 쳥파(聽罷)23)의 비록 측은(惻隱)ᄒᆞ나 만일 그 ᄯᅳᆺ을 위로ᄒᆞ면 ᄆᆞ음이 방ᄌᆞ(放恣)ᄒᆞᆯ가 져(猪)어24) 크게 ᄭᅮ지져 왈.

“지샹가(宰相家) 쳔비(賤婢) 쇼싱이 비단 너 ᄲᅮᆫ이 아니여든 네 엇지 방ᄌᆞᄒᆞ미 이갓ᄒᆞ요. ᄎᆞ후(此後) 다시 이런 말(2장)이 〃시면 안젼(眼前)의 용납(容納)치 못 ᄒᆞ리라.”

ᄒᆞ니 길동이 감(敢)이 일언(一言)을 고(告)치 못ᄒᆞ고 다만 복지유체(伏地流涕)ᄲᅮᆫ이라. 공이 명ᄒᆞ여,

“물너가라.”

ᄒᆞ거늘 길동이 침쇼(寢所)로 도라와 슬허ᄒᆞ물 마지 아니 ᄒᆞ더라. 길동이 본ᄃᆡ 지긔과인(才氣寡人)ᄒᆞ고 도량(度量)25)이 활달(豁達)ᄒᆞᆫ지라 ᄆᆞ음을 진졍치 못ᄒᆞ여 밤이면 ᄌᆞᆷ을 닐우지 못ᄒᆞ더니, 일〃은 길동이 어미 침쇼(寢所)의 가 울며 고 왈.

“쇼지 모친으로 더브러 젼싱년분(前生緣分)이 즁(重)ᄒᆞ여 금셰(今世)의 모

---

22) 적삼
23) 듣기를 다 마침. 또는 그런 때
24) 두려워하여
25) 너그러운 마음과 깊은 생각

없사오니 어찌 사람이라 하겠습니까?"

공은 그 말의 뜻을 짐작하였지만, 일부러 책망하였다.

"네 무슨 말이냐?"

길동이 두 번 절하고 말씀드리기를,

"소인이 평생 설워하는 것은 대감 정기를 받아 당당한 남자로 태어났으며, 낳아 길러 주신 부모님의 은혜가 깊음에도 불구하고, 아버지를 아버지라 못 하옵고, 형을 형이라 못 하오니 어찌 사람이라 하겠습니까?"

하고, 눈물을 흘려 적삼을 적시는데, 공이 듣고 나자 비록 측은(불쌍)하나, 그 생각을 위로하면 마음이 방자해질까 염려되어, 크게 꾸짖어 말했다.

"재상 집안에 천한 종의 몸에서 태어난 자식이 비록 너뿐이 아닌데, 네가 어찌 방자함이 이와 같으냐? 앞으로 다시 이런 말을 하면 내 눈앞에 서지도 못하게 하겠다."

꾸짖으니, 길동은 감히 한 마디도 더 하지 못하고, 다만 엎드려 눈물을 흘릴 뿐이었다. 공이 명령하기를,

"물러가라."

하여, 길동은 침소로 돌아와 슬퍼함을 마지않았다. 길동이 본래 재주가 뛰어나고 도량이 활달하여 마음을 가라앉히지 못하여 밤이면 잠을 이루지 못하였다.

하루는 길동이 어미 침소에 가 울면서 아뢰었다.

"소자가 모친과 더불어 전생연분이 중하여, 금세에 모

지되오니 은혜망극(恩惠罔極)ᄒᆞ온지라. 그러나 쇼ᄌᆞ의 팔ᄌᆞ(八字) 긔박(奇薄)ᄒᆞ여 쳔(賤)ᄒᆞᆫ 몸이 되오니 품은 한이 깁ᄉᆞ온지라. 쟝뷔(丈夫) 세상의 쳐(處)ᄒᆞᄆᆡ 남의 쳔ᄃᆡ(賤待) 바드미 불가2ᄒᆞ온지라, 쇼지 ᄌᆞ연 긔운(氣運)을 억졔치 못ᄒᆞ여 모친 슬하(膝下)ᄅᆞᆯ ᄯᅥ나려 ᄒᆞ오니 북망모친(伏望母親)은 쇼ᄌᆞᄅᆞᆯ 넘녀치 마로시고 귀체(貴體)ᄅᆞᆯ 보즁(保重)ᄒᆞ쇼셔.”

그 어미 쳥파(廳罷)의 대경(大驚) 왈.

“지샹가(宰相家) 쳔싱(賤生)이 너ᄲᅮᆫ이 아니여든 엇지 협(峽)ᄒᆞᆫ 마음을 발ᄒᆞ여 어미 간쟝(肝腸)을 살오ᄂᆞ요?”

길동이 ᄃᆡ 왈.

“녯날 쟝츙의 ᄋᆞ들 길산26)은 쳔싱(賤生)이로되 십삽 세의 그 어미ᄅᆞᆯ 니별(離別)ᄒᆞ고 운봉산의 드러가 도(道)ᄅᆞᆯ 닥가 아름다온 일홈을 후셰(後世)의 유젼(遺傳)ᄒᆞ여시니, 쇼지 그ᄅᆞᆯ 효축(效則)27)ᄒᆞ여 셰상을 버셔나려 ᄒᆞ오니, 모친은 안심(安心)ᄒᆞ샤 후일을 기ᄃᆞ리쇼셔. 근간 곡산모의 힝식(行色)을 보니 샹공의 춍(寵)을 닐흘가28) ᄒᆞ여 우리 모ᄌᆞᄅᆞᆯ 원슈갓치 아ᄂᆞᆫ지라 큰 화ᄅᆞᆯ 닙을가 ᄒᆞ옵ᄂᆞ니 모친은 쇼지 나가믈 넘녀치 마르쇼셔.”

ᄒᆞ니, 그 어미 ᄯᅩᄒᆞᆫ 슬허ᄒᆞ더라.

6. 곡산모 초란의 위계

원니 곡산모ᄂᆞᆫ 본ᄃᆡ 곡산 기싱(妓生)으로 샹공의 춍첩(寵妾)이 되여시니 일홈은 쵸난이라. 가쟝 교만방ᄌᆞ(驕慢放恣)ᄒᆞ여 제 심즁(心中)의 불합(不合)ᄒᆞ면 공의게 춤쇼(讒訴)29)ᄒᆞ니, 이러므로 가즁폐단(家中弊端)이 무슈(無數)

---

26) 쟝길산, 18세기의 인물로 홍길동전이 지어진 시기를 추정할 수 있다.
27) 본받아 법으로 삼음
28) 잃어버릴까 하여
29) 남을 헐뜯어서 없는 죄를 있는 듯이 꾸며 고해 바치는 일

자가 되었으니 그 은혜가 지극하옵니다. 그러나 소자의 팔자가 기박하여 천한 몸이 되었으니 품은 한이 깊사옵니다. 장부가 세상을 살면서 남의 천대를 받음이 불가한지라, 소자는 자연히 기운을 억제하지 못하여 어머니 슬하를 떠나려 하니, 엎드려 바라건대 모친께서는 소자를 염려하지 마시고 귀체를 돌보십시오.”

그 어미가 듣고 나서 크게 놀라 말했다.

“재상가의 천한 출생이 너뿐이 아닌데, 어찌 마음을 좁게 먹어 어미의 간장을 태우느냐?”

길동이 대답했다.

“옛날, 장충의 아들 길산은 천생이지만 열세 살에 그 어미와 이별하고 운봉산에 들어가 도를 닦아 아름다운 이름을 후세에 전하였습니다. 소자도 그를 본받아 세상을 벗어나려 하오니, 모친은 안심하고 후일을 기다리십시오. 근간에 곡산모의 눈치를 보니 상공의 사랑을 잃을까 하여 우리 모자를 원수같이 알고 있어, 큰 화를 입을까 하오니 모친께서는 소자가 나감을 염려하지 마십시오.”

하니, 그 어머니 또한 슬퍼하더라.

6. 곡산모 초란의 위계

원래 곡산모는 곡산 지방의 기생으로 상공의 사랑하는 첩이 되었는데, 이름은 초란이었다. 아주 교만하고 방자하여 자기 마음에 맞지 않으면 공에게 고자질을 하기에, 집안에 폐단이 무수히

혼 즁, 져는 ᄋᆞᄃᆞ리 업고 츈셤은 길동을 나아 샹공이 미양(每常) 귀(貴)히
넉이물 심즁(心中)의 앙〃(怏怏)30)ᄒᆞ여 업시ᄒᆞ믈 도모ᄒᆞ더니, 일〃(一日)은
흉계(凶計)를 ᄉᆡᆼ각ᄒᆞ고 무녀(巫女)를 쳥(請)ᄒᆞ여 왈(曰),

"나의 일신(一身)을 평안(平安)케 ᄒᆞᆫ즉 이곳 길동을 업시키의 잇ᄂᆞᆫ지라
만일 나의 쇼원(素願)을 닐(3장)우면 그 은혜(恩惠)를 후(厚)히 갑흐리라."

ᄒᆞ니, 무녜(巫女) 듯고 깃거 ᄃᆡ왈.

"지금 홍인문 밧(外)긔 일등(一等) 관상녜(觀相女) 이시니 사름의 상을 ᄒᆞᆫ
번 보면 전후(前後) 길흉(吉凶)을 판단(判斷)ᄒᆞᄂᆞ니, 이 사름을 쳥ᄒᆞ여 쇼원
(素願)을 ᄌᆞ시(仔細) 니르고 샹공긔 쳔거(薦擧)ᄒᆞ여 전후ᄉᆞ(前後事)을 본다시
고 ᄒᆞ면 샹공이 필연 ᄃᆡ혹(大惑)ᄒᆞ샤 그 ᄋᆞ히를 업시코져 ᄒᆞ시리니, 그
ᄯᆡ(時)를 타 여차〃〃(如此如此)ᄒᆞ면 엇지 묘계(妙計) 아니리잇고?"

쵸난이 대희(大喜)ᄒᆞ여 먼져 은ᄌᆞ 오십 냥을 쥬며,

"상ᄌᆞ를 쳥ᄒᆞ여 오라."

ᄒᆞ니, 무녜(巫女) 하직(下直)고 가니라. 잇흔날 공이 ᄂᆡ당(內堂)의 드러와
부인으로 더브러 길동의 비범(非凡)ᄒᆞ믈 닐ᄏᆞᄅᆞ며, 다만 쳔ᄉᆡᆼ(賤生)이물
한탄(恨歎)ᄒᆞ고 졍히 말ᄉᆞᆷᄒᆞ더니, ᄆᆞᆫ득(聞得) ᄒᆞᆫ(一) 녀ᄌᆞ(女子) 드러와 당하
(堂下)의 문안(問安)ᄒᆞ거늘 공(公)이 고이히 넉여 문(問)왈,

"그ᄃᆡᄂᆞᆫ 엇더ᄒᆞᆫ 녀ᄌᆞ완ᄃᆡ 무슴 일노 왓ᄂᆞ뇨?"

그녀 ᄌᆞ왈.

"쇼인(小人)은 관상(觀相)ᄒᆞ기로 일숨더니, 맛츰 샹공문하(上空門下)의 니르
러ᄂᆞ니이다."

공이 ᄎᆞ언(此言)을 듯고 길동의 ᄂᆡᄉᆞ를 알고져 ᄒᆞ여 즉시 불너 뵈니
상녜 이윽히 보다가 놀나며 왈,

---

30) 불평, 불만이 있어 마음이 시뜻하다

하였다. 그 중에 자신은 아들이 없고, 춘섬은 길동을 낳아 상공께 늘 귀엽게 여기는 것을 마음으로 불쾌하여 (길동을) 없애버릴 것을 꾸미었다.

하루는 (초란이) 흉계를 생각하고 무녀를 청하여 말하기를,

"내의 몸이 편안하게 하려면 길동을 없애는데 있다. 만일 나의 소원을 이루어 주면 그 은혜를 후하게 갚겠다."

하니, 무녀가 듣고 기뻐서 대답했다.

"지금 홍인문 밖에 일류 관상녀가 있는데, 사람의 상을 한번 보면 전후의 길흉을 판단합니다. 이 사람을 청하여 소원을 자세하게 말하고, 상공께 천거하여 (그녀로 하여금) 전후사를 본 듯이 이야기하면, 상공이 필히 속아 넘어가 그 아이(길동)를 없애고자 할 것이니, 그 때를 틈타 이리이리하면 어찌 좋은 방법이 아니겠습니까?"

초란이 크게 기뻐하여 먼저 은돈 오십 냥을 주고

"관상녀를 청해 오라."

하나, 무녀가 하직하고 갔다. 이튿날 공이 내실에 들어와 부인과 더불어 길동이 비범함을 이야기하면서 다만 천한 출생임을 한탄하고 있던 중, 문득 한 여자가 들어와 마루 아래서 인사를 하기에 공이 이상하게 여겨 물었다.

"그대는 어떠한 여자인데 무슨 일로 왔느냐?"

그 여자가 말했다.

"소인은 관상 보는 사람이온데, 마침 상공 댁에 이르렀습니다."

공이 이 말을 듣고 길동의 장래를 알고 싶어 즉시 (길동을) 불러서 보이니, 관상녀가 자세히 보다가 놀라 말하기를,

"이 공쥬의 상을 보니 천고영웅(千古英雄)이오 일디 호걸(豪傑)이로디, 다만 지체(肢體) 부죡ᄒ오니 다르 념녀(念慮)는 업슬가 ᄒᆞᄂᆞ이다."

ᄒ고 말을 니고져 ᄒ다가 쥬져ᄒ거눌, 공과 부인이 가장 고히 넉여 왈,

"무슴 말을 바른디로 니르라."

상녜 마지 못ᄒ여 좌우(座右)를 물니치고 왈.

"공쥬의 상을 보온즉, 흉즁(胸中)의 죠화무궁(造化無窮)ᄒ고 미간(眉間)[31]의 산쳔졍긔(山川精氣) 영농ᄒ오니 진짓 왕후(王侯)의 긔상(氣像)이라. 장셩(長成)ᄒ면 장ᄎᆞᆺ(將次) 멸문지화(滅門之禍)를 당ᄒ오리니, 샹공은 살피쇼셔."

공이 쳥파(聽罷)의 경오(驚訝)ᄒ여 묵〃반향(默默反響)[32]의 ᄆᆞ음을 졍ᄒ고 왈,

"사롬의 팔즈(八字)는 도망(逃亡)키 어렵거니와 너는 이런 말을 누셜(漏泄)[33]치 말나."

당부(當付)ᄒ고 약간 은즈를 쥬어 보ᄂᆞ니라. ᄎᆞ후(此後)로 공이 길동을 산졍(山亭)의 머물게 ᄒ고 일동일졍(一動一靜)[34]을 엄슉(嚴肅)히 살피니, 길동이 〃 일을 당ᄒᆞᆷ 더욱 셜우믈 이긔지 못ᄒ나 홀길업셔 육도삼약(六韜三略)과 텬문지리(天文地理)를 공부ᄒ더니, 공이 〃(4쟝)일을 알고 크게 근심ᄒ여 왈.

"이놈이 본디 지죄이시민 만일 범남(犯亂)[35]ᄒᆞᆫ 의사를 두면 상녀의 말과 갓ᄒ리니 이룰 장ᄎᆞᆺ 엇지 ᄒ리오."

ᄒ더라.

---

31) 눈썹 사이에
32) 아무런 소리 없이 일어나는 반응 현상
33) 비밀이 밖으로 새어나감
34) 하나하나의 모든 행동이나 동정
35) 반란을 뜻함

“이 공자의 상을 보니 천고 영웅이요 일대 호걸이지만, 다만 지체가 부족하오니 다른 염려는 없을 듯합니다.”

하고 말을 하고자 하다가 주저하기에, 공과 부인이 크게 의심이 나서 말했다.

“무슨 말인지 바른 대로 이르라.”

관상녀가 마지못하여 주위 사람들을 내보내고 말했다.

“공자의 상을 보니, 가슴 속에 조화가 무궁하고 미간에 산천 정기가 영롱하오니 실로 왕이 될 기상입니다. 장성하면 장차 집안이 멸망당할 것이오니, 상공께서는 살피십시오.”

공이 듣고 놀란 나머지 한 동안 묵묵히 있다가 마음을 진정시키고 이르기를,

“사람의 팔자는 피하기 어려운 것이니, 너는 이런 말을 누설하지 말라.”

당부하고는, 은자(돈) 약간을 주어 보내었다.

그 후로 공이 길동을 산에 있는 정자에 머물게 하고 행동 하나하나를 엄격하게 감시하였다. 길동은 이 일을 당하자 더욱 설움이 북받쳤지만 어쩔 수가 없어 육도삼략이라는 병법과 천문지리를 공부하였다. 공이 이 사실을 알고는 크게 근심하여 말했다.

“이 놈이 본래 재주가 있으니, 만일 범상한 뜻을 품게 되면 관상녀의 말과 같을 것이니, 이를 장차 어찌하랴?”

하더라.

7. 길동이 자객과 상자를 죽임

이쩌 쵸난이 무녀와 상즈롤 교통(交通)ᄒ여 공의 ᄆ음을 놀납게 ᄒ고,
길동을 업시코져 ᄒ여 천금(千金)을 바려 즈긱(刺客)을 구ᄒ니 일홈이 특
지라. 전후ᄉ(前後事)롤 즈시 니르고 쵸난이 공ᄭ 고 왈,

"일전 상녜 아는 일이 귀신갓ᄒ미 길동의 니ᄉ(內事)롤 엇지 처치ᄒ시
ᄂ니잇가 천첩도 놀납고 두려워 ᄒ옵ᄂ니 일즉 져롤 업시ᄒ올선 갓지 못
ᄒ리로쇼이다."

공이 〃 말을 듯고 눈셥을 쩡긔여 왈,

"이 일은 니 쟝즁(臟中)의 이시니 너는 번거이 구지 말나."

ᄒ고 물니치나 심ᄉ(心思) 즈연 산난(散亂)ᄒ여 밤이면 줌을 닐우지 못
ᄒ고 인ᄒ여 병이 된지라. 부인과 좌랑 인형이 크게 근심ᄒ여 아모리
ᄒ올쥴 모로더니 쵸난이 겻희 모셔다가 고 왈,

"샹공 환휘(患候) 위즁(危重)ᄒ시믄 길동을 두시미라. 천ᄒ온 소견은 길
동을 죽여 업시ᄒ면 상공의 병환(病患)도 쾌츠(快差)ᄒ실 뿐 아녀, 문호(門
戶)36)을 보죤ᄒ오리니, 엇지 이롤 싱각지 아니시ᄂ잇고?"

부인 왈,

"아모리 그러나 텬뉸(天倫)이 지즁ᄒ니 춤아 엇지 힝ᄒ리오."

쵸난 왈.

"듯즈오니 특지라 ᄒᄂ 자긱이 〃셔 사름 죽이믈 낭즁취물(囊中取物)37)
갓치 혼다 ᄒ오니 천금(千金)을 쥬어 밤의 드러가 히(害)ᄒ오면 샹공이 아
르시나 홀길 업스울리니 부인은 지삼(再三)38) 싱각ᄒ쇼셔."

---

36) 집으로 드나드는 문, 외부와 교류하기 위한 통로나 수단을 비유하여 이르는 말
37) 손쉽게 얻을 수 있음
38) 두세 번, 거듭

7. 길동이 자객과 상자를 죽임

이때 초란이 무녀와 관상녀와 내통하여 공의 마음을 놀라게 하고, 길동을 없애고자 천금을 들여 자객을 매수하였는데, 이름이 특재였다. (특재에게) 전후 내막을 자세히 일러 주고는, 초란이 공에게 가서 아뢰었다.

"얼마 전에 관상녀가 아는 일이 귀신같다는데, 길동의 앞일을 어떻게 처리하려 하십니까? 천한 첩도 놀랍고 두려워하오니 일찍 길동을 없애 버리는 것만 못 하올 것입니다."

공은 이 말을 듣고 눈썹을 찡그리면서 말하였다.

"이 일은 내 마음 속에 있으니, 너는 번거롭게 굴지 말라."

하고 물리쳤으나, 마음이 자연 산만하여 밤이면 잠을 이루지 못하여 병을 나고 말았다. 부인과 좌랑 인형이 크게 근심하여 어쩔 줄을 모르고 있는데, 초란이 곁에서 모시고 있다가 아뢰었다.

"상공의 병환이 위중하심은 길동으로 살려두기 때문입니다. 천한 저의 좁은 의견으로는 길동을 즉여 없애면 상공의 병환도 완쾌되실 뿐 아니라 가문도 보존할 것이오니, 어찌 이 점을 생각하지 않으시오는 지요?"

부인이 이르기를,

"아무리 그렇다한들 천륜이 지중한데 차마 어찌 행할 수 있겠나."

초란이 말했다.

"들자오니 특재라는 자객이 있는데, 사람 죽이기를 주머니 속의 물건 같이 한답니다. 천금을 주어 밤에 들어가 해치게 하면, 상공이 아셔도 어쩔 수 없을 것이오니, 부인은 다시 생각하십시오."

부인과 좌랑이 눈물을 흘녀 왈,

"이는 춤아 못홀 비로디 첫지는 나라을 위흐미오. 둘지는 샹공을 위흐미오, 셋지는 홍문(洪門)을 보죤(保存)흐미라. 너의 게교(計巧)39)디로 힝흐라."

쵸난이 디희(大喜)흐여 다시 특지롤 불너 이 말을 즈시 니르고 금야(今夜)의 급히 힝흐라 흐니, 특지 응낙(應諾)고 밤 들기롤 기드리더라.

차셜40) 길동이 그 원통(冤痛)흔 일을 싱각흐미 시긱을 머무지 못홀 일이로되, 샹공의 엄녕(嚴令)이 지즁흐므로 홀길업셔 밤이면 줌을 닐우지 못흐더니(5장) 츠야(此夜)의 쵹(燭)을 밝히고 쥬역(周易)을 줌심(潛心)41)흐다가, 문득 드르니 가마귀 세 번 울고 가거놀, 길동이 고이히 넉여 혼즈 말노 니르되, '이 즘싱은 본디 밤을 쩌리거놀, 이제 울고 가니 심이 불길(不吉)흐도다.' 흐고 줌간 팔괘(八卦)롤 버려 보고 디경(大驚)흐여 셔안(書案)을 물니치고 둔갑법(遁甲法)을 힝흐여 그 동졍(動靜)을 살피더니 사경(四更)42) 은흐여 흔 사룸이 비슈(匕首)43)롤 들고 완〃이 방문을 열고 드러오는지라 길동이 급히 몸을 감쵸고 진언(眞言44))을 념흐니 홀연 일진음풍(陰風)이 니러나며 집은 간디 업고 쳡쳡흔 산즁의 풍경(風景)이 거록흔지라. 특지 대경(大驚)흐여 길동의 죠홰(造化) 신긔흐물 알고 비슈롤 감초아 피코져 흐더니, 믄득 길이 끈쳐지고 층암절벽(層巖絶壁)이 가리와시니 진퇴유곡(進退維谷)45)이라. 사면(四面)으로 방황흐더니 믄득 져(箸) 쇼리 들니

---

39) 이리저리 생각하여 짜낸 꾀
40) 말을 바꾸어
41) 어떤 일에 마음을 두고 깊이 생각함
42) 상오 1시부터 3시까지
43) 날이 썩 날카롭고 짧은 칼
44) 주문
45) 나아갈 수도 물러설 수도 없이 궁지에 몰려 있음

부인과 좌랑이 눈물을 흘리면서 말했다.

"이는 차마 못할 것이로되, 첫째는 나라를 위함이요, 둘째는 상공을 위함이요, 셋째는 홍씨 가문을 보존하기 위함이라. 너의 꾸며낸 생각대로 행하여라."

초란이 크게 기뻐하면서, 다시 특재를 불러 이 말을 자세히 알려주고,

"오늘 밤에 급히 행하라."

하니, 특재가 응낙하고, 밤이 되기를 기다렸다.

말을 바꾸어, 길동은 그 원통한 일을 생각하니 시간을 머물지 못할 바이지만, 상공의 엄한 명령이 지중하므로 어쩔 수가 없어 밤마다 잠을 이루지 못하였다. 그날 밤에 촛불을 밝혀 놓고 <주역>을 골똘히 읽고 있었다. 문득 들으니 까마귀가 세 번 울고 가, 길동은 이상하게 여겨 혼잣말로,

"이 짐승은 본래 밤을 꺼리는데, 지금 울고 가니 심히 불길하도다."

하고, 잠시 <주역>의 팔괘를 펴보고 크게 놀라 책상을 밀치고 둔갑법을 행하여 동정을 살펴보았다. 사경쯤 되어 한 사람이 비수를 들고 천천히 방문으로 들어왔다. 길동이 급히 몸을 감추고 주문을 외우니, 홀연 한 줄기의 음산한 바람이 일어나며 집은 간 곳이 없고 첩첩산중에 풍경이 굉장하였다. 특재는 크게 놀라, 길동의 조화가 신기한 줄 알고 비수를 감추며 피하고자 했으나, 갑자기 길이 끊어지면서 층암절벽이 가로 막아 오도가도 못 하게 되었다. 사방으로 방황하다가 문득 피리 소리를 듣고

거눌 졍신(精神)을 찰혀 살펴보니 일위(一位) 쇼동(少童)이 나귀룰 타고 오며 져 불기룰 긋치고 쑤지져 왈.

"네 무슴 일노 나룰 죽이려 흐는다. 무죄(無罪)흔 사름을 히흐면 엇지 텬잉(天殃)이 업스리오."

흐고 진언(眞言)을 념(念)흐더니, 홀연 일진흑운(一陣黑雲)46)이 니러나며 큰 비 붓드시 오고 사셕(沙石)이 날니거눌 특지 졍신(精神)을 슈습흐여 살펴보니 길동이라. '비록 그 지죠룰 신긔히 넉이나 엇지 나룰 디젹(對敵) 흐리오' 하고, 다라들며 대호 왈,

"너는 죽어도 나룰 원치 말나. 쵸난이 무녀와 상즈로 흐여곰 샹공과 의논흐고 너룰 죽이려흐미 니 엇지 나룰 원망흐리오."

흐고 칼흘 들고 다라들거눌, 길동이 분긔(憤氣)룰 춤지 못흐여 요슐(妖術)노 특지의 칼을 아셔47) 들고 디미(大罵)48) 왈.

"네 지물(財物)을 탐흐여 사름 죽이믈 죠히 넉이니 너갓흔 무도(無道)흔 놈을 죽여 후환(後患)을 업시흐리라."

흐고 흔 번 칼흘 드니, 특지의 머리 방즁(房中)의 나려지는지라. 길동이 분긔(憤氣)룰 니긔지 못흐여 이 밤의 바로 샹녀룰 잡아 특지 죽은 방의 드리치고 쑤지져 왈,

"네 날노 더브러 무슴 원쉬(怨讐) 잇관디 쵸난과 흔 가지로 나룰 죽이려 흐더(6장)냐?"

흐고 버히니 엇지 가련(可憐)치 아니흐리오.

이쎠 길동이 냥인(兩人)을 죽이고 건상(乾象)을 살펴보니, 은하슈는 셔흐로 기우려지고 월식(月色)은 희미흐여 슈회(心懷)룰 돕는지라, 분긔룰

---

46) 한바탕 이는 먹구름
47) 빼앗아
48) 몹시 욕하여 꾸짖음

서야 정신을 차리고 살펴보니, 한 소년이 나귀를 타고 오며 피리 불기를 그치고 꾸짖어 말하였다.

"너는 무슨 일로 나를 죽이려 하는가? 무죄한 사람을 해치면 어찌 천벌이 없으랴?"

하고 주문을 외니, 홀연히 검은 구름이 일어나며 큰 비가 퍼붓듯이 오며 모래와 자갈이 날리었다. 특재가 정신을 가다듬고 살펴보니 길동이었다. 비록 그 재주가 신기하다고는 여기지만, 어찌 나를 대적할 것인가.' 하고 달려들며 크게 소리쳤다.

"너는 죽어도 나를 원망하지 말라. 초란이 무녀와 관상녀로 하여금 상공과 의논하고, 너를 죽이려 한 것이니 네가 어찌 나를 원망하랴."

하고, 칼을 들고 달려들자, 길동은 분함을 참지 못해 요술로 특재의 칼을 빼앗아 들고 크게 호통을 쳤다.

"네가 재물을 탐내어 사람 죽이기를 좋아하니, 너같이 무도한 놈은 죽여서 후환을 없애겠다."

하고 한 번 칼을 드니, 특재의 머리가 방 가운데 떨어졌다. 길동은 분노를 이기지 못하여 이날 밤에 바로 관상녀를 잡아 특재가 죽은 방에 들이쳐 꾸짖어 말하기를,

"네가 나와 무슨 원수가 있다고 초란이와 한 가지로 나를 죽이려 하였느냐?"

하고, 베이니 어찌 가련하지 아니 하리오.

이때 길동이 두 사람을 죽이고 하늘을 살펴보니, 은하수는 서쪽으로 기울어지고 달빛은 희미하여 더욱 마음이 울적해졌다. 분한 기운을

춤지 못ᄒ여 ᄯᅩ 쵸난을 죽이고져 ᄒ다가 샹공이 사랑ᄒ시믈 ᄭᅢ닷고 칼흘 던지며 망명도싱(亡命圖生)[49]ᄒ믈 싱각ᄒ고.

8. 길동의 하직(호부호형 인정받음)

바로 샹공 침쇼(寢所)의 나아가 하직을 고(告)코져 ᄒ더니, 이ᄯᅢ 공이 창외(窓外)의 인젹(人跡) 이시믈 고이히 넉여 창을 열고 보니 이 곳 길동이라. 인견 왈,

"밤이 깁허거늘 네 엇지 자지 아니ᄒ고 이리 방황(彷徨)ᄒ는다?"

길동이 복지(伏地) 디 왈.

"쇼인이 일즉 부싱모휵지은(父生母育之恩)을 만분지 일이나 갑흘가 ᄒ여더니 갸닉(家內)의 불의지인(不義之人)이 잇ᄉ와 샹공긔 춤쇼ᄒ고 쇼인을 죽이려 ᄒ오미 계오 목슘은 보젼(保全)ᄒ여ᄉ오나 샹공을 뫼실 길 업습기로 금일(今日) 샹공긔 하직(下直)을 고ᄒ ᄂ이다."

ᄒ거늘, 공이 디경(大驚) 왈.

"네 무슴 변괴(變怪) 잇관디 어린 ᄋ히 집을 ᄇ리고 어디로 가려 ᄒ는다."

길동이 디 왈.

"날이 붉은면 ᄌ연 아르시련이와 쇼인의 신셰는 부운(浮雲)과 갓ᄉ오니 샹공의 바린 ᄌ식이 엇지 방쇼(方所)[50]를 두리잇고?"

ᄒ며 쌍뉘죵횡[雙淚縱橫][51]ᄒ여 말을 일우지 못ᄒ거늘, 공이 그 형상(形狀)을 보고 측은(惻隱)이 넉여 기유(開諭)[52] 왈,

---

49) 몰래 멀리 달아나서 삶을 꾀함
50) 방위
51) 두 줄기의 눈물을 감당하지 못함
52) 알아듣도록 깨우쳐 타이름

참지 못하여 또 초란이를 죽이고자 하다가, 상공이 사랑 하시물 깨닫고 칼을 던지며 달아나 목숨이나 건지기로 마음먹었다.

8. 길동의 하직(호부호형 인정받음)

바로 상공 침소에 가 하직 인사를 올리고자 하는데, 마침 공도 창밖의 인기척을 듣고서 괴이하게 여겨 창문을 열고 살폈다. 공은 길동임을 알고 불러 말했다.

"밤이 깊었거늘 네 어찌 자지 않고 이렇게 방황하느냐?"

길동은 땅에 엎드려 크게 아뢰었다.

"소인이 일찍 부모님께서 낳아 길러 주신 은혜를 만분의 일이나마 갚을까 하였더니, 집안에 옳지 못한 사람이 있어 상공께 참소하고 소인을 죽이고자 하기에, 겨우 목숨은 건졌으나 상공을 모실 길이 없기로 오늘 상공께 하직을 고하옵니다."

하기에, 공이 크게 놀라 물었다.

"너는 무슨 일이 있어서 어린아이가 집을 버리고 어디로 가겠다는 거냐?"

길동이 대답했다.

"날이 밝으면 자연히 아시게 되려니와, 소인의 신세는 뜬 구름과 같사옵니다. 상공의 버린 자식이 어찌 갈 곳이 있겠습니까?"

길동이 두 줄기의 눈물을 감당하지 못해 말을 이루지 못하자, 공은 그 모습을 보고 불쌍한 마음이 들어 타일렀다.

"니 너의 품은 한(恨)을 짐작ᄒᆞᄂᆞ니, 금일노붓허 호부호형(呼父呼兄)ᄒᆞ믈 허(許)ᄒᆞ노라."

길동이 ᄌᆡ비(再拜) 왈.

"쇼ᄌᆞ의 일편지한(一片至恨)을 야얘 푸러쥬옵시니 죽어도 한이 업도쇼이다. 복망(北望) 야〃53)는 만슈무강(萬壽無疆) ᄒᆞ옵쇼셔."

ᄒᆞ고 ᄌᆡ비(再拜) 하직(下直)ᄒᆞ니 공이 붓드지 못ᄒᆞ고, 다만 무ᄉᆞ(無事)ᄒᆞ믈 당부(當付)ᄒᆞ더라. 길동이 ᄯᅩ 어미 침쇼(寢所)의 가 니별(離別)을 고ᄒᆞ여 왈

"쇼ᄌᆡ 지금 슬하롤 ᄯᅥ나오미 다시 뫼실 날이 잇ᄉᆞ오리니, 모친은 그ᄉᆞ이 귀쳬(貴體)롤 보즁(保重)ᄒᆞ쇼셔."

츈낭이 〃 말을 듯고 무슨 변괴(變故)이시믈 짐작ᄒᆞ나 ᄋᆞ자(兒子)54)의 하직(下直)ᄒᆞ믈 보고 집슈(執手)55) 통곡 왈,

"네 어듸로 향(向)코져 ᄒᆞᄂᆞᆫ다. ᄒᆞᆫ 집의 이셔도 쳐쇠쵸간(處所草間)ᄒᆞ여 미양 연〃ᄒᆞ더니 이졔 너롤 졍쳐업(7장)시 보ᄂᆡ고 엇지 이즈리오. 너ᄂᆞᆫ 슈이 도라와 모ᄌᆞ상봉(母子相逢)ᄒᆞ믈 바라노라."

길동이 ᄌᆡ비 하직(下直)ᄒᆞ고 문을 나미 운산(雲山)이 쳡〃ᄒᆞ여 지향(指向) 업시 힝(行)ᄒᆞ니 엇지 가련치 아니리오

차셜(且說), 쵸난이 특지의 소식업스믈 십분 의ᄋᆞ(疑訝)ᄒᆞ여 ᄉᆞ긔롤 탐지ᄒᆞ니 길동은 간듸 업고 특지의 죽엄과 계집의 시신(屍身)이 방즁(房中)의 잇다 ᄒᆞ거ᄂᆞᆯ, 쵸난이 혼비ᄇᆡᆨ산(魂飛魄散)ᄒᆞ여 급히 부인긔 고ᄒᆞᆫ디 부인이 ᄯᅩᄒᆞᆫ 디경(大驚)ᄒᆞ여 좌랑을 불너 이 일을 닐으며 샹공긔 고ᄒᆞ니 공이 디경실식(大驚失色) 왈,

---

53) 엎드려 바라건데 아버지께서는
54) 아이
55) 손을 잡음

“내가 너의 품은 한을 짐작하겠으니, 오늘부터는 아버지를 아버지라 부르고 형을 형이라 불러도 좋다.”

길동이 절하고 아뢰었다.

“소자의 한 가닥 지극한 한을 아버지께서 풀어 주시니 죽어도 한이 없습니다. 엎드려 바라옵건대, 아버지께서는 만수무강하십시오.”

이렇게 말하고 하직하니, 공이 붙잡지 못하고 다만 무사하기만을 당부하더라. 길동이 또 어머니 침소에 가서 이별을 고하여 말하기를,,

“소자는 지금 슬하를 떠나려 하오나 다시 모실 날이 있을 것이니, 모친은 그 사이 귀체를 아끼십시오.”

하고 작별 인사를 하였다. 춘섬이 이 말을 듣고 무슨 까닭이 있음을 짐작하나 굳이 묻지는 않고 하직하는 아들의 손을 잡고 통곡하면서 말했다.

“네 어디로 가려 하느냐? 한 집에 있어도 거처하는 곳이 멀어 늘 보고 싶었는데, 이제 너를 정처 없이 보내고 어찌 잊으랴. 너는 부디 쉬 돌아와 모자상봉하기(만나기)를 바란다.”

길동이 절하고 문을 나와 멀리 바라보니 첩첩한 산중에 구름만 자욱한데 정처 없이 길을 가니 어찌 가련치 않으랴.

한편, 초란은 특재의 소식이 없자 이상하다 싶어 사정을 알아보라 했더니, 길동은 간 데가 없고 특재와 관상녀의 시신만 방 안에 있더라고 했다. 이에 혼비백산하여 급히 부인에게 알리니, 부인은 크게 놀라 좌랑을 불러 이 일을 이야기하고 상공에게도 알렸다. 이 소식에 접한 상공은 대경실색하며 말했다.

“길동이 밤의 와 슬피 하직(下直)ᄒ믈 가쟝 고히 넉여더니 이 일이 잇
도다.”

좌랑이 감히 은휘(隱諱)56)치 못ᄒ여 쵸난의 실ᄉ(實事)룰 고ᄒᆫ디, 공이
더욱 분노(憤怒)ᄒ여 일변 쵸난을 니치고 가마니 그 시쳬(屍體)룰 업시ᄒ
며 노복(奴僕)57)을 불너,

“이런 말을 니지 말나.”

당부(當付)ᄒ더라.

9. 길동이 적당의 행수가 됨

각셜(却說), 길동이 부모룰 니별(離別)ᄒ고 문을 나미 일신(一身)이 표박(漂
迫)58)ᄒ여 정쳐(定處)업시 힝ᄒ더니 ᄒᆫ곳의 다〃르니 경긔절승(景槪絶勝)ᄒᆫ
지라 인가(人家)룰 ᄎᄌ 졈〃 드러가니 큰 바회 밋ᄒᆡ 셕문(石門)이 닷쳐거
늘 가마니 그 문을 열고 드러가니 평원광야(平原廣野)의 슈빅(數百) 호인기
즐비ᄒ고, 여러 사룸이 모다 잔치ᄒ며 즐기니 이곳은 도젹(盜賊)의 굴혈(掘
穴)이라. 믄득 길동을 보고 그 위인(爲人)이 녹〃지 아니믈 반겨 문 왈,

“그디는 엇던 사룸이완디 이곳의 ᄎᄌ 왓ᄂ뇨? 이곳은 영웅(英雄)이
모도여시나 아직 괴슈(魁首)룰 졍(定)치 못ᄒ여시니 그디 만일 용녁(勇力)
이 〃셔 춤녀코져 ᄒᆯ진디 져 돌을 드러보라.”

길동이 〃 말을 듯고 다힝ᄒ여 지비(再拜) 왈,

“나는 경셩 홍판셔의 쳔쳡(賤妾) 쇼싱 길동이러니, 가즁 쳔디룰 밧지
아니려 ᄒ여 사ᄒᆡ팔방(四海八方)으로 정쳐업시 단니더니 우연이 〃곳의

---

56) 꺼리어 숨김
57) 사내종
58) 정처없이 떠돌아다니며 지냄

“길동이 밤에 와 슬피 하직하기에 이상하다 여겼더니, 결국 이런 일이 벌어졌구나.”

이에 좌랑이 감히 숨기지 못하여 초란이 그 동안에 한 일을 아뢰었더니, 공은 더욱 분노하여 초란을 내쫓고 슬그머니 그들의 시체를 없앤 후, 종들을 불러,

“이런 말을 내지 말라.”

고 당부하였다.

9. 길동이 적당의 행수가 됨

그 무렵, 길동은 부모와 이별하고 정처 없이 떠돌다가, 어떤 경치 좋은 곳에 이르렀다. 인가를 찾아 점점 들어가니 큰 바위 밑에 돌문이 닫혀 있었다. 가만히 그 문을 열고 들어가자 평원광야가 나타나는데, 거기에는 수백 호의 인가가 즐비하고, 여러 사람이 모여 잔치를 하며 즐기고 있었으며, 알고 보니 그곳은 도적의 소굴이었다. 한 사람이 길동을 보고 예사롭지 않다는 듯 반겨 말했다.

“그대는 어떤 사람이기에 이곳에 찾아 왔소? 이곳에는 영웅이 모여 있으나, 아직 우두머리를 정하지 못하고 있으니, 그대가 만일 용력이 있어 참여할 마음이 나면 저 돌을 들어 보시오.”

길동이 이 말을 듣고 다행히 여겨 절하고 말했다.

“나는 경성 홍 판서의 서자 길동인데, 집에서 천대받기가 싫어서 아무데나 정처 없이 다니다가, 우연히 이 곳에

드러와 모든 호걸(豪傑)의 동뇨(同僚)되믈 니르시니 불승감사(不勝感謝) ᄒ
거니와, 쟝뷔(丈夫) 엇지 져만흔 돌 들기롤 근심ᄒ리오.”

ᄒ고, 그 돌을 드러 슈십 보롤 힝ᄒ다가 더지니 그 돌 무긔 천근이라.
졔젹(諸賊)이 일시의 칭찬 왈,

“과연 장시로(8장)다. 우리 슈천 명 즁의 이 돌 들지 업더니 오날〃 하
늘이 도으샤 쟝군을 쥬시미로다.”

ᄒ고, 길동을 상좌(上座)의 안치고 술을 ᄎ례로 권ᄒ고 빅마(白馬) 즙아
밍셰(盟誓)ᄒ며 언약(言約)을 굿게 ᄒ니 즁인(中人)이 일시의 응낙(應諾)ᄒ고
죵일 즐기더라.

10. 해인사 습격

이후로 길동이 졔인(諸人)으로 더브러 무예(武藝)롤 연습ᄒ여 슈월(數月)
지니의 군법이 졍졔혼지라. 일〃(一日)은 졔인(諸人)이 니르되,

“ᄋ등(我等)이 발셔 합쳔 해인사롤 쳐 그 지물(財物)을 탈취(奪取)코져 ᄒ
나 지략(智略)59)이 부죡(不足)ᄒ여 거죠롤 발치 못ᄒ여더니, 이졔 장군의
〃향(意向)이 엇더ᄒ시잇고?”

길동은 쇼(笑) 왈,

“니 장ᄎ 발군(撥軍)60)ᄒ리니 그디 등은 지휘(指揮)디로 ᄒ라.”

ᄒ고, 청포흑디(靑布黑帶)61)의 나귀롤 타고 죵ᄌ(從子) 슈인을 다리고 나
가며 왈,

“니 그 졀의 가 동졍(動靜)을 브고 오리라.”

---

59) 슬기로운 계략
60) 군사를 일으켜서 보냄
61) 푸른 도포의 검은 띠

들어왔소. 마침 모든 호걸들이 동료 되기를 바라니 대단히 감사하거니
와, 장부가 어찌 저만한 돌 들기를 근심하리오.”

하고, 그 돌을 들어 수십 보를 걷다가 던졌는데, 그 돌 무게는 천근이
었다. 여러 도적들이 일시에 칭찬하기를,

“과연 장사로다. 우리 수천 명 중에 이 돌 드는 자가 없더니, 오늘 하
늘이 도와 장군을 내려 주셨도다.”

하고, 길동을 윗자리에 앉힌 뒤, 차례로 술을 권하며 옛날 의례대로
흰말을 잡아 맹서하면서 언약을 굳게 맺었다. 이에 많은 사람들이 일시
에 응락하고 온 종일 즐기며 놀았다.

10. 해인사 습격

그 후 길동은 여러 사람과 더불어 무예를 연습해 수개월 안에 군법
을 엄히 세웠다.

하루는 여러 사람들이 하나의 제의를 했다.

“우리가 벌써부터 합천 해인사를 쳐 그 재물을 빼앗고자 하였으나,
지략이 부족하여 실천에 옮기지 못했는데, 이제 장군님 의견은 어떠하
신지요?”

길동은 웃으며,

“내가 장차 출동한 터이니, 그대들은 내 지휘대로만 하라.”

하고는, 푸른 도포에 검은 띠를 띠고 나귀 등에 올랐다. 부하 몇 명도
데리고 갔다.

“내가 그 절에 가서 동정을 살펴보고 오겠다.”

ᄒᆞ고 가니 완연(完然)ᄒᆞᆫ 지샹가 ᄌᆞ졔(子弟)라. 그 졀의 드러가 먼져 슈승(首僧)62)을 불너 니르되,

"나는 경셩 홍판셔딕 ᄌᆞ졔라. 이 졀의 와 글공부 ᄒᆞ라 왓거니와 명일(明日)의 빅미(白米) 이십 셕을 보닐 거시니 음식을 졍(淨)히 찰이면 너의들노 ᄒᆞᆫ 가지로 먹으리라."

ᄒᆞ고, 사즁을 두루 살펴보며 후일(後日)을 긔약(期約)ᄒᆞ고 동구(洞口)롤 나오니, 졔승이 깃거ᄒᆞ더라. 길동이 도라와 빅미(白米) 슈십(數十) 셕을 보닉고 즁인을 불너 왈,

"닉 아모날은 그 졀의 가 이리〃〃 ᄒᆞ리니, 그딕 등은 뒤흘 좃ᄎᆞ와 이리〃〃 ᄒᆞ라."

ᄒᆞ고 그 날을 기다려 죵ᄌᆞ 슈십 인을 다리고 희인사의 니르니 졔승이 마ᄌᆞ 드러가니 길동이 노승(老僧)을 불너 문 왈,

"닉 보닌 쌀노 음식이 부족지 아니 ᄒᆞ더뇨?"

노승 왈,

"엇지 부죡ᄒᆞ리잇가. 너무 황감(惶感)ᄒᆞ여이다."

길동이 샹좌(上座)의 안고 졔승을 일졔이 쳥ᄒᆞ여 각기 상을 밧게 ᄒᆞ고, 먼져 술을 마시며 ᄎᆞ례(次例)로 권ᄒᆞ니 모든 즁이 황감ᄒᆞ여 ᄒᆞ더라. 길동이 상을 밧고 먹더니 믄득 모리를 가마니 닙의 너코 씨무니 그 쇼리 큰지라 졔승이 듯고 놀나 샤죄(謝罪)ᄒᆞ거놀, 길동이 거짓 딕로ᄒᆞ여 ᄭᅮ지져 왈.

"너희(9장) 등이 엇지 음식을 이다지 부졍(不淨)케 ᄒᆞ뇨? 이는 반다시 능멸(凌蔑)ᄒᆞ미라."

ᄒᆞ고, 죵자의게 분부(分付)ᄒᆞ여 졔승(諸僧)을 다 ᄒᆞᆫ 줄이 결박(結縛)ᄒᆞ여 안치니 사즁이 황검ᄒᆞ여 아무리 홀줄 모로ᄂᆞᆫ지라. 이윽고 대젹(大敵) 슈

---

62) 중의 우두머리

하고 가는 뒷모습이 완연한 재상가 자제였다. 그 절에 들어가 주지에게 먼저 말했다.

"나는 경성 홍 판서 댁 자제다. 이 절에 공부를 하려고 왔는데, 내일 백미 이십 석을 보낼 것이니, 음식을 깨끗이 장만하라. 너희들과 함께 먹겠다."

하고는, 절 안을 두루 살펴보며 뒷날을 기약하고 동구를 나오니 모든 중들이 기뻐하였다.

길동이 돌아와 백미 수십 석을 보내고 부하들을 불러 놓고 말했다.

"내가 아무 날 그 절에 가 이리이리 할 것이니, 그대들은 뒤를 따라 와 이리이리 하라."

그날이 다가와 부하 수십 명을 데리고 해인사에 이르렀더니, 중들이 맞이해 들어갔다. 길동이 노승을 불러,

"내가 보낸 쌀로 음식이 부족하지 않던가?"

하니 노승이,

"어찌 부족하겠습니까. 너무 황감하였습니다."

고 하였다. 길동이 맨 윗자리에 앉아, 모든 중을 일제히 청해 각기 상을 받게 하고는, 먼저 술을 마시며 차례로 권하니 , 모든 중이 황감해 하였다. 길동이 상을 받고 먹다가 모래를 슬그머니 입에 넣고 깨무니, 소리가 크게 났다. 중들이 듣고 놀라 사과를 했지만, 길동은 일부러 화를 내어 꾸짖었다.

"너희들이 음식을 어찌 이다지 깨끗하지 않게 했느냐? 이는 반드시 나를 깔보고 업신여기는 짓이다."

하고, 부하들을 시켜 모든 중을 한 줄에 결박하여 앉히니, 모두가 겁이 나서 어쩔 줄을 몰랐다. 이윽고 대적 수

빅여 명이 일시의 다라드러 모든 지물(財物)을 다 제 것 가져가 듯ᄒ니, 제승이 보고 다만 닙으로 쇼리만 지롤ᄯᄅ롬이라.

이ᄯᅢ 불목한이 맛춤 나갓다가 이런 일을 보고 즉시 관가(官家)의 고(告)ᄒ니 합쳔 원이 듯고 관군을 죠발ᄒ여 '그 도적을 줍으라' ᄒ니, 수빅 쟝교(將校) 도적(盜賊)의 뒤흘 ᄶᅳ츨시 믄득 보니 ᄒᆞᆫ 즁이 숑낙(松蘿)[63]을 쓰고 ᄯᅩ 쟝삼(長衫) 닙고 뫼의 올나 웨여 왈,

"도적이 져 북편(北便) 쇼로(小路) ∥ 가니 ᄲᆯ니 가 잡으쇼셔."

ᄒ거놀, 관군(官軍)이 그 졀 즁이 가르치는 쥬롤 알고, 풍우(風雨)갓치 북편 쇼로 ∥ 츠즌가다가 날이 져문 후 잡지 못ᄒ고 도라가니라. 길동이 졔젹을 남편(南便) 디로(大路) ∥ 보니고 제 홀노 즁의 복식(服色)으로 관군을 속여 무스히 굴혈(窟穴)노 도라오니, 모든 사롬이 발셔 지물을 슈탐ᄒ여 왓눈지라. 일시의 나와 사례(謝禮)ᄒ거놀 길동이 쇼왈

"쟝뷔(丈夫) 이만 지죄 업스면 엇지 즁인(衆人)의 괴쉬(魁首)되리오."

ᄒ더라.

11. 활빈당

이후로 길동이 즈호(自號)롤 활빈당이라 ᄒ여 됴션 팔도로 단니며 각 읍 슈령(首領)이 불의(不義)로 지물(財物)이 ∥시면 탈쥐(奪取)ᄒ고, 혹 지빈무의(至貧無依)[64]ᄒᆞᆫ 지 이시면 구졔(救濟)ᄒ며 빅셩을 침범(侵犯)치 아니ᄒ고 나라의 속ᄒᆞᆫ 지물은 츄호(秋毫)도 범치 아니 ᄒ니, 이러므로 졔젹이 그의 쥐롤 항복ᄒ더라.

일 ∥ 은 길동이 졔인(諸人)을 모호고 의논(議論) 왈,

---

63) 소나무의 겨우살이로 짚주저리 비슷하게 엮은 여승이 쓰던 모자
64) 몹시 가난하고 의지가 없음

백 명이 일시에 달려들어 모든 재물을 제 것 가져가듯 하니, 중들이 보고 다만 입으로 소리만 지를 따름이었다. 외출했던 불목한이 마침 그때 돌아오다가 이 일을 보고 관가에 알리니, 합천 원이 관군을 뽑아 그 도적을 잡게 했다. 장교 수백 명이 도적을 쫓다가 문득 보니 송낙을 쓰고 장삼을 입은 중이 산에 올라가 외쳤다.

"도적이 저 북쪽의 작은 길로 가니 빨리 가 잡으시오."

관군들은 그 절의 중이 가르치는 줄 알고, 풍우같이 북쪽의 작은 길로 찾아 가다가 잡지도 못하고 날이 저문 후에 돌아갔다. 길동은 부하들을 남쪽의 큰길로 보내고 홀로 중의 차림으로 관군을 속여 무사히 소굴로 돌아오니, 모든 부하들이 이미 재물을 가져다 놓고 있었다. 그들이 함께 사례하기에 길동은 웃으며,

"장부가 이만한 재주 없대서야 어찌 여러 사람의 우두머리가 되리오."

했다.

11. 활빈당

그 후, 길동은 스스로 호를 활빈당이라고 하면서 조선 팔도로 다니며 각 읍 수령이 불의로 모은 재물이 있으면 탈취하고, 혹시 가난하고 의지할 데 없는 사람이 있으면 구제하되, 백성은 침범하지 않고 나라의 재산에는 추호도 손을 대지 않았다. 그래서 부하들은 그 뜻에 감복하였다.

하루는 길동이 부하들을 모아 놓고 의논하기를,

"이제 함경감시 탐관오리로 쥰민고틱(浚民膏澤)65)ᄒᆞ여 빅셩이 다 견디지 못ᄒᆞᄂᆞᆫ지라 우리 등이 그져 두지 못ᄒᆞ리니, 그디 등은 나의 지휘(指揮)디로 ᄒᆞ라."

ᄒᆞ고, ᄒᆞ나식66) 흘녀드러가 아모 날 밤의 긔약(期約)을 정ᄒᆞ고 남문 밧긔 불을 지르니, 감시 디경ᄒᆞ여,

"그 불을 구ᄒᆞ라."

ᄒᆞ니, 관속(官屬)이며 빅셩(百姓)드리 일시의 너다라 그 불을 구ᄒᆞᆯ시 길동의 슈빅 젹당이 일시의(10장) 성즁(城中)의 다라드러 창고ᄅᆞᆯ 열고 젼곡(錢穀)과 군긔(軍器)ᄅᆞᆯ 슈탐(搜探)ᄒᆞ여 북문으로 다라나니, 성즁이 요란(搖亂)ᄒᆞ여 물 울틋 ᄒᆞᄂᆞᆫ지라.

감시 불의지변(不意之變)67)을 당ᄒᆞ여 아모리 ᄒᆞᆯ 줄 모로더니, 날이 붉은 후 살펴보니 창고의 군긔와 젼곡이 뷔여거눌, 감시 디경실식ᄒᆞ여 그 도젹 줍기ᄅᆞᆯ 힘쓰더니, 홀연 북문의 방을 붓쳐시되

'아모 날 젼곡 도젹(盜賊)ᄒᆞᆫ 즈ᄂᆞᆫ 활빈당 힝슈(行首) 홍길동이라'

ᄒᆞ엿거눌, 감시 발군(發軍)ᄒᆞ여 그 도젹을 줍으려 ᄒᆞ더라.

추셜, 길동이 졔젹과 ᄒᆞᆫ 가지로 젼곡을 만히 도젹(盜賊)ᄒᆞ여시나 힝혀 길의셔 줍힐가 념녀(念慮)ᄒᆞ여 둔갑법(遁甲法)과 츅지법(縮地法)을 힝ᄒᆞ여 쳐쇼(處所)의 도라오니 날이 시고져 ᄒᆞ여더라.

“이제 함경 감사가 탐관오리로 백성을 재물을 마구 착취해 견딜 수
없게 되었는지라, 우리가 그대로 둘 수 없으니, 그대들은 나의 지휘대
로 하라.”

하고는, 아무 날 밤으로 약속을 하고, 하나씩 흘러 들어가 남문밖에
불을 질렀다. 감사가 크게 놀라,

“불을 끄라.”

하니, 관리며 백성들이 한꺼번에 달려 나와 불을 끄는데, 길동의 부
대 수백 명이 함께 성중에 달려들어 창고를 열고 곡식과 무기를 찾아
내어 북문으로 달아나니, 성중이 물 끓듯이 요란해졌다.

감사가 뜻밖의 변을 당하여 어쩔 줄을 모르다가 날이 밝은 후 살펴
보고서야 창고의 무기와 곡식이 없어졌음을 알고 크게 놀라 도적 잡기
에 전력을 기울였다.

그런데 홀연 북문에 방이 붙기를

‘아무 날 돈과 곡식을 도적한 자는 활빈당 당수 홍길동이라’

하였기에, 감사가 군사를 징발하여 도적을 잡으려 하였다.

한편, 길동이 여러 부하와 함께 곡식을 많이 훔쳤으나, 행여 길에서
잡힐까 염려하여 둔갑법과 축지법을 써서 처소에 돌아오니, 날이 새려
하였다.

12. 길동의 재주

일〃은 길동이 졔인(諸人)을 모호고 의논 왈,

"이졔 우리 합쳔 히인사의 가 지물 탈취(奪取)ᄒᆞ고 쏘 함경감영의 가 젼곡(錢穀)을 도젹(盜賊)ᄒᆞ여 소문(所聞)이 파다(頗多) ᄒᆞ련니와, 나의 셩명(姓名)을 써 감영의 붓쳐시니 오러지 아니ᄒᆞ여 줍히기 쉬율지라. 그디 등은 나의 지죠롤 보라."

ᄒᆞ고 즉시 쵸인(草人)[68] 일곱을 민드러 진언(眞言)을 넘ᄒᆞ고 혼빅(魂魄)을 붓치니 일곱 길동이 일시의 팔을 쏨너며 크게 소리ᄒᆞ고 ᄒᆞᆫ 곳의 모다 난만이 슈작(酬酌)ᄒᆞ니 어늬 거시 졍(正) 길동인지 아지 못 ᄒᆞᄂᆞᆫ지라. 팔도의 ᄒᆞ아식 훗허지되, 각〃 스룸 슈빅(數百)여 명식 거ᄂᆞ리고 단니〃, 그 즁의도 졍길동이 어니 곳의 잇ᄂᆞᆫ 줄 아지 못 홀네라.

여듧 길동이 팔도의 단니며 호풍환우(呼風喚雨)[69] ᄒᆞᄂᆞᆫ 슐법(術法)을 힝ᄒᆞ니 각읍 창곡(倉穀)이 일야간(一夜間)의 죵젹(宗敵)업시 가져가며 셔울 오ᄂᆞᆫ 봉물(封物)[70]을 의심업시 탈취ᄒᆞ니, 팔도 각 읍이 쇼요(騷擾)[71]ᄒᆞ여 밤의 능히 즘을 ᄌᆞ지 못ᄒᆞ고 도로의 힝인이 ᄭᅳᆫ쳐시니 이러므로 팔되 요란(搖亂)ᄒᆞᆫ지라. 감시 이일노 장계(狀啓)[72]ᄒᆞ니 디강 ᄒᆞ여시되.

"난디업ᄂᆞᆫ 홍길동이란 대젹(大賊)이 〃서 능히 풍운을 짓고 각 읍의 지물을 탈취(奪取)ᄒᆞ오며 봉송(封送)[73]ᄒᆞᄂᆞᆫ 물품(物品)이 올나가지 못하여 작난이 무슈(無數)ᄒᆞ오니 그 도젹을(11장) 줍지 못ᄒᆞ오면 장ᄎᆞᆺ 어니 지경의 니롤 줄 아지 못ᄒᆞ오리니 북망셩샹은 좌우(左右) 포쳥(捕廳)으로 줍게 ᄒᆞ쇼셔." ᄒᆞ여더라.

---

68) 집으로 만든 인형
69) 바람과 비를 불러일으킴
70) 시골에서 서울의 있는 벼슬아치에게 보내는 선물을 이르던 말
71) 술렁거리고 소란스러움
72) 감사나 왕명으로 지방에 파견된 벼슬아치가 글을 써서 올리던 보고
73) 물건을 싸서 보냄

12. 길동의 재주

하루는 길동이 여러 부하를 모으고 말했다.

"이제 우리가 합천 해인사에 가 재물을 탈취하고 또 함경감영에 가서 돈과 곡식을 훔쳐서 소문이 파다하려니와, 나의 이름을 써서 감영에 붙였으니 오래지 않아 잡히기 쉬울 것이다. 그러나 그대들은 나의 재주를 보라."

하고 즉시 초인 일곱을 만들어 주문을 외며 혼백을 붙였다. 일곱 길동이 한꺼번에 팔을 뽐내며 크게 소리치고 한 곳에 모여 야단스럽게 지껄이니, 어느 것이 진짜 길동인지 알 수가 없었다. 팔도에 하나씩 흩어지되, 각각 사람 수백 명씩 거느리고 다니니, 그 중에서도 어느 것이 진짜인지 알 수가 없었다.

여덟 길동이 팔도에 다니며 바람과 비를 마음대로 불러오는 술법을 부려 각읍 창고에 있던 곡식을 하룻밤 사이에 종적 없이 가져가며, 지방에서 서울로 올려 보내는 선물 보퉁이들을 하나도 놓치지 않고 탈취하니, 팔도의 각 읍이 시끄러워 져서 사람들이 밤에는 잠을 설치고 낮에는 길에 나다니지 못하였다. 이 때문에 팔도가 요란해지자, 감사가 공문을 올렸는데, 그 내용은 대개 이러했다.

"난데없는 홍길동이라는 대적이 신통한 술법을 부려 각 읍의 재물을 탈취하고 서울로 보내는 물품을 가로막아 폐단이 자심하니, 그 도적을 잡지 않으면 장차 어느 지경에 이를지 알지 못할 정도이오니, 엎드려 바라건대 성상께서는 좌우 두 포도청에 명하여 잡게 하옵소서."

13. 우포장 이흡을 사로잡은 길동

샹이 보시고 대경(大驚)ㅎ샤 포쟝(捕將)74)을 명쵸(命招)75)ㅎ실시, 연ㅎ여 팔도(八道) 쟝계(狀啓)롤 올니ᄂᆞᆫ지리. 연ㅎ여 ᄶᅥ혀 보시니 도젹(盜賊)의 일홈이 다 홍길동이라 하엿고 젼곡(錢穀) 일흔76) 일즈롤 보시니 ᄒᆞᆫ날 ᄒᆞᆫ시라. 샹이 크게 놀나샤 ᄀᆞᆯ오샤ᄃᆡ,

"이 도젹의 용밍(勇猛)과 슐법(術法)은 녯날 치위77)라도 당치 못ㅎ리로다. 아모리 신긔(神技)ᄒᆞᆫ 놈인들 엇지 ᄒᆞᆫ 몸이 팔도(八道)의 잇셔 ᄒᆞᆫ날 ᄒᆞᆫ시의 도젹ㅎ리오? 이ᄂᆞᆫ 심샹(心狀)ᄒᆞᆫ 도젹이 아니라 줍기 어려오리니 좌우(左右) 포쟝(捕長)이 발군ㅎ여 그 도젹을 줍으라."

ㅎ시니, 이ᄯᅥ 우포쟝 니흡이 쥬왈.

"신이 비록 지죠(才操) 업수오나 그 도젹을 줍아오리니, 젼하ᄂᆞᆫ 근심 마로쇼셔. 이제 좌우 포쟝(捕將)이 엇지 병출(丙出)ㅎ올이잇가?"

샹이 울히 넉이샤 급히 발힝(發行)ㅎ믈 지쵹ㅎ시니, 〃흡이 하직(下直)ㅎ고 허다(許多) 관죨을 거ᄂᆞ리고 발힝ᄒᆞᆯ시, 각〃 흣허져 아모날 문경으로 모도이믈 약속(約束)ㅎ고 니흡이 약간 포죨 슈삼 인을 다리고 변복(變服)ㅎ고 단니더니.

일〃은 날이 져물미 쥬점(酒店)을 추ᄌ 쉬더니, 믄득 일위(一位) 쇼년이 나귀롤 타고 드러와 뵈거놀 포쟝(捕將)이 답녜(答禮)ᄒᆞᆫᄃᆡ 그 쇼년이 믄득 한숨 지며 왈,

---

74) 포도대장
75) 임금이 신하를 부름
76) 잃은
77) <계원사화>의 단군왕조에 관한 이야기에 나오는 인물.

13. 우포장 이흡을 사로잡은 길동

임금이 보고 크게 놀라 포도대장을 부르고 있는데, 계속 팔도에서 공문이 올라왔다. 연이어 떼어 보니 도적의 이름을 다 홍길동이라 하였고, 돈과 곡식 잃은 날짜를 보니 한 날 한 시였다. 임금이 크게 놀라 말하기를,

"이 도적의 용맹과 술법은 예날 중국의 도적 치우라도 당하지 못 하겠도다. 아무리 신기한 놈인들 한 몸이 팔도에 있어서 한 날 한 시에 어떻게 도적질을 하리오? 이는 보통 도적이 아니어서 잡기 어렵겠으니, 좌포장과 우포장이 군사를 내어서 잡으라."

하니, 이때 우포장 이흡이 아뢰었다.

"신이 비록 재주는 없으나 그 도적을 잡아 오겠사오니, 전하께서는 근심하시지 마십시오. 이제 좌우포장이 어찌 한꺼번에 출전하겠습니까?"

임금이 옳다고 여겨 급히 출발하기를 재촉하니, 이흡이 하직한 후 수많은 관졸을 거느리고 출발하면서, 각각 흩어져 아무 날 문경에 모이기로 약속하였다. 이흡은 약간의 포졸들을 데리고 변복한 채 다니고 있었다.

하루는 날이 저물어 주점을 찾아 쉬고 있는데, 갑자기 어떤 소년이 나귀를 타고 들어와 인사를 하였다. 포장이 답례를 하니, 그 소년은 갑자기 한숨을 지으면서 말했다.

"보쳔지ᄒᆞ(步天地下)이 막비왕토(莫非王土)78)요 슐토지민(述土之民)이 막비왕신(莫非王臣)79)이라 ᄒᆞ니, 쇼싱이 비록 향곡(鄕曲)80)의 이시나 국가(國家)룰 위ᄒᆞ여 근심이로쇼이다."

포쟝(捕將)이 거즛 놀나며 왈.

"이 엇지 니르미뇨?"

쇼년 왈.

"이졔 홍길동이란 도젹(盜賊)이 팔도(八道)로 단니며 작난(作亂)ᄒᆞ미 인심(人心)이 소동(騷動)ᄒᆞ오니 이 놈을 줍아 업시치 못ᄒᆞ오니 엇지 분한치 아니리오."

포쟝(捕將)이 〃 말을 듯고 왈.

"그듸 긔골(氣骨)이 장듸(壯大)하고 언(言에) ᄐᆔ직(忠直)ᄒᆞ니, 날과 ᄒᆞᆫ 가지로 그 도젹(盜賊)을 줍으미 엇더ᄒᆞ요?"

쇼년 왈,

"니 발셔 줍고져 ᄒᆞ나 용녁(勇力) 잇ᄂᆞᆫ 스룸을 엇지 못ᄒᆞ여더니, 이졔 그듸룰 만나시니 엇지 만ᄒᆡᆼ(萬幸)(12장)이 아니리오마ᄂᆞᆫ 그듸 지죠룰 아지 못ᄒᆞ니 그윽ᄒᆞᆫ 곳의 가 시험(猜險)ᄒᆞ쟈."

ᄒᆞ고, ᄒᆞᆫ 가지로 ᄒᆡᆼ하더니, ᄒᆞᆫ 곳의 니르러 놉흔 바회 우희 올나 안즈며 니르듸.

"그듸 힘을 다ᄒᆞ여 두 발노 나룰 ᄎᆞ 나리치라."

ᄒᆞ고, 낭긋희81) 나아 안거늘 포쟝이 싱각ᄒᆞ되, '졔 아모리 용녁이 〃신들 ᄒᆞᆫ 번 ᄎᆞ면 졔 엇지 아니 ᄶᅥ러지리오.' ᄒᆞ고, 평싱(平生) 힘을 다ᄒᆞ여

---

78) 왕토 아닌 땅이 없음
79) 모두 왕의 신하 아닌 사람이 없음
80) 시골구석
81) 바위 낭떨어지 끝에

"온 천하가 임금의 땅 아님이 없고, 모든 땅의 백성이 임금의 신하 아님이 없으니, 소생이 비록 시골에 있으나 나라를 위해 근심을 하고 있습니다."

포장이 일부러 놀라는 체하며 물었다.

"그게 무슨 말이오?"

소년이 말했다.

"이제 홍길동이라는 도적이 팔도로 다니며 소란을 피워 인심이 동요하고 있는데, 그 놈을 잡아 없애지 못하니 어찌 분하지 않겠습니까?"

포장이 이 말을 듣고 말했다.

"그대가 기골이 장대하고 말씀이 충직하니, 나와 함께 그 도적을 잡는 것이 어떻겠소?"

소년이 말했다.

"내가 벌써 잡고자 하면서도 용력 있는 사람을 만나지 못하여 그냥 있었는데, 이제 그대를 만났으니 어찌 다행이 아니겠소? 그러나 그대의 재주를 알 수 없으니 그윽한 곳에 가서 시험합시다."

하고 가다가, 한 곳에 이르러 높은 바위 위에 올라앉으면서 말했다.

"그대는 힘을 다하여 두 발로 나를 차 떨어뜨리라."

하고, 벼랑 끝에 나가 앉았다. 포장이 생각하되, '제 아무리 용력이 있은들 한번 차면 어찌 떨어지지 않으리오.' 하고, 평생 힘을 다하여 두 발노 미오 츠니 그 쇼년이 믄득(聞得) 도라 안즈며 왈.

"그딕 진짓 쟝쇠(壯士)로다. 니 여러 사롬을 시험ᄒ되 느룰 요동(搖動)ᄒ는 쥐 업더니, 그딕의게 치이여 오쟝(五臟)이 울닌 듯 ᄒ도다. 그딕 나룰 짜라오면 길동을 줍으리라."

ᄒ고 쳡〃ᄒ 산곡(山谷)으로 드러가거늘 포쟝이 싱각ᄒ되 '나도 힘을 자랑홀만 ᄒ더니 오날 져 쇼년의 힘을 보니 엇지 놀납지 아니리오. 그러나 이곳거지 와시니 혈마 져 쇼년 혼즈라도 길동 줍기룰 근심ᄒ리오.' ᄒ고 짜라가더니, 그 쇼년이 믄득 돌쳐 셔며 왈,

"이곳이 길동의 굴혈이라, 니 몬져 드러가 탐지(探知)홀 거시니 그딕는 여긔이셔 기ᄃ리라."

포쟝(포쟝)이 ᄆ음의 〃심되나, 썰니 줍아오믈 당부(當付)ᄒ고 안즈더니, 이윽고 홀연(忽然) 산곡(山谷)으로 좃츠 슈십(數十) 군죨(軍卒)이 요란(搖亂)이 소리 지르며 나려오는지라 포쟝이 딕경(大驚)ᄒ여 피코져 ᄒ더니, 졈〃 갓가이 와 포쟝을 결박(結縛)ᄒ며 꾸지져 왈,

"네 포도딕쟝 니흡인다. 우리 등이 지부(支部) 왕명(王命)을 바다 너룰 줍으러 왔다."

ᄒ고, 철삭(鐵索)[82]으로 묵을 올가 풍우(風雨)갓치 모라가니, 포쟝이 혼불부쳬ᄒ여 아므른 줄 모로는지라, 혼 곳의 다〃라 소리 지르며 꿀녀 안치거늘 포쟝(捕將)이 정신(精神)을 가다듬어 치미러 보니 궁궐(宮闕)이 광대(廣大)ᄒ딕 무슈혼 황건녁시 좌우(左右)의 나열(羅列)ᄒ고 전샹(戰狀)의 일위 군왕(君王)이 좌탑의 안즈 여셩 왈.

"네 요마필부로 엇지 홍쟝군을 줍으려 ᄒ는고? 이러므로 너(13쟝)룰 줍아 풍도셔의 가도리라."

두 발로 힘껏 차니 그 소년이 갑자기 돌아앉으며 말했다.

"그대는 정말 장사로다. 내가 여러 사람을 시험해 보았지만, 나를 움직이게 한 자가 없었는데, 그대에게 차이어 오장이 울린 듯하다. 그대가 나를 따라 오면 길동을 잡을 것이오."

하고 첩첩산중으로 들어가기에, 포장이 생각하되 '나도 힘을 자랑할 만하더니 오늘 저 소년의 힘을 보니 어찌 놀랍지 않은가! 그러나 이곳까지 왔으니 설마 저 소년 혼자인들 길동 잡기를 근심하리오.' 하고 따라갔다. 그 소년이 갑자기 돌아서면서,

"이곳이 길동의 소굴인데, 내가 먼저 들어가 탐지할 것이니, 그대는 여기서 기다리라."

고 했다. 포장은 속으로 의심은 되었으나, 빨리 잡아 오라고 당부하고는 앉아 있었다. 이윽고 홀연히 계곡으로부터 수십 명의 군졸들이 요란하게 소리를 지르며 내려오고 있었다. 포장이 크게 놀라 피하고자 하는데, 점점 가까이 와 포장을 묶으면서 꾸짖었다.

"네가 포도대장 이흡인가? 우리들이 저승의 왕명을 받아 너를 잡으러 왔다."

하고, 쇠사슬로 목을 옭아 풍우같이 몰아가니, 포장이 혼이 빠져 어쩔 줄을 몰랐다. 한곳에 이르러 소리를 지르며 꿇어앉히기에, 포장이 정신을 가다듬어 쳐다보니, 궁궐이 광대한데 무수한 신장들이 주위에 벌여서 있고, 전상에 하나의 임금이 앉아 성난 목소리로 말했다.

"네 하찮은 놈이 어찌 홍 장군을 잡으려 하는가? 너를 잡아 지옥에 가두겠다."

포쟝이 계오 졍신(精神)을 츌혀 왈,

"쇼인은 인간의 흔미(寒微)흔 사롬이라, 무죄(無罪)이 잡혀 왓시니 살녀 보니물 브라누이다."

흔고 심이 익걸(哀乞)흐거눌, 젼상(戰狀)의셔 우슘소리 나며 꾸지져 왈.

"이 사롬아, 나롤 즈시 보라. 나는 곳 활빈당 힝슈(行首) 홍길동이라. 그디 나롤 줍으려 흐미 그 용녁(勇力)과 뜻을 알고져 흐여 작일(昨日)의 니 쳥포소년(靑布少年)으로 그디롤 인도(引導)흐여 이 곳의 와 나의 위엄(威嚴)을 뵈게 흐미라."

흔고, 언파(言罷)의 좌우롤 명흐여 민거슬 굴너 당의 안치고 술을 나와 권흐며 왈,

"그디는 부졀업시 단니지 말고 쏄니 도라가되, 나롤 보왓다 흐면 반드시 죄칙(罪責)이 〃실 거시니, 부디 이런 말을 니지 말나."

흔고, 다시 술을 부어 권흐며 좌우로 명흐여,

"니여 보니라."

흐니, 포쟝이 싱각흐되, '니가 이거시 꿈인가 상신가? 엇지흐여 이리 왓시며 길동의 죠화(造花)롤 신긔(神技)히 넉여 니러가고져 흐더니, 홀연(忽然) 스지(四肢)롤 요동(搖動)치 못흐눈지라 고히 넉여 졍신(精神)을 진졍(鎭靜)흐여 살펴보니 가죽 부디 속의 드러거눌 간신이 나와 본즉 부디 셰이 남긔 걸녀거눌 츠례(次例)로 굴너 니여 보니, 쳐엄 쩌날졔 다리고 왓던 하인(下人)이라. 셔로 니르되,

"이거시 엇진 일인고? 우리 쩌날졔 문경으로 모히즈 흐여더니, 엇지 이곳의 왓눈고?"

흔고 두로 살펴보니, 다른 곳 아니오 쟝안셩 북악이라. 사인이 어이 업셔 쟝안을 구버보며 하인(下人)다려 일너 왈,

"너는 엇지 이곳의 왓누뇨?"

포장이 겨우 정신을 차려,

"소인은 인간 세상의 보잘것없는 사람인데, 죄도 없이 잡혀 왔으니, 살려 보내주시기 바랍니다."

하고 몹시 애걸하니, 전상에서 웃으며 꾸짖었다.

"이 사람아. 나를 자세히 보라. 나는 곧 활빈당 우두머리 홍길동이다. 그대가 나를 잡으려 하기에 그 용력과 뜻을 알고자, 어제 내가 푸른 도포 입은 소년처럼 꾸며 그대를 인도해 이곳에 와서 나의 위엄을 보여 주는 것이다."

말을 마치자, 부하들을 시켜 묶은 것을 끌렀다. 마루에 앉히고 술을 내어와 권하면서 다시 말했다.

"그대는 부질없이 다니지 말고 빨리 돌아가되, 나를 보았다 하면 반드시 죄를 추궁당할 것이니, 부디 그런 말은 내지 말라."

다시 술을 부어 권하면서 부하들에게 말하였다.

"내어 보내라."

포장이 생각하되 '내가 이것이 꿈인가 생시인가? 여기에는 어찌하여 왔을까?' 하며 길동의 신기한 조화에 놀라 일어나 가고자 했다. 그러나 홀연 팔다리를 움직일 수 없었다. 괴이하다는 생각이 들어 정신을 차리고 살펴보니, 자신이 가죽 부대 속에 들어 있었다. 간신히 나와 보니 부대 셋이 나무에 걸려 있었다. 차례로 끌러 내어 보니, 처음 떠날 때 데리고 왔던 부하들이었다. 서로 이르기를,

"이게 어찌된 일인고? 우리가 떠날 때는 문경으로 모이자 하였는데, 어찌 이곳에 왔을까?"

하고 두루 살펴보니, 다른 곳도 아니고 서울의 북악산이었다. 네 사람이 어이없어 성 안을 굽어보며 하인에게 물었다.

"너는 어째서 여기 왔느냐?"

삼인(三人)이 고(告)왈.

"쇼인(小人) 등은 쥬졈(酒店)의셔 즈옵더니 홀연 풍운(風雲)의 싸이여 이리 왓스오니 무슨 년고(緣故)룰 아지 못ᄒ미로쇼이다."

포쟝(捕將) 왈,

"이 일이 가쟝 허무밍낭(虛無孟浪)ᄒ니 남의게 젼셜치 말나. 그러나 길동의 지죄(才操) 불측ᄒ니 엇지 인녁(人力)으로써 줍으리오. 우리 등이 〃제 그져 드러가면 필경 죄(罪)룰 면치 못ᄒ리니 아직 슈월(數月)을 기드려 드러가즈."

ᄒ고 나려오더라(14장)

14. 홍 판서 부자를 잡아들임

차시(此時) 샹이 팔도(八道)의 힝관ᄒ샤 길동을 줍으라 ᄒ시되 그 변홰 불측(變化不測)ᄒ여 쟝안대로 〃 혹 쵸헌(軺軒)[83]도 타고 왕ᄂ(往來)ᄒ며, 혹 각 읍의 노문(路文) 노코 쌍교(雙轎)[84]도 타고 왕ᄂ하며, 혹 어스의 모양을 ᄒ여 각 읍 슈령 중 탐관오리 ᄒᄂ 쟈룰 믄득 션참후계(先斬後啓)[85]ᄒ되 가어스 홍길동의 계문(啓聞)[86]이라. ᄒ니 샹이 더욱 진노(震怒)ᄒ샤 왈,

"이 놈이 각 도의 단니며 이런 작난(作亂)을 ᄒ되 아모도 줍지 못ᄒ니, 이룰 쟝촛 엇지 하리오?"

ᄒ시고 삼공육경(三公六卿)[87]을 모와 의논ᄒ시더니, 연ᄒ여 쟝계 오르

---

83) 조선시대에, 종이품 이상이 벼슬아치가 타던 외바퀴 수레
84) 쌍가마
85) 왕조 때, 군율을 어긴 사람을 먼저 처형한 다음 임금에게 아뢰던 일
86) 임금에게 글로써 아룀
87) 삼정승과 육조판서

세 사람이 아뢰었다.

"소인들은 주점에서 자고 있었는데, 갑자기 바람과 구름에 싸이어 이리 왔사오니, 어찌된 까닭인지 알지를 못하겠습니다."

포장이,

"이 일이 너무나 허무맹랑하니 남에게 말하지 말라. 그러나 길동의 재주는 헤아릴 수 없으니 사람의 힘으로써야 어찌 잡겠는가? 우리가 이제 그저 들어가면 반드시 죄를 면치 못할 것이니, 아직 몇 달을 기다리다가 들어가자."

하고 나왔다.

14. 홍 판서 부자를 잡아들임

이때, 임금이 팔도에 공문을 내려 길동을 잡도록 하였지만, 그 조화가 무궁하여 서울의 큰길에 혹은 수레를 타고 왕래하고, 혹은 각 고을에 도착 날짜를 미리 공문으로 알려 놓고는 가마를 타고 왕래하기도 하며, 혹은 어사의 모습을 꾸며 탐관오리의 목을 자르고 임금에게 보고하되 임시 어사 홍길동이 올리는 공문이라 했다. 이에 임금은 더욱 진노하여,

"이 놈이 각도에 다니며 이런 난리를 치는 데도 아무도 잡지 못하니, 이를 장차 어찌 하리오?"

하면서 삼정승과 육판서를 모아 놓고 의논을 하고 있었다. 그때 연이어 공문이 올라왔는데,

니 다 팔도(八道)의 홍길동이 작란(作亂)ᄒ는 쟝계(狀啓)88)라. 샹이 ᄎ례로 보시고 크게 근심ᄒ샤 좌우를 도라보시며 문 왈,

"이 놈이 아마도 사름은 아니요 귀신의 작폐(作弊)니 됴신 중 뉘 그 근본(根本)을 짐작ᄒ리오?"

일인이 출반(出班)89) 쥬 왈.

"홍길동은 젼님 니죠판셔 홍모의 셔ᄌ(庶子)요, 병죠좌랑 홍인형의 셔졔오니, 이졔 그 부ᄌ 부자(父子)를 나리(拿來)ᄒ여 친문(親問)ᄒ시면 ᄌ연 아르실가 ᄒᄂ니다."

샹이 익노 왈.

"이런 말을 엇지 이졔야 하는다."

ᄒ시고, 즉시 홍모는 금부(禁府)90)로 나슈(拿囚)91)ᄒ고, 먼져 인형을 줍아드려 친국(親鞫)92)ᄒ실시 텬위 진노(震怒)ᄒ샤 셔안(書案)을 쳐 굴ᄋ샤되,

"길동이란 도젹(盜賊)이 너의 셔졔라 ᄒ니 엇지 금단(禁斷)치 아니ᄒ고 그져 두어 국가의 대환(大患)이 되게 ᄒᄂ뇨? 네 만일 줍아드리지 아니ᄒ면 너의 부ᄌ의 충효를 도라보지 아니리니, ᄲᆞᆯ니 줍아드려 됴션 대변(大變)을 업게 ᄒ라."

인형이 황공(惶恐)ᄒ여 면관돈슈(免冠頓首)93) 왈.

"신의 쳔ᄒᆞᆫ 아이 〃셔 일즉 사름을 죽이고 망명도쥬(亡命逃走)94) ᄒ온 지 슈년(數年)이 지나오되 그 존망(存亡) 아옵지 못ᄒ와 신의 늙은 아비

---

88) 감사나 왕명으로 지방에 파견된 벼슬아치가 글로 써서 올리던 보고
89) 여러 신하 가운데서 혼자 임금에게 나아가 아뢰던 일
90) 의금부
91) 죄인을 잡아들여 가둠
92) 임금이 중죄인을 친히 국문함
93) 관을 벗고 머리가 땅에 닿도록 절을 함
94) 죽을죄를 지은 사람이 몰래 멀리 달아남

다 팔도에 홍길동이 작란한다는 내용의 공문이었다. 임금이 차례대로 보고는 크게 근심하여 주위를 돌아보면서 물었다.

"이 놈이 아마 사람은 아니고 귀신인 것 같소. 조신 중에서 누가 그 근본을 짐작할 수 있겠소?"

한 사람이 나와서 아뢰었다.

"홍길동은 전임 이조판서 홍 아무개의 서자요, 병조좌랑 홍인형의 서제이오니, 이제 그 부자를 잡아 와서 친히 문초하시면 자연히 아실까 하옵니다."

임금이 더욱 화를 내어.

"이런 말을 어찌 이제야 하는가?"

하고는, 즉시 그렇게 하도록 명령했다. 홍 아무개는 의금부에 가두고, 먼저 인형을 잡아들여 임금이 몸소 문초를 하였다. 임금이 진노하여 책상을 치며 꾸짖었다.

"길동이라는 도적이 너의 서제라는데, 어찌 조치하지 않고 그냥 두어 국가에 큰 재앙이 되게 한단 말인가? 네가 만일 잡아들이기 않으면, 네 부자의 충효도 돌아보지 않을 것이니, 빨리 잡아들여 나라에 대변이 없게 하라."

인형이 황공하여 관을 벗고 머리를 조아리며 아뢰었다.

"신의 천한 아우가 있어 일찍 사람을 죽이고 달아난 지 몇 년이나 지났으되, 그 생사를 알지 못하여 신의 늙은 아비

일노 인ᄒᆞ여 신병이 위중ᄒᆞ와 병지조셕(病者朝夕)이온 중 길동의 모도불측(無道不測) ᄒᆞ므로 셩상의 근심을 ᄭᅵ치오니 신의 죄 만ᄉᆞ무셕(萬死無惜)이오니 북망젼하ᄂᆞᆫ ᄌᆞ비지틱(慈悲恩澤)을 드리옵셔 신의 아비 죄룰 샤ᄒᆞ샤 집의 도라가 죠병(調病)케 ᄒᆞ시면 신이 죽기로ᄡᅥ 길동을 좁아 신의(15장) 부ᄌᆞ의 죄룰 속ᄒᆞ올가 ᄒᆞᄂᆞ이다.”

상이 문파(門派)의 텬심(天心)이 감동(感動)ᄒᆞ샤 즉시 홍모룰 샤ᄒᆞ시고 인형으로 경상감ᄉᆞ룰 졔슈(除授)ᄒᆞ샤 왈,

“경이 만일 감ᄉᆞ의 긔구업스면 길동을 좁지 못홀 거시오 일 년 한을 졍ᄒᆞ여 쥬ᄂᆞ니 슈이 좁아드리라.”

ᄒᆞ시니, 인형이 빅비샤은(百拜謝恩) ᄒᆞ고 인ᄒᆞ여 하직(下直)ᄒᆞ며, 즉일(卽日) 발힝(發行)ᄒᆞ여 감영의 도임(到任)[95]ᄒᆞ고, 각 읍의 방을 븟치니, 이ᄂᆞᆫ 길동을 달니ᄂᆞᆫ 방이라. 기ᄉᆞ(記事)의 왈

0 사ᄅᆞᆷ이 셰상의 나미 오륜(五倫)이 웃듬이오, ″륜이 ″시미 인의녜지(仁義禮智) 분명ᄒᆞ거ᄂᆞᆯ, 이룰 아지 못ᄒᆞ고 군부(君父)의 명을 거역(拒逆)ᄒᆞ여 불튱불효(不忠不孝)되면 엇지 셰상의 용납ᄒᆞ리오. 우리 아오 길동은 이런 일을 알 거시니 스스로 형을 ᄎᆞᄌᆞ와 사로좁히라. 우리 부친이 널노 말미암아 병닙골슈(病入骨髓)[96]ᄒᆞ시고 셩상이 크게 근심ᄒᆞ시니, 네 죄악이 관영(官營)[97]ᄒᆞ지라. 이러므로 나룰 특별이 도빅(道伯)[98]을 졔슈(除授)ᄒᆞ샤 너룰 좁아 드리라 ᄒᆞ시니, 만일 좁지 못ᄒᆞ면 우리 홍문의 누티(累代) 쳥덕이 일죠(一朝)의 멸ᄒᆞ리니 엇지 슬푸지 아니리오. ᄇᆞ라ᄂᆞ니 아

---

95) 지방 관리가 임소에 도착함을 이르던 말
96) 병이 뼈 속까지 스며들 정도로 그 뿌리가 깊고 중함을 이르는 말
97) 사업 따위를 정보에서 경영하는 일
98) 관찰사. 도지사

그 때문에 신병이 위중한 나머지 목숨이 끊어질 지경에 이르렀습니다. 길동이 착하지 못하여 성상께 근심을 끼쳤으니, 신의 죄는 만 번 죽어도 애석하지 않사옵니다. 그러나 엎드려 바라옵건대, 전하께서는 자비로운 은택을 내려 신의 아비 죄를 용서하시와, 집에 돌아가 조리하게 하시면, 신이 죽음으로써 맹서하고 길동을 잡아 저희 부자의 죄를 면하올까 하옵니다."

임금이 다 듣고 나자 감동하여 즉시 홍 아무개를 사면하고, 인형에게 경상 감사를 제수하면서 말했다.

"경이 만일 길동을 잡지 못하면 감사로서의 능력이 없다고 볼 것이니라. 기한을 1년으로 정하여 주니 쉬 잡아들이라."

인형이 수없이 절하며 은혜를 감사하고 임금께 하직하였다. 바로 그날 출발을 하여 감영에 도착하여, 감사로 부임해서는 각 읍에 공고문을 붙였다. 그 내용은 길동을 달래는 것이었는데, 다음과 같았다.

0 사람이 세상에 남에, 오륜이 으뜸이요, 오륜이 있음으로써 인의예지가 분명하거늘, 이를 알지 못하고 임금과 부모의 명을 거역해 불충불효가 되면 어찌 세상에 용납하리요. 우리 아우 길동은 이런 일을 알 것이니 스스로 형을 찾아와 사로잡히라. 아버지께서 너로 말미암아 고칠 수 없는 병환이 들고, 성상께서 크게 근심하시니, 너의 죄악은 가득 차서 넘치는 셈이다. 이 때문에 나를 특별히 감사로 임명하여 너를 잡아들이라 하신다. 만일 잡지 못하면 우리 홍 씨 집안의 여러 대에 걸친 깨끗한 덕이 하루아침에 없어지리니, 어찌 슬프지 않으랴. 바라나니 아우

우 길동은 일룰 싱각ᄒᆞ여 일즉 자현(自現)ᄒᆞ면 너의 죄도 덜닐 거시오,
일문을 보존(保存)ᄒᆞ리니 아지 못게라. 너ᄂᆞ 만 번 싱각ᄒᆞ여 즈현ᄒᆞ라 하
였더라 0

감시 이 방을 각 읍의 붓치고 공스를 전펴(全廢)ᄒᆞ여 길동이 즈현(自現)
ᄒᆞ기만 기다리더니. 일〃은,

"ᄒᆞᆫ 쇼년이 나귀룰 타고 하인 슈십을 거ᄂᆞ리고 원문 밧긔 와 뵈오믈
쳥ᄒᆞᆫ다."

ᄒᆞ거ᄂᆞᆯ 감시 드러오라 ᄒᆞ니, 그 쇼년이 당상의 올나 비알(拜謁)99)ᄒᆞ거
든, 감시 눈을 드러 즈시 보니 썬로 기다리던 길동이라, 대경대희(大驚大
喜)ᄒᆞ여 좌우룰 믈니치고 그 손을 줍아 오열유체(嗚咽流涕) 왈.

"길동아, 네 ᄒᆞᆫ 번 문을 나믹 사싱존망(死生存亡)을 아지 못ᄒᆞ여 부친(父
親)계셔 병입고항 ᄒᆞ시거ᄂᆞᆯ, 너ᄂᆞ 가지록 불효(不孝)룰 끼칠 뿐 아녀, 국
가의 큰 근심이 되게 ᄒᆞ니, 네 무슴 ᄆᆞ음으로 불츙불효(不忠不孝)룰(16장)
힝ᄒᆞ며 쏘ᄒᆞᆫ 도적(盜賊)이 되여 세상의 비치 못홀 죄룰 ᄒᆞᆫ다. 이러무로
셩샹이 진노(震怒)ᄒᆞ샤 날로 ᄒᆞ여곰 너룰 줍아드리라 ᄒᆞ시니 이ᄂᆞ 피치
못홀 죄라. 너ᄂᆞ 일즉 경스(京師)의 나아가 텬명(天命)을 슌슈ᄒᆞ라."

ᄒᆞ고 말을 맛츠며 눈물이 비오듯 ᄒᆞ거ᄂᆞᆯ, 길동이 머리룰 슉이고 왈.

"쳔싱(賤生)이 이익니르믄 부형(父兄)의 위틱ᄒᆞ믈 구코져 ᄒᆞ미니 엇지
다른 말이 〃시리오. 더져 디감계셔 당쵸의 쳔ᄒᆞᆫ 길동을 위ᄒᆞ여 부친을
부친이라 ᄒᆞ고 형을 형이라 ᄒᆞ여던들 엇지 이의 니르리잇고. 왕스(旺事)
ᄂᆞ 일너 쓸디 업거니와, 이제 쇼졔(少弟)룰 결박(結縛)ᄒᆞ여 경스(京師)로 올
녀 보니쇼셔."

ᄒᆞ고 다시 말이 업거ᄂᆞᆯ, 감시 이 말을 듯고 일변 슬허ᄒᆞ며 일변 장계

---

99) 지체 높은 분을 만나 뵘

동은 이를 생각하여 일찍 자수하면 너의 죄도 덜릴 것이요, 우리 가문도 보존할 것이니, 너는 만 번 생각하여 자수하라.

감사가 이 공문을 각 읍에 붙인 뒤 공무를 전폐한 채 길동이 자수하기만 기다리고 있었다. 하루는,

"나귀를 탄 소년 하나가 하인 수십 명을 거느리고 병영 문 밖에 와 뵙기를 청한다."

하기에, 감사가 들어오라 하니, 그 소년이 당상에 올라와 인사를 했다. 감사가 눈을 들어 자세히 보니 그토록 기다리던 길동인지라, 기쁘고도 놀라와 주위 사람들을 물러가게 하고, 손을 잡고 흐느껴 울면서 말했다.

"길동아, 네가 한 번 집을 떠난 뒤 생사를 알지 못하여 아버지께서는 고칠 수 없는 병을 얻으셨다. 너는 갈수록 불효를 끼칠 뿐 아니라 나라에 큰 근심이 되게 하니, 무슨 마음으로 불충불효를 하며 또한 도적이 되어 세상에 비할 데 없는 죄를 짓느냐? 이 때문에 성상께서 진노하시어 나로 하여금 너를 잡아들이도록 하셨다. 이는 피치 못할 죄이니 너는 일찍 서울로 올라가 왕명에 순종해라."

하고 말을 마치며 눈물을 비 오듯 흘렸다. 길동은 머리를 숙이고 말했다.

"제가 여기에 이른 것은 부형을 위태로움으로부터 구하기 위한 것이니, 어찌 다른 말이 있겠습니까? 대감께서 당초에 천한 길동을 위하여 아버지를 아버지라 부르게 하고 형을 형이라 부르게 하셨던들 어찌 여기까지 이르렀겠습니까? 지나간 일은 말해 봐야 쓸데없거니와, 이제 소제를 묶어 서울로 올려 보내십시오."

하고는 다시 말이 없었다. 감사는 이 말을 듣고 한편 슬퍼하면서 한

을(狀啓)롤 **뻐** 길동을 항쇄족쇄(項鎖足鎖)[100] 호고 함거(檻車)의 시러 건장호 쟝교 십여 인을 **샌** 압영호게 호고, 쥬야비도(晝夜倍道) 호여 올녀 보니니 각 읍 빅셩드리 길동의 지죠(才操)롤 드러는지라 줍아오물 듯고 길이 머여 구경호더라

츠시(此時) 팔도(八道)의셔 다 길동을 줍아 올니 〃 됴졍(朝廷)과 장안(長安) 인민(人民)이 망지쇼죠(罔知所措)[101]호여 능히 알니 업더라. 샹이 놀나샤 만죠(滿朝)[102]롤 모호시고 친국(親鞫)호실시, 녀덟 길동을 줍아 올니 〃 져의 셔로 닷토아 니르되,

"네가 졍길동이오 나는 아니라."

호며 셔로 싸호니, 어니 거시 졍길동인지 분간(分揀)치 못홀네라. 샹이 고이히 넉이샤 즉시 홍모롤 명쵸(命招)[103]호샤 왈.

"지 즈는 막여뷔라 호니 져 여덟 즁의 경의 ♀들을 츠즈 니라."

홍공이 황공(惶恐)호여 돈슈(頓首)[104]쳥죄 왈.

"신(臣)의 쳔싱 길동은 좌(左)편 다리의 볼근 혈졈이 잇스오니, 일노 죠츠 알니로쇼이다."

호고. 여덟 길동을 꾸지져 왈,

"네 지쳑(咫尺)의 님군이 계시고 아릭로 네 아비 잇거눌, 이럿틋 쳔고(千古)의 업는 죄롤 지어시니 죽기롤 앗기지 말나."

호고 피롤 토호며 업더져 긔졀 기졀(氣絶)호니, 샹이 대경(大徑)호샤 약원(藥院)으로 구호라 호시되 츠되(差度)(17장) 업는지라. 여덟 길동이 〃 경

---

100) 죄수에 목에 씌우던 칼과 발에 채우던 쇠사슬이나 차꼬를 아울러 이르는 말
101) 갈팡질팡 어찌 할 바를 모름
102) 온 조정
103) 임금이 신하를 부름
104) 머리를 땅에 닿도록 숙이고 절함

편 공문 쓰고는 길동의 목에 칼을 채우고 발에 차꼬를 채워 죄인 호송용 수레에 태웠다. 건장한 장교 십여 명을 뽑아 호송하게 한 뒤, 주야로 갑절의 길을 가도록 시켜 올려 보냈다. 각 읍 백성들은 길동의 재주를 들었는지라, 잡아 온다는 소문을 듣고 길에 모여 구경을 하였다.

이때, 팔도에서 다 길동을 잡아 올리니, 조정과 서울 사람들이 어찌된 영문인지를 아무도 몰랐다. 임금이 놀라서 온 조정의 신하들을 모으고, 몸소 죄인을 다스리는데, 여덟 명의 길동을 잡아 올리니 그들이 서로 다투면서 말하기를,

"네가 진짜 길동이지 나는 아니다."

하며 서로 싸우니, 어느 것이 진짜 길동인지 분간할 수가 없었다. 임금이 괴이히 여겨 즉시 홍 아무개를 불러 말했다.

"자식을 알아보는 데는 아비만한 자가 없다 하니, 저 여덟 중에서 경의 아들을 찾아내라."

홍공이 황공하여 머리를 조아리면서 아뢰었다.

"신(臣)의 천한 자식 길동은 왼편 다리에 붉은 혈점이 있사오니, 그것으로써 알 수 있을 것입니다."

또 여덟 길동을 꾸짖기를,

"지척에 임금님이 계시고 아래로 아비가 있는데, 네가 이렇듯 천고에 없는 죄를 지었으니 죽기를 아끼지 말라."

하고 피를 토하면서 엎어져 기절을 하였다. 임금이 크게 놀라 궐내의 약국에 지시해 치료하게 하였으나, 효험이 없었다. 여덟 길동이 이를

상을 보고 일시(一時)의 눈물을 흘니며 낭즁(囊中)105)으로 좃츠 환약(丸藥) 일기식 너여 닙의 드리오니, 홍공이 반향 후 졍신을 츠리는지라. 길동 등이 샹게 쥬 왈.

"신의 아비가 국은(國恩)을 만히 닙어스오니, 신이 엇지 감히 불축훈 힝스(行事)롤 훈올잇가마는, 신은 본디 쳔비쇼싱(賤婢所生)이라 그 아비롤 아비라 못훈옵고 그 형을 형이라 못훈오니 평싱(平生) 한(恨)이 밋쳐습기로 집을 바리고 젹당(賊黨)106)의 춤녜훈오나 빅셩(百姓)은 츄호불범(秋毫不犯)107) 훈옵고, 각 읍 슈령의 쥰민고퇵(浚民膏澤) 훈는 지물(財物)을 탈취(奪取)훈여스오니 이졔 십 년을 지니면 됴션(朝鮮)을 쩌나 가올 곳이 잇스오니 복걸(伏乞)108) 셩샹(聖上)은 근심치 마르시고 신을 줍는 관즈롤 거두옵쇼셔."

훈고, 말을 맛츠며 여듧 길동이 일시의 너머지니 즈시 본즉 다 쵸인(超人)이라. 샹이 더욱 놀나시며 졍길동을 줍기롤 다시 힝관훈여 팔도(八道)의 나리시니라.

15. 병조판서 요구

츠셜 길동이 쵸인을 업시훈고 두로 단니더니 사대문(四大門)의 방을 붓쳐시되,

"요신 홍길동은 아모리 훈여도 줍지 못훈리니, 병죠판셔(兵曹判書) 교지(敎旨)109)롤 나리시면 줍히리이다."

---

105) 주머니 속
106) 도적의 무리
107) 남의 것을 조금도 범하지 않음
108) 엎드리어 빎
109) 조선시대에 임금이 사품 이상의 문무관에게 내리던 사령

보고 일시에 눈물을 흘리면서 주머니에서 환약 한 개씩을 내어 입에 드리우니, 홍공이 잠시 후 정신을 차렸다.

길동 등이 임금에게 아뢰었다.

"신의 아비가 나라의 은혜를 많이 입었사온데, 신이 어찌 감히 나쁜 짓을 하오리까마는, 신은 본래 천한 종의 몸에서 났는지라, 그 아비를 아비라 못하옵고 그 형을 형이라 못 하와, 평생 한이 맺혔기에 집을 버리고 도적의 무리에 참여하였사옵니다. 그러나 백성은 추호도 범하지 않고 각 읍 수령이 백성들을 들볶아 착취한 재물만 빼앗았을 뿐입니다. 이제 십년이 지나면 조선을 떠나 갈 곳이 있사오니, 엎드려 빌건대 성상께서는 근심하지 마시고 신을 잡으라는 공문을 거두어 주십시오."

하고, 말을 마치며 여덟 명이 한꺼번에 넘어지므로, 자세히 보니 다 풀로 만든 허수아비였다. 임금이 더욱 놀라며 진짜 길동을 잡으라는 공문을 다시 팔도에 내렸다.

15. 병조판서 요구

길동이 허수아비를 없애고 두루 다니다가 사대문에 글을 써 붙였는데, 그 글에다,

"소신 길동은 아무리 하여도 잡지 못할 것이오니, 병조판서 벼슬을 내리시면 잡히겠습니다."

ᄒᆞ엿거늘, 샹이 그 방문을 보시고 됴신을 모하 의논(議論)ᄒᆞ시니 졔신 왈.

"이졔 그 도젹(盜賊)을 줍으려 ᄒᆞ다가 줍지 못ᄒᆞ옵고 도로혀 병죠판셔(兵曹判書) 졔슈(除授)ᄒᆞ시믄 불가스 문어인국이로쇼이다."

샹이 올히 넉이샤 다만 경상감ᄉᆞ의게 길동 줍기를 지쵹ᄒᆞ시더라.

16. 형에게 포박 당해 압송되는 길동

이ᄯᅢ 경상감시 엄지(嚴旨)를 보고 황공숑율(惶恐)ᄒᆞ여 엇지할 줄 모로더니, 일일(一日)은 길동이 공즁(空中)으로 나려와 졀ᄒᆞ고 왈.

"쇼졔 지금은 졍작 길동이오니, 형장은 아모 념녀(念慮) 마로시고 쇼졔를 결박(結縛)ᄒᆞ여 경ᄉᆞ로 보니쇼셔."

감시 이 말을 듯고 집수 유쳬 왈.

"이 무거훈 아히야, 너도 날과 동긔(同氣)여늘 부형(父兄)의 교훈(敎訓)을 듯지 아니ᄒᆞ고 일국(一國)이 쇼동(騷動)케 ᄒᆞ니 엇지 이ᄃᆞᆲ지 아니리오. 네 이졔 졍작 몸이 와 나(18장)를 보고 줍혀 가기를 ᄌᆞ원(自願)ᄒᆞ니 도리혀 긔룩(기특)훈 ㅇ히로다."

ᄒᆞ고, 급히 길동의 좌편 다리를 보니, 과연 홈졈이 잇거늘, 즉시 ᄉᆞ지를 각별 결박(結縛)ᄒᆞ고 함거(檻車)의 녀허 건장(健壯)훈 장교(將校) 슈십(數十)을 갈히여 철통갓치 ᄊᆞ고 풍우(風雨)갓치 모라 가되, 길동의 안식(顔色)이 죠금도 변치 아니 ᄒᆞ더라.

여러 날만의 경셩의 다〃르니, 궐문의 니르러는 길동이 훈 번 몸을 요동(搖動)ᄒᆞ미 철삭(鐵索)이 ᄯᅳᆫ허지고 함게 ᄭᅢ여져 맛치 미얌이 허물 벗듯 공즁(空中)으로 오르며 표연이 운무(雲霧)의 뭇쳐가니 장교(將校)와 졔군이 어이 업셔 공즁(空中)만 바라보고 다만 넉술 일흘ᄯᆞ름이라.

고 하였다. 임금이 그 글을 보고 신하들을 모아 의논하니, 여러 신하들이 말했다.

"이제 그 도적을 잡으려 하다가 잡지 못하고 도리어 병조판서를 제수하심은 이웃 나라에도 창피스러운 일입니다."

임금이 옳다고 여기고 다만 경상 감사에게 길동 잡기를 재촉하였다.

16. 형에게 포박 당해 압송되는 길동

경상 감사가 왕명을 받고는 황공하고 죄송하여 어쩔 줄을 몰랐다. 하루는 길동이 공중으로부터 내려와 절하고 말했다.

"제가 지금은 진짜 길동이오니, 형님께서는 아무 염려 마시고 결박하여 서울로 보내십시오."

감사가 이 말을 듣고는 손을 잡고 눈물을 흘리면서 말했다.

"이 철없는 아이야. 너도 나와 동기인데 부형의 가르침을 듣지 않고 온 나라를 떠들썩하게 하니, 어찌 애닯지 않으랴. 네가 이제 진짜 몸이 와서 나를 보고 잡혀 가기를 자원하니 도리어 기특한 아이로다."

하고, 급히 길동의 왼쪽 다리를 보니, 과연 혈점이 있었다. 즉시 팔다리를 단단히 묶어 죄인 호송용 수레에 태운 뒤, 건장한 장교 수십 명을 뽑아 철통같이 싸고 풍우같이 몰아가도, 길동의 안색은 조금도 변치 않았다.

여러 날 만에 서울에 다다랐으나, 대궐 문에 이르러 길동이 한 번 몸을 움직이자, 쇠사슬이 끊어지고 수레가 깨어져, 마치 매미가 허물 벗듯 공중으로 올라가며, 나는 듯이 운무에 묻혀 가 버렸다. 장교와 모든 군사가 어이없어 다만 궁중만 바라보며 넋을 잃을 따름이었다.

17. 거짓으로 병조판서 제수

홀슈 업셔 이 연유(緣由)로 샹달 ᄒᆞ온디 샹이 드르시고 왈.

"쳔고(千古)의 일런 일이 어디 이시리오."

ᄒᆞ시고 크게 근심ᄒᆞ시니, 졔신 즁 일 인이 쥬 왈,

"그 길동의 원이 병죠판셔(兵曹判書)롤 ᄒᆞᆫ 번 지니면 됴션을 쩌나리라 ᄒᆞ오니 ᄒᆞᆫ 번 졔 원을 풀면 졔 스스로 샤은(謝恩)ᄒᆞ오리니 이ᄯᆞ롤 타 줍으미 조흘가 ᄒᆞᄂᆞ이다."

샹이 올히 넉이샤 즉시 홍길동으로 병죠판셔(兵曹判書)롤 졔슈(除授)ᄒᆞ시고 사문(四門)의 방을 붓치니라.

이ᄯᆡ 길동이 〃 말을 듯고 즉시(卽時) 사모관디(紗帽冠帶)[110]의 셔ᄯᅴ 〃고 놉흔 쵸헌(軺軒)을 헌거롭게 놉히 타고 대로샹의 완연(完然)이 드러오며 니르되,

"이졔 홍판셔 샤은(謝恩)ᄒᆞ라 온다."

ᄒᆞ니, 병죠하쇽이 마ᄌ 호위(扈衛)ᄒᆞ여 궐니의 드러갈시 빅관이 의논(議論)ᄒᆞ되,

"길동이 오날 샤은(謝恩)ᄒᆞ고 나올 거시니 도부슈롤 미복(埋伏)[111]ᄒᆞ엿다가 나오거든 일시(一時)의 쳐 죽이라."

ᄒᆞ고 약속(約束)을 졍ᄒᆞ여더니 길동이 궐니의 드러가 슉비(肅拜)하고 쥬 왈,

"쇼신이 죄악(罪惡)이 지즁(지중)ᄒᆞ옵거늘 도로혀 텬은(天恩)을 닙ᄉᆞ와 평싱(平生) 한(恨)을 푸옵고 도라가오니 영결젼하 ᄒᆞ오니 북망셩샹은 만슈무강(萬壽無疆) ᄒᆞ쇼셔."

---

110) 관원이 관복을 입을 때 쓰던 모자와 벼슬아치들이 입던 공복
111) 몰래 숨어 있음

17. 거짓으로 병조판서 제수

어쩔 수 없이 이 사실을 보고 하니, 임금이 듣고,

"천고에 이런 일이 어디 있으랴?"

하며, 크게 근심을 했다. 이에 여러 신하 중 한 사람이 아뢰기를,

"길동의 소원이 병조판서를 한 번 지내면 조선을 떠나겠다는 것이라 하오니, 한 번 제 소원을 풀면 제 스스로 은혜에 감사 하오리니, 그때를 타 잡는 것이 좋을까 하옵니다."

고 했다. 임금이 옳다 여겨 즉시 길동에게 병조판서를 제수하고 사대문에 글을 써 붙였다.

그때 길동이 이 말을 듣고 즉시 고관의 복장인 사모관대에 서띠를 띠고 덩그런 수레에 의젓하게 높이 앉아 큰 길로 버젓이 들어오면서 말하기를,

"이제 홍 판서 사은(謝恩)하러 온다."

고 했다. 병조의 하급 관리들이 맞이해 궐내에 들어간 뒤, 여러 관원들이 의논하기를,

"길동이 오늘 사은하고 나올 것이니 도끼와 칼을 쓰는 군사를 매복시켰다가 나오거든 일시에 쳐 죽이도록 하자."

하고 약속을 하였다. 길동이 궐내에 들어가 엄숙히 절하고 아뢰기를,

"소신이 죄악이 지중하온데, 도리어 은혜를 입사와 평생의 한을 풀고 돌아가면서 전하와 영원히 작별하오니, 부디 만수무강하소서."

ᄒᆞ고, 말을 맛추며 몸을 공즁(空中)의 소〃와 구름의 싸이여 가니 그 가는 바를 아지 못ᄒᆞᆯ너라. 샹이 보시고 도리혀 츠탄 왈,

"길동의 신긔ᄒᆞᆫ(19장) 지죠는 고금(古今)의 희한 ᄒᆞ도다. 제 지금 됴션을 쩌나노라 ᄒᆞ여시니, 다시는 작폐(作弊) ᄒᆞᆯ길 업슬거시오. 비록 슈상ᄒᆞ나 일단 쟝부의 쾌ᄒᆞᆫ 므음이 잇ᄂᆞᆫ지라 죡히 넘녀(念慮) 업슬놋다."

ᄒᆞ시고, 팔도(八道)에 사문(赦文)[112]을 ᄂᆞ리와 길동 줍ᄂᆞᆫ 공ᄉᆞ(公事)를 거두시니라.

18. 조선을 떠나 제도로 감

각셜 길동이 졔 곳의 도라와 졔적의게 분부(分付)ᄒᆞ되,

"니 단녀올 곳이 〃시니, 녀 등은 아모디 츌닙(出入) 말고 니 도라오기 를 기ᄃᆞ리라."

ᄒᆞ고, 즉시 몸을 소〃와 남경으로 향ᄒᆞ여 가다가 ᄒᆞᆫ 곳의 다〃르니, 이는 소위(所爲) 률도국이라. 사면(四面)을 살펴보니 산쳔(山川)이 쳥슈(淸水) ᄒᆞ고 인물(人物)이 번셩(繁盛)ᄒᆞ여 가히 안신(安身)ᄒᆞᆯ 곳이라 ᄒᆞ고 남경의 드러가 구경ᄒᆞ며 ᄯᅩ 졔도라 ᄒᆞᄂᆞᆫ 셤즁의 드러가 두로 단니며 산쳔(山川) 도 구경ᄒᆞ고 인심(人心)도 살피며 단니더니, 오봉산의 니ᄅᆞ러ᄂᆞᆫ 진짓 졔 일 강산(江山)이라. 쥬회(周回)[113] 칠빅 니오, 옥야답(沃野畓)이 가득ᄒᆞ여 살 기의 졍이 의합(意合)ᄒᆞᆫ지라 ᄂᆞ심의 혜오되 '니 임의 됴션을 하직(下直)ᄒᆞ 여시니, 이곳의 와 아직 은거(隱居)ᄒᆞ여다가 대ᄉᆞ를 도모ᄒᆞ리라.' ᄒᆞ고 표연이 본곳의 도라와 졔인ᄃᆞ려 일너 왈,

"그디 아모날 양쳔강변의 가 ᄇᆡ를 만히 지어 모월 모일의 경셩 한강

하고, 말을 마치며 몸을 공중에 솟구쳐 구름에 싸여 가니, 그 가는 곳을 알 수가 없었다. 임금이 보고 도리어 감탄을 하기를,

"길동의 신기한 재주는 고금에 드문 일이로다. 제가 지금 조선을 떠나노라 하였으니, 다시는 폐 끼칠 일이 없을 것이요, 비록 수상하기는 하나 일단 대장부다운 통쾌한 마음을 가졌으니 염려 없을 것이로다."

하고, 팔도에 사면(赦免)의 글을 내려 길동 잡는 일을 그만두었다.

18. 조선을 떠나 제도로 감

한편, 길동이 제 곳에 돌아와 부하들에게 명령하기를,

"내가 다녀 올 곳이 있으니, 너희들은 아무데도 출입하지 말고 내가 돌아오기를 기다리라."

하고, 즉시 몸을 솟구쳐 남경으로 향하여 가다가 한 곳에 다다르니, 거기는 소위 율도국이었다. 사면을 살펴보니 산천이 깨끗하고 인물이 번성하여 편안하게 살 만한 곳이었다. 남경에 들어가 구경한 뒤, 또 제도라 하는 섬에 들어가 두루 다니면서 산천도 구경하고 인심도 살피다가 오봉산에 이르니, 정말 제일강산이었다. 둘레가 칠백 리요, 기름진 논이 가득하여 살기에 정말 합당하였다. 마음속으로 생각하기를 '내 이미 조선을 하직하였으니, 이곳에 와 은거하였다가 큰일을 꾀하리라.' 하고 가벼운 걸음으로 본 곳에 돌아와 여러 부하에게 말했다.

"그대는 아무 날 양천강변에 가서 배를 많이 만들어 몇 월 며칠 경성 한강

의 디령(待令)ᄒ라. 니 님군긔 청ᄒ여 정조 일천 셕을 구득(求得)ᄒ여 올 거시니, 긔약(期約)을 어긔지 말나.”

ᄒ더라. 각셜, 홍공이 길동이 작난 업스므로 신병이 쾌ᄎ(快差)ᄒ고, 샹이 ᄯ호 근심 업시 지ᄂ더니, ᄎ시 츄구월 망간의 샹이 월식(月色)을 ᄯᅵ여 후원(後園)의 비회(徘徊)ᄒ실시 믄득 일진 쳥풍(청풍)이 니러나며 공즁(空中)으로셔 옥져 소리 쳥아(淸雅)ᄒ 가온디 ᄒ 소년(少年)이 나려와 샹긔 복지(伏地)ᄒ거늘, 샹이 경문 왈,

“션동(仙童)이 엇지 인간의 강굴ᄒ여 무슴 일을 니르고져 ᄒᄂ뇨?”

쇼년은 복지(伏地) 쥬왈,

“신은 젼임 병죠판셔(兵曹判書) 홍길동이로쇼다.”

샹이 경문 왈,

“네 엇지 심야(深夜)의 은거(隱居)?”

길동이 디왈,

“신이 젼하를 밧드러 만셰를 뫼(20장)을가 ᄒ오나 쳔비쇼싱(賤婢小生)이라 문(文)으로 옥장의 막히옵고 무로 션쳔의 막혈지라. 이러므로 ᄉ방 외오욱 ᄒ와 관부(官府)와 작폐(作弊)ᄒ고 됴졍의 득지ᄒ오믄 젼희 ᄋ르시게 ᄒ오미러니 신의 쇼원(所願)을 푸러쥬옵시니 젼ᄒ을 ᄒ직(下直)ᄒ고 됴션을 ᄶ어나가오니 북망 젼ᄒ는 만슈무강(萬壽無疆) ᄒ쇼셔.”

ᄒ고, 공즁(空中)의 올라 표연히 ᄂ거늘 샹이 그 지조을 못ᄂ 칭찬(稱讚)ᄒ시더라. 이후로는 길동의 폐단(弊端)이 업스미, ᄉ방(四方)이 틱평(太平)ᄒ더라.

에서 기다리라. 내 임금께 청해 벼 일천 석을 구해 올 것이니, 약속을
어기지 말라."

한편, 홍공은 길동의 작란이 없으므로 신병이 쾌차하고, 임금 또한
근심 없이 지내게 되었다. 당시는 구월 보름께였는데, 임금이 달빛을
받으며 후원을 배회하고 있을 때, 갑자기 한 줄기의 맑은 바람이 일어
나며 공중에서 피리 소리가 맑게 울려오는 가운데, 한 소년이 내려와
임금 앞에 엎드렸다. 임금은 놀라서 물었다.

"선동(仙童)이 어찌 인간 세상에 내려왔으며 무엇을 하려 하느뇨?"

소년은 땅에 엎드려 아뢰기를,

"신은 전임 병조판서 홍길동이옵니다."

임금이 놀라 물었다.

"네가 깊은 밤에 어찌 왔느냐?"

길동이 대답해 가로되,

"신이 전하를 받들어 만세를 모실까 했으나, 제가 천한 종의 몸에서
태어났기 때문에 문(文)으로는 홍문관이나 예문관 벼슬길이 막혀 있고,
무(武)로는 선전관 벼슬길에 막혀 있습니다. 이런 까닭으로 사방을 멋대
로 떠돌아다니면서 관청에 폐를 끼치고 조정에 죄를 지었던 것 이은데,
이는 전하로 하여금 아시게 하려 함이었습니다. 엎드려 바라건대 전하
께서는 만수무강하십시오."

하고, 공중으로 올라가 나는 듯이 가거늘, 임금이 그 재주를 못내 칭
찬하였다. 그 후로는 길동의 폐단이 없으니, 사방이 태평하였다.

19. 지하 도적 율동 퇴치

각셜(却說) 길동이 됴션(朝鮮)을 하직(下直)고, 남경짜(地) 졔도셤으로 드러가, 슈쳔(數千)호 집을 짓고, 농업(農業)을 힘쓰고 지됴을 비화 무고(武庫)을 지으며 군법(軍法)을 연습(練習)하니, 병졍양쥬하더라.

일″은 길동이 살쵹의 바를 냑(藥)을 어드러 망당산으로 향하더니 낙쳔짜의 이르러는 그곳의 부즈(富者) 빅농이랑 스룸이 니스니 일즉 한 쏠을 두어시되 지질(才質)이 비상(飛上)하미 부뫼(父母) 이즁(愛重)하더니, 일″은 광풍(狂風)이 디작(大作)하며 쏠이 간디 업는지라 빅농 부뷔(夫婦) 슬허하며 쳔금(千金)을 흣터 스방(四方)으로 츠즈되 죵젹 죵젹(蹤迹)이 업는지라 부뷔 슬허하며 말을 펴왈

"아모라도 니 쏠을 츠즈 쥬면 가산(家山)을 반분(半分)하고 스희을 슴으리라."

하거늘. 길동이 ″ 말을 듯고 심즁(心中)의 측은(惻隱)하나 헐일업셔 망당산의 가 냑(藥)을 킈며 드러가더니 날이 져믄지라 쥬져(躊躇)하더니 믄득 스룸의 쇼리 느며 등쵹(燈燭)[114]이 됴요(照耀)하거늘 그 곳을 츠즈가니 스룸은 안이요 미물이 안져 지져괴거늘 원러 이 즘싱(獸)은 율동이란 즘싱이라. 여러 희(年)을 묵어 변홰무궁(變化無窮)하더라. 길동이 몸을 곰쵸고 활노 쏘니, 그 즁 괴쉬 마즌지라. 모드 쇼리 지르고 드라느거늘 길동이 남(木)게 의지하여 밤을 지니고 두루 냑을 킈러니 믄즉 괴물(怪物) 슈삼 명이 길동을 보고 문 왈,

"그디는 무슴 일노 이 깁흔 곳의 이르뇨?"

길동이 답(答) 왈,

"니 의슐(醫術)을 알미 이 산의 드러와 냑을 킈러니 그디 등을 맛나니

---

114) 등불과 촛불

19. 지하 도적 율동 퇴치

길동이 조선을 하직하고, 남경 땅 제도라는 섬으로 들어가, 수천 호의 집을 지은 뒤, 농업에 힘쓰고 무기 창고를 지으며 군법을 연습하니, 병사는 잘 훈련되고 양식은 풍족하게 되었다.

하루는 길동이 화살촉에 바를 약을 구하러 망당산으로 가다가 낙천 땅에 이르렀다. 그곳에는 부자 백룡이라는 사람이 딸 하나를 두고 있었는데, 재질이 비상하여 애중하게 여기는 터였으나, 어느 날 광풍이 크게 불면서 그 딸이 없어져 버렸다. 그러자 백룡 부부는 슬퍼하면서 많은 돈을 들여 사방으로 찾았으나 종적이 없었다. 부부는 슬픔에 젖어 말을 퍼뜨려 말하였다.

"누구라도 내 딸을 찾아 주면, 재산의 반을 주고 사위를 삼으리라."

길동은 이 말을 듣고 마음에 측은하였으나 하릴없어 망당산에 가서 약초를 캐며 들어가다가 날이 저물어 주저하고 있는데, 갑자기 사람 소리가 나며 등불이 밝게 비쳤다. 그곳을 찾아가니 사람이 아닌 미물이 앉아 지껄이고 있었다. 원래 이 짐승은 율동이라는 짐승인데, 여러 해를 묵어 변화가 무궁하였다. 길동이 몸을 감추고 활로 쏘니, 그 중 괴수가 맞았다. 그러자 모두 소리를 지르며 달아나기에, 길동은 나무에 의지하여 밤을 지내고 두루 돌아다니면서 약을 캐더니, 갑자기 괴물 몇이서 길동을 보고 물었다.

"그대는 무슨 일로 이 깊은 곳에 이르렀소?"

길동이 대답했다.

"내가 의술을 아는 고로 이 산에 들어와 약을 캐는 중인데, 그대들을 만났으니 다힝(多幸)ᄒ도다."

그것시 디희(大喜) 왈,

"나는 이곳의 산지 오리더니 우리 왕이 부인을 시로 정ᄒ고 쟉야(昨夜)의 잔치ᄒ더니 천살을 ᄆ(씨)ᄌ 위즁(危重)ᄒ지라 그디 명의(名醫)라 ᄒ니 션냑(仙藥)115)으로 왕의 병을 끗치면 쥬ᄉ(重賞)을 어드리라."

ᄒ거늘, 길동이 혜오되 '이 놈이 쟉냐(昨夜)의 ᄉ(傷)ᄒ 놈이로다.' ᄒ고 허락(許諾)ᄒ디 그것시 길동을 인도(引導)ᄒ여 문의 세우고 드러ᄀ더니 이윽고 쳥ᄒ거늘 길동 드러ᄀ 보니 화각이 광녀ᄒ ᄀ온디 흉(21장)악(凶惡)ᄒ 것시 누어 신음(呻吟)ᄒ다가 길동을 보고 몸을 거동(擧動)ᄒ며 왈.

"복이 우연이 천살을 ᄆ즈 위티(危殆)ᄒ더니 시즈의 말을 듯고 그디을 쳥ᄒ여시니, 이ᄂ ᄒ늘이 나를 살니미라. 그디는 지죠(才操)을 앗기지 말나."

길동이 ᄉ〃ᄒ고 왈.

"몬져 니치(內治)를 냑을 쓰고 버거 외치(外治)헐 냑을 쓰미 죠흘ᄀ ᄒ노라."

그거시 응낙(應諾)ᄒ거늘, 길동 냑낭(藥囊)의 독낙(毒藥)을 너여 급히 온슈(溫水)의 화ᄒ여 먹이니 식경은ᄒ여 ᄒ 쇼리 지르고 죽는지라. 모든 요괴(妖怪) 일시의 드라들거늘 길동이 신통(神通)을 너여 모든 요괴 을 즈치든니, 믄득 두 쇼년(少年) 녀지(女子) 익걸(哀乞) 왈,

"쳡 등은 요괴 아니라 인죠 스룸으로셔 잡히여 왓ᄉ오니 잔명(殘命)을 구ᄒ여 세상(世上)으로 ᄂ가게 하쇼셔."

길동이 빅뇽의 일을 싱각ᄒ고 거쥬(居住)을 무로니 ᄒ나흔 빅뇽의 ᄯ이요, ᄒ나흔 됴쳘의 ᄯ이라. 길동이 요괴을 쇼쳥(掃淸)ᄒ고 두 녀즈을 각〃 제 부모(父母)을 츠ᄌ 쥬니, 그 부뫼 디희(大喜)ᄒ여 즉일의 홍싱(洪生)

---

115) 효험이 썩 뛰어난 약

다행이오."

그것이 대답하기를,

"나는 이곳에 산 지 오래더니, 우리 왕이 부인을 새로 정하고 어제 밤에 잔치를 하다가 하늘에서 내린 살[惡氣]을 맞아 위중한지라, 그대가 명의라 하니 선약(仙藥)으로 왕의 병을 고치면 중상을 받으리라."

하였다. 길동이 생각하되 '이 놈이 어제 밤에 상한 놈이로다.' 하고 허락하였다. 그것이 길동을 인도하여 문에 세우고 돌아가더니, 이윽고 청하기에 길동이 들어가 보니 그림으로 장식한 집이 넓고도 아름다운 데, 그 가운데 흉악한 것이 누워 신음하다가 길동을 보자 몸을 움직이면서 말했다.

"내가 우연히 천살을 맞아 위독했는데, 애들의 말을 듣고 그대를 청하였으니, 이는 하늘이 나를 살린 것이라. 그대는 재주를 아끼지 말라."

길동이 감사의 뜻을 표하고 말했다.

"먼저 몸의 내부를 치료할 약을 쓰고, 다음으로 외부를 치료할 약을 쓰는 것이 좋을까 하노라."

그것이 응락 하거늘, 길동이 약주머니에서 독약을 내어 급히 온수에 타서 먹이니, 한참 만에 한 마디 소리를 지르고 죽는지라, 모든 요괴가 일시에 달려들었다. 길동은 신통술을 부려 모든 요괴를 후려치는데, 갑자기 두 젊은 여자가 애걸하였다.

"저희는 요괴가 아니라 세상 사람인데 잡혀 왔사오니, 남은 목숨을 구하여 세상으로 나가게 하소서."

길동은 백룡의 일을 생각하고 거주지를 물었더니, 하나는 백룡의 딸이요, 하나는 조철의 딸이었다. 길동의 요괴를 깨끗이 없애 버리고, 두 여자를 구출해 각각 제 부모에게 돌려주니, 그 부모들은 크게 기뻐하면서 그날로 홍 생을 마즈 스회(사위)을 삼으니 제일 빅쇼져요 제이 됴쇼져라. 길동이 일죠(一朝)의 양쳐(兩妻)을 엇고 두 집 가젼(家族)을 거느려 졔도섬으로 그니 모든 스룸이 반기며 치하(致賀)[116]ㅎ드리.

20. 홍 판서의 장례

일 〃은 길동이 텬문(天文)을 보드가 놀나 눈물을 흘니거늘 졔인이 문 왈,
"무슴 연고(緣故)로 슬허 〃는뇨?"
길동이 툰 탄(嘆) 왈,
"니 부모(父母)을 텬상(天上) 셩신(星辰)으로 안부(安否)을 짐작(斟酌)ㅎ더니 건상(乾象)을 봇즉 부친(父親) 병셰(病勢) 위즁(危重)ㅎ신지라 니 몸이 원쳐(遠處)의 잇셔 밋지 못홀가 ㅎ노라."
ㅎ니 졔인이 비감(悲感)ㅎ여 ㅎ더라. 잇흔놀 길동이 월봉산의 드러그 일쟝 디지을 엇고 산녁[117]을 시작(始作)ㅎ되 셕물(石物)를 국능(國陵)과 갓치허고, 일럭 디션(大船)을 쥰비(準備)ㅎ여 됴션국 셔강 강변(江邊)으로 디후(待候)ㅎ라 ㅎ고, 즉시 삭발위승(削髮爲僧)[118]ㅎ여 일엽쇼션(小船)을 트고 됴션 조션(朝鮮)으로 향(向)ㅎ니라.
각셜(却說) 홍판셰 홀련 득병(得病)ㅎ여 위즁(危重)흔지라 부인과 인형을 불너 왈,
"니 죽으나 무한(無恨)이로되, 길동의 스싱(死生)을 ㅇ지 못ㅎ니 유한(有恨)이라. 졔 싱죤(生存)ㅎ엿스면 츠즈 울거시니 젹셔(嫡庶)[119]을 분변(分辨)치 말고 졔 어미을 디졉(待接)ㅎ라."

---

116) 칭찬하거나 축하하는 뜻을 나타냄
117) 묘지를 만드는 일
118) 머리를 깎고 중이 됨
119) 적자와 서자

맞아 사위를 삼았는데, 첫째 부인은 백 소저요, 둘째 부인은 조 소저였다. 길동이 하루아침에 두 아내를 얻은 후, 두 집 가족을 거느리고 제도 섬으로 가니, 모든 사람이 반기며 치하하였다.

20. 홍 판서의 장례

하루는 천문을 보다가 놀라 눈물을 흘리기에, 주위의 사람들이 말하기를

"무슨 까닭으로 슬퍼하느냐?"

고 물으니, 길동이 탄식하면서 말하기를,

"내가 부모의 안부를 하늘의 별을 보고 짐작하더니, 지금 하늘을 본즉 부친의 병세가 위증하신지라, 그러나 나의 몸이 먼 곳에 있어 거기에 이르지 못할까 하노라."

하니 모든 사람들이 슬퍼하였다. 이튿날 길동은 월봉산에 들어가 하나의 훌륭한 묘 터를 구한 후, 일을 시작하여 석물(石物)을 국릉과 같이 하였다. 그러고는 한 척의 큰 배를 준비하여 부하들에게 조선국 서강 강변으로 몰고 가서 기다리라 하였다. 자신은 즉시 머리를 깎고 중의 모습을 갖춘 뒤, 작은 배 한 척을 타고 조선을 향하였다.

이 무렵, 홍 판서는 홀연히 병을 얻어 위증해지자, 부인과 인형을 불러 말하기를,

"내가 죽어도 다른 한이 없으나, 길동의 생사를 알지 못하는 것이 한스럽구나. 제가 살아 있으면 찾아올 것이니, 적서를 구분하지 말고 제 어미를 잘 대접해라."

ᄒ고 명(命)이 진(盡)ᄒ니, 일기망극(一介罔極)ᄒ여 치상(治喪)홀시 산지(山地)을 구치 못ᄒ여 민망ᄒ더니, 일〃은 문니 보ᄒ되,

"엇던 즁(僧)이 와 영위(靈位)120)의 죠문(弔問)ᄒ려 ᄒ나이다."

ᄒ거늘, 고히 여겨,

"드러오라."

ᄒ니 그 즁이 드러와 방셩디곡(放聲大哭)121)ᄒ니 졔인이 곡졀(曲折)을 물니면 〃상고 ᄒ더라. 그(22장) 즁이 상인(喪人)의게 일장통곡(一場慟哭)ᄒ 후 가로되

"형쟝이 엇지 쇼졔(少弟)을 몰나보시ᄂ잇가?"

ᄒ거늘 상인(喪人)이 ᄌ셔히 보니 이곳 길동이라. 붓들고 통곡(慟哭) 왈,

"현졔 나츠니 어디 ᄀ든뇨? 부공(父公)이 싱시(生時)의 유언(遺言)이 ᄀ졀(懇切)ᄒ시민 엇지 인ᄌ의 도리〃요."

ᄒ고, 손을 잇글고 너당(內堂)의 드러ᄀ 모부인(母夫人)을 뵈옵고, 춘낭을 상면(相面)홀시 일장통곡ᄒ 후 문 왈,

"네 엇지 즁(僧)이 되여 단니는뇨?"

길동이 디 왈,

"쇼지 됴션을 쩌ᄂ 삭발위승(削髮爲僧)ᄒ여 지슐(地術)을 비화든니 이제 부친을 위ᄒ여 디지을 엇더든니 모친은 물녀(勿慮)ᄒ쇼셔."

인형이 디희(大喜) 왈,

"네 지죄(才操) 긔이ᄒ지라, 길지(吉地) 곳 어더스면 무슴 넘녀(念慮) 잇스리요."

ᄒ고 명일(明日) 운구(運柩)122)ᄒ여 제 모친을 드리고 셔강〃변(江邊)의

---

120) 혼백, 신주, 지방 따위의 신위를 이르는 말
121) 목놓아 크게 욺
122) 시체를 넣은 관을 운반함

하고, 숨이 끊어지니, 온 집안이 슬픔에 잠겨 장사를 치르고자 하나, 묘 터를 구하지 못해 난처하였다.

하루는 문지기가 알리기를,

"어떤 중이 와서 영위(靈位)에 조문(弔問)하려 합니다."

고 했다. 이상하게 여겨,

"들어오라."

했더니, 그 중이 들어와 목을 놓아 크게 우니, 모든 사람이 곡절을 몰라 서로 얼굴만 돌아보았다. 그 중이 상주에게 한 번 통곡한 뒤 말하기를,

"형님께서 어찌 아우를 몰라보십니까?"

고 했다. 상주가 자세히 보니, 곧 길동이라 붙잡고 통곡하며,

"아우냐. 그 사이 어디 갔더냐? 아버지께서 평소에 유언이 간절하셨는데, 이제 오니 어찌 자식의 도리이겠는가?"

하며, 손을 이끌고 내당에 들어가 모부인을 뵈옵고 춘섬을 상면케 하였다. 한바탕 통곡한 뒤 묻기를,

"네가 어찌 중이 되어 다니느냐?"

했다. 길동이 대답했다.

"소자가 조선을 떠나 머리 깎고 중이 되어 지술(地術)을 배웠지요. 이제 부친을 위하여 좋은 터를 구했으니, 모친은 염려 마십시오."

인형이 크게 기뻐하면서 말했다.

"너의 재주 기이한지라, 좋은 터를 구했다니 무슨 염려가 있으랴."

다음날 길동이 운구하여 제 모친을 모시고 서강 강변에

이르니, 길동의 지휘(指揮)혼바 션쳑(船隻)이 디후(待候)혼지라 비의 올나 살 갓치 져허 혼 곳의 드〃르니 즁인(衆人)이 슈십(數十) 션쳑(船隻)을 디후(待候)혼지라. 셔로 반기며 호위(護衛)ᄒ여 과니 거축ᄒ더라. 어언지간의 산상의 다〃르니 인형이 ᄌ셔히 본즉 산셰(山勢) 웅장(雄壯)혼지라, 길동의 지식(知識)을 못너 튼복(歎服)ᄒ더라.

산녁을 맛치미 혼가지로 길동의 쳐쇼(處所)로 도라오니 빅시와 됴시 존고(媤姑)와 슉〃(媤叔)을 마ᄌ 뵈온 후 인형 츈낭이 못너 길동의 지식을 튼복(歎服)하더라. 산녁을 맛치미 혼가지로 길동의 쳐쇼로 도라오니[123] 츈낭이 길동의 쟝신(長身)ᄒ물울 칭찬(稱讚)ᄒ더라.

여러 눌이 되미, 인형이 길동과 츈낭을 이별(離別)ᄒ고 산쇼(山所)을 극진히 뫼시물 당부(當付)혼 후, 산쇼의 ᄒ직(下直)ᄒ고 발힝(發行)ᄒ여 본국(本國)의 이르러 모부인(母夫人)을 뵈온 후 젼후(前後) 슈말(首末)을 고(告)혼디 부인이 신긔(神奇)히 여기더라.

21. 율도국 왕이 됨

각셜(却說) 길동이 제젼(祭典)을 극진히 밧드러 삼상(三喪)을 맛치미, 모든 영웅을 모화 무녜(武藝)을 이기며 농업(農業)을 힘쓰니, 병정약족혼지라.

남즁의 율도국이란 나리이 잇스니, 옥나(沃野) 슈쳔(數千) 니 외진 짓천 부자국이라. 길동이 미양 유의(有意)ᄒ든 비라. 졔인(諸人)을 불너 왈,

"니 이졔 율도국을 치고져 ᄒ는니 그디 등은 진심(盡心)ᄒ라."

ᄒ고 즉일(卽日) 진군(進軍)홀시 길동이 스스로 션봉(先鋒)이 되고 마슉으로 후군쟝을 스마 정병(精兵) 오만을 거느려 율도국 철봉산의 다〃라 쓰

---

123) 바로 앞부분과 중복되어 있다.

이르니, 지휘해놓은 배가 기다리고 있었다. 배에 올라 화살같이 빨리 저어 한 곳에 다다르니, 여러 사람이 수십 척의 배를 대기시켜 놓고 있었다. 서로 반기며 호위하여 가니 그 광경이 대단하였다. 어언간 산 위에 다다르매, 인형이 자세히 본즉 산세가 웅장한지라, 길동의 지식을 못내 탄복하였다.

일을 마치고 함께 길동의 처소로 돌아오니, 백 씨와 조 씨가 시어머니와 시숙을 맞아 뵈옵는 한편, 인형과 춘랑은 못내 길동의 지식을 탄복하고, 또한 춘섬은 길동이 장성하였음을 칭찬하였다.

여러 날이 되자, 인형은 길동과 춘섬을 이별하면서 산소를 극진히 모시라 당부한 후, 산소에 하직하고 출발했다. 본국에 이르자, 모부인을 뵈옵고 전후 사실을 말씀 드리니, 부인이 신기하게 여겼다.

21. 율도국 왕이 됨

한편, 길동이 제사를 극진히 받들어 삼년상을 마치고 나서는, 모든 영웅을 모아 무예를 익히며 농업에 힘을 쓰니, 병사는 잘 조련되고 양식도 풍족했다.

남쪽에 율도국이라는 나라가 있었으니, 기름진 평야가 수천 리나 되어 실로 살기 좋은 나라라, 길동이 매양 마음속으로 생각해 오던 바였다. 모든 사람을 불러 말하기를,

"내가 이제 율도국을 치고자 하니 그대들은 최선을 다하라."

하고는 그날 진군을 하였다. 길동은 스스로 선봉장이 되고, 마숙으로 후군장을 삼아, 잘 훈련된 병사 오만을 거느리고 율도국 철봉산을 다다라

흠을 도〃니, 티슈 김현츙이 난디업는 군미(軍隊) 이르믈 보고 디경(大驚)
ᄒ여 일변(一邊) 왕의게 보(報)ᄒ고 일지군을 거ᄂ려 니다라 ᄊ호거늘, 길
동이(23장) ᄆᄌ ᄊ화 일흡(一合)의 김현츙을 버히고 철봉을 엇더 빅셩을
안무(按撫)124)ᄒ고 뎡철노 철봉을 직희오고, 디군을 휘동(麾動)125)ᄒ여 ᄇ
로 도셩을 칠시 격셔(檄書)을 율도국의 보ᄂ니, 하여스되

"0의 명장 홍길동은 글월을 율도왕의게 부치ᄂ니, 디뎌(大抵) 님군은
ᄒ 스롬의 님군이 아니요 텬하(天下) 스롬의 님군이라. 니 텬명을 밧드
거병(擧兵)허미 몬져 철봉을 파ᄒ고 물미ᄯ 드러오니, 왕은 ᄊ호고져 ᄒ
거든 ᄊ호고 불연즉 일즉 항(降)ᄒ여 살기를 도모(圖謀)ᄒ라."

하여더라. 왕 이남필의 디경(大驚) 왈

"아국(我國)이 전혀 철봉을 밋거늘 이제 일허스니 엇지 져도 ᄒ리요."

ᄒ고, 제신(諸臣)을 거ᄂ려 항복(降伏)ᄒ니 길동이 셩즁(城中)의 드러ᄀ
빅셩(百姓)을 안무(按撫)ᄒ고 왕위(王位)의 즉ᄒ 후 율도왕으로 의령군을 봉
ᄒ고 마슉 최철노 좌우샹을 삼고, 기여(其餘) 졔쟝(諸將)은 다 각〃 봉작(封
爵)126)ᄒ 후 만죠빅관(滿朝百官)127)이 쳔셰을 불너 하례(賀禮)ᄒ더라

왕이 치국(治國) 삼년의 산무도적(山無盜賊)ᄒ고 도불습유(道不拾遺)128)ᄒ니
가의 티평셰계(太平世界)러라. 왕이 빅뇽을 불너 왈,

"니 죠션(朝鮮) 셩상 셩상(聖上)게 표문(表文)129)을 올니려 ᄒᄂ니 경은
슈고을 앗기지 말나."

ᄒ고, 표문(表文)과 셔찰(書札)을 홍부의 붓치니라. 빅뇽이 됴션의 득달

---

124) 백성들을 잘 보살피어 나라의 시책에 기꺼이 따르게 함
125) 거느려 움직임
126) 제후에게 영지를 주고 관작을 내리던 일
127) 조정의 모든 벼슬아치
128) 생활에 여유가 생기고 믿음이 차 있는 세상의 아름다운 풍속을 이르는 말
129) 임금에게 표로 올리던 글

싸움을 걸었다. 율도국 태수 김현충이 난데없는 군사가 이름을 보고 크게 놀라, 왕에게 보고하는 한편 한 부대의 군사를 거느리고 내달아 싸웠다. 길동이 이를 맞아 싸워 한 번의 접전에 김현충을 베고 철봉을 얻어 백성을 달래어 위로하였다. 정철로 철봉을 지키게 하고, 대군을 지휘해 움직여 바로 도성을 치는데, 격서(檄書)를 율도국에 보냈으니, 그 내용은 이러하였다.

"0의 명장 홍길동은 글을 율도왕에게 부치나니, 대저 임금은 한 사람의 임금이 아니요, 천하 사람의 임금이라. 내 하늘의 명을 받아 병사를 일으켜 먼저 철봉을 파하고 물밀 듯 들어오고 있으니, 왕은 싸우고자 하거든 싸우고, 그렇지 않으면 일찍 항복하여 살기를 도모하라."

왕이 다 보고 크게 놀라 말하기를,

"우리나라가 철봉을 굳게 믿거늘, 이제 잃었으니 어찌 대항하랴."

하고는, 모든 신하를 거느리고 항복했다.

길동이 성중에 들어가 백성을 달래어 안심시키고 왕위에 오른 후, 전의 율도왕으로 의령군을 봉했다. 마숙과 최철로 각각 좌의정과 우의정을 삼고, 나머지 여러 장수에게도 각각 벼슬을 내리니, 조정에 가득 찬 신하들이 만세를 불러 하례하였다. 왕이 나라를 다스린 지 삼년에 산에는 도적이 없고, 길에서는 떨어진 물건을 주워 가지지 않으니, 태평세계라고 할 만하였다. 왕이 백룡을 불러,

"내가 조선 성상께 표문(表文)을 올리려 하니, 경은 수고를 아끼지 말라."

하고 당부를 했다. 그 후 길동은 표문과 편지를 홍 씨 집안으로 부쳤다. 백룡이 조선에 도착

(得達)ᄒ여 믄져 표문(表文)을 올닌되, 상이 표문을 보시고 딕찬(大讚) 왈,

"홍길동은 진짓 긔지(奇才)로다."

ᄒ시고. 홍인형으로 위유ᄉ(慰諭使)130)을 ᄒ이ᄉ 유셔(諭書)131)을 ᄂ디오시니 인형이 ᄉ은(謝恩)ᄒ 후 돌라와 모부인 거년중 셜화을 고ᄒᄒ디 부인이 쏘한 ᄀ려ᄒ거늘 인형이 ᄆ지 못ᄒ여 부인을 뫼시고 발힝(發行)ᄒ여 여러 달만의 율도국의 이르니 왕이 맛자와 향안을 빈셜(排設)ᄒ고 유셔을 밧자온 후 모부인과 인형으로 반기며 샨쇼(山所)의 쇼분(掃墳)132)ᄒ 후 딕연(大宴)을 빈셜(排設)ᄒ여 즐기더라. 여러 눌이 리미 유시 흘련 득병(得病)ᄒ여 졸(卒)ᄒ니 션능 션능이 쌍쟝(雙葬)ᄒ고, 인형이 왕을 하직(下直)고 본국의 도라 봉명(奉命)ᄒ온디, 상이 그 모상(母喪) 당ᄒ믈 위유(慰諭)ᄒ시더라.

22. 길동의 최후

ᄎ셜 율도왕이 삼승을 맛치미 디비 이어 기셰133)ᄒ미 션능의 안쟝ᄒ 후 삼상을 마치미, 왕이 슴즈 이녀을 싱ᄒ니 쟝즈 ᄎᄌ는 빅시 쇼싱(小生)이요 삼즈 치녀는 됴씨 쇼싱(小生)이라. 쟝즈 현으로 셰즈(世子)을 봉ᄒ고 기 여는 다 봉군ᄒ니라. 왕이 치국(治國) 삼십 년의 홀련 득병(得病)ᄒ여 붕ᄒ니 쉬 칠십이셰라. 왕비 이어 붕ᄒ미 션능의 안쟝ᄒ 후 셰즈 즉위ᄒ여 딕딕로 계〃승〃(繼繼承承)ᄒ여 타평으로 누리더라.

---

130) 조선시대에, 천재지변이 있을 때 백성을 위로하려고 파견하던 임시 벼슬
131) 관찰사나 절도사, 방어사 등이 부임할 때 왕이 내리던 명령서
132) 경사가 있을 때 조상의 산소에 가서 무덤을 깨끗이 하고 제사를 지내는 일
133) 세상을 하직함, 돌아감

하여 먼저 표문을 올리니, 임금이 표문을 보고 크게 칭찬해,

"홍길동은 진실로 기이한 인재로다."

하고는, 홍인형을 위로 사신을 삼아 유서(諭書)를 내렸다. 인형이 임금의 은혜에 감사한 후 돌아와 모부인에게 임금과 이야기한 바를 말씀드리니, 부인이 또한 가려 하였다. 인형이 마지못해 부인을 모시고 출발하여 여러 날 만에 율도국에 이르렀다. 왕이 맞이해 향안을 배설하고 유서를 받은 후 모부인과 인형을 환대하였다. 산소를 찾아본 후 대연을 베풀어 즐겼다. 여러 날이 되자 유 씨가 홀연 병을 얻어 죽으매, 선릉에 쌍 장(雙葬)하였다. 인형이 왕을 하직하고 본국에 돌아와 임금까지 보고하니, 임금이 모친상 당했음을 위로하였다.

22. 길동의 최후

율도왕이 삼년상을 마치니, 대비도 이어 세상을 떠나 선릉에 안장하고, 삼년상을 마쳤다.

왕이 삼자이녀를 낳으니, 장자와 차자는 백씨 소생이고, 삼자와 차녀는 조 씨 소생이었다. 장자 현으로 세자를 봉하고 그 나머지는 다 군으로 봉하였다.

왕이 나라를 다스린 지 삼십 년에 갑자기 병이 들어 별세하니 나이 72세였다. 왕비도 이어 죽으니 선릉에 안장한 후, 세자가 즉위하여 대대로 이으면서 태평스럽게 살아가더라.

참고문헌

김동욱, 『영인고소설판각본전집』1~5권, 현대사, 1989.

소재영, 「홍길동전 해제(숭실대본)」, 『숭실어문』7집, 숭실어문학회, 1990.

한국어문학회편, <홍길동전>, 『고전소설선』, 형설출판사, 1984.

한국영화데이터베이스, <홍길동의 후예>

황패강·정진영, 『홍길동전』, 시인사, 1984.

KBS 2TV 수목드라마 <쾌도 홍길동> 공식

홈페이지 http:www.kbs.co.kr/drama/honggildong2008/

『성종실록』

강현모, 「<홍길동전> 서사구조의 특징과 양상」, 『한민족 문화 연구』창간호, 한민족문
　　　화연구학회, 1996.12.

강현모, 「비극적 장수설화의 연구」, 한양대 박사학위논문, 1994.6.

강현모, 「이몽학 설화의 연구」, 『한국학논집』13집, 한양대 한국한연구소, 1988.2.

강현모, 「홍길동의 구조적 의미」, 『한민족문화 연구』3, 한민족문화학회, 1998.8.

구모룡, 「텔레비전의 장과 문학의 장」, 『국어국문학』137, 국어국문학회, 2004.

구지현, 「홍길동의 율도국, 한없이 현실에 가까운 유토피아」, 『내일을 여는 역사』29,
　　　신서원, 2007.

김광순, 「홍길동전의 한자표기와 작자시비」, 『한국고소설사와 론』, 새문사, 1990.

김균태, 「전의 장르적 고찰」, 『우전 신호열선생 고희기념논문집』, 창작과 비평사, 1983.

김동욱, 「홍길동전의 국내적 역원」, 『심악 이숭녕박사송수기념논총』, 동간행위원회,
　　　1968.

김동욱, 「홍길동전의 비교문학적 검토」, 『허균의 문학과 혁신사상』, 새문사, 1981.

김동욱, 「홍길동전의 비교문학적 고찰」, 『한국고전소설연구』, 새문사, 1983.

김미진, 「고전문학을 활용한 텔레비전 드라마의 스토리텔링 사례연구」, 단국대 대학원
　　　문예콘텐츠전공 석사학위논문, 2008.

김선희, 「홍길동전 연구」, 고려대 교육대학원 석사학위논문, 1987.

김열규, 「홍길동전의 시간론적인 몇 가지 문제」, 『허균의 문학과 혁신사상』, 새문사, 1981

김열규, 『한국민속과 문학연구』, 일조각, 1971.

김영섭, 「홍길동전의 분석과 그 교육적 적용」, 건국대학교 교육대학원 석사학위논문, 2000.

김영실, 「홍길동전소고-근세반항문학론을 위한 소고」, 『진주교육대학교논문집』3, 진주교육대학, 1969.

김일렬, 「홍길동전과 전우치전의 비교연구」, 『어문학』30, 한국어문학회, 1974,

김일렬, 『고전소설신론』, 새문사, 2003.

김일열, 「허균과 홍길동전」, 『고전소설신론』, 새문사, 2003.

김재용, 「갈등중재 이론으로 본 <홍길동전>의 구조와 의미」, 『한국언어문학』21집, 한국언어문학회, 1983.

김지혜, 「고전소스를 활용한 드라마 콘텐츠의 캐릭터 변용 양상 연구」, 한성대학교 대학원 석사학위논문, 2009.

김진세, 「홍길동의 작자고」, 『어문론집』1, 서울대 교양과정부, 1969.4

김진세, 「홍길동전의 작자는 허균인가?」, 『문학사상』86, 문학과 사상, 1980.1.

김진영, 「고전소설의 문화적 전통과 계승방안」, 『한국언어문학』56집, 한국언어문학회, 2006

김탁환, 「고소설과 이야기 문학의 미래」, 『고소설연구』17, 한국고소설학회, 2004.

김태식, 「홍길동의 행동 문학적 고찰」, 『선청어문』5, 서울사대 국어교육과, 1974.

김태준, 『증보 조선소설사』, 학예사, 1939.

민긍기, 「군담소설의 연구」, 연세대 석사학위논문, 1980.

민영대, 「홍길동전의 주제 연구」, 『국어국문학』83, 국어국문학회, 1980.

박국진, 「홍길동전 방각본의 관한 연구」, 공주대학교 교육대학원 석사학위논문, 1990.12

박노춘, 「홍길동전 목판본고」, 『가람 이병기 박사 송수논문집』, 삼화출판사, 1966.

박미선, 「홍길동전에 반영된 작가정신」, 동국대 교육대학원석사학위논문, 1998.

박영호, 「허균 문학에 나타난 도교사상 연구-전을 중심으로」, 『한국학논집』 제7집, 한양대 한국한연구소,

사재동, 「『목연경』의 유전관계」, 『한국언어문학』22집, 한국언어문학회, 1983.

사재동, 「불교계 국문소설의 형성 경위」, 『한국고전소설연구』, 새문사, 1983.

서대석, 「허균문학의 연구사적 비판」, 『허균연구』, 새문사, 1981.

서대석, 「허균문학의 연구사적 비판」, 『허균의 문학과 혁신사상』, 새문사, 1981.

서유경, 「디지텔 시대의 고전 서사 읽기」, 『고전문학과 교육』16, 한국고전문학교육학
　　　회, 2008
서종문, 「홍길동전에 나타난 현실인식 문제」, 『허균의 문학과 혁신사상』, 새문사, 1981.
서종문·김석배·장석규, 「율도국의 생성과 그 의미」, 『국어교육연구』27, 국어교육연구
　　　학회, 1995.
설성경, 「홍길동전의 성립」, 『연세교육과학』46, 연세대학교 교육대학원, 1998.2.
설성경, 『홍길동전의 비밀』, 서울대학교 출판부, 2004.
소재영, 「16·세기의 소설문학」, 『국어국문학』78, 국어국문학회, 1978,
송성욱, 「고전문학과 문화콘텐츠의 연계 방안 사례발표」, 『고전문학연구』25, 한국고전
　　　문학회, 2004.
송성욱, 「홍길동전 이본신고」, 『관악어문연구』13집, 서울대학교 국어국문학과, 1988.
송하춘, 「이상세계(Utopia)를 통해서 본 작가의식－홍길동전과 광장을 중심으로」, 『어
　　　문논집』19, 20, 안암어문학회, 1977.
송현호, 『한국 고전문학의 해설』, 관동출판사, 1995.
안준홍, 「고전소설의 유통방식과 문학 교육적 활용 방안 연구」, 충남대 교육대학원 석
　　　사학위논문, 2006.
양민정, 「디지털콘텐츠 개발을 위한 고전소설의 활용 방안 시론」, 『외국문학연구』19집,
　　　외국문학연구학회, 2005.
여세주, 「홍길동전 연구의 현황과 쟁점」, 『계명어문학』6집, 계명대학교 국어국문학회,
　　　1991.
우쾌재, 『한국가정소설 연구』, 고려대학교 민족문화연구소, 1988.
유지혜, 「퓨전사극의 블로거 역사인식－＜쾌도홍길동＞과 ＜경성스캔들＞을 중심으로」,
　　　숙명여자대학교 교육대학원, 2009.6
유탁일, 『완판 방각본 소설의 문헌학적 연구』, 학문사, 1981.
이능우, 「허균론」, 『숙대논문집』5, 숙명여자대학교, 1965.
이능우, 「홍길동전과 허균과의 관계－실재 전설형의 인물 홍길동 출현에서」, 『국어국문
　　　학』42·43합집, 국어국문학회, 1969.2.
이능우, 「홍길동전의 현황과 문제점」, 『한국학보』8권, 일지사, 1977.
이문규, 「인물형상화 방식으로 본 ＜홍길동전＞의 의미」, 『선청어문』33, 서울대 국어교
　　　육학과, 2005.
이문규, 「작가와 작품의 상관성 추정시고」, 『국어교육』37, 국어교육학회, 1980.
이문규, 「허균의 산문문학연구」, 서울대 박사학위논문, 1986,

이문규, 「홍길동전 연구－행동면에서 본 주인공의 성격」, 서울대 대학원 석사학위논문, 1975.

이문규, 「홍길동전」, 『한국 고전소설 작품론』, 집문당, 1979.

이문규, 「홍길동전의 성격」, 『한국문학사의 쟁점』, 집문당, 1986.

이병원, 「홍길동전의 문체론적 연구」, 『국어국문학』99호, 국어국문학회, 1988.6.

이복규, 「「홍길동전」작자 논의의 연구사적 검토」, 『論文集』 20, 서경대학교, 1992.

이상택 외, 『한국 고전소설의 세계』, 돌베개, 2005,

이상헌, 「『홍길동전』에서 이상향적 요소연구」, 공주대학교 교육대학원 석사학위논문, 2003.

이우성·임형택, 『이조한편단편집』, 일조각, 1975~1978.

이윤석, 「「홍길동전」이본의 성격에 관한 고찰」, 『국문학연구』12, 효성여자대학교 국어 국문학연구실, 1989.

이윤석, 「<홍길동전> 원본 확정을 위한 시론」, 『동방학지』85집, 연세대학교 국학연구 원, 1994.

이윤석, 「<홍길동전> 이본의 성격에 관한 고찰」, 『국문학연구』12집, 효성여자대학교 국어국문학과, 1989.

이윤석, 「<홍길동전> 해석의 몇 가지 문제에 대해」, 『열상고전연구』제9집, 열상고전연 구회, 1996.

이윤석, 「동양문고분 '홍길동전' 연구」, 『동방학지』99집, 연세대학교 국학연구원, 1998.

이윤석, 『홍길동전 연구』, 계명대학교 출판부, 1997.

이재수, 「교산소설」, 『한국소설연구』, 선명문화사, 1969.

이재수, 『한국소설연구』, 형설출판사, 1975,

이정난, 「『홍길동전』연구－율도국이 지니는 의미를 중심으로」, 호남대학교 석사학위논 문, 2012.

이종주, 「한문본 홍길동전 해제를 위한 토론」, 『서강어문』6집, 서강대학교 서강어문학 회, 1988.

이종주, 「한문본 홍길동전의 검토」, 『국어국문학』99호, 국어국문학회, 1988.

이주형, 「주인공의 변신을 중심으로 본 홍길동전」, 『한국학보』17집, 일지사, 1979.

이창헌, 「경판 방각소설 판본 연구」, 서울대 박사학위논문, 1995.

이현국, 「홍길동전 소고－'제도'의 서사적 기능과 그 의미를 중심으로」, 『어문론총』27, 경북어문학회, 1993.12.

이현국, 「홍길동전>에서 율도국의 위상과 성격」, 『문학과 언어』제8집, 문학과 언어연

구회, 1987.

임성래, 『영웅소설의 유형연구』, 태학사, 1990,

임철호, 「아기장수설화의 전승과 <홍길동전>」, 『구비문학』4집, 한국구비문학회, 1997. 6.

임향란, 「조선영화 <홍길동전>과 한국드라마 <쾌도 홍길동> 비교연구」, 『국제한인문학연구』제7호, 국제한인문학회, 2010.11.

임형택, 「홍길동전의 신고찰」, 『창작과 비평』42, 43호, 창작과 비평사, 1976, 1977.

임형택, 「홍길동전의 신고찰」, 『한국고소설연구』, 이우출판사, 1983.

전경란, 「디지털 내러티브에 관한 연구-상호작용성과 서사성의 충돌과 타협」, 이화여자대학 박사학위논문, 2003.

전영선, 「고전소설의 현대적 전승과 변용」, 한양대학교 박사학위논문, 2001.

정교주, <홍길동전 연구>, 연세대 교육대학원 석사학위논문, 1991.

정규복, 「홍길동전 텍스트의 문제」, 『정신문화연구』14-3호, 한국정신문화연구원, 1991.

정규복, 「홍길동전 한문본의 텍스트 문제」, 『동방학지』68집, 연세대학교국학연구원, 1990.

정규복, 「홍길동전의 이본고」, 『국어국문학』48,51호, 국어국문학회, 1970, 1971.

정병설, 「고전소설과 텔레비전 드라마의 비교」, 『고소설연구』17, 한국고소설학회, 2004.

정석종, 『조선후기의 정치와 사상』, 한길사, 1994.

정주동, 「홍길동전을 둘러싼 몇 가지 문제-홍길동전의 작자가 허균이라는 전제 하에」, 성균관대 교육대학원 석사학위논문, 1984.

정주동, 『홍길동전연구』, 문호사, 1961,

조동일, 「영웅의 일생, 그 문학사적 전개」, 『동아문화』10집, 서울대 동아문화연구소, 1971.

조동일, 「영웅의 일생과 홍길동전」, 『허균연구』, 새문사, 1981.

조동일, 『한국소설의 이론』, 지식산업사, 1981.

조용호, 「홍길동전 이본의 한 연구」, 『서강어문』9집, 서강대학교 국어국문학과, 1993.

조윤제, 『국문학사』, 동국문화사, 1949.

차용주, 「허균론 재고」, 『아세아연구』48, 고려대 아시아문제연구소, 1972.12.

최래옥, 「심청전의 총체적 분석」, 『한국학논집』5집, 한양대 한국학연구소, 1984. 2.

최래옥, 『한국구비전설연구』, 일조각, 1982.

홍자매, 「'쾌도 홍길동' 비하인드」, 동아일보, 2008. 3. 27.

홍정표, 「고전소설을 활용한 방송 콘텐츠 활성화 방안 연구」, 한국외국어대 석사학위논
　　문, 2009.2.
홍학희, 『한문학사의 여성인식』, 집문사, 2003.
황미자, 우상렬, 「조선영화 <홍길동전>과 한국드라마 <쾌도 홍길동전> 비교연구」, 『한
　　중인문연구』32, 한중인문학회, 2011.
황패강, 「홍길동전의 사회의식」, 『홍길동전』, 시인사, 1984.
황패강, 『한국서사문학의 연구』, 단국대출판부, 1972.

찾/아/보/기

지은이 **┃강현모**(姜賢模)

충남 부여 출생
한남대 국어국문학과, 한양대 대학원 (문학박사)
한남대, 한양대, 용인대 강사 역임
한남대 융복합대학 초빙교수

논저 :『장수설화 구조와 의미』,『한국설화의 전승양상과 소설적 변용』,『김덕령 서사문
학의 전승양상과 교육적 의의』,『한국민속과 문화』,『금산 새내(금내, 금강유역,
버드내) 유역의 구비설화』(공저),
「비극적 장수설화 연구」,「완판 춘향열녀수절가의 주제 일고」,「연암의 광문전승
에 나타난 서사구조와 지향의식」 등 논저 다수

〈홍길동전〉의 서사구조와 문화 콘텐츠화

인　쇄　2013년 10월 1일
발　행　2013년 10월 7일
지은이　강현모
펴낸이　이대현
편　집　박선주
디자인　이홍주
펴낸곳　도서출판 역락
　　　　서울시 서초구 동광로 46길 6-6(문창빌딩 2F)
　　　　전화 02-3409-2058(영업부), 3409-2060(편집부)
　　　　팩시밀리 02-3409-2059
　　　　이메일 youkrack@hanmail.net
　　　　등록 1999년 4월 19일 제303-2002-000014호
ISBN　978-89-5556-670-3　93810

정　가　22,000원

• 잘못된 책은 구입처에서 바꾸어 드립니다.

이 도서의 국립중앙도서관 출판시도서목록(CIP)은 e-CIP홈페이지(http://www.nl.go.kr/ecip)와 국가자료공
동목록시스템(http://www.nl.go.kr/kolisnet)에서 이용하실 수 있습니다.(CIP2013022158)